DUMONT

Aufgewachsen in den heiligen Hallen der mysteriösen ›Gemeinschaft der Rätselmacher‹ weiß Clayton Stumper so einiges über verschlüsselte Botschaften, knifflige Puzzles und verwunschene Labyrinthe. Und über brillante Menschen jenseits der Achtzig, denn von einem Hort der Genialität hat sich Creighton Hall mehr und mehr zu einem intellektuell herausfordernden Seniorenheim entwickelt. Weniger versteht Clayton von Menschen seines Alters oder vom Leben außerhalb der Gemeinschaft. Das größte Mysterium ist für Clayton jedoch Clayton selbst: Woher kommt er? Wer sind seine Eltern?

Ein letztes Rätsel, das ihm Pippa, die Vorsitzende der Gemeinschaft und seine Ziehmutter, nach ihrem Tod hinterlässt, verspricht endlich Antworten zu geben. Doch das wirkliche Leben stellt den ältesten Fünfundzwanzigjährigen der Welt vor so manche Herausforderung.

Samuel Burr hat an der Westminster Film School studiert und arbeitet als Fernsehproduzent. In seiner Freizeit engagiert er sich ehrenamtlich für verschiedene Seniorenhilfsorganisationen. ›Das größte Rätsel aller Zeiten‹ ist sein Debütroman.

Karl-Heinz Ebnet arbeitet seit mehr als 25 Jahre als literarischer Übersetzer. Zu den von ihm übersetzten Autor*innen zählen u. a. Mary Higgins Clark, Tobis Hill, Julian Gough und Ayad Akhtar.

Samuel Burr

Das größte Rätsel aller Zeiten

Roman

Aus dem Englischen von
Karl-Heinz Ebnet

DUMONT

MIX
Papier | Fördert gute Waldnutzung
FSC® C083411
www.fsc.org

Das bei der Produktion dieses Buches entstandene CO_2 wurde
durch die Finanzierung von Klimaschutzprojekten kompensiert:
climate-id.com/17531-2110-1001/de

August 2025
DuMont Buchverlag, Köln

Die englische Originalausgabe erschien 2024 unter dem Titel
›The Fellowship of Puzzlemakers‹
bei The Orion Publishing Group Ltd, London.

Amsterdamer Straße 192, 50735 Köln, info@dumont-buchverlag.de
Übersetzung: Karl-Heinz Ebnet
Lektorat: Claudia Alt
Umschlaggestaltung: Lübbeke Naumann Thoben, Köln
Umschlagabbildung: Icons von © Rcx/Adobe Stock, Bioraven/Adobe Stock,
Katsiaryna Pleshakova/Shutterstock, ArtForYou/Depositphotos, Jemastock/
Depositphotos, Eyewave/Istockimages
Satz: mittelstadt 21, Vogtsburg-Burkheim
Gesetzt aus der Bembo MT
Druck und Verarbeitung: CPI books GmbH, Leck
Gedruckt auf säurefreiem und chlorfrei gebleichtem Papier
Printed in Germany
ISBN 978-3-7558-0550-2

www.dumont-buchverlag.de

Für Anne und Andrew,
für alles

Die Gemeinschaft der Rätselmacher

– Mitgliederverzeichnis –

Miss Pippa Allsbrook	Oberste Kreuzworträtselautorin, Gründerin und Präsidentin
Mr Clayton Stumper	Schriftführer
Mr Hector Haywood	Puzzle-Illustrator und stellvertretender Präsident
Mr Earl Vosey	Meister der Labyrinthe
Sir Derek Wadlow	Codebrecher
Miss Jean Watkins	Trivia-Königin
Mr Geoff Stirrup	Rechenmeister
Miss Nancy Stone	Quiz-Königin
Mr Eric Stoppard	Meister der mechanischen Rätsel
Mr Martin Dudeney	Metallbauer und Glasbläser
Mr Jonty Entwistle	Wortschmied und Sprachakrobat
Mr Nigel Bentham	Herr der Spiele
Miss Angel Webster	Haushälterin

Prolog
1991

HTWWVZXXPY MPT OPC RPXPTYDNSLQE
OPC CLPEDPWXLNSPC

Für manche war die Inschrift auf der glänzenden Messingplakette an der Eingangstür nichts als Kauderwelsch, für viele aber, die das prachtvolle Haus in Bedfordshire besuchten – und sicherlich für jene, die darin residierten –, war sie recht einleuchtend. Es handelte sich um eine einfache +11 Caesar-Verschiebung. Nichts sonderlich Kompliziertes also:

Willkommen bei der Gemeinschaft
der Rätselmacher

Darunter war auf einem laminierten Papierstreifen zu lesen: *Unser Summer spielt verrückt. Drücken und halten, sonst klingt es wie Morsecode. Noch besser, den Klopfer betätigen. Einer von uns ist meistens da. Bitte keine Werbesendungen!*

Pippa Allsbrook stand mit dem Rücken zum Haus und ließ sich gegen die bogenförmige Eichentür fallen. Sie hatte sie hinter sich geschlossen, als sie ins Freie getreten war und auf den Eingangsstufen die seltsame, buchstäblich aus dem Nichts aufgetauchte Lieferung in Augenschein nahm.

Eine Hutschachtel.

Sie sah aus wie eine ganz normale Hutschachtel; außen schwarzes, mit goldenen Bordüren verziertes Leder, auf dem sechseckigen Deckel waren die Buchstaben H. H. aufgeprägt. Was sie aber verwirrte, war der Inhalt oder, genauer gesagt, der *Lärm*, der aus dem Gegenstand drang: ein beständiger, hoher, durchdringender Ton, der aus der Nähe mit keiner anderen Lautäußerung zu verwechseln war.

Als Pippa den Deckel abnahm – er war nicht verschnürt –, war sie so überwältigt, dass ihre Knie nachzugeben drohten. Sie musste sich an der Verandasäule festhalten, während sie sich mit der freien Hand ans heftig klopfende Herz fasste und sie einen weiteren Blick hineinwarf.

Das konnte nicht sein.

In der Schachtel, zwischen dem geblümten Papierfutter, lag in eine senfgelbe Chenille-Decke gewickelt ein wunderschöner, vermutlich erst wenige Tage alter Säugling. Er weinte sich die Seele aus dem Leib.

»Oh, mein Lieber. Wo zum Teufel kommst du denn her?«

Das Brüllen des Jungen ließ kurz nach, als Pippa auf ihn herabsah und ihre Blicke sich trafen.

»Du bist doch das *schönste* kleine Wesen, das es jemals gegeben hat.«

Nichtssagende Schmeicheleien waren sonst nicht ihre Sache, aber der kleine Kerl, der zu ihr aufblickte – ein Junge, wenn das Blau seines Stramplers irgendetwas zu bedeuten hatte –, war in jeder Hinsicht vollkommen. Er hatte einen goldenen Haarflaum, der wie Zuckerwatte an seinem Kopf klebte, rosige Pausbacken und die blassesten blauen Augen, aber so durchdringend, dass sie ihre zu durchbohren schienen.

Pippa lüpfte ihren Tweed-Rock und hockte sich auf die Stufen. Vorsichtig fasste sie in die Schachtel. Als Erstes wischte sie die glänzende Tränenspur fort, dann strich sie ihm mit dem Daumen über die Nase, bevor sie diese ein-, zwei-, dreimal anstupste, als wollte sie überprüfen, dass der kleine Kerl wirklich, dass das alles kein Traum war.

»Duu … duu«, hörte sie sich in einem weichen Singsang sagen. »Duu … duu!«

Das Baby – beruhigt durch die Geste – wurde kurz ganz still.

Sie sah ihn an. Er sah sie an. Sie spürte, wie sich seine winzigen Finger um die ihren legten, bevor seine wild rudernden Händchen plötzlich zu ihr hochschossen.

Er streckte seine Arme nach ihr aus.

Ohne zu zögern, legte sie sorgfältig eine Hand unter seinen Kopf, die andere schob sie unter seinen Rücken und hob ihn aus der Schachtel. »Shhh«, flüsterte sie ihm sanft ins Ohr. »Ich hab dich … ich hab dich.«

Er war so unglaublich weich, dass sie nicht anders konnte, als sein Gesicht an ihres zu drücken. Als seine samtene Haut über ihre strich, küsste Pippa ihn auf den Kopf, die Nase, das winzige Grübchen am Kinn. Er roch wie das Innere einer Milchflasche, nach frisch gebackenem Brot und Imperial Leather.

Erst als sie den Neugeborenen in den Armen wiegte, bemerkte sie es. Dort, im dichten Gebüsch zu beiden Seiten der langen Kiesanfahrt, bewegte sich etwas. Ein Trippeln. Es war weder das leise Huschen eines Tiers noch der Wind, der an den Zweigen zerrte, sondern die Bewegung eines Menschen. Sie war sich sicher. Jemand war dort draußen. Jemand hatte sie beobachtet.

Zeigen Sie sich, wollte sie rufen. *Sagen Sie mir, wer Sie sind. Warum lassen Sie Ihr Kind bei uns zurück?* Aber in diesem Augenblick schnellte die kleine Hand des Babys vor und umklammerte ihren Mittelfinger, und sie wusste, dass ihrer beider Schicksale untrennbar miteinander verbunden waren.

»Das ist es also«, murmelte sie leise und wiegte den Jungen im matten Morgenlicht. Ihre beiden Pulsschläge begannen im Gleichklang zu schlagen. »Jetzt bist du in Sicherheit.«

Kein Moment in Pippa Allsbrooks vierundsechzig Jahre währendem Leben war so wunderbar oder so vom Schicksal bestimmt gewesen wie dieser. Er war das Rätsel und die Lösung, nach der sie ihr Leben lang gesucht hatte. Das fehlende Teil.

TEIL EINS

1

2016

Clayton Stumper war ein Rätsel.

Das war er schon immer gewesen, jetzt aber, als er am Vorabend von Pippas Beerdigung nur wenige Meter vor ihrem offenen Sarg stand, fürchtete er, dass das immer so bleiben würde.

Er konnte sich kaum dazu überwinden, hinzusehen.

Von der gegenüberliegenden Seite des alten Billardzimmers erkannte er lediglich ihre Haare, die silberne Wolke ihrer perfekt gelegten Dauerwelle, und die gepolsterten Schultern ihres lila Lieblingskleids von Givenchy – beides ragte über die Kante des mit purpurnen Samt ausgeschlagenen und mit purpurnen und weißen Gerbera geschmückten Kiefernsargs. Sie hatte darum gebeten, dass die Gedenkschleife am Kranz nicht mit *MUTTER* oder *FREUNDIN* oder *PRÄSIDENTIN* beschriftet würde, sondern mit *NIRELSTEARTROWZUERK*.

Im Blumenladen waren einige Erklärungen nötig gewesen, aber so hatte sie sich das nun mal erbeten, und Clayton war entschlossen, ihren Anweisungen Folge zu leisten. Noch aus dem Grab heraus stellte sie ihre Freunde vor Herausforderungen.

Die Totenwache fand im größten und förmlichsten Raum der Gemeinschaft der Rätselmacher statt. Kerzenhalter aus Messing waren an den mit William-Morris-Tapeten ausstaffierten Wänden angebracht, am länglichen Ende des Zimmers boten zwei Erkerfenster, die von Vorhängen mit kunstvollen Quasten gerahmt wurden, einen Blick hinaus auf die Terrasse. In diesem Raum hatte die Gemeinschaft ihre offiziellen Veranstaltungen abgehalten – Rätselturniere, Vorlesungen, Produktvorstellungen –, mittlerweile sah es hier aber eher aus wie in der Gemeinschaftslounge eines Pflegeheims. Wo einst makellose dekorative Barockmöbel gestanden hatten, gab es nun, allesamt zur Spätnachmittagssonne ausgerichtet, hohe Lehnsessel, Puzzletische und Kreuzwortlegebretter.

Die Trauergäste würden erst in einer Stunde eintreffen. Clayton war früher gekommen, damit er noch Zeit mit Pippa hatte. Es gefiel ihm nicht, dass sie hier allein sein sollte. Doch statt sofort zu ihr zu gehen und ihr Gesellschaft zu leisten, hielt er sich erst noch etwas abseits, um sich zu wappnen.

Die ganze Woche hatte er sich nichts anmerken lassen und so getan, als würde er klarkommen, während ihm in Wirklichkeit der Boden unter den Füßen weggezogen worden war und er nicht wusste, wohin er sich wenden sollte.

Begonnen hatte das alles schon, als Pippa krank wurde. Da hatte er einen neuen Impuls in sich gespürt: den Wunsch, die Wahrheit herauszufinden. Herauszufinden, woher er kam, wer seine leiblichen Eltern waren und warum sie ihn vor fünfundzwanzig Jahren auf den Stufen zur Gemeinschaft ausgesetzt hatten. Bis dahin hatte er nicht das Bedürfnis verspürt – ihm hatte es an nichts gemangelt, nie hatte er etwas vermisst –, jetzt aber, da ihm klar wurde, dass Pippa, die Frau, die ihn wie ihren eigenen Sohn großgezogen hatte, nicht ewig leben würde, fühlte er sich mit einem Mal haltlos.

Um sich abzulenken, räumte er erst einmal den Spieleschrank in der Ecke auf. Dort, in der Vitrine, bewahrten sie alles auf, was sie für ihre Rätsel brauchten: Handbücher, Jetons, Murmeln und Kugellager. Obwohl er an der Tür eine Notiz aufgehängt hatte, dass die Bewohner die Gegenstände doch bitte wieder an ihren richtigen Platz zurücklegen sollten, war nichts jemals dort, wohin es gehörte.

Neben dem überladenen Schrank stand ein mit grünem Filz bespannter Mahjong-Tisch, daneben eine riesige freistehende Kreidetafel, auf der, im richtigen Licht und im richtigen Winkel betrachtet, die schattenhaften Notierungen aus einem halben Jahrhundert zu erkennen waren: Rätsel und Nonogramme, Muster und Gitter. Das blasse Gekritzel von einigen der klügsten, brillantesten Geister ganz Großbritanniens.

Clayton räusperte sich, wollte ihr *Hallo* sagen, brachte aber keinen Ton heraus.

Im Zimmer war es so unerträglich still.

Das einzige Geräusch stammte von der riesigen Standuhr gegenüber, deren schwingendes Pendel ein schwaches, aber herrisches *tick, tick, tick* von sich gab. Clayton versuchte es auszublenden. Er musste nicht an die Zeit erinnert werden und wie wenig davon allen in der Gemeinschaft noch blieb. Wenn er doch bloß, dachte er sich, auf eine Pausentaste drücken könnte, damit die Dinge blieben, wie sie waren.

Am Fußende des Sargs angekommen, warf er zum ersten Mal einen Blick auf die darin liegende Frau.

Pippa Allsbrook.

Die Kreuzworträtsel-Pionierin. Universalgelehrte. Präsidentin der Gemeinschaft der Rätselmacher und Vorsitzende der Britischen Kreuzworträtsel-Liga.

Clayton musste zugeben, dass sie sogar noch im Tod recht eindrucksvoll aussah. Unten im Sarg befanden sich einige der ihr wertvollsten persönlichen Besitztümer: ihr liebster, mit Perlmutt verzierter Taschenspiegel, eine abgegriffene, ledergebundene Ausgabe von Sam Loyds *Cyclopedia of Puzzles* und eine Flasche ihres Lieblings-Dom-Pérignon, von dem sie immer eine Kiste hinten in ihrem Kleiderschrank aufbewahrt hatte, damit sie zu besonderen Anlässen eine Flasche köpfen konnte.

Sie war neunundachtzig geworden, wie ihm jeder immer wieder in Erinnerung rief. *Wir sollten trauern, wir sollten feiern. Was für ein Leben, was für ein Vermächtnis!* Natürlich, das alles stimmte schon, aber für Clayton war ihr Verlust deshalb nicht weniger niederschmetternd.

Er legte die Hand auf den Rand des Sargs, und bevor er es sich anders überlegen konnte, beugte er sich vor, sodass er nur noch wenige Zentimeter von Pippas Gesicht entfernt war.

»Hey, Pip …«

Stille.

»Ich bin's nur.«

Ihre wächserne Haut war nicht nur blass, sondern wässrig, fast durchscheinend, wie Gelatine. Er konnte die Falten zählen, die von ihren Augenwinkeln ausgingen, sah, wie die Bestatter ihre hohlen Wangen mit Rouge geschminkt, die Lippen nachgezogen, die Lider getönt hatten – mit einem dunkleren Farbton, als sie sonst auftrug.

Es kostete ihn große Anstrengung, mit der anderen Hand richtig in den Sarg hineinzugreifen, Pippas zerbrechliches Handgelenk anzuheben und sacht die eigene Hand unter die ihre zu schieben; als er es aber tat, als das Gewicht ihrer Hand auf seiner lag, fühlte sich ihre Kühle vertraut an. Irgendwie wärmte sie ihn.

Bevor er wieder ging, griff Clayton in seine Gesäßtasche, zog das Kreuzworträtsel der *Times* heraus (Nr. 27,122) und schob es ins Samtfutter zu ihren Füßen. Er hatte überlegt, ob er versuchen sollte, es zu lösen, hatte es aber nicht über sich gebracht. Sein Kopf war schwer vor Trauer, aber auch zu seinen besten Zeiten überstiegen die hintersinnigen Fragen für gewöhnlich sein Verständnis.

Er selbst war kein Rätselmacher, natürlich nicht. Im Gegensatz zu den anderen hatte er es sich nicht ausgesucht, hier zu leben; er war der Gemeinschaft von jemandem zum Geschenk gemacht worden. Jetzt hatte er so viele Fragen, es gab so vieles, von dem er sich wünschte, er hätte Pippa drauf angesprochen. Nun war es dafür zu spät.

Wie bei dem ungelösten Kreuzworträtsel, das er gerade in ihren Sarg geschoben hatte, würde er nie die Antworten bekommen, die er brauchte, um sich selbst zu vervollständigen. Damit er sich ganz fühlen konnte.

2

The Old Queen's Head, Islington
Dienstag, 7. August 1979

Pippa wollte unbedingt ein Glas Schampus.

Sie stand an der Theke und versuchte die junge Barkeeperin mit den hochtoupierten platinblonden Haaren auf sich aufmerksam zu machen. Die Frau trug die größten goldenen Kreolen, die sie jemals gesehen hatte; drei in jedem Ohr, und wenn sie hinter der Theke hin und her huschte und Pippas erwartungsvollen Blick gekonnt ignorierte, klirrten sie wie winzige Kirchenglocken.

»Nächster!«, blaffte sie und sah an Pippa direkt vorbei zu einem attraktiven jungen Mann, der soeben hinter ihr aufgetaucht war. »Was darf's sein, Süßer?«

Pippa seufzte und richtete einen verzweifelten Blick zur Decke, während sich der andere um sie herum an die Theke zwängte.

Seitdem Pippa das halbe Jahrhundert voll hatte, kam sie sich vor, als wäre sie nichts weiter als das Produkt ihrer eigenen Einbildung. Denn für den Rest der Welt wurde sie zunehmend unsichtbar.

»Dürfte ich bitte bestellen? Ich sehe ja, Sie haben zu tun, aber ich warte auch schon ein Weilchen.«

»Bin sofort da«, antwortete die Frau, ohne auch nur vom Zapfhahn aufzublicken.

Pippa holte tief Luft.

In den letzten zehn Minuten hatte sie beklommen die Spiegelwand hinter der Theke im Auge behalten. Die Tür, die zum oben gelegenen Versammlungsraum führte, war zwischen einer

Flasche Bombay Dry und einer Flasche Bell's zu erkennen. Sie hatte mindestens zehn Besucher durchschlüpfen sehen, während sie darauf wartete, bedient zu werden. Und jedes Mal war sie erleichtert gewesen. Trotz des ursprünglichen Interesses machte sie sich Sorgen, ob die Leute auch wirklich persönlich erscheinen würden. Das war ja das Problem mit der Rätselgemeinde – in ihr fanden sich eher die introvertierten Typen wieder.

Versammlungsraum erster Stock
Reserviert für Privatveranstaltung
19 Uhr bis letzte Bestellung

Plötzlich tauchte der Wirt neben der Barkeeperin auf: ein stämmiger Typ mit einem perfekt geformten, kugelrunden Bauch.

Pippa versuchte seinen Blick einzufangen, stellte sich auf die Zehenspitzen, um sich größer zu machen, als sie sowieso schon war, aber er war ganz darauf konzentriert, einen Beutel mit Halfpennies in die Kasse zu schütten, während er dazu die Titelmelodie von *Ski Sunday* pfiff.

Wenn ich mit nichts als meiner Unterwäsche am Leib an der Theke stehen würde, überlegte sie. *Wenn ich auch noch das letzte Fitzelchen Kleidung ausziehen würde oder, noch besser, wie ein Mann gekleidet wäre, mit angeklebtem Bart und Melone, dann würde ich vielleicht verdammt noch mal was zu trinken bekommen.*

Der Einzige, der ihre Anwesenheit bemerkt hatte, war ein älterer Gentleman einige Barhocker weiter.

Er war makellos gekleidet, trug einen zweireihigen grauen Nadelstreifenanzug und einen braunen Filzfedora, bei sich hatte er eine abgenutzte Lederaktentasche, eine Pfeife und Papier. Aus dem Augenwinkel hatte sie gesehen, dass er einem Lederportemonnaie Münzen entnommen und sie auf der Theke aufgereiht hatte, als würde er sich auf eine Backgammon-Partie vorbereiten.

Er bestellte sich ein Barley Wine und geröstete Erdnüsse, deren Preis – neunundfünfzig Pennies – er bereits exakt vor sich abgezählt liegen hatte.

Sie konnte ihn nicht ganz einordnen, war aber überzeugt, dass sie ihn von irgendwoher kannte. Auch sein Eau de Cologne – eine Mischung diverser exotischer Gewürz- und Holzdüfte – kam ihr bekannt vor: Fabergé Brut. Der gleiche Duft, mit dem sich auch Val Perret-Reers, ein Redakteur, dem sie beim *Telegraph* zugearbeitet hatte, gewöhnlich dann großzügig eingenebelt hatte, wenn ihm nach einem Lunch-Treffen mal wieder der Duft seiner Geliebten anhaftete.

Damals war sie einundzwanzig gewesen, frisch von der Uni in Cambridge gekommen und hatte große Erwartungen und noch größere Ziele gehabt, als sie Val kennenlernte – einen Mann, wie er ihr noch oft im Leben begegnen sollte, und einer, den sie wie keinen zweiten hasste. Sie hatte seinen Namen anagrammiert – was sie gerne tat, wenn jemand starke Gefühle in ihr weckte. Zu ihren Lieblings-Anagrammen, die sie im Lauf der Jahre erstellt hatte, gehörten:

Eric Clapton. *Narcoleptic.*

Clint Eastwood. *Old West Action.*

Margaret Thatcher. *That Great Charmer.*

Für Val Perret-Reers ersann sie *Perverser Alter.* Hätte nicht angemessener sein können.

Der Alte neben ihr griff nach seinem Glas Barley Wine, und dabei wurde eine kleine blaue Anstecknadel an seinem Revers sichtbar. Das Emblem eines Globus, umgeben von einem Lorbeerkranz, darüber die Kronjuwelen und die Buchstaben *GCHQ*. Ein Ehrenabzeichen, wusste sie, das der hochgeheime Nachrichtendienst Mitarbeitern im Ruhestand verlieh, was wiederum bedeutete, dass es sich bei dem Träger um niemand anderen als Sir Derek Wadlow handelte, den legendären Codebrecher und internationalen Schachgroßmeister höchstselbst. Sie hatte vor Jahren eine Vorlesung zur Kryptologie besucht, die er im Savile Club gegeben hatte. Er gehörte zu dem Team in Bletchley Park, das die Enigma entschlüsselt hatte.

Derek – mittlerweile sicherlich Mitte achtzig – verließ die Theke und schlurfte ungewöhnlich langsam davon, fast so, als hätte er etwas sehr Kleines verloren und hielte auf dem Boden danach Ausschau. Dann trat er durch die Tür, die nach oben zum Versammlungsraum führte.

Pippa konnte es kaum fassen.

Sir Derek Wadlow wollte ihrem Rätselclub beitreten? Er, ein Veteran des Bletchley Park, ein Mann, der mitgeholfen hatte, feindliche Chiffriermaschinen zu knacken, sicherlich einer der hochrangigsten Kryptologen in Großbritannien, wenn nicht der ganzen Welt? Was für ein Knüller, welch wunderbare Unterstützung, und das, bevor sie überhaupt richtig losgelegt hatten.

Das Ziel ihrer Gesellschaft war ganz einfach: gleichgesinnte Rätselfreunde zusammenzubringen – Kreuzworträtselautoren, Enigmatologen, Logiker, Trivialisten, Rätselerfinder – für regelmäßige Treffen im Pub. Sie wollte nicht nur Profis ansprechen – denn von ihnen gab es nur wenige –, sondern leidenschaftliche Amateure, jeden, der Freude an komplizierten Spielen und Herausforderungen hatte und dafür die geistigen Voraussetzungen mitbrachte.

Seitdem Pippa das Erstellen von Kreuzworträtseln zu ihrem Beruf gemacht hatte, hatte sie sich eine recht große Gefolgschaft aufgebaut. Oder zumindest ihr Alter Ego. Der *Squire of Highbury Hill, London*, wie sie sich nannte, erhielt mittlerweile umfangreiche Fanpost; viele gaben ausgeschnittene Kreuzworträtsel mit in den Umschlag, auf denen sie ihre Anfangs- und Endzeit vermerkt hatten und womit sie ihren Grad an Versiertheit demonstrieren wollten. Manchmal schickten sie ihr zur Begutachtung handgezeichnete Kreuzworträtsel mit kryptischen Fragen und legten vorfrankierte Rückumschläge bei, damit sie ihnen ihr Werk, versehen mit dem königlichen Siegel der Zustimmung, signiert zurückschickte.

Einige Wochen zuvor hatte sie an einen ausgewählten Kreis renommierter Rätsler ein Dutzend Einladungen für das Gründungstreffen der Gesellschaft verschickt. Sie hatte sie dazu ermutigt, weitere Bekannte darauf anzusprechen – jeder sei willkommen, hatte sie versichert. Oder vielmehr der Squire of Highbury Hill hatte dies versichert.

Murray Salter – der Kreuzworträtsel-Redakteur des *Express* – hatte ihr geantwortet und versprochen, seine freiberuflichen Autoren darüber in Kenntnis zu setzen; Clement Banks – Champion der Scrabble-Liga im Vereinigten Königreich von 1967 bis 1972 – sagte, er wolle dafür sorgen, dass die Einladung im Programm des nächsten Turniers, an dem er teilnehme, abgedruckt werde. Es hatte nicht lange gedauert, und die Einladung war in Zeitschriften und Zeitungen erschienen. Bald darauf trudelten die Antwortschreiben ein.

»Hast du die seltsamen Gestalten gesehen, die alle nach oben sind?«, hörte Pippa die Barkeeperin zum Wirt sagen. »Was sind das noch mal für Leute?«

Der Wirt zuckte mit den Schultern. »Hab nur die Buchung entgegengenommen, Pam. Von mir aus könnten die dort oben den Sturz von Harold Wilson planen.«

Pippa hüstelte leise in die Hand.

»Aber wie nennen die sich gleich noch mal?«, entgegnete die Barkeeperin. »Irgendwas mit Gemeinschaft, oder?«

Gib mir Gleichmut, dachte Pippa. *Oder wenigstens ein Glas Asti Spumante.*

»Und hast du den alten Knacker gesehen? Der sein Kleingeld abgezählt hat?«, fuhr die Barkeeperin fort. »Als hätte er wochenlang darauf gespart.«

Er ist Millionär, wollte Pippa sagen. *Der Mann ist Multimillionär, weil er mit seinem Gehirn zur Rettung dieses Landes beigetragen hat. Der hat in einer seiner kleinen Zehen mehr Grips als ihr beiden Knalltüten in euren Hirnen zusammen.*

Mit zusammengekniffenen Augen betrachtete der Wirt das Blatt mit den Buchungen, das er neben der Kasse liegen hatte. »Die Gemein … schaft … der … Moment, ich brauch meine Brille.«

»Gemeinschaft der Rätselmacher«, blaffte Pippa. Die beiden drehten sich zu ihr hin.

Plötzlich nahmen sie sie wahr. Sie winkte kurz, als wollte sie ihnen zu verstehen geben, hallo, hier bin ich.

»Sorry, wie war das?«

»Gemeinschaft der Rätselmacher«, wiederholte sie. »Das ist meine Gesellschaft. Es ist unsere Gründungssitzung. Und sie fängt …« Sie sah auf ihre Armbanduhr. »In zweieinhalb Minuten an. So, dürfte ich Sie nun *bitte* mit einer Bestellung behelligen? Ich sollte mich nämlich langsam beeilen, damit ich noch rechtzeitig nach oben komme.«

Pippa öffnete die Handtasche und zog ihre Geldbörse heraus. Sie hasste es, ignoriert zu werden, noch schlimmer aber war es, wenn man sie nicht ernst nahm; bei ihr lagen also die Nerven blank.

»Nichts für ungut, war nicht böse gemeint. Aber am Dienstag haben wir sonst immer Darts, das ist alles«, sagte die Barkeeperin. »Ihre Bestellung geht aufs Haus, Ma'am …«

»*Miss* … bitte«, korrigierte Pippa sie ganz automatisch. »Und das ist sehr nett. Haben Sie was, was sprudelt?«

Die Barkeeperin richtete ihren Kohlensäureschlauch auf sie. »Ich hab Tonic oder Soda. Was wollen Sie?«

Kurz darauf, am Fuß der mit einem Läufer ausgelegten Treppe, in der Hand den Campari aufs Haus mit nicht gewünschtem Soda, stapfte Pippa Allsbrook die Treppe hinauf ins nächste Kapitel ihres Lebens.

3

Nach einer Stunde der Totenwache für Pippa stellte Clayton fest, dass er den Raum wirklich noch nie so voll erlebt hatte. Im Gedränge befanden sich auch alle acht gegenwärtigen Bewohner: Geoff Stirrup – ihr oberster Rechenmeister – zeigte der Trivialistin Jean Watkins und dem Labyrinthbauer Earl Vosey etwas aus seinem Portfolio. Es handelte sich dabei um eine abgegriffene Ledermappe, die er überall mit sich herumschleppte und die seine jüngsten mathematischen Überlegungen enthielt, die er hastig auf grün karierte Blätter kritzelte, um sie dann recht wahllos in die Mappe zu stopfen. Gelegentlich fand Clayton die Zettel im Haus verstreut, übersät mit Zahlen, Pfeilen, leeren Kästchen und nahezu unleserlichen Anweisungen. Für ihn ergaben sie kaum Sinn, gewöhnlich wurden sie allerdings in einer der Vierteljahreszeitschriften der Gemeinschaft oder auf ihrem Blog oder in externen Publikationen veröffentlicht, zu denen Geoff regelmäßig beitrug. Die Leute schienen gar nicht genug davon bekommen zu können.

Sowohl Jean als auch Earl gaben sich recht unbeeindruckt von dem, was Geoff ihnen demonstrierte, nickten aber geistesabwesend. Es war angeraten, gute Miene zu seinen Ausführungen zu machen, sonst hatte man ihn stundenlang an der Backe.

Im Raum verteilt waren auch die anderen: Eric, Nigel, Martin und Hector – alle im Gespräch mit den Gästen. Zu diesen gehörten einige illustre Rätselchampions, ehemalige Mensa-Komiteemitglieder, Kunden, Sponsoren, Reinigungspersonal und Gärtner.

Sie alle waren gekommen, um der Frau die letzte Ehre zu erweisen, die diese Gesellschaft gegründet und in eine florierende

Gemeinschaft verwandelt hatte, die in ihren besten Tagen der größte unabhängige Hersteller und Vertreiber von Rätseln in ganz Europa war.

Alle hatten anscheinend ein Glas in der Hand, Clayton war also glücklich. Solange sich alle wohlfühlten.

Clayton drückte mit dem Rücken die Schwingtür auf, die zur Küche führte, und kurz darauf kehrte er mit einem Silbertablett voller Horsd'œuvres zurück: gefüllten Selleriesticks, Krabbenfleisch in Filoteig, Cocktailspießchen mit Käse und eingelegten Zwiebeln.

Alle hatten darauf gedrängt, Caterer zu beauftragen, aber davon hatte er nichts wissen wollen. Es war, um ehrlich zu sein, eine willkommene Ablenkung, sich selbst um alles kümmern zu müssen.

Er stellte das Tablett auf der Ottomane ab und schenkte sich einen Sherry vom Servierwagen ein – aus einer guten Flasche, auch wenn es nicht sein üblicher Harveys Bristol Cream war –, schob einen Cheddar-Würfel vom Spieß in den Mund und kaute auf dem warmen, feuchten Käse herum. Erst jetzt fiel ihm ein, dass er den ganzen Tag kaum was gegessen hatte. Er nahm sich einen weiteren Käsestick.

»Hey«, sprach ihn jemand hinter ihm an.

Clayton drehte sich um. Vor ihm stand eine junge Frau; ihr Gesicht wurde fahl vom Handy in ihrer Hand beleuchtet.

»Oh, hallo«, erwiderte Clayton und wackelte, während er überlegte, mit dem Zeigefinger hin und her. »Amy … oder?«

»Amber«, berichtigte sie ihn.

Er schnippte mit den Fingern. »Fast. Ich war schon immer schrecklich mit Namen. Verzeihung.«

Die junge Frau lächelte angestrengt.

Sie trug ein schwarzes T-Shirt mit dem Aufdruck *Hotel California*, dazu Jeans, die vermutlich aus modischen Gründen an den Knien aufgeschlitzt waren.

Clayton hatte zuvor mitbekommen, dass die junge Frau, die Enkeltochter des Rätselkästchen-Meisters Eric Stoppard, jemand anderem erklärt hatte, dass sie nach einem Jahr Backpacking gerade erst aus Australien zurückgekehrt sei. Sie hatte auf Obstplantagen und in einer Surfschule gearbeitet und sich fast jede Nacht besinnungslos betrunken. Er konnte sich nichts Schlimmeres vorstellen.

Sie beide waren mit einem Abstand von mindestens fünfzig Jahren die Jüngsten im Raum.

Eric Stoppard wohnte im obersten Geschoss der Gemeinschaft und blieb meistens für sich. Er war ein ehemaliger Maschinenbauingenieur – mit entsprechend erfinderischem Verstand – und ein toller Schöpfer von Rätselkästchen, die zu Weihnachten immer sehr gut ankamen. Das perfekte Geschenk für einen Onkel, den man kaum kannte.

Erst vor Kurzem war Eric, neunundsiebzig Jahre alt, zum Meister der mechanischen Rätsel ernannt worden, nachdem Tony Hargreaves, der alte Amtsinhaber, in ein Luxus-Seniorenheim an der Costa del Sol umgesiedelt war. Zur Bestürzung aller schickte er immer noch jeden Monat eine Postkarte.

»Muss doch ziemlich komisch sein«, verkündete Amber, nahm einen Schluck aus ihrer Flasche Babycham und verzog das Gesicht, als wäre der Birnensekt Gift. »In deinem Alter hier zu wohnen.«

»Eigentlich nicht«, gab Clayton zurück. »Was soll denn so komisch daran sein?«

»Na ja …«, begann sie, sah über seine Schulter und deutete auf das, was hinter ihnen vor sich ging. Um das Sofa hatte sich eine

Gruppe versammelt, die das Lexikonspiel spielte – eines von Claytons liebsten Gesellschaftsspielen –, während ihr Grandad Eric den Kopf zum Fenster hinaussteckte und eine Zigarre rauchte.

»Es hängt wohl davon ab, was du unter komisch verstehst«, sagte er mit einem Schulterzucken. »Für mich und für alle, die hier leben, ist es völlig normal.«

»Aber du bist doch, na ja … *jung*.«

Clayton zog sein Jackett zusammen und drückte einen der Knöpfe ins falsche Loch. »Ich weiß nicht, inwiefern das irgendeine Rolle spielen soll.«

Die junge Frau zuckte mit den Schultern. »So eben, keine Ahnung.«

Allmählich fühlte er sich unwohl. Amber betrachtete ihn, wie ein Historiker eine alte Münze studierte, und inspizierte ihn von oben bis unten, von der Brylcreem in den Haaren bis zu seinen Brogues.

»Trotzdem, danke, dass du gekommen bist«, sagte er und konnte es kaum erwarten, zu flüchten. »Schön, dich gesehen zu haben, Amy.«

»Amber.«

»Amber, Pardon, ja. Pass auf dich auf, ja?«

Auf dem Weg zu seinem Freund Earl kam er an der Lexikonspiel-Gruppe vorbei. Jemand kreischte das Wort »radotieren«, den Rest verstand er nicht mehr. Während er sich sonst gern beteiligte, war er heute nicht in der Stimmung für Spiele. Als er an der Gruppe vorbeiging, sah er auf dem Sofaarm jene mittelältliche Dame sitzen, die er nicht kannte, die ihn aber schon den gesamten Abend beobachtete. Sie trug einen schwarzen Hut, der ein wenig wie der Reifen eines Kleinwagens aussah. Kurz trafen sich ihre Blicke, dann sah sie weg.

»Wer ist die Frau dort drüben?«, flüsterte er Earl ins Ohr, als er bei ihm angekommen war. »Die mit dem Hut, hinter meiner rechten Schulter.«

Earl drehte sich auf seinem Stuhl nicht gerade unauffällig um und nahm die Brille von der Stirn, um besagte Dame besser in Augenschein zu nehmen.

»Du musst sie nicht *so* auffällig anstarren, Earl.«

Earl winkte der Dame zu. Als er sich wieder umdrehte, strahlte er. »Das ist Nance. Blitzgescheit. Sie sieht gut aus.«

»Aber wer ist sie?«

»Nancy? Sie hat jahrelang bei uns gewohnt … bis …« Er schloss die Augen. »Oh, das muss gewesen sein, kurz bevor du hier aufgetaucht bist.«

Clayton setzte sich unwillkürlich aufrechter hin. »Sie standen sich nahe? Pip und sie?«

Earl hüstelte. »Sie waren ganz dicke miteinander.«

»Und wie hieß sie noch mal?«

»Nancy Stone. Die Quiz-Königin.«

Clayton sah nach hinten, aber der Blick war jetzt verstellt. Jemand hatte gegen ein Glas geschlagen, als wollte er eine Rede halten, worauf sich die versammelten Rätselmacher um ihre ehemalige Präsidentin in ihrem mit Samt ausgeschlagenen Sarg scharten.

Er überlegte, ob er Mrs Stone vielleicht später ansprechen könnte; vielleicht hatte sie ja irgendwelche Erinnerungen zu dem Tag seiner Ankunft in der Gemeinschaft. Ein Versuch konnte ja nicht schaden.

Als er sich dem Sarg näherte, sah er erfreut, dass seine Freunde eine gefüllte Champagnerschale in der einen und eine in eine Serviette gewickelte Custard Tart in der anderen Hand hielten. Pippas Lieblingsgetränk und Lieblingsspeise.

»Wir fallen wie die Dominosteine, was?«, witzelte Hector, deutete mit seinem Orangensaft auf den Sarg und verspritzte dabei unabsichtlich einige Tropfen über dem Leichnam.

»Ein herber Schlag«, sagte Earl, der immer noch neben Clayton stand. »Ich kann es immer noch nicht fassen.«

Hector Haywood blies die Backen auf. »Wieder jemand ins Gras gebissen.« Der Mann war gerade mal anderthalb Meter groß und hatte einen buschigen militärischen Schnurrbart unter der Nase, der einem Klettband nicht unähnlich war. Gewöhnlich trug er ein von Farbspritzern überzogenes Flanellhemd und eine Freizeithose, heute Abend hatte er sich jedoch für einen zerknitterten anthrazitfarbenen Anzug entschieden.

»Aber doch nicht irgendwer, oder?«, hörte Clayton sich selber sagen.

Alle drehten sich ihm zu und rückten zur Seite, damit er in ihren Kreis treten konnte.

»Was soll das heißen?«, fragte Hector.

»Na ja …«, begann Clayton und wurde rot. »Ohne Pip wäre doch keiner von uns jetzt hier, nicht wahr?«

Jean und Earl – zwei seiner engsten Gefährten im Haus – sahen ihn freundlich an und hoben zustimmend ihr Glas. Allerdings entging Clayton nicht, dass Hector dafür nur leisen Spott übrig hatte und seine grimmigen weißen Brauen hochzog.

Das Witzige an Hector Haywood war, dass er im strengen Sinn gar kein Rätselmacher war. Er war Künstler. Die umfangreiche Palette der von ihm erschaffenen Puzzlemotive war zur großen Verdrossenheit vieler Bewohner das erfolgreichste Produkt der Gemeinschaft. Seine Technicolor-Gemälde von Küstenortschaften, mit Wollfäden spielenden Kätzchen in Körben und kitschigen Tante-Emma-Läden waren auf Millionen von Puzzles abgebildet, die sich größtenteils ungelöst in den Schränken überall im Land wiederfanden. Aber während die Bilder alle einen gewissen Frohsinn ausstrahlten, war der Mann selbst der größte Miesepeter. Ständig war er von dem einen oder anderen genervt, und seine Konversationsbeiträge beschränkten sich in der Regel auf einen endlosen Sermon griesgrämiger Kommentare. In letzter Zeit, nach Pippas Tod, hatte Clayton den Mann nahezu unerträglich gefunden.

»So, wenn nun alle da sind …«, begann Hector von Neuem. »Wir müssen uns überlegen, wie es mit der Gemeinschaft weitergehen soll.« Er lehnte sich auf seinen lackierten Gehstock und richtete sich zu seiner vollen Größe auf. »Ich weiß, es wurde davon gesprochen, den Frühlingsjahrmarkt abzusagen. Ich bin allerdings der Meinung, dass er stattfinden sollte.«

Eine Weile lang sagte niemand etwas. Stattdessen standen alle mit gesenktem Kopf in andächtiger Stille um den Sarg.

Eine zarte Hand, die Clayton als die von Jean erkannte, berührte ihn und zog ihn in eine Umarmung. Er konnte ihr Elnett-Haarspray riechen, als sie kurz den Kopf auf seine Schulter legte.

Jean Watkins war die Trivia-Königin; eine Plakette an ihrer Zimmertür im Obergeschoss wies darauf hin. Sie kümmerte sich um sämtliche Produkte, die mit Trivia, mit wissenswerten und kuriosen Dingen zu tun hatten, hatte einen so scharfen Verstand, wie ihre Kleidung weich war, trug immer dicke farbenfrohe Pullover oder eine Strickjacke und war gewöhnlich im Speisezimmer an der Teemaschine zu finden, wo sie jedem eine Tasse anbot, während sie an ihm einige ihrer Fragen ausprobierte.

Jeans geschwollene Füße steckten in paillettenbesetzten Pumps; es waren ihre liebsten Partyschuhe, wie Clayton wusste, und bei ihrem Anblick bekam er einen Kloß im Hals. Denn sie war zum Tanzen hier, sie wollte ein erfülltes Leben feiern. Wer hätte es ihr verdenken können? Sein Kinn begann zu zittern, und um diese Peinlichkeit zu überspielen, bohrte er die Spitze seines Brogues in den dicken Teppich, der die Farbe von Hustensaft hatte.

»So, nun, meine Damen und Herren«, verkündete Earl. »Pippa hätte nicht gewollt, dass wir Trübsal blasen. Sollen wir einen kleinen Toast ausbringen?«

»Eine sehr gute Idee««, rief Jean und strahlte ihn an. »Sie hätte mittlerweile schon gut einen im Tee gehabt. Genehmigen wir uns einen Schluck.«

»Sollen wir den Dom köpfen?«, fragte Hector und spähte in den Sarg, wo zwischen Pippas Füßen die Flasche lag. Bevor ihn irgendjemand zurückhalten konnte, wickelte er auch schon die Folie vom Dom Pérignon. »Eine Schande, wenn der verschwendet würde«, sagte er, ließ den Korken knallen und schenkte ein, während die anderen den Blick auf ihre Freundin gerichtet hatten, die den Eindruck erweckte – zumindest kam Clayton es so vor –, als würde sie während einer Party ein kleines Nickerchen halten. Jeden Moment würde sie sich wieder zu ihnen gesellen, keine Frage.

»Auf unsere Kryptokönigin.« Earl sprach den Toast aus, da Hector keinen Alkohol trank. »Die Doyenne des Kreuzworträtsels.« Er zeigte auf die goldene Anstecknadel der Gemeinschaft an seinem Revers.

VENI, VIDI, SOLVI.

Der lateinische Spruch auf den Anstecknadeln prangte auch auf ihrem Briefpapier: auf den Kopfbögen, Visitenkarten und Rechnungen.

ICH KAM, SAH UND LÖSTE.

Clayton blickte sich im Kreis um. Jeder der Anwesenden trug stolz seine Anstecknadel am Revers. Clayton war noch keine Nadel überreicht worden, wie der heutige Tag ihm erneut eindrücklich bewusst machte.

Jeder hier hatte sich seine Mitgliedschaft verdient, nur er nicht.

»Im Namen von uns allen in der Gemeinschaft«, verkündete Jean, trat in ihren paillettenbesetzten Pumps vor und hielt sich die Hand vor den Mund, um ein Schluchzen zu unterdrücken. »Danke für alles, was du für uns getan hast. Du warst nicht nur unsere Anführerin, du warst auch unsere Hausherrin, unsere Vertraute, unsere Muse und unsere Freundin.«

Clayton erhob sein Glas. »Und die außergewöhnlichste Mutter, die ein Junge sich wünschen konnte.«

»Auf Pip.« Sie stießen miteinander an.

4

The Old Queen's Head, Islington
Versammlungsraum
1. Sitzung

Als Pippa den Versammlungsraum betrat, war sie nicht nur erstaunt über die Anzahl der eingetroffenen Gäste – auf den ersten Blick fast ein Dutzend –, sondern auch über die unerträgliche Stille, die herrschte. Die meisten starrten auf ihre Getränke und wussten nicht so recht, wohin sie blicken oder was sie sagen sollten.

Sie ging auf das Gentlemen-Trio zu, das sich vor der Dartscheibe versammelt hatte und von denen einer Derek Wadlow war. Über ihren Köpfen ballte sich eine so dicke Rauchwolke, dass es aus der Ferne aussah, als stünden sie in Flammen.

»Einen schönen Abend, meine Herren.«

Sie prostete Harry Benson zu, ebenfalls ein Mensa-Komiteemitglied, der die Hand in einer Scampi-Fries-Tüte hatte und Pippa zur Begrüßung kurz zublinzelte. Neben ihm stand jemand in einer Schaffelljacke, den sie nicht kannte, der ihr aber sofort aufgefallen war. Er war locker eins fünfundachtzig groß und hatte schulterlange blonde Haare. Er war attraktiv, keine Frage.

»Ich weiß ja nicht, wie es Ihnen geht, meine Herren«, fuhr Derek fort, der Pippa noch gar nicht wahrgenommen hatte, »aber ich finde den *Telegraph* mittlerweile eine Spur zu berechenbar. Ständig diese doppelten Definitionen. Das ist doch alles recht eintönig, finden Sie nicht auch?« Er nahm einen Schluck von seinem braunen Getränk. »Meiner Meinung nach geht doch nichts über den Autor in der *Times*. Seine sonntäglichen Kreuzworträtsel … sind wirklich sehr ums Eck gedacht.« Nachdenklich richtete Derek den Blick zur Artex-Decke und schnippte mit den Fingern. »Wie nennt er sich gleich wieder …«

»Squire«, antwortete Pippa, trat vor und streckte ihm die Hand entgegen.

»Squire, genau, so heißt der Bursche!« Derek drehte den Kopf in Pippas Richtung und schüttelte ihr zögerlich die Hand.

»Pardon, meine Liebe, und Sie sind?«

»Ich …«, antwortete Pippa. »*Ich* bin Squire.«

Er sah sie an, als hätte sie den Verstand verloren. »Tut mir leid, meine Liebe, jetzt komme ich nicht ganz mit.«

»Das ist mein Pseudonym.«

Sie zog eine Zigarette aus ihrer Handtasche, zündete sie an und blies einen dicken Rauchkringel zwischen die drei Herren.

»Moment, Moment«, sagte er. »Sie wollen uns sagen, *Sie* sind derjenige, der sich diese teuflisch schweren Fragen ausdenkt, die Männer wie mich in den Irrsinn treiben? Sie sind … *Squire*?«

»Richtig«, erwiderte Pippa völlig ungerührt.

Anfangs hatte man ihr die Montagsausgabe zugewiesen – da war am ehesten ein Platz frei gewesen –, aber sie war schnell aufgestiegen und hatte es innerhalb eines Jahres bis ganz an die Spitze geschafft.

Pippa, froh, dass sie sich endlich zu erkennen geben konnte, hob den Kopf ein wenig höher.

»Ich habe mich noch nie offiziell als Frau zu erkennen gegeben. Jeder nimmt an, ich wäre ein Mann.«

Sie bemerkte, dass mehrere Köpfe sich zu ihr drehten.

»Nicht zu fassen!«, kam es von Derek. »Und wie lange kommen Sie damit schon durch?«

»Ich bin kurz vor meinem viertausendsten Kreuzworträtsel«, erklärte sie und griff kurzerhand in Harry Bensons Scampi-Fries-Tüte, um sich eine Handvoll Chips zu schnappen. »Es wird Ihnen schwerfallen, irgendwo im Land bei den großen Blättern einen Kreuzworträtselautor oder eine Autorin zu finden, die das erreicht hat.«

Pippa hatte kein Problem mit Selbstlob, wenn es die Situation erforderte. Sie war es gewohnt, sich zu behaupten, besonders in Zirkeln wie diesen. Zuweilen war es anstrengend, aber sie genoss es auch, fremde Erwartungen zu unterlaufen und andere zu überraschen.

»Ist dem so?«, fragte Derek, sichtlich verstimmt wegen dieser offensichtlichen Irreführung.

»Mein richtiger Name lautet Pippa. Pippa Allsbrook. Squire ist mein Pseudonym. Ich benutze es wie einen Künstlernamen.«

Sie hatte sich für Squire entschieden, weil der Name, unter anderem, für den Schildknappen eines Ritters stand. Eine Schutzvorrichtung. Zur Verteidigung. Eine zweite Identität, hinter der sie sich verstecken konnte.

Derek sah sie etwas befremdet an, schüttelte den Kopf und kippte den Rest seines Getränks. Sie bemerkte, dass der gut aussehende Bursche in der Schaffelljacke ein wenig von Derek abrückte. Es war zu hoffen, dass er weniger chauvinistisch eingestellt war als der Mann neben ihm.

»Korrigieren Sie mich, falls ich mich irre«, sagte Pippa, »aber sind Sie nicht der berühmte Derek Wadlow, der ehemals beim GCHQ war?«

Er hob die ausgestreckte Hand. »Ertappt.«

»Ihr Ruf eilt Ihnen voraus.«

»Das ist richtig. *Mein* Ruf, nicht der eines anderen.« Derek paffte an seiner Pfeife, sah grinsend zu den beiden Männern neben Pippa und stieß eine dicke Rauchwolke aus.

Unwillkürlich musste sie lächeln.

Natürlich ging es hier nicht um ihr Pseudonym (Pseudonyme hatten beim Kreuzworträtsel der *Times* eine lange Tradition), sondern um sie als Frau, die in einer Männerdomäne tätig war und noch dazu äußert erfolgreich. Solange sie nicht auf ihre Geschlechtszugehörigkeit pochte, eröffneten sich ihr schlicht und ergreifend Möglichkeiten, die ihr ganz selbstverständlich zustünden, hätte sie lediglich ein X-Chromosom statt zwei gehabt. Es war eine Männerwelt. Sie sorgte lediglich für Chancengleichheit auf dem Spielfeld.

»Derek, haben Sie vor, uns regelmäßig mit Ihrem Besuch zu beehren, oder …«

»*Sir Derek*, wenn Sie nichts dagegen haben.«

Pippa schlang ihre Strickjacke enger um sich.

»Wie Sie wünschen«, antwortete sie leicht amüsiert, aber keineswegs überrascht. Nicht nur roch er wie ihr alter Chef, allmählich klang er auch so. Was jammerschade war, dachte sie sich. Jemand, den sie so bewundert hatte.

»Jedenfalls, Mr Wadlow, danke ich Ihnen, dass Sie gekommen sind.«

»Keine Ursache, Mrs Allsbrook.«

»*Miss*«, korrigierte sie ihn, nahm einen bedächtigen Zug von ihrer Zigarette und lächelte den anderen Gentlemen in Hörweite zu, um sicherzustellen, dass sie sie auch gehört hatten – vor allem dem hübschen Burschen in der Schaffelljacke, dem sie sogar verhalten zuzwinkerte.

Pippa überlegte, ob sie die Barkeeperin nach weiteren Stühlen fragen sollte. Es waren noch vier Spätankömmlinge eingetroffen, während sich die anderen verlegen einander vorstellten und ihre Plätze einnahmen, sodass nun insgesamt fünfzehn Gäste anwesend waren.

Wie vorhersehbar waren ausschließlich Männer versammelt, alle mittleren Alters, ausgenommen Sir Derek, der sich, offen gesagt, schon weit im Winter seines Lebens befand, und ein weiterer Bursche, der sich, nachdem er sich die Treppe heraufgemüht hatte, sofort in einen Armsessel am offenen Kamin plumpsen ließ und eindöste, bevor auch nur irgendjemand seinen Namen in Erfahrung bringen konnte.

Effektvoll klatschte Pippa in die über den Kopf erhobenen Hände.

»Meine Herren, darf ich Sie um Ihre Aufmerksamkeit bitten?«, rief sie. »Ich möchte mit dem Organisatorischen beginnen.«

Es seien wöchentliche Sitzungen geplant, jeweils dienstags, erklärte sie. Gäste könnten Vorträge halten, Wettbewerbe würden veranstaltet, die unter einem bestimmten Motto stünden, außerdem würden Mitglieder dazu ermuntert, Rätsel vorzustellen, mit denen sie sich gerade beschäftigten, damit Kritik geäußert und gemeinsam an ihnen gearbeitet werden konnte. Die nächste Sitzung würde mit einer Diskussion über palindromische Sequenzen eröffnen, jeder sei herzlich dazu eingeladen, zur Anregung ein thematisch dazu passendes Rätsel mitzubringen. Mr Grantham – ein renommierter Lexikograph in der hinteren Reihe – hatte freundlicherweise angeboten, ein Seminar über die Geschichte der Leipogramme und des Monovokalismus zu geben.

»Wenn alles gut läuft, könnten wir langfristig vielleicht darauf hinarbeiten, Rätsel auf Bestellung zu produzieren und auf Messen und Tagungen Eigenpublikationen in limitierter Auflage zu vertreiben.«

Die folgende Viertelstunde wurde mit einer Diskussion über den besonders einfältigen Schüttelreim im gestrigen Sieben waagrecht des *Guardian* zugebracht, bevor sich Pippa einem neuen Blatt auf dem Flipchart zuwandte.

»Nun aber möchte ich Ihnen allen eine Frage stellen«, sagte sie und überschrieb die Seite mit *Rätselologie.*

»Warum beschäftigen wir uns überhaupt mit Rätseln, was würden Sie sagen? Wenn wir dazu einige Begriffe zusammentragen könnten, ließe sich vielleicht eine Art Verhaltenskodex für unseren Club erstellen, also die Prinzipien, für die diese ganz besondere Gesellschaft steht.«

Plötzlich fand jeder etwas überaus Interessantes in seinem Schoß, das es anzustarren galt.

»Möchte irgendjemand etwas sagen?«

»Für mich«, rief Derek Wadlow, »ist das Knacken von Codes kein Spiel. Es ist mir in die Wiege gelegt.«

BESTIMMUNG, kritzelte Pippa auf das Blatt hinter sich. »Ich danke Ihnen sehr herzlich, Mr Wadlow.«

»Ich bin jemand, der seine Routine braucht«, warf Eric Stoppard – ein herausragender Ingenieur und Erfinder von mechanischen Rätseln – aus der mittleren Reihe ein. »Nach dem Abendessen geht's sofort in die Werkstatt, und da werkel ich dann herum, bis es Zeit fürs Bett ist.«

RITUALE, fügte Pippa auf der Seite hinzu. »Sehr gut. Mir geht es mit meinen Kreuzworträtseln ebenso. Am Morgen entwickle ich bei einer Tasse Tee meine Rätsel, und abends im Bett löse ich welche bei einer Schokolade oder etwas Stärkerem, wenn es mal wieder einer von diesen Tagen war.«

Der attraktive Mann mit der Schaffelljacke und dem blonden Lockenkopf in der ersten Reihe hob die Hand. »Mir gefällt es, zu sehen, wozu mein Geist in der Lage ist. Und anderen zu zeigen, was möglich ist, wenn man sich wirklich reinhängt.«

»Helfen Sie mir«, sagte Pippa und strich sich über die Haare. »Wie heißen Sie noch mal, und was machen Sie?«

»Earl Vosey. Meister der Labyrinthe – so werde ich jedenfalls in der aktuellen Ausgabe des *Country Life* genannt«, antwortete er stolz. »Seit meiner Kindheit bin ich von Labyrinthen besessen. Letztes Jahr hab ich das Labyrinth auf dem Anwesen Godsley entworfen. In dem die Leute im Kreis herumgeführt werden. Es ist mein Beruf.«

Er schickte ein leises Lachen hinterher, und Pippa, noch mehr von ihm angetan, nickte dem Gentleman zu. Sie schrieb das Wort *INSPIRATION* auf das Flipchart-Blatt, wartete, ob Earl noch etwas anzufügen hatte, und wäre ansonsten zufrieden gewesen, ihm zuzuhören oder, falls er nichts dagegen hatte, ihn auch den lieben langen Tag nur anzusehen.

»Und noch etwas«, fuhr er fort und strich sich eine Haarsträhne hinters Ohr. »Es ist für mich auch so was wie eine Flucht. Denke ich über Labyrinthe nach, bin ich mit dem Kopf ganz woanders. Alle Probleme lösen sich dann in Luft auf.«

AUSZEIT, schrieb Pippa. »Ich weiß genau, wie sich das anfühlt«, sagte sie.

Der Mann hatte etwas, was sie gefangennahm, und das war nicht nur sein umwerfendes Aussehen, sondern etwas anderes, das sie allerdings nicht zu greifen bekam.

Earl Vosey. Pippa schob die Buchstaben seines Namens im Kopf herum und schwelgte in der vollkommenen Abfolge von Vokalen und Konsonanten.

Easy Lover.

Vielleicht ein gutes Omen, wenn sie Glück hatte.

Jetzt schnellten die Hände der anderen nach oben, und sie rief alle der Reihe nach auf, bestrebt, niemanden zu übergehen.

Weitere Wörter erschienen auf dem Blatt: *ANREGUNG, BEGEISTERUNG, GELEHRSAMKEIT, TRADITION, GESUNDUNG, ÜBERMUT.*

Pippa selbst allerdings war es schlicht nicht möglich, bündig zusammenzufassen, was Rätsel für sie persönlich bedeuteten. Solange sie sich zurückerinnern konnte, brachte sie Wörtern eine Wertschätzung entgegen, die mit Worten nicht zu beschreiben war.

Ihre Kindheit musste als schmerzlich bezeichnet werden, bereits kurz nach der Geburt verlor sie ihre Mutter, ihr Vater Clarence nahm als hochdekorierter Soldat an beiden Kriegen teil, erst als Pilot, dann als RAF-Oberst, und so wuchs sie bei ihrer unverheirateten Tante in Broadstairs auf, wo sie es gewohnt war, sich mit sich selbst zu beschäftigen. So lernte sie ihren Verstand zu gebrauchen und vertrieb sich die Zeit mit schweren, selbst erfundenen Wortspielen sowie mit den Kreuzworträtseln, die ihre Tante Grace aus *The Lady* ausschnitt, ihr kläglicher Versuch der Kinderbetreuung.

In diesen schwierigen, nachhaltig prägenden Jahren zog sich Pippa in ihre Liebe zur Sprache zurück. Sie spielte mit Wörtern, als wären sie Knetmasse.

Noch jetzt gab es für sie kaum etwas Aufregenderes, als ein Kreuzworträtsel zu erstellen oder es zu lösen. Der Prozess, ein Rätsel zu entwerfen, war der Zubereitung eines sehr aufwendigen Menüs nicht unähnlich. Erst musste man seine Zutaten – die Wörter – bereitlegen, dann sie zubereiten, die Geschmacksnuancen und Konsistenzen verbinden, sie in perfekte Harmonie bringen, bis sie ein köstliches Mahl ergaben. Ein perfektes Essen oder ein perfektes Kreuzworträtsel konnte man sich auf der Zunge zergehen lassen, aber nie einfach so hinunterschlingen. Es sollte, Bissen für Bissen, ausgekostet werden.

»Und darf ich einen weiteren Grund vorschlagen, warum wir uns mit Rätseln beschäftigen?«, verkündete Pippa und schrieb das Wort *BEWUSSTSEIN* auf das Blatt. »Manchmal habe ich das Gefühl, beim Lösen eines Rätsels entsteht eine Verbindung zu einem Bewusstsein außerhalb von uns. Es ist eine Möglichkeit, der Welt um uns herum einen Sinn zu verleihen. Falls das nicht zu hochtrabend klingt.«

Sie sah zu ihrem Publikum, das an jedem ihrer Worte hing und zu ihr aufblickte, als lieferte sie nicht nur die Antworten zum heutigen *Times*-Rätsel, sondern zum Leben selbst.

Plötzlich ging ihr ein Licht auf. Pippa Allsbrook erkannte, dass sie ganz sie selbst sein konnte – ohne jede Einschränkung. Und, noch wichtiger, ihr wurde klar, dass auch jeder andere das konnte. Prickelnde Aufregung erfasste sie.

Schnell notierte sie die Wörter *ZUGEHÖRIGKEITSGEFÜHL, VERBUNDENHEIT* und *AKZEPTANZ*, damit sie sie nicht vergaß.

»Was ich sagen möchte: Bei der Beschäftigung mit Rätseln muss es nicht nur darum gehen, Verbindungen zu finden, sondern auch darum, diese *herzustellen.* Verbindungen zu anderen Menschen.«

Mehrere Gäste rutschten unbehaglich auf ihren Stühlen hin und her, aber es war nicht zu leugnen: Rätsel brachten Menschen zusammen.

Sie fürchtete, dass das alles wie ein schrecklicher Gesellschaftsclub klingen könnte, bevor sie aber weiter ausholen konnte, erhob sich in der letzten Reihe ein Mann namens Geoff Stirrup; er trug einen Pullunder mit geometrischem Muster und eine Brille mit dicken runden Gläsern und hatte den ganzen Abend bislang kaum ein Wort gesagt.

»Deswegen bin ich heute hier«, krächzte er und räusperte sich hinter vorgehaltener Hand. »Ich war, um ehrlich zu sein, immer schon eher ein Einzelgänger und hatte nie groß Freunde. Also dachte ich mir, beiß in den sauren Apfel, komm hierher und schau's dir mal an. Ich denke … was ich suche, ist das Gefühl, einer …«

»Gemeinschaft«, antwortete Pippa an seiner Stelle und richtete ihren Stift auf ihn. »Einer Gemeinschaft anzugehören, habe ich recht?«

Geoff nickte verlegen und ließ sich wieder auf seinen Platz fallen.

Mit einem Lächeln bedankte sich Pippa bei ihm.

Es gab einen triftigen Grund, warum ihr diese Bezeichnung so schnell über die Lippen gekommen war. Genau deswegen waren sie doch alle hier. Es ging nicht um das Erstellen von Rätseln, was gemeinhin eine Tätigkeit war, der man allein nachging, sondern um die *Gemeinschaft*. Das war die wichtigste Komponente überhaupt. Natürlich.

Geoff hatte Pippa diese Worte entlockt, Worte, die auszusprechen sie nie gewagt hätte.

Es war ihr peinlich, dass sie sich mit ihren zweiundfünfzig Jahren allmählich etwas verloren, ein wenig einsam fühlte in der Welt. Sie war immer schon eine Außenseiterin gewesen und hatte immer damit zu ringen gehabt, ihre außergewöhnlichen Eigenschaften zugunsten des Wunsches, sich der Welt anzupassen, hintanzustellen. Das gehörte zu den enttäuschenden Tatsachen des Lebens, die sie widerstrebend zu akzeptieren gelernt hatte. Erfolg im Leben hing davon ab, dass man sich anpasste, nicht, dass man herausstach. Jeder war auf der Suche nach dem leeren Kästchen, in das man sich hineinfallen lassen konnte. Die Menschen waren alle nur ungelöste Fragen im alltäglichen Kreuzworträtsel der Welt.

»Ich kann Ihnen nur zustimmen, Geoff«, sagte sie. »Ein Raum voller außergewöhnlicher Köpfe. Stellen Sie sich vor, was wir zusammen alles erreichen könnten.«

5

Clayton war den ganzen Tag auf den Beinen gewesen. Auf Pippas Totenwache hatte er jedem aus einer neuen Flasche Dom nachgeschenkt, hatte die Schalen mit Bombay Mix aufgefüllt und in einer Obstschale eine unanständig große Menge von Profiteroles serviert, nun, nach mehreren Stunden, brauchte er einen Moment für sich selbst. Etwas frische Luft.

Es ging auf Mitternacht zu, als er das Heckenlabyrinth betrat.

Es war sein Lieblingsplatz auf dem Anwesen der Gemeinschaft. Er war den gewundenen Pfad so oft entlanggegangen, dass er von dem unter seinen Schritten knirschenden Kies nicht mehr aufsehen oder den Blick auf die immer gleichen grünen Wände richten musste, die von der einen Abzweigung zur nächsten führten. Der einst so komplizierte Weg war ihm in Fleisch und Blut übergegangen, sodass ihn seine Beine von ganz allein in die Mitte trugen.

In Rätselkreisen war der spezifische Entwurf als Irrgarten bekannt, als ein Labyrinth, in dem es nur einen Weg gab, der zur Mitte führte, aber viele andere, die voneinander abzweigten oder in andere einmündeten, ohne jedoch ein Ziel zu erreichen. Im Lauf der Zeit hatte Clayton gelernt, diese überzähligen Korridore – die Sackgassen und falschen Abzweigungen – als Teil des Vergnügens zu sehen. Der Zauber lag ja immer im Finden der Lösung, nie in der Lösung selbst.

Mittlerweile finanzierte sich die Gemeinschaft aus den Einnahmen von über zweihundert lizenzierten Produkten, die im Vereinigten Königreich sowie international vertrieben wurden.

Für sich allein generierte jedes Rätsel eine bescheidene Summe, zusammen aber ergaben sie einen ordentlichen Betrag, der ihnen allen ein angenehmes Auskommen ermöglichte. Dieser kumulative Geschäftsansatz stand im Mittelpunkt der Gemeinschaft. Unter den vielen Lieblingsmottos lautete eines:

Weiter kommt, wer zusammenkommt.

Nachdem Clayton schließlich die Labyrinthmitte erreicht hatte, ließ er sich auf der Picknickbank unter der Trauerweide nieder. Deren dicke Äste, die sich nahezu waagrecht vom Stamm weg erstreckten, schienen ihn fast umarmen zu wollen.

Es dauerte nicht lange, bis in der Ferne weitere Schritte zu hören waren, ein leises Knirschen auf dem Kies, das schließlich verstummte.

»Earl?«, rief er. »Bist du das?«

»Clay, alter Junge«, war Earls schwache, atemlose Stimme zu vernehmen. »Einen Moment noch.«

Wenn jemand ihm nachging, dann der Labyrinthbauer Earl Vosey. Sie hatten sich immer schon sehr nahegestanden.

Gleich auf der anderen Seite der Hainbuchenhecken hatte Earl ihm das Fahrradfahren beigebracht – auf seinem ersten Fahrrad, einem roten Bonanzarad, für das alle Mitglieder zu seinem fünften Geburtstag zusammengelegt hatten. Er hatte Clayton zu seinem ersten Cricketmatch im Lord's Cricket Ground mitgenommen und ihm, als er vierzehn war, sein erstes Rasierset besorgt – einen richtigen Pinsel mit Chromgriff und ein Rasiermesser, alles von Taylor's in der Old Bond Street. Einige Jahre zuvor hatte er Clayton sogar dazu ermutigt, nach dem obligatorischen Abschluss weiterführende Kurse zu belegen, damit er später studieren konnte. Als Clayton dann von der Bedford Polytechnic abging, hatte er zwar keine festen Freunde, sich aber wegen seiner großen Gastfreundschaft einen Namen gemacht und galt als jemand, der perfektes Mürbeteiggebäck zustandebrachte.

»Kommst du, Earl?«

Wieder das Knirschen, allerdings wurden die Schritte noch langsamer, zögerlicher.

Clayton fragte sich bereits, ob er sich die Stimme nur eingebildet hatte.

Earl war fraglos der größte lebende Labyrinthbauer. Es gab von ihm weltweit mehrere Dutzend Heckenlabyrinthe in dieser Größenordnung; er war ein Meister seiner Zunft und eine Legende auf seinem Gebiet.

»Clay?«

»Ja.«

»Ich finde den Weg nicht mehr. Kannst du mir helfen?«

Clayton öffnete den Mund, wollte etwas erwidern, aber dann schloss er ihn wieder. Er sah zu den Ästen über sich und überlegte, wie um alles in der Welt sich jemand in einem Labyrinth verirren konnte, das er selbst erschaffen hatte und wofür er berühmt war.

»Wovon redest du?«, rief er. »Du kennst doch den Weg.«

Einfach einen Fuß vor den anderen setzen, dachte er sich. Sechsundvierzig Schritte, um genau zu sein – er hatte sie mal gezählt. Aber dann war wieder Earl zu hören, lauter, aufgeschreckter.

»Ich hab mich verirrt, Clay. Ich weiß den Weg nicht mehr.«

Clayton wurde es eng in der Brust; er stieß sich von der Bank ab.

»Lass dir Zeit, Earl. Wahrscheinlich hattest du zu viel vom Champagner, das ist alles.«

Stille. Earl rührte sich nicht. Er konnte überall sein.

»Geh zurück zum Start«, rief Clayton gepresst. »Erst rechts, dann links und noch mal links. Dann links, rechts, rechts, links.«

Er wartete und hoffte, erneut das Knirschen zu hören, sichere Schritte nach dem kurzen Aussetzer, aber es kam nichts.

Schließlich ging Clayton den Weg zurück, den er gekommen war, und fand den gefeierten Labyrinthbauer mit dem Rücken zu der Richtung, die er hätte nehmen müssen. Earl kratzte sich am Kopf und wirkte schmächtig und verängstigt, wie ein kleiner Junge, der sich im Supermarkt verlaufen hatte.

»Hier entlang«, sagte Clayton, hakte sich bei Earl unter und zog ihn zu sich heran. Sie gingen im Gleichschritt weiter, tiefer hinein ins Labyrinth, nur zerrten sie an mehreren Abzweigungen – oder Knoten, wie sie offiziell genannt wurden – aneinander, nachdem Clayton die eine Richtung und Earl die andere einschlagen wollte.

»Hier sind wir«, sagte Clayton fröhlich, als sie die Mitte erreichten. Vorsichtig, als wäre sein Freund äußerst zerbrechlich, half er Earl, auf der Bank Platz zu nehmen. »Du hättest nicht durcheinandertrinken sollen. Ich hab dir doch gesagt, bleib bei einem Getränk.«

»Mein Kopf macht nicht mehr mit, Clay. Das passiert, wenn du in mein Alter kommst.«

»Unsinn«, erwiderte Clayton. »Du bist erst achtzig. Du bist noch voll im Saft.«

In der Ferne, gedämpft, erklang Sinatras »My Way«. Wenn Clayton angestrengt lauschte, konnte er den im Gebäude mitgegrölten Text hören; er sah die Bewohner vor sich, die sich schunkelnd in den Armen hielten.

Und mit einem Mal überkam ihn wieder diese Empfindung, wieder wurde ihm klar, dass er sich noch nie so verloren und so richtungslos gefühlt hatte wie jetzt.

Earl legte ihm die Hand aufs Knie und sah ihn ernst an.

»Clay, es ist an der Zeit, dass du dir Gedanken darüber machst, wie deine Zukunft aussehen soll …«

»Nicht schon wieder dieses Gespräch«, unterbrach Clayton ihn. »Mir geht's gut hier. Du musst dir um mich keine Sorgen machen.«

Earl schüttelte den Kopf. »Weißt du, was dein Problem ist, junger Mann? Du bist alt geworden, bevor du erwachsen geworden bist. Du hast dein gesamtes Leben rückwärts gelebt und so vieles verpasst …«

»Quatsch.«

»Du weißt mehr übers Sterben als übers Leben!«

»Jetzt sei nicht albern …«

»Clay, tut mir leid, aber keiner von uns wird jünger. Das ist nun mal eine Tatsache im Leben. Das Einzige, das du nicht auflösen kannst. *Vita incerta, mors certissima.* Du weißt, was das bedeutet, mein Junge?«

»Bitte, Earl. Das ist mir jetzt zu viel.«

»Das Leben ist ungewiss, der Tod aber, der ist sicher.«

Beide schwiegen für eine Weile. Natürlich meinte es Earl gut mit ihm, manchmal wünschte sich Clayton aber, er würde sich etwas zurücknehmen. Klar, das Ende des Hauses war absehbar, aber so, wie er es zum Ausdruck brachte, jagte es ihm Angst ein. Der Tod der Gemeinschaft wäre auch Claytons Tod. Ohne sie war er niemand.

»Earl, zum Ende hin«, sagte er, »als Pippa nicht mehr lange zu leben hatte.« Er strich sich durch die Haare und schloss die Augen. »Da habe ich ihr gesagt, dass ich bereit bin, Antworten zu finden. Herauszufinden, wer mich damals vor der Tür abgelegt hat.«

In den letzten Tagen, nachdem Pippa in Begleitung einer Palliativpflegerin vom Hospiz nach Hause verlegt worden war, war Clayton kaum mehr von ihrer Seite gewichen. Von der Morgendämmerung bis zum Einbruch der Nacht hatte er auf einem Klappstuhl neben ihrem Bett gesessen, manchmal hatte er den Kopf auf ihre Decke gelegt, ansonsten aber unaufhörlich mit ihr geredet, auch wenn sie selbst keine Kraft mehr hatte zu sprechen. Fast so, als könnte er sie so lange am Leben erhalten, solange er die Unterhaltung fortführte.

»Und wie hat sie darauf reagiert?«, fragte Earl. »Hat sie irgendwas gesagt?«

»Sie hat meine Hand gedrückt«, erwiderte Clayton, und dann stiegen ihm Tränen in die Augen, so sehr er sich auch bemühte, sie zu unterdrücken; er weinte.

»Oh, Clay.«

Aus seinem Mund kam ein hässlicher, verzweifelter Ton, er strömte aus ihm heraus wie die Luft aus einem nicht zusammengebundenen Luftballon.

Earl legte ihm ein Seidentaschentuch in den Schoß und nahm ihn in den Arm. »Sie hat zum Schluss nicht mehr viel gesagt, was?«

»Aber sie hat zugehört.« Clayton schnäuzte sich. »Sie hat jedes Wort gehört, ich bin mir ganz sicher.«

Earl lächelte ihn freundlich an. »Ja, unsere Gespräche werden mir fehlen – ein schönes Schwätzchen, dem war sie nie abgeneigt. Ich hab ihr im Lauf der Jahre eine ganze Menge von mir erzählt, ob ich wollte oder nicht.«

»Was denn, Earl?«

Earl spitzte den Mund, als wollte er etwas sagen. Schließlich lächelte er nur und sah hinab auf seine Brogues. »Ach, das spielt keine Rolle. Es ist nicht wichtig.«

Irgendwo im Geäst über ihnen gab eine Eule einen schrillen Schrei von sich, das Laub seufzte im Wind. Es war Frühsommer, nur allmählich wurde die Luft kühler, und der Himmel hatte ein samtiges Mitternachtsblau.

»Was ich nicht verstehe«, sagte Clayton, »warum man so wenig darüber weiß, woher ich komme.«

»Du hast uns überfordert«, erwiderte Earl mit einem Schulterzucken. »Du bist das Rätsel, das wir niemals lösen konnten.«

»Kannst du dich noch an irgendwas an diesem Tag erinnern?«

»Was willst du wissen?«

»Alles.« Clayton klang begieriger als beabsichtigt. »Ich weiß nur, dass ich eines Morgens in einer Hutschachtel auf den Treppenstufen lag. Aber dazu muss es doch mehr geben. Ich bin doch nicht vom Himmel gefallen.«

»Ich dachte, es interessiert dich nicht, wer deine leiblichen Eltern sind«, sagte Earl. »Du hast immer gesagt, Pippa ist deine Mutter, und außer uns brauchst du niemanden …«

»Sie ist meine Mutter. *War* … Aber jetzt hat sie uns verlassen.«

In Wahrheit hatte Clayton vermeiden wollen, dass Pip den Eindruck gewann, er wolle jemand anderes als sie. Sie hatte ihm alles gegeben. Aber hätte er sich auf die Suche nach seinen leiblichen Eltern gemacht, hätte er damit das Gleichgewicht gestört und möglicherweise die Beziehung zu dem Einzigen aufs Spiel gesetzt, das immer für ihn da gewesen war. Die Gemeinschaft.

»Ich wäre mir undankbar vorgekommen, Earl. Wenn ich viel Aufhebens darum gemacht hätte, dass ich meine Eltern finden wollte. Ihr beide, jeder hier hat mir doch mehr Liebe gegeben, als ich vermutlich jemals brauchen werde.«

Earl drückte ihm leicht das Knie. Als er das Wort ergriff, hatte sich sein Tonfall verändert.

»Du bist dir sicher, dass du dich auf die Suche machen willst, Clay? Du weißt nie, was du finden wirst.«

»Ich bin mir sicher«, antwortete er mit überraschend fester Stimme. Clayton hatte immer das Gefühl gehabt, ihm würde ein Teil seiner selbst fehlen. Vielleicht war es das ja – das Teil, das er suchen wollte. Damit er endlich vollständig war.

»Earl, streng dein Hirn an. Woran erinnerst du dich noch? Der kleinste Hinweise könnte mir helfen.«

Earl setzte sich ein wenig gerader hin.

Er sah nach oben, die Bank knarrte unter seinem Gewicht, während sein Blick plötzlich in die Ferne ging, als wären seine Erinnerungen den Sternen über ihnen eingeschrieben.

»Tut mir leid, Junge«, sagte er schließlich. »Ich kann mich an gar nichts erinnern.«

6

Dienstag, 18. Dezember 1979
5. Sitzung

Der legendäre Codebrecher Sir Derek Wadlow stand am Overhead-Projektor des Pub und leitete die Aufwärmübung.

Nach ihrer unglücklichen ersten Begegnung hatte Pippa eine Änderung im Verhalten des Mannes feststellen dürfen. Er betrachtete sie nicht mehr ganz so herablassend wie am Anfang, sondern wie jemand, der wie er eine Rätsellegende war, wie eine Gleichgestellte.

An diesem Abend ließ sie sich in der hintersten Reihe nieder und beobachtete nicht ohne Stolz, wie die anderen ihre Plätze einnahmen. Der Start der Gemeinschaft nahm sich vielversprechend aus. Bereits nach vier Monaten hatten sie einen festen Stamm von sechzehn Mitgliedern. Zu Pippas großem Bedauern waren es immer noch ausschließlich Männer, doch davon abgesehen lief alles hervorragend. Alles, außer dass sich Earl Vosey, der attraktive Labyrinthbauer in seiner Schaffelljacke, als tabu erwiesen hatte.

Denn Earl lebte in Ealing und war mit einer Frau verheiratet, die – ausgerechnet – aus Salamanca in Spanien stammte. Pippa stellte sich vor, dass seine Frau – Rosa hieß sie – unglaublich schön war, zu Hause scharfe Bohneneintöpfe servierte und vor dem Herd mit Kastagnetten klapperte. Im Grunde aber wollte sie sich darüber nicht allzu viele Gedanken machen.

»Nehmen Sie sich ein Blatt und reichen Sie die übrigen weiter.«

Derek übergab einen Stapel hektografierter Arbeitsblätter an den, der am nächsten zu ihm saß, an Hector Haywood. Hector war relativ neu bei ihnen, erst vor ein paar Sitzungen war er zum ersten Mal aufgetaucht und hatte immer das gleiche bunt bekleckste Flanellhemd an und einen zerbeulten Porkpie auf dem Kopf. Er war ein witziger kleiner Mann mit einem mächtigen Schnauzer und buschigen Augenbrauen, die wie aufgemalt aussahen. Sie verliehen ihm einen ernsten Eindruck, als wäre gerade etwas Fürchterliches geschehen.

Und stets begleitete ihn ein schwacher Geruch – ein Geruch nach schalen, malzigen Bröseln in einer leeren Keksdose.

Pippa war aufgefallen, dass die anderen ihn mieden und sich nicht neben ihn setzen wollten. Außerdem, und im Unterschied zu den anderen, gab er sich nicht als Wortakrobat, als Akademiker, Wissenschaftler, Ingenieur oder Historiker aus. Er brüstete sich nicht mit breit gefächerter Lektüre, er interessierte sich nicht für Philosophie und steckte sich nicht das tägliche Kreuzworträtsel zusammengefaltet in die Brusttasche. In Wahrheit war sie sich noch nicht einmal sicher, ob er das Kreuzworträtsel der *Times* löste oder überhaupt dazu in der Lage war. Nein, der ruhige, schnauzbärtige Mann war angeblich bildender Künstler oder – wie er bevorzugt genannt werden wollte – Illustrator.

Abgesehen von diesen kleinen Hinweisen wusste Pippa nichts über ihn. Sie wusste noch nicht einmal, was Hector bei ihnen zu suchen hatte.

Derek schlurfte zur Tür und schaltete das Licht aus. genehmigte sich noch rasch einen Schluck aus seinem Glas und legte eine Acetatfolie auf den Projektor:

NGSXSNBMU ZGHTWGAO IBA

OWA HBG MUTOMGO,

HBG IBA OBMUS GAPABRRGO

UTZGO

»Kryptogramme«, sagte er. »Oder *Quicktogramme*, wie ich sie bezeichnen möchte, erfordern nicht nur Logik und Kreativität, sondern auch die Bereitschaft zum *Wagnis*. Dieses Kryptogramm hier ist kinderleicht. Die Verschlüsselung erfolgte durch monoalphabetische Substitution.«

Derek hatte aufgrund seines zunehmend hektischen Terminplans an den letzten Sitzungen nicht teilnehmen können. Trotz seines fortgeschrittenen Alters kannte er keine Ruhepausen. Er hielt regelmäßig Reden bei Empfängen, gab Vorlesungen beim Women's Institute und trat national und international in Museen und Bildungseinrichtungen auf. Er war soeben von einer zwölftägigen Kreuzfahrt in der Ostsee zurückgekehrt, wo er eine Reihe von Vorträgen zum Zweiten Weltkrieg gehalten hatte. Die Kreuzfahrtgesellschaft hatte ihn in einer Deluxe-Suite mit Meerblick untergebracht und war für sämtliche Kosten aufgekommen.

»Es geht hier also um die Anwendung von Häufigkeitsanalysen«, fuhr Derek fort. »Oder, anders gesagt, um die Betrachtung von Mustern im Text – wie häufig kommen bestimmte Buchstaben vor. Betrachten Sie, wie die einzelnen Wörter geformt sind, betrachten Sie den Rhythmus und die Verteilung der Buchstaben vor Ihnen. Und wenn Sie einige Leerstellen ausgefüllt haben, bleibt Ihnen nichts anderes übrig, als zu raten. Die halbe Arbeit beim Codeknacken ist reines Raten, was ich aber natürlich nicht groß herumposaunen würde.«

Pippa war froh, endlich ein Format für die Sitzungen gefunden zu haben.

Jeden Dienstagabend, kurz nach sieben, begannen sie mit einer zehnminütigen Übung, daraufhin schloss sich eine Art Workshop an, in dem es um die jüngsten Rätselkreationen ging (in den letzten Wochen hatten sie sich mit Eric Stoppards handwerklich hervorragend gearbeiteten Rätselkästchen aus Holz beschäftigt, von denen alle bezaubert waren, sowie mit Nigel Benthams Solitär-Version aus handgeblasenen Glasmurmeln in der Größe von Billardkugeln, die sie alle regelrecht vom Hocker rissen).

Die letzten vierzig Minuten ihrer wöchentlichen Zusammenkünfte waren für Gesellschaftliches und Geschäftliches reserviert: Mitglieder berichteten von Aufträgen, die sie an Land gezogen hatten, von anstehenden Wettbewerben, tauschten Kontakte zu Unternehmen aus oder plauderten über das Auf und Ab im Rätselgewerbe oder über das Leben im Allgemeinen. Das war der Teil, auf den sich Pippa am meisten freute. Anderen schien es ebenso zu gehen, denn für diesen Punkt der Agenda wurde immer mehr Zeit aufgewendet, während die übrigen Punkte zunehmend das Nachsehen hatten.

Vergangene Woche hatte sie sich in einer Ecke fast eine ganze Stunde mit Earl Vosey über seine Idee unterhalten, mithilfe von Eric Stoppard, der sich zur Zusammenarbeit bereit erklärt hatte, seine riesigen Labyrinthe in taschengroße Rätsel zu verwandeln.

Pippa sah sich im Raum um. Seltsamerweise war Earl heute Abend nicht da.

»Was sagt Ihnen ENISRA?«, fragte Derek.

Alle schwiegen.

»Pippa, wollen Sie uns vielleicht auf die Sprünge helfen?«

»Es handelt sich um eine Art Gedächtnisstütze«, antwortete sie. »Das Wort besteht aus den Buchstaben, die in unserer Sprache am häufigsten vorkommen, angegeben in der Reihenfolge ihrer Häufigkeit. E ist der Buchstabe, der am häufigsten vorkommt, gefolgt von N, dann I etc.«

»Das ist richtig«, bestätigte er. »Wenn wir uns also das vorliegende Kryptogramm ansehen, das aus insgesamt achtundfünfzig verschlüsselten Zeichen besteht, was fällt uns dann auf?«

»Der kodierte Buchstabe *G* kommt neunmal vor«, rief Geoff Stirrup. »Mehr als jeder andere.«

»Ausgezeichnet.«

Hector Haywood hob zaghaft die Hand. »Und sowohl *I-B-A* als auch *H-B-G* finden sich jeweils zweimal«, sagte er leise.

Jeder drehte sich zu ihm hin. Es war das erste Mal, dass er etwas gesagt hatte.

»*H-B-G* findet sich in der zweiten und dritten Zeile«, sagte er. »Wenn wir also annehmen, dass *G* für *E* steht – der häufigste Buchstabe –, dann kann man davon ausgehen, dass die Kombination ein häufig vorkommendes Wort mit drei Buchstaben bezeichnet, das auf einem *E* endet … wie zum Beispiel *DIE*.«

Derek bedachte den Künstler in seinem bunt bekleckſten Hemd mit einem Lächeln. Plötzlich kritzelte jeder, die Stirn vor Konzentration in Falten gelegt, in seinen Notizblock und versuchte den Satz mit seinen elf Wörtern zu entschlüsseln.

»Ich gebe Ihnen dafür dreißig Sekunden.«

Zwölf Sekunden später stürzte Earl Vosey zur Tür herein. Seine langen blonden Haare tropften vom Regen, das durchtränkte weiße Hemd klebte ihm am Leib.

Auf Zehenspitzen schlich er sich in den Raum und suchte sich einen freien Platz.

»Hier ist noch was frei«, sagte Pippa mit gedämpfter Stimme. »Sie können sich hierhin setzen, wenn Sie wollen.«

Earl zwinkerte ihr zu und ließ sich auf dem Platz nieder, wo sie ihre Handtasche abgestellt hatte.

Die Bedeutung seiner Beiträge für die Gruppe war nicht abzustreiten. In den letzten Monaten hatte er sich ganz darauf konzentriert, seine begehbaren Labyrinthe an Landsitze und stattliche Anwesen zu verkaufen. Soeben hatte er eine Anfrage vom Verwalter eines Palais in Wien erhalten. Ein Herr Brandstätter wollte sein Familienwappen, bestehend aus einem mythischen Meeresungeheuer, als Inspiration für den Entwurf verwendet sehen. Earl war mittlerweile nicht nur in der Lage, Symbole in sein Werk einzubauen, sondern dem Wegenetz in seinen Entwürfen auch verborgene Wörter einzuschreiben.

»Ich bin durch eine Baustelle in Holloway aufgehalten worden«, murmelte er.

»Zeit ist um!«, rief Derek. Er hielt Ausschau nach Freiwilligen. »Miss Allsbrook, würden Sie uns bitte zeigen, was Sie herausgefunden haben?«

Pippa schreckte auf. In Gedanken war sie während der Übung ganz woanders gewesen.

Sie murmelte eine Entschuldigung und trug – ihre glanzlose Leistung war ihr ein wenig peinlich – auf der Tafel ein, was sie herausgefunden hatte.

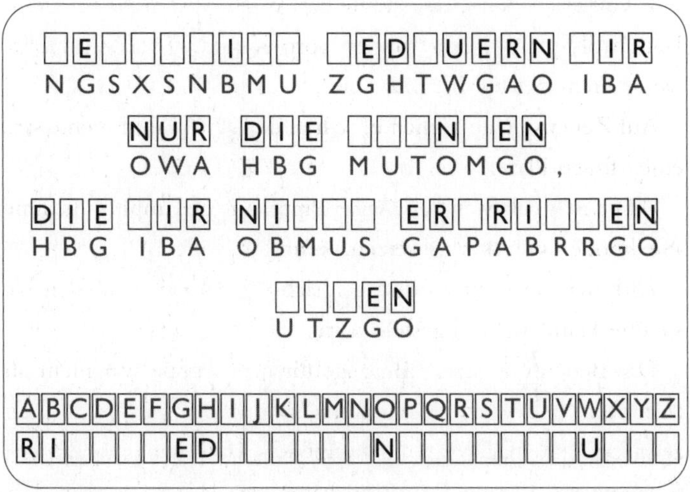

»Möchte jemand den Rest ausfüllen?«, fragte Derek sichtlich unbeeindruckt.

Er hatte die Frage noch nicht beendet, als schon ein kleiner beleibter Mann namens Maurice Dobson den Arm reckte. Er war ein renommierter Professor für Physik am Imperial College mit einer Vorliebe für Calcudoku, ein Spiel ähnlich Sudoku, das jedoch auf den mathematischen Grundrechenarten aufbaute. Mit selbstgefälliger Miene trat er nach vorn.

»Vierzehn Komma fünfundzwanzig Sekunden«, prahlte er und zeigte Derek die Stoppuhr auf seiner Casio. Dann füllte er die leeren Felder aus.

LETZTLICH BEDAUERN WIR
NGSXSNBMU ZGHTWGAO IBA

NUR DIE CHANCEN
OWA HBG MUTOMGO,

DIE WIR NICHT ERGRIFFEN
HBG IBA OBMUS GAPABRRGO

HABEN
UTZGO

A	B	C	D	E	F	G	H	I	J	K	L	M	N	O	P	Q	R	S	T	U	V	W	X	Y	Z
R	I					E	D	W				C	L	N	G		F	T	A	H		U	Z		B

Den Workshop hatten sie diese Woche zugunsten von Geoff Stirrups Geburtstagsfeier ausfallen lassen, die als eine Überraschung geplant war. Geoff, ein Mann der Zahlen, wollte es ironischerweise nicht an die große Glocke hängen, dass es sein fünfzigster war.

Pippa hatte es mit dem Backen nicht so, aber sie hatte im Fernsehen Delia Smith bei der Herstellung eines Marmeladenkuchens gesehen, der nicht mit allzu viel Aufwand verbunden schien, also hatte sie es mal probiert und musste sich eingestehen, dass das Ergebnis halbwegs genießbar war. Sie hatte sich sogar die Mühe gemacht, mit einem Spritzbeutel den Buchstaben L aufzutragen (wenn schon, so Geoffs Wunsch, nicht erwähnt werden sollte, dass es sein großer Fünfzigster war, dann schrieb sie die Zahl eben als römische Ziffer), dazu hatte sie aus eigener Tasche zwanzig Pfund an der Theke hinterlegt und alle dazu ermuntert, mit Geoff dort anzustoßen. Es klang ja nicht so, als hätte er eigene Geburtstagspläne.

Sie wollte gerade runter in den Gastraum, als ihr neues Mitglied Hector sie am Fuß der Treppe abfing.

»Kann ich kurz mit Ihnen reden, Mrs Allsbrook?«

In Erwartung einer Standpauke wappnete sie sich innerlich. »Als Erstes, Miss, bitte. Aber natürlich, Hector. Wie kann ich Ihnen helfen?«

Hector lächelte verkniffen und bedeutete ihr, ihm in eine Ecke des Pubs zu folgen. »Philippa, ich habe gehofft, Sie können mir dabei helfen, eines meiner Ziele zu erreichen.«

»Ach ja?«, entgegnete sie und warf einen Blick über die Schulter zu Earl, der aussah, als wollte er schon wieder aufbrechen. »Und worum handelt es sich?«

»Um Puzzles.«

»Wie bitte?«

»Puzzles. Der Markt dafür ist ziemlich groß, ich versuche schon seit einer geraumen Weile, einen Fuß in die Tür zu bekommen. Ich bin wirklich der Meinung, dass sich mein Œuvre gut dafür eignet.«

»Verstehe …«, sagte Pippa. Jetzt dämmerte ihr, warum er ihrem Rätselclub beigetreten war. Er war auf der Suche nach Kontakten.

»Ich bin ein illustrierender Künstler, daher dachte ich, Sie kennen vielleicht jemanden. Sie scheinen doch Gott und die Welt zu kennen, wenn ich das so sagen darf.«

»Mal sehen, was ich tun kann«, sagte sie. »Ich werde einige Telefonate führen, vielleicht findet sich ja jemand. Ich nehme an, Sie haben ein Portfolio, falls jemand danach fragt.«

»Oh, ja«, antwortete Hector. »Ich male seit meiner Jugend.«

»Überlassen Sie das mir.«

»Danke.«

»Aber ich kann nichts versprechen …«

»Nein, wirklich, *danke*«, sagte er, worauf er plötzlich und sehr fest ihren Unterarm umklammerte. »Dafür, dass Sie die Gemeinschaft ins Leben gerufen haben. Es ist schön, etwas zu haben, wo man jede Woche hingehen kann. Ohne sie wäre ich verloren.«

Pippa stockte kurz. *Wo man jede Woche hingehen kann?* Es hörte sich seltsam an, nun aber, da sie dem Mann so nahe war, bemerkte sie die dunklen Ringe unter seinen melancholischen Augen und den unangenehmen Geruch, der ihm anhaftete – das alles hatte etwas Beunruhigendes an sich.

»Das freut mich zu hören, Hector.«

Plötzlich war ihr danach, den schwermütigen Mann in den Arm zu nehmen, ihn zu fragen, ob alles in Ordnung sei.

»Man bedauert nur die Chancen, die man nicht ergriffen hat«, erklärte er nachdenklich und starrte dabei ins Leere.

»Wie bitte?«, fragte Pippa.

»Der verschlüsselte Satz von vorhin«, erklärte er. »*Letztlich bedauern wir nur die Chancen, die wir nicht ergriffen haben*. Der Satz hat mich sehr berührt.«

»Ja.« Pippa nickte. »Ja, ich denke, da ist was dran.«

7

Clayton wurde von einem samtigen Schnurren geweckt.

Wegen ihrer Arthrose schaffte Freifrau Klotski es nur noch selten in den vierten Stock des Hauses. Am Morgen von Pippas Beerdigung aber musste sie die sechsundvierzig Stufen zu Claytons Zimmer hinaufgestiegen sein, die Tür aufgestupst und sich auf seiner Patchworkdecke ausgebreitet haben, denn als das erste Tageslicht durch die Rollläden sickerte, stand sie vor ihm und starrte ihn an.

»Guten Morgen, meine Liebe.«

Nach menschlichen Jahren war Klotski fast so alt wie Clayton, nach Katzenjahren hatte sie ihr Glück aber längst überstrapaziert. Weit über hundert – und genauso sah sie auch aus; ihre rosaroten Bonbonpfoten waren so rissig wie die Füße alter Damen, die Augen aber waren nach wie vor von einem so durchdringenden Orange wie an dem Tag, an dem er sie gefunden hatte. Die Farbe von verbranntem Buttertoffee.

Der Wecker auf Claytons Nachttisch heulte los wie eine Luftschutzsirene, Datum und Uhrzeit blinkten auf der extra großen Anzeige.

FREITAGMORGEN.

08.15 UHR

BEDECKT, REGENWAHRSCHEINLICHKEIT 50 %

Als Clayton sich vorbeugte, um auf die Schlummertaste zu drücken, rollte sich die Katze an der warmen Stelle zusammen, wo er gelegen hatte.

Er war fünf gewesen, als er sie aufgelesen hatte. Er hatte auf dem Rasen neben der Einfahrt mit seinem Lieblingsspielzeug gespielt, einem Schiebepuzzle aus Holzsteinen in den Primärfarben, als ihm am Eisentor ein verdächtiger Karton auffiel. Erst als er ihn holen wollte, bemerkte er, dass jemand Löcher in die Seiten gestochen und dazu mit schwarzem Faserschreiber auf den Deckel geschrieben hatte: *Tut uns leid, sie ist wahnsinnig süß, aber ihr Kratzen überfordert uns einfach. Bitte kümmert euch um sie.* Als er den Deckel hochhob, blinzelten ihn zwei glasige Murmeln an. Das kleine, auf den Hinterläufen sitzende Wesen öffnete den Mund und stieß einen leisen Schrei aus.

»Sind die Menschen nicht gemein?«, sagte Pippa, nachdem Clayton mit dem Karton nach drinnen gerannt war. »Das muss man sich mal vorstellen! So ein Lebewesen vor unserer Haustür auszusetzen. Wir sind doch kein Waisenhaus!«

Bei diesen Worten hatten sich alle zum kleinen Clayton umgedreht, der auf einem Stuhl mit seinem Schiebepuzzle am Tisch saß. Ein betretenes Schweigen hing in der Luft.

In diesem Augenblick hatte ihm gedämmert, dass ein Rätsel seine Herkunft umgab. Nicht dass er keine Mummy oder keinen Daddy gehabt hätte – er hatte sogar ganz viele davon. An seinem ersten Schultag war er gebeten worden, ein Bild seiner Familie zu malen, und er hatte nicht gezögert, seiner Lehrerin zu sagen, dass die vielen Personen, die er mit einem dicken roten Stift vor dem großen gelben Palast dargestellt hatte, seine ganze Familie seien.

»Natürlich werden wir sie adoptieren«, verkündete Pippa, stellte sich hinter Clayton und schlang liebevoll die Arme um den Jungen. »Hier ist immer noch Platz für einen mehr. Nicht wahr, Clay? Je mehr, desto lustiger.«

»Sie braucht einen Namen«, sagte Earl. »Wie sollen wir sie nennen, mein Junge? Irgendeine Idee?«

Wie aufs Stichwort tapste das Kätzchen zu Clayton und legte sich auf das hölzerne Spielbrett.

Nachdenklich neigte Clayton den Kopf; die Vorstellung, Verantwortung zu übernehmen, gefiel ihm.

»Klotski!«, rief er, denn das war der Name des Schiebepuzzles vor ihm.

Eric Stoppard hatte das Spiel einige Monate zuvor bei einer Spielwarenmesse in Stockholm entdeckt, und seitdem hatte Clayton es kaum noch aus der Hand gelegt.

»Ja, das passt«, bemerkte Hector. »Klotski, die kleine Katze. Klotty-Dotty. Lady Klot.«

»*Freifrau* Klotski ist wohl angemessener«, unterbrach Pippa ihn. »Schaut sie euch doch an!«

Das Kätzchen hatte sich wie Barbara Cartland auf ihrer berühmten Chaiselongue ausgestreckt, die samtigen Beine majestätisch gekreuzt.

»Freifrau Klotski«, bestätigte Clayton. Alle lachten.

Und damit war die Entscheidung gefallen. Freifrau Klotski, die Katze, war das neueste Mitglied der Gemeinschaft, und ab diesem Zeitpunkt war Clayton nicht mehr der Jüngste.

Seitdem waren die beiden so gut wie unzertrennlich.

Wieder heulte der Wecker. Clayton fasste über die dösende Katze hinweg, um das verdammte Ding auszuschalten.

Er konnte nicht mehr als ein paar Stunden geschlafen haben. Sobald die letzten Gäste gegangen waren, hatte ihn ein unzähmbarer Wunsch die halbe Nacht auf Trab gehalten.

Er wollte unbedingt die Hutschachtel finden, in der er abgeliefert worden war.

Er hätte schwören können, sie irgendwann gesehen zu haben, denn er hatte ein klares Bild vor Augen: eine große, schwarze, sechseckige Schachtel mit einem hübschen blumengemusterten Futter und aufgeprägten goldenen Lettern auf dem Deckel. Er wusste, die Schachtel gehörte zu den Dingen, die Pippa aufgehoben hätte. Trotzdem hatte er nichts gefunden, obwohl er den Dachboden abgesucht und in den frühen Morgenstunden dazu noch einen der Lagerschuppen draußen durchwühlt hatte.

Barfuß schlüpfte er in seine Mokassin-Hausschuhe neben dem Bett. Einige der Bewohner waren schon wach. Das Haus ächzte und stöhnte wie ein müder alter Körper – das schrille Quietschen der Druckerhöhungspumpen, die im ganzen Haus für warmes Wasser sorgten, war zu hören, dazu das Gluckern der alten Kupferleitungen, die es abtransportierten.

Unten setzte Clayton einen großen Topf mit Wasser auf, ließ es aufkochen, gab achtzehn Eier aus zwei großen Packungen hinein und stellte die Kochuhr, als die letzten Eier im Wasser waren. Es bereitete ihm immer großes Vergnügen, am Freitag das Frühstück zu machen – es bestand aus Eiern mit getoasteten Brotstreifen, nur nicht an Feiertagen oder wenn jemand Geburtstag hatte, dann machte er Pancakes.

Er schnürte seinen Morgenmantel zu und warf einen Blick auf die Tafel an der Wand. Der heutige Terminplan war mit *⋆AE⋆* versehen – »Anwesenheit erforderlich«. An erster Stelle stand *Pippas Trauergottesdienst und Kremierung um 10 Uhr*, daraufhin *Besuch im Pub*, gefolgt vom *Ausräumen von Pippas Zimmer – Alphabetibox-Suite, dritter Stock*.

Als würde keiner wissen, welches Zimmer das ihrige war, dachte sich Clayton. Es war typisch für Hector: immer in allem übertrieben beflissen. Es war seine Idee gewesen, alle zusammenzutrommeln und Pippas Sachen durchzugehen, sobald sie vom Krematorium zurückkehrten, damit die Gegenstände, die von sentimentalem Wert waren, unter ihnen aufgeteilt und andere mit monetärem Wert verkauft werden konnten.

Um ehrlich zu sein, hatte Clayton bei einigen Gelegenheiten – vor allem, als Pippa ans Bett gefesselt war – bereits einen Teil der alten Papiere in ihrem Sekretär durchgesehen sowie in den mit *VERTRAULICH* beschrifteten und in Kartons verstauten Akten gewühlt. Er hatte nicht recht gewusst, was er zu finden hoffte – vermutlich irgendeine offizielle Bescheinigung, dass es ihn gab, eine Geburtsurkunde oder zumindest Aufzeichnungen über seinen Eintritt in die Welt. Aber er hatte nichts gefunden. So, als hätte es ihn nie gegeben.

Die Kochuhr klingelte nach vier Minuten dreißig Sekunden; mit einem Löffel holte Clayton die weichen Eier für Earl, Martin und Jean heraus. Deren zerlaufendes Eigelb überzog dann ihre Löffel wie flüssiges Kerzenwachs, genau so, wie sie es mochten. Zwei Minuten dreißig Sekunden später entnahm er die halbweichen Eier für Hector, Geoff und Nigel. Ihre orangefarbene Mitte würde nur am Rand fest sein. Und nochmals drei Minuten später löffelte er ein einsames hartes Ei für Eric heraus, der es nur dann aß, wenn das Eigelb bei der Berührung mit dem Löffel krümelig zerfiel.

Er reihte die Eier in bunten Porzellanbechern auf dem Tablett auf, verteilte die diversen Tabletten aus der Medikamentenbox und wickelte sie in Post-it-Zettel, die er mit den jeweiligen Namen versah, damit jeder wusste, welche Pillen wem gehörten.

Er war bei Weitem keine ausgebildete Pflegekraft, aber bei seinem Studium an der örtlichen Polytechnic hatte ihm das ernährungswissenschaftliche Modul am meisten Spaß gemacht. Seitdem legte er Wert darauf, der Gemeinschaft gesunde Mahlzeiten aufzutischen. Er wusste, dass Spinat gut fürs Immunsystem war, Fettfisch gut fürs Gehirn und Eier das Risiko für Schlaganfälle und Herzkrankheiten senkten.

Er wollte alles tun, um das Unausweichliche hinauszuzögern. Um sie alle fit zu halten, damit sie so alt wie möglich wurden.

Einige Stunden später kehrten sie vom Pub zurück, alle patschnass, nachdem sie in ein Gewitter geraten waren. Sie eilten in die Halle und zur Treppe, während Clayton noch an der Tür seinen Schirm ausschüttelte. Er fühlte sich wie betäubt.

Während Hectors Trauerrede, in der er Pips Leben im Schnelldurchlauf abgehandelt hatte, war Clayton bewusst geworden, von wie vielen Dingen aus ihrer Vergangenheit er noch nie gehört hatte.

Pip hatte als Sekretärin im Büro einer Speditionsfirma unter einem chauvinistischen Chef gearbeitet; ein Jahr hatte sie in Luxor, Ägypten, gelebt; sie hatte einen Master-Abschluss des King's College in Soziolinguistik; einen denkwürdigen Auftritt in einer BBC-Dokumentation mit dem Titel *Die Liebe zum Kreuzworträtsel.* Als er vor ihrer Tür ausgesetzt wurde, war sie weit mehr als doppelt so alt gewesen wie er jetzt.

Was wusste er noch alles nicht über Pippas bunte Vergangenheit – oder über die Vergangenheit der anderen; wer von ihnen hatte ebenfalls Geheimnisse, von denen sie ihm nie erzählt hatten?

Schweigend folgte er mit Earl den anderen hinauf zur Alphabetibox-Suite.

»Hör mir zu, Junge«, sagte der Labyrinthbauer, als sie vor dem Zimmer standen. »Dir gebührt der Vortritt, okay? Wenn es also etwas gibt, was du haben möchtest, dann sag's einfach.«

Clayton nickte geistesabwesend.

Er zögerte, bevor er die Tür öffnete.

Es war exakt eine Woche her, dass er Pippas Zimmer zum letzten Mal betreten hatte. Schon jetzt fühlte er sich als ein völlig anderer Mensch als damals, als er um Viertel vor acht in ihrer Tür gestanden und ihr einen getoasteten Muffin mit Zitronenaufstrich und Lapsang-Tee mit Zucker und einem Tropfen Vollmilch in ihrem Lieblings-Porzellangeschirr gebracht hatte. Sekunden später war seine ganze Welt auf den Kopf gestellt gewesen.

Das Erste, was Clayton jetzt beim Betreten der Alphabetibox-Suite auffiel, war der plötzliche Temperaturabfall. Im Zimmer war es schneidend kalt. Jemand musste die Heizung abgedreht haben, um Energie für das restliche Haus zu sparen. Es war ein ständiger Kampf in dem Gebäude, alle warm zu halten, ohne dass die Heizkosten durch die Decke gingen.

»Alle mal herhören«, rief Hector und stellte sich dazu auf die grüne Samt-Chaiselongue. »Keiner nimmt hier irgendwas weg, ohne dass es vorher in der Inventarliste verzeichnet wird. Haben das alle verstanden?«

Alle nickten, konnten es aber trotzdem kaum erwarten, mit der Schatzsuche anzufangen.

Pippas Suite war die größte im ganzen Haus und zog sich über zwei Ebenen, große Schiebefenster mit garnelenroten Vorhängen gestatteten einen Blick auf die Terrasse.

Die Längsseite der Suite wurde von verspiegelten Einbauschränken eingenommen, hinter denen sich ihre umfangreiche Designergarderobe verbarg, aufgeteilt nach Funktion und Zweck wie in einem Bekleidungshaus: Strümpfe und Unterwäsche; Kleider und Abendgarderobe; Kostümschmuck, Seidenschals und Handtaschen.

Pippa war nicht unbedingt für ihr Organisationstalent bekannt, aber sie hatte ihre Kleidung sehr ordentlich sortiert, ähnlich wie die Fragen zu ihren Kreuzworträtseln. Gegenüber der Schrankwand befand sich eine Reihe von Aktenschränken, in denen sie ihre Fragen alphabetisch archiviert hatte. Jemand hatte ausgerechnet, dass sie im Lauf ihrer Karriere über siebentausend Rätsel erstellt und sich über eine Viertel Millionen Fragen ausgedacht haben musste.

Am anderen Ende des Raums standen die Bücherregale: Pippas zahllose ledergebundene Lexika, klassische Literatur, Zeitungen, Enzyklopädien und Karten, dazu, auf dem obersten Regal, das Gesamtwerk ihrer Lieblingsschriftstellerin Danielle Steel. Alle einhundertneun Bände waren dort aufgereiht wie die große Chinesische Mauer.

»Das hier ist kein Flohmarkt«, stellte Hector klar und sah zu Jean, die mehrere Wäschesäcke zu ihren Füßen liegen hatte. »Und ich wage zu behaupten, dass es hier wahrscheinlich Dinge von großem Wert gibt. Ihr wisst ja, wie sie war, sie hat immer alles aufgehoben.«

Hector fuhr mit seinen Anweisungen fort. Jemand von der British Library wolle kommen, um sich Pippas Katalog von Monovokalismen und Chronogrammen anzusehen; jemand aus London würde ihre Notizbücher einscannen, sodass sie im Blog der Gemeinschaft veröffentlicht werden konnten. Aber Clayton hatte längst abgeschaltet und stattdessen seine Aufmerksamkeit auf Hectors Schuhe gerichtet. Er hatte Schuhcreme auf dem Stoffbezug der Chaiselongue hinterlassen. Ein Schmierfleck auf dem makellosen grünen Samt.

Ein Karton wurde ihm gegen die Rippen gestoßen.

»Sollen wir?«, fragte Earl und deutete auf Pippas Sekretär. »Schau doch, was du dort drüben finden kannst.«

Auf dem Weg zum Schreibtisch kam er an Jean vorbei, die vor der Schrankwand Kleider anprobierte, als wäre sie bei Marks & Spencer.

»Wie sehe ich aus?«

Sie drückte sich einen Bügel mit einem glitzernden Lamé-Kleid, das ein wenig einem Bonbonpapier glich, an den Körper.

»Von Yves Saint Laurent«, erklärte Jean strahlend. »Ich glaube, sie hätte gewollt, dass ich es kriege.«

Am Sekretär ging Claytons Hand sofort zu Pippas Rolodex, wo sie alle ihre Kontakte aufbewahrt hatte. Als Kind, erinnerte er sich, hatte er damit gespielt – es hatte ihm Spaß gemacht, die Aberhundert zerfledderten Indexkarten durchzugehen, sich Geschichten über die Menschen auszudenken, an deren Karten seine Finger hängen blieben. Es war erstaunlich, wie viele sie gekannt, auf wie viele Leben sie einen Einfluss gehabt hatte. Als fast schon Erwachsener hatte er erfahren, dass sie sich mit der Mehrzahl der Leute erst in späteren Jahren angefreundet hatte. Auch wenn Clayton sich das nur schwer vorstellen konnte – es musste eine Zeit gegeben haben, in der Pippa sehr einsam gewesen war. Sie hatte ihm gestanden, dass sie früher nicht viele Freunde gehabt hatte. Erst die Gemeinschaft hatte Pip diesen großen Freundeskreis beschert. Rätsel hatten sie alle miteinander vereint.

Die Karten rutschten durch seine Finger, ohne dass er sie bewusst wahrnahm, genau so, wie er es als kleiner Junge getan hatte. Er hatte die Adresse der seltsamen Dame mit dem schwarzen Hut ausfindig machen wollen, die ihm bei der Beerdigung aufgefallen war, angeblich eine ehemalige Bewohnerin des Hauses und enge Freundin von Pippa. Etwas an ihrem Blick – als würde sie ihn kennen – wollte ihm nicht mehr aus dem Kopf.

»Nancy … Stone«, murmelte er leise und überflog jede abgegriffene Karte, bevor er zur nächsten weiterging.

Nancy Stone, Nancy Stone, Nancy Stone.

Es gab einen *Mr SANDERS*, unter dessen Namen der verblichene Bleistifteintrag *SEXISTISCHES SCHWEIN – MEIDEN* stand; einen *Mr George SCOTT-STANLEY*, angeblich ein *GEIZKRAGEN*, und dann einen *Mr Norris STEVENS*, der allerdings für niemandem mehr von Nutzen sein konnte, weil er bereits *TOT* war.

Es fanden sich einige *SCOTTS* und viele *SMITHS*, aber keine einzige oder kein einziger *STONE*. Eine Nancy Stone war nirgends verzeichnet.

Clayton seufzte.

Seine Enttäuschung legte sich erst wieder, als sein Blick auf Pippas Schreibmaschine fiel, die unter ihrer Schutzhülle hervorspitzte.

Er streifte die Hülle ab und betrachtete liebevoll die Maschine. Unter den vielen Dingen in ihrem vollgestopften Zimmer hatte er Pippa immer besonders mit diesem Gegenstand in Verbindung gebracht. Eine Remington Rand Deluxe Model 17. Er legte die Finger auf die konkaven, glatten Tasten. Allein ihr Anblick, der haptische Eindruck der Tasten, die Geräusche, die sie von sich gaben – *klick-klack-klick-klack-dinnng-ziiip* –, riefen sofort Erinnerungen an Pippa wach, die hektisch auf einen Abgabetermin hinarbeitete und noch rechtzeitig ihre Fragen für den Setzer abtippte.

»Clay!«

»Clay! Komm und schau dir das an!«

Obwohl Clayton den anderen den Rücken zukehrte, hatte er gespürt, dass hinter ihm Unruhe entstanden war.

Er zog die Schutzhülle über die Schreibmaschine, schlug sie seitlich unter, und noch bevor er sich umdrehte, ahnte er, was ihn gleich erwarten sollte. Irgendwie hatte er es im Gespür.

Pippas Schlafsofa war hochgeklappt worden, sodass der Bettkasten darunter zum Vorschein gekommen war.

Mit einem Mal herrschte Stille, als wäre alle Luft aus dem Raum gesogen worden.

Earl und Jean sahen in den Bettkasten. Nigel, Geoff und Eric rührten sich nicht. Hector und Martin starrten zu ihnen, dann sahen sie mit einem zaghaften Lächeln zu Clayton.

»Wir haben was gefunden, Junge«, erklärte Earl. »Etwas, was du vermutlich gesucht hast.«

Clayton wurde es eng in der Brust.

Er atmete tief durch und ging langsam zu ihnen, begierig, einen Blick hineinzuwerfen, und gleichzeitig davon abgeschreckt.

Aufs Äußerste angespannt, lehnte er sich über den Bettkasten und sah hinein.

Mehrere luftdicht verpackte Tüten mit Sommerkleidung, übriger Bettwäsche und Handtüchern waren zu erkennen, dazu zahllose Puzzle-Kartons und Brettspiele. In der Mitte aber befand sich ein schwarz glänzender, sechseckiger Karton. Bei seinem Anblick überlief ihn ein Schaudern.

Clayton ging in die Hocke und griff nach der Hutschachtel.

Sie war größer, als er sie sich vorgestellt hatte. Beklommen hob er sie aus dem Bettkasten. An der Seite war eine Reihe ornamentaler Symbole angebracht, auf dem Deckel waren zwei verschlungene Buchstaben in Goldfolie zu erkennen.

H. H.

Ein kollektives Seufzen ging durch den Raum, als er dastand, ein erwachsener Mann von fünfundzwanzig Jahren, und das berühmte Behältnis in Händen hielt, in dem er hier angekommen war.

H. H.?, dachte sich Clayton.

Er neigte die Schachtel nach links, dann nach rechts, vor und zurück, während alle ihm wortlos zusahen.

»Ich vermerke das in meiner Tabelle«, bemerkte Hector. »Dass du die Hutschachtel nimmst.«

Clayton nickte nur dankbar allen im Raum zu, bevor er sich wortlos Richtung Tür umdrehte.

Jemand hielt sie ihm auf, und er ging hinaus, glitt durch den scheinbar endlosen Korridor, als würde er schlafwandeln – träumen –, während er sich die ganze Zeit die Schachtel an den pochenden Brustkorb presste.

Er wollte sie nicht im Beisein der anderen ansehen, wollte nicht den Deckel öffnen, wenn alle ihn dabei beobachteten, und nicht nur, weil es unmittelbar mit seiner Identität zu tun hatte, woher er kam.

Erst schüttelte er die Schachtel sacht, dann heftiger, bis er zu wissen glaubte, was sich darin befand.

Raschelndes Papier, als würde ein kleiner Vogel mit seinen Flügeln schlagen, um zu entkommen.

Ein Brief, hoffte er.

Ein Brief mit allen Antworten.

Er hob den Deckel ab, fasste hinein und zog einen mit Wachs versiegelten Brief heraus, der im blumenbedruckten Papierfutter der Schachtel steckte.

In einer fließenden Bewegung riss er den Umschlag auf und holte den maschinengeschriebenen Brief heraus.

Liebster Clay,

Da waren es nur noch acht.

Aber du weißt ja, man soll die Party immer dann verlassen, bevor sie vorbei ist, nicht wahr?

Nun ist es an der Zeit für ein letztes Kreuzworträtsel.

Ich arbeite an diesem schon so lange, wie ich mich zurückerinnern kann.

Eigentlich ist alles, was ich im Leben gelernt habe, ein Bestandteil dessen – der Fragen zu deiner Zukunft.

Lieber Clay, hör mir gut zu.

Leben ist komplizierter als jede Herausforderung, die ich dir stellen kann.

Es gibt kein Lösungswort in diesem Kreuzworträtsel, das nicht die Basis für ein erfülltes, für ein glückliches Leben wäre.

So sollst du dieses Rätsel also nicht einfach nur lösen, sondern die Lösungsworte suchen und sie am eigenen Leib erfahren.

Tja, und dann gibt es natürlich noch ein Rätsel, das du eines Tages lösen musst. Deine Vergangenheit. Wenn du dich dazu bereit siehst, werden alle Antworten auf dich warten. Willst du mit dieser Suche beginnen, musst du einen Hinweis aufspüren, der sich in einer Zeile dieses Briefes verbirgt.

Eben, das ist leicht, ja? Wie alle großen Rätsel wird es allerdings schwieriger, je weiter du vorankommst, keine Sorge. Und du brauchst deinen Pass, vergiss den also nicht.

Egal, was als Nächstes kommt, genieße es, Clay. Wenn ich dir eines versprechen kann, dann, dass das Leben nicht immer geradlinig verläuft, aber so ist es mit allem, was es wert ist, enträtselt zu werden.

Lass dich umarmen, in Liebe, für immer und ewig, Pip x

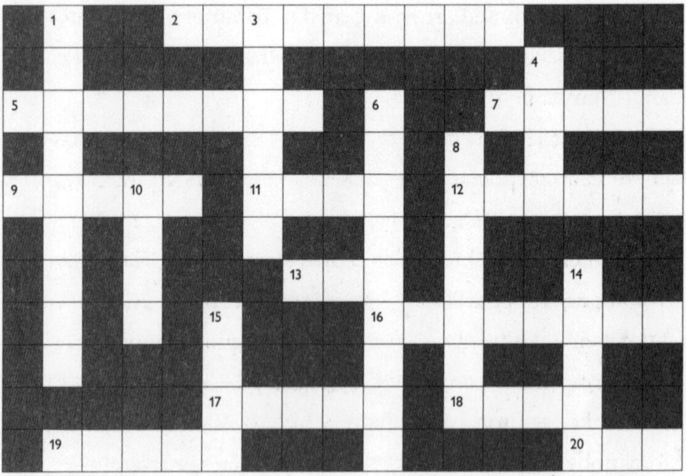

Waagrecht

2 enthüllen oder preisgeben (9)
5 Kenntnis erhalten (8)
7 aus sich heraus_____ (5)
9 etwas riskieren oder mutig sein (5)
11 Null in Wimbledon (4)
12 dunkles Vorgefühl, keinesfalls zu ignorieren (6)
13 gefährliche Empfindung (3)
16 was man durch sein Erscheinen hinterlässt (8)
17 durchmisst das All und den menschlichen Körper (5)
18 Gewissensbisse (4)
19 äußere und innere Stärke (5)
20 frisch und unverbraucht (3)

Senkrecht

1 sehnsüchtiger Wunsch (9)
3 Reichtum an schönen Dingen (6)
4 körperliches und seelisches Unbehagen (4)
6 unbillige Heldentaten (9)
8 Gefährte, Verbündeter (7)
10 davon hat man bis zum Mittag vielleicht schon zwei (4)
14 Fenster zur Seele (5)
15 Verlangen, Freude (4)

8

Dienstag, 9. September 1980
52. Sitzung

Die Gemeinschaft hatte Fahrt aufgenommen. Nicht nur hatte sich die Mitgliederzahl erhöht, man war sich auch zwischenmenschlich nähergekommen, zudem war der kommerzielle Aspekt ausgebaut worden, und man hatte sich in den entsprechenden Kreisen einen Namen gemacht.

Pippa war federführend beim Bemühen, anderen die Dienste der Gemeinschaft anzubieten. Gerade erst hatte sie einen langfristigen Vertrag mit Whizz Kid Media abgeschlossen, einem Unternehmen, das Zeitschriften wie *Puzzler's World, Word Play* und *Tea Quizzes* verlegte. Die Gemeinschaft verpflichtete sich, jedes Quartal eine Auswahl von wortbasierten Spielen zu liefern. Und erst vergangene Woche hatte Eric Stoppard – der begnadete Holzhandwerker – Prototypen für einen Satz von weihnachtlichen Holzknobeleien präsentiert, die er auf einer Spielwarenmesse zu verkaufen versuchte. Es handelte sich um ineinandergreifende Holzelemente, die in einer ganz bestimmten Reihenfolge zusammengeschoben werden mussten, damit sie schließlich ein Rotkehlchen, einen dekorativen Kranz oder Weihnachtsglöckchen ergaben. Pippa ging davon aus, dass sie sich schnell und billig für den Massenmarkt produzieren ließen. Das perfekte Geschenk für den Weihnachtsstrumpf. Aber nicht nur deswegen war sie aufgeregt.

»Hector Haywood, würdest du bitte nach vorn kommen!«

An diesem Abend, einem bitterkalten Dienstag Mitte September, stapfte der linkische Illustrator in seinem braunen Pullunder, rotem Kordhemd und seiner cremefarbenen Freitzeithose durch den dicken Tabakqualm im Versammlungsraum und wirkte zutiefst verlegen.

Es hatte sich herausgestellt, dass Hectors Gemälde (denn als solche bezeichnete Pippa sie, auch wenn ihr Schöpfer weiterhin darauf beharrte, sie seien lediglich *Illustrationen*) sinnlich-satte, verführerische, traumhafte Bilder waren. Jedes noch so kleine Detail wurde ein wenig überhöht und überzeichnet, sodass alles vollkommener erschien als im echten Leben. Sie eigneten sich ideal als Vorlage für Puzzles – dafür, in unzählige Einzelteile aufgebrochen zu werden, damit man sie voller Bewunderung, Stück für Stück, wieder zusammensetzen konnte.

»Es gibt gute Neuigkeiten für uns alle«, verkündete Pippa. Stille trat ein, während sie zur Rückseite des Raums ging und eine Leinwand hervorholte, die sie hinter der Jukebox verstaut hatte. »Dieses wunderbare Bild von Little Venice in London ist soeben an Gibsons verkauft worden, einem der größten Puzzle-Hersteller im Land. Ist dem nicht so, Hec?«

Hector nickte, den Blick auf seine Schuhe gesenkt.

Pippa glaubte wahrgenommen zu haben, wie sein Schnauzbart vor Verlegenheit zuckte. Sie hatte ihn dazu gedrängt, das Bild an dem Abend mitzubringen, damit sie allen die aufregenden Neuigkeiten mitteilen konnte. Das Bild in ihrer Hand zeigte eine Reihe von Kanalbooten beim Warten an einer Schleuse. Die schmalen, bunten Boote spiegelten sich im Grand Union Canal wider. Die Namen der Boote lauteten: *Knot So Fast, Over the Hull, Float Your Boat.*

»Und nicht nur das«, fuhr Pippa fort. »Bei Gibsons war man so angetan von Hectors Talent, dass er beauftragt wurde, ein halbes Dutzend weitere Bilder zu malen. Alle zwei Monate wird er ein anderes Puzzle-Motiv abliefern, das dann landesweit verkauft wird.«

»›Kätzchen-Unfug‹«, erklärte er mit todernster Miene. »Das ist der Auftrag, den man mir angeboten hat.«

»Herzlichen Glückwunsch«, rief Earl Vosey. »Das freut mich für dich, Kumpel.«

Applaus brandete auf.

»Danke euch allen.«

Die allgemeine Aufmerksamkeit war ihm sichtlich unangenehm, auch schien er es kaum erwarten zu können, wieder an seinen Platz zu kommen. Doch statt zurückzugehen, wie Pippa eigentlich erwartet hatte, bat er mit erhobenem Finger um Ruhe.

»Ich möchte nur sagen …«, begann er und stopfte die Hände in die Hosentaschen, »dass ich nie so weit gekommen wäre, wenn mich nicht Pip mit den Gibsons bekannt gemacht hätte …«

»Unsinn!«, unterbrach Pippa ihn, auch wenn seine Aussage faktisch der Wahrheit entsprach. »Hector, du bist nicht nur unser Prinz der Puzzles, sondern auch ein *Künstler*. Das alles hast du dir ganz allein erarbeitet.«

Er grinste.

Neben der Malerei konnte Hector auch geschickt mit Holz umgehen und schuf als Glasbläser elegante Sanduhren, die er in selbst gefertigte und lasierte Holzgestelle einbaute. Einige Wochen zuvor hatte er eines dieser Stundengläser mit ins Pub gebracht – als sie die Komplexität einiger Holztangrams ausprobierten, mit denen Eric experimentierte –, und sie hatte sich so begeistert gezeigt von der Kunstfertigkeit seines Produkts, dass er es ihr am Ende der Sitzung geschenkt hatte. Jetzt hatte das Stundenglas einen Ehrenplatz auf ihrem Kaminsims.

»Ich hab mir Gedanken gemacht, wie ich mich dafür revanchieren kann«, verkündete Hector. »Ich würde daher gern einen Anteil meiner zukünftigen Honorare der Gemeinschaft zurückgeben …«

»Oh, Hector, das ist wirklich nicht nötig«, rief Pippa.

»Ich finde, wir sollten eine gemeinsame Kasse für die Gemeinschaft einrichten«, fuhr er fort. »Einige unter uns brauchen etwas mehr Förderung als andere – für den Kauf von Materialien, um Prototypen zu testen und so fort. Vielleicht könnten wir sogar eine Art Fonds gründen, zur Anschubfinanzierung, damit wir uns gegenseitig bei unseren individuellen Projekten unterstützen können …«

Pippa war völlig perplex.

Eine geniale Idee, natürlich. Es würde bedeuten, dass ihre individuellen Erfolge nicht nur zum Ansehen der Gruppe beitrugen, sondern sich auch finanziell auswirkten. Sie waren alle zusammen daran beteiligt. Ihr Ziel, die besten Rätsel des Landes zu erstellen, war jetzt ein gemeinschaftliches Ziel.

»Das ist überaus großzügig von dir, Hector. Und du bist dir wirklich sicher …?«

»Eine Geste, wie sie nobler nicht sein könnte«, erklärte Jonty Entwistle. »Lässt sich größere Weisheit finden als die Güte?«

Bescheiden winkte Hector ab, während alle ihm gratulierten und dankten. »Nicht der Rede wert«, murmelte er und schlurfte mit glühenden Wangen an seinen Platz zurück.

Abends, als sich die Mitglieder verabschiedeten, fragte Pippa Hector, ob er ihr noch beim Stapeln der Stühle helfen könne.

»Hast du wieder bei der Kirche geparkt?«, fragte sie.

»Ja, aber ich würde dich gern nach Hause begleiten«, antwortete er. »Ich muss sowieso in die Richtung.«

Langsam gingen sie nebeneinander her. Hector hatte Pippa umständlich bei sich untergehakt, während sie beide das rutschige

Pflaster überquerten und sich dem Pfad näherten, der durch den Park führte.

»Ich nehme an, du hast keine Kinder, oder?«, fragte Hector. »Eine Familie?«

Pippa hüllte sich fester in ihren Mantel. Sie hatte ein intellektuelles Leben geführt, kein Familienleben. Was allerdings keine bewusst getroffene Entscheidung gewesen war, sondern eher Ergebnis einiger Wendungen, die ihr Leben genommen hatte. Jedenfalls verging kaum ein Tag, an dem sie nicht darüber nachdachte und es manchmal auch bedauerte.

»Wie hätte ich Zeit für meine Kreuzworträtsel, wenn ich auch noch Kinder hätte?«

Hector lachte leise. »Da könnte was dran sein.«

Am Eingang zur Kirche drückte Pippa ihm den Arm. »Ich danke dir, Hector. Von hier aus kann ich allein gehen. Fahr ruhig nach Hause.«

Sie umarmte ihn kurz; sein Gesicht schimmerte rosarot.

Pippa drehte sich um und überquerte die Straße. Aber dann blieb sie stehen und kramte in ihrer Handtasche, als hätte sie etwas vergessen. Hector hatte mittlerweile bereits das entfernte Ende des Parkplatzes erreicht und stand vor einem dort abgestellten kanariengelben Campingbus. Er öffnete die Schiebetür und stieg ein.

Kurz darauf eilte Pippa wieder über die Straße und verbarg sich hinter einem Ford Cortina. Sie wartete eine ganze Weile, aber die Scheinwerfer des Fahrzeugs gingen nicht an, der Motor wurde nicht angelassen, das Fahrzeug bewegte sich nicht.

Weitere Minuten vergingen, und Hector hatte immer noch nicht den Parkplatz verlassen und sich auf den Heimweg gemacht. Nun wurde ihr klar, warum.

Hector Haywood lebte in diesem Bus.

9

Clayton hatte jede Zeile von Pippas Brief so oft gelesen, bis ihm die Buchstaben vor den Augen verschwammen. Was sollten die Fragen zu seiner *Zukunft*? Das Kreuzworträtsel konnte warten. Es war das Rätsel seiner Vergangenheit, das er lösen musste. Aber warum musste alles ein Spiel sein? Das Leben war doch kompliziert genug. Clayton brauchte nicht noch mehr Herausforderungen.

In welcher Zeile des Briefs verbarg sich ein Hinweis auf seine Vergangenheit? Wo begann die Suche, auf die sie anspielte? Wo waren die Antworten, die auf ihn warteten?

Er rieb sich die Augen und sah auf den Wecker; irgendwann musste er dann doch eingenickt sein, denn es ging schon auf drei Uhr zu. Irgendwo quietschte ein Fenster, das geöffnet wurde.

Er schwang die Beine aus dem Bett und tappte zu seinen Hausschuhen. Und dann, irgendwo in seinem schläfrigen, kaum bewussten Tranzustand, kam ihm die Antwort.

Du musst einen Hinweis aufspüren, der sich in einer Zeile dieses Briefes verbirgt.

Pippa hatte immer gesagt, wenn einen die Lösung nicht sofort anspringe, solle man sich Zeit lassen und Abstand nehmen. Das Hirn arbeite, ohne dass es einem bewusst sei.

Er nahm erneut den Brief zur Hand und fuhr mit dem Zeigefinger über die ersten Buchstaben jedes Absatzes. Und dort stand es, ausgeschrieben in einer Zeile, nicht der horizontalen Zeile im Satzverlauf, sondern einer vertikalen, die sich über den linken Rand bis zum Ende der Seite erstreckte. Die Großbuchstaben, die mit *Da waren es nur noch acht* begannen und mit *Lass dich umarmen, in Liebe, für immer und ewig, Pip x* endeten.

Natürlich war es nicht nur ein einfacher Brief. Er war selbst ein Rätsel. Ein Akrostichon.

D ....
A ....
N ....
I ....
E ....
L ....
L ....
E ....
S ....
T ....
E ....
E ....
L ....

Danielle Steel.

Mit einem Schlag war Clayton hellwach. Er dachte an die anderen, die Pippas Zimmer ausräumten, rief sich die Bücherregale ins Gedächtnis, das oberste Regalbrett mit den Werken ihrer Lieblingsschriftstellerin, die aufgeprägten Goldlettern des Autorinnennamens. Die Taschenbücher, die von den anderen nicht angerührt worden waren, wie Pippa sicherlich gewusst hatte. Sie musste irgendetwas zwischen den Romanen versteckt haben.

Bevor Clayton sich versah, hatte er sich seinen blauen Flanellmorgenmantel übergeworfen und kramte aus seiner Schublade eine ramponierte alte Taschenlampe. Die hatte er benutzt, als sie einen Stromausfall hatten, allerdings hätten die Batterien gewechselt gehört – als er auf den Knopf drückte, gab die Lampe nur ein funzeliges Flackern von sich.

Mit der Lampe in der Hand trat er hinaus auf den Treppenabsatz und schlich zu Pippas Zimmer, darauf bedacht, niemanden zu wecken.

Vor der Tür zur Alphabetibox-Suite hielt er einen Moment inne, dann trat er ein. Er ging direkt zum Bücherregal, ließ die Leiter an der Leiste entlanggleiten, bis sie unter Danielle Steels gewaltigem Gesamtwerk war.

Er stieg die dünnen Sprossen hinauf, erneut überwältigt von der schieren Anzahl der Bücher, die die Frau geschrieben hatte.

Sie standen dicht an dicht, die Buchrücken waren rissig, durchgedrückt, gebrochen; die Seiten abgegriffen, zuweilen mit Eselsohren versehen, vom Alter vergilbt. Manche erzählten, dass Pippa diese Bücher nicht nur gelesen, sondern regelrecht verschlungen hatte. Manchmal hatte sie eines in einer Nacht durchgelesen.

Er blätterte einige Bände durch, auf die sein Blick fiel; er wusste, dass Pippa Steels frühe Werke bevorzugte.

Abschied von St. Petersburg hatte eine Ballerina auf dem Cover. *Neues Glück* das ungewöhnliche Bild von zwei roten Boxhandschuhen, die mit zwei Verlobungsringen zusammengebunden waren.

Er ging einen weiteren Packen durch, ließ die Seiten durchratschen, um zu sehen, ob irgendetwas in den Büchern, auf oder unter ihnen versteckt war. Das Papier sonderte einen süßlichen Geruch ab, den Geruch nach Vanille und Mandeln.

Erst als er innehielt und sich auf der Leiter etwas nach hinten beugte, fiel es ihm auf.

Eingeschoben zwischen *Verlorene Spuren* und *Der Ring aus Stein* befand sich etwas, das kein Buch war. Es war noch nicht einmal aus Papier. Sondern aus Holz.

In seinen Abmessungen glich es einem ganz normalen Taschenbuch, in Wahrheit war es ein kompliziert aufgebautes Holzkästchen.

Clayton zog es heraus und wusste sofort, um was es sich handelte.

Eines von Pippas Rätselkästchen. Eine Alphabetibox, nach der ihr Zimmer benannt war.

Er betrachtete es eingehend von allen Seiten – es war eines der schönsten Dinge, die er jemals in Händen gehalten hatte. Das Kästchen bestand aus mehreren ineinandergeschobenen Holzelementen mit daumengroßen Löchern in der Bodenplatte, quadratischen Teilstücken, die nach innen gedrückt werden konnten, Schrauben, die sich im Uhrzeigersinn drehen ließen; dazu saßen vier Gummifüße an den vier Ecken, die sich gegen den Uhrzeigersinn bewegten, und, oben, die Initiale *C*, die auf einer glänzenden goldenen Scheibe eingraviert war.

C für *Clayton?*

Am auffälligsten aber waren die vier jeweils mit Buchstaben bedruckten Einzelsegmente im Deckel.

Sie ließen sich nach oben und unten schieben, sodass sie, je nach Stellung, vermutlich ein Wort oder einen Satz ergaben.

Dieses Kästchen war ausdrücklich für ihn angefertigt worden. Und er hatte es aufstöbern sollen, damit er die darin verborgene Antwort finden konnte.

C

		TANFLIN	
	EINELEI	CHTENAN	EUERUNG
INEINUN	CHTVERS	DISTING	AKEHREN
DERECHT	DSCHLAF	SOLLTEO	TWORTEN
ESGIBTK	EWITZUN		SOACHIN
WASDUNI			

10

Montag, 8. Dezember 1980

Der Regen war nicht vorhergesagt worden.

Pippa stand auf dem Vorplatz zur Waterloo Station im Schutz der Überdachung und schaffte es nicht, ein Taxi anzuhalten. Sie war auf dem Weg zur *Times*-Redaktion, um ihre neuesten Kreuzworträtsel abzuliefern, und hatte ihre orangefarbene Reisetasche und einen Leder-Aktenkoffer bei sich. Die Tasche beulte sich in der Mitte aus, dort hatte sie ihre Schreibmaschine verstaut, und der abgenutzte Aktenkoffer wölbte sich von dem Stoß gelben Hartpostpapiers, auf dem sie immer ihre Fragen tippte.

Wenn ein Abgabetermin näher rückte, hatte sie es sich zur Gewohnheit gemacht, sich einige Tage in ihr kleines weinumranktes Cottage in Sherborne, Dorset, zurückzuziehen – The Lodge, wie sie es nannte –, um dann mit mehr als hundert neuen Fragen in die Stadt zurückzukehren und ihre Kreuzworträtsel zu erstellen. Den bescheidenen Rückzugsort hatte sie mit einem Teil ihres väterlichen Erbes gekauft.

Als ihr Vater im Krieg starb, wurde die vierzehnjährige Pippa – sein einziges Kind – Alleinerbin des Familienanwesens.

Sie wurde zu ihrer Tante Grace nach Broadstairs geschickt, und die Erträge der Erbschaft wurden bis zu ihrem einundzwanzigsten Lebensjahr in einen Fonds überführt. Später erfuhr sie, dass ein Teil des Geldes in einem separaten Fonds für ihre Tante angelegt worden war. Fraglos als Bezahlung für deren selbstlose Kinderbetreuung während des Krieges. Der Großteil des Erbes aber lief auf Pippas Namen, und als ihr sieben Jahre später die Summe schließlich offengelegt wurde, war sie beträchtlich höher, als Pippa sie sich ausgemalt hatte. Der Reichtum kam dabei gar nicht unmittelbar von ihrem Vater, sondern von ihren Großeltern und dem kürzlichen Verkauf von Creighton Hall, dem Familienanwesen in Bedfordshire.

Das Vermögen war so groß, dass sie nicht wusste, was sie mit dem Geld anstellen sollte. Sie wollte nicht so weit gehen und sagen, dass es ihr eine Bürde war, aber eine gewisse Verantwortung war damit doch verbunden.

Nahezu sofort spendete sie an wohltätige Organisationen – als Erstes ans britische Rote Kreuz und ans Women's Institute –, den Rest legte sie auf Anraten ihres Finanzberaters in Aktien und Anleihen an. Als glühende Feministin, die gerade am Trinity College in Cambridge abgeschlossen hatte, legte Pippa fest, dass ausschließlich in Unternehmen investiert werden sollte, die mindestens fünfzig Prozent Frauen im Vorstand hatten. Das jedoch gegen den ausdrücklichen Rat ihres Finanzberaters, der darauf beharrte, dass damit nicht nur ihre Anlagemöglichkeiten, sondern auch das potenzielle Gewinnwachstum des Portfolios enorm eingeschränkt würden.

»Taxi!«, rief Pippa und winkte mit hocherhobenem Arm wie eine Irre.

Pippa hatte sich im Nieselregen halb über die Westminster Bridge geschleppt, als sich endlich ein Taxi ihrer erbarmte und quietschend neben ihr zum Halt kam.

Sie öffnete die Tür, warf den Aktenkoffer auf den Rücksitz, wo er allerdings vom Vinyl abprallte und zu Boden fiel. Die Metallschließen sprangen auf, und plötzlich waren die losen gelben Blätter über den gesamten Fußraum des Taxis verteilt.

»Mist!«

Auf Händen und Knien machte sich Pippa, nachdem sie eingestiegen war, daran, ihre Fragen wieder zu ordnen, wobei ihr bewusst wurde, dass es völlig unsinnig war, WAAGRECHT und SENKRECHT auf separaten Blättern abzutippen, besonders dann, wenn sie die Seiten noch nicht einmal zusammenheftete.

»Alles klar da hinten, meine Liebe?«

Pippa winkte mit einem gelben Blatt. »Prächtig, danke. Muss mich nur organisieren. Achten Sie gar nicht auf mich. Zur *Times*-Redaktion, wenn es Ihnen nichts ausmacht. Die ist in ...«

»Wapping«, unterbrach der Chauffeur sie. »Kenn ich.«

Pippa brauchte eine Weile, bis sie überhaupt bemerkte, dass kein Mann, sondern eine Frau zu ihr sprach. Nachdem sie alles zusammengesucht und sich auf der Rückbank wieder aufgerichtet hatte, warf sie einen Blick nach vorn. Das kam selten vor: eine Taxifahrerin in London. Tatsächlich konnte sie sich nicht erinnern, jemals mit einer gefahren zu sein.

Die Dame trug einen stahlblauen Fischerhut, den Pippa vom Bürgersteig aus für die Melone eines Mannes gehalten hatte. Im Grunde aber war der Hut ein recht elegantes Teil mit einer schwarzen Schleife an der Seite. Sie hatte einen Glimmstängel zwischen den Lippen und die Seitenscheibe einen Spalt geöffnet. Jedes Mal, wenn sie ihre Zigarette abschnippte, flog die Asche auf den Rücksitz und direkt in Pippas Schoß.

»Kleiner Wochenendausflug?«, fragte die Lady, als sie bei einer Ampel anhielten.

»So was in der Art«, erwiderte Pippa und wischte sich die Asche von ihrem neuen Tweed-Kostüm.

»Und was machen Sie so?«, wollte die Fahrerin wissen. »Falls die Frage erlaubt ist.«

Pippa knirschte mit den Zähnen. An diesem Punkt erzählte

sie gewöhnlich von irgendeiner langweiligen Tätigkeit bei einem Rechtsanwalt oder in einer Anwaltskanzlei, um den – üblicherweise männlichen – Taxifahrern klarzumachen, dass sie weder Mutter noch Hausfrau sei, sondern eine berufstätige Frau mit einer eigenen, ganz leidlichen Karriere, über die man nicht weiter reden musste. Das war das Problem, wenn man Taxifahrern eröffnete, man erstelle Kreuzworträtsel: Es führte zu unzähligen, endlosen und zuweilen sehr chauvinistischen Fragen. Was manchmal sehr anstrengend war.

»Ich arbeite für eine Zeitung«, antwortete sie und hörte selbst, wie sich so etwas wie Stolz in ihre Stimme schlich. »Für die *Times*, um genau zu sein.«

Die Frau drehte sich zu ihr um. Sie trug eine rosarote Hornbrille, baumelnde Silberohrringe und um den Hals eine Perlenkette. Ihre Gesichtszüge waren weicher, als Pippa erwartet hatte, und sie war jünger, als ihre Reibeisenstimme vermuten ließ; vielleicht Anfang dreißig.

»Dann sind Sie also Journalistin?«

»Fast, allerdings ohne Zigarre, fürchte ich.«

Die beiden Frauen sahen sich kurz in die Augen.

»Man könnte zwar sagen, dass ich über die Welt schreibe«, sagte Pippa sinnierend. »Dass ich ihr auf meine unmaßgebliche Art und Weise einen Sinn abzuringen versuche.«

»Jetzt komme ich nicht mehr mit.«

»Ich erstelle beruflich Kreuzworträtsel«, erklärte sie. »Tatsächlich habe ich, Stand letzten Monat, mehr Kreuzworträtsel geschrieben als sonst jemand in diesem Land.«

Wieder drehte sich die Frau zu ihr um, dabei machte der Wagen einen abrupten Schlenker und schrammte nur knapp an einem weißen Baustellen-LKW vorbei.

»Sagen Sie bloß!«

Bevor Pippa etwas darauf erwidern konnte, stieß der LKW-Fahrer durch die offene Seitenscheibe lautstarke Flüche aus.

»Hey, Kleine!«, schrie der Mann, und sein kahler Schädel glänzte knallrot vor Wut, »mach die Augen auf, wohin du das Ding steuerst. Das ist verdammt noch mal kein Einkaufswagen.«

»Bekommen Sie so was öfter zu hören?«, fragte Pippa.

»Mehrmals am Tag.«

Im Rückspiegel tauschten die beiden Frauen ein resigniertes Grinsen aus.

Wie, fragte sich Pippa, ging eine Frau mit dieser permanenten Misogynie um? Sie selbst in ihrer gegenwärtigen Rolle entkam ihr ja relativ leicht und konnte sich immer hinter ihrem Pseudonym verstecken.

Die Fahrerin warf ihre Zigarette aus dem Fenster und verfehlte nur knapp einen Motorradfahrer.

Pippa lächelte. Irgendwie gefiel ihr die Frau. So hielt sie im Wagen nach Dingen Ausschau, die weitere Hinweise auf ihre Person lieferten. Auf dem Armaturenbrett war das winzige Porträt eines silberhaarigen Mannes mit Krawatte zu sehen. Sie konnte ihn nicht richtig erkennen, aber für einen Ehemann war er zu alt. Ihr Vater vielleicht?

»Wer ist das?«

Die Frau lachte auf, als ihr Blick dorthin fiel, wohin Pippa zeigte. »Das ist Les.« Sie strich über das ovale Bild, als würde sie das Gesicht des Mannes liebkosen. »Leslie Phillips. Aus den Ist-ja-irre-Filmen. Ich bin die Sekretärin seines Fanclubs, seit Jahren schon. Ich steh eben auf Silberfüchse. Was würde ich geben, mit so einem eine Nacht zu verbringen!«

»Ich kenne nichts von ihm«, erwiderte Pippa und nahm sich

vor, ihn mal im *Actor's Handbook* nachzuschlagen. Komiker zählten nicht unbedingt zu ihren Stärken, aber es war wichtig, bei der Populärkultur auf dem Laufenden zu bleiben, damit ihre Fragen relevant blieben.

»Rätsel, sagt man, sind gut fürs Denkorgan«, behauptete die Fahrerin. »Damit man im Alter nicht plemplem wird.«

»Da haben Sie nicht unrecht«, erwiderte Pippa. »Rätsel beanspruchen beide Gehirnhälften – den analytischen Teil in der linken und den kreativen Teil in der rechten Hälfte. Rätsel sind ein geistiges Fitnessprogramm.«

»Ich hab vor ein paar Jahren an *Brain of Britain* teilgenommen, und Mutter und ich sehen uns alle Rätselshows im Fernsehen an«, antwortete die Fahrerin.

Pippa glaubte mittlerweile die Frau ganz gut einschätzen zu können – vermutlich befand sie sich gerade in jener Phase ihres Lebens, in der ihr sehr bewusst wurde, dass sie allein in dieser Welt war; damit dürfte sie also an die zwanzig Jahre jünger sein als sie selbst.

»Sie werden es nicht glauben«, sagte die Fahrerin und senkte die Stimme, als wollte sie etwas Peinliches beichten. »Aber ich hab ein fotografisches Gedächtnis, wirklich.« Sie sah nach hinten und tippte sich an die Stirn. »Seitdem ich klein bin … Was da rein geht, bleibt auch drin. So schlau, dass es mir nicht guttut, sagt meine Mutter immer.«

Pippa war bis zur Kante der Rückbank vorgerückt. In ihrem Kopf nahm eine Idee Gestalt an. Wenn diese Taxifahrerin in der Lage war, sich fünfundzwanzigtausend Londoner Straßen einzuprägen und dazu noch hunderttausend Sehenswürdigkeiten, die über die gesamte Hauptstadt verteilt waren – wie es die Londoner Taxiprüfung erforderte –, dann konnte sie sich sicherlich auch mit ein paar Rätseln beschäftigen. Vielleicht konnte sie zum Aufbau einer Trivia-Abteilung in der Gemeinschaft beitragen. Pete – der Wirt des Queen's Head – lag ihr seit Monaten in den Ohren, dass sie mal einen Quizabend veranstalten könnten. Vielleicht hatte sie den perfekten Kandidaten dafür gefunden. Und eine Frau noch dazu.

Aber bevor sie weiter nachfragen konnte, tischte die Frau ihr ihre gesamte Lebensgeschichte auf, nur gelegentlich unterbrochen von der faszinierten Pippa, die die eine oder andere Frage einstreute.

Sie lebte mit ihrer Mutter in einem Sozialbau in Leytonstone. Seit dreizehn Jahren fuhr sie Taxi und hatte es 1967 auf die Seite fünf des *Romford Recorder* geschafft, da sie mit gerade mal zwanzig Jahren überhaupt erst die zweite Frau war, die den berühmt-berüchtigten Londoner Taxischein bestanden hatte. Eine frühere Sekretärin namens Shirley Preston hatte sie nur vier Tage zuvor auf den zweiten Platz verwiesen.

»Wenn es ausgeht, komme ich zum Tee nach Hause. Mutter erwartet, dass ich das Abendessen koche. Und dann machen wir zusammen das Kreuzworträtsel.«

»Es würde mich außerordentlich freuen, wenn Sie mal in meinen Rätselclub kommen«, sagte Pippa. »Sie gehen damit keinerlei Verpflichtungen ein. Schauen Sie einfach vorbei und bilden Sie sich ein Urteil.«

»Rätselclub?«

»Genau. Wir nennen uns die Gemeinschaft der Rätselmacher und treffen uns jeden Dienstag.«

Die Fahrerin sah sie kurz an, als würde sie ernsthaft über die Einladung nachdenken.

»Ich muss erst sehen, was Mutter sagt.«

Pippa seufzte. Die Frau tat ihr leid. Ihre eigenen Eltern waren zwar viel zu früh gestorben, aber sie hätte es nie und nimmer ertragen können, wenn einem jemand derart im Nacken saß.

»Im Moment würde sie es lieber sehen, wenn ich einen Mann finde«, antwortete die Fahrerin, als könnte sie Pippas Gedanken lesen. »Ständig sagt sie mir, ich würde noch als einsame alte Jungfer sterben, wenn ich nicht mal etwas Dampf mache.«

Pippa rollte mit den Augen.

Unweigerlich musste sie daran denken, dass es in der Gemeinschaft nicht an alleinstehenden silberhaarigen Herren mangelte – nachdem die romantischen Vorlieben der Fahrerin eher den reiferen Semestern zuneigten.

»Im nächsten Monat werde ich dreiunddreißig«, gestand die Frau. »Wenn man bis dahin nicht unter der Haube ist oder keine Kinder hat, ist das unausweichlich – dann stirbt man allein, vielleicht noch mit einer Katze, wenn man Glück hat …«

Pippa schluckte. Dann sah sie auf und erhaschte kurz den Blick der Fahrerin im Rückspiegel.

»Mein Gott, verzeihen Sie.« Die Fahrerin drückte sich erschrocken die Hand vor den Mund, als wollte sie ihre Worte wieder rückgängig machen. »Wie unaufmerksam von mir. Ich wollte Sie nicht …«

»Schon gut.«

»Sie haben also keine Kinder?«

Pippa raffte sich zu einem angespannten Lächeln auf und gab ihre übliche Antwort. »Wie hätte ich noch Zeit für meine Kreuzworträtsel, wenn ich Kinder hätte?«

Die Fahrerin wirkte erleichtert, während sich Pippa zur Seite wandte und wehmütig aus dem Fenster sah. *Das Leben reißt dich mit sich fort,* dachte sie. *Und bevor du dich versiehst, hast du all das nicht erreicht, wovon du immer geträumt hast. Einen Mann kennenlernen, dich verlieben, eine Familie gründen.* Dinge, die für die meisten Menschen selbstverständlich waren, für Pippa aber waren es Dinge, die sich nie ergeben hatten. Wie viele andere Frauen ihres Alters hatte sie sich zwischen Familie und Beruf entscheiden müssen – anders als die Männer, die wunderbarerweise beides miteinander vereinbaren konnten.

Schließlich hielten sie vor dem *Times*-Gebäude. Pippa bezahlte und wollte sich bereits verabschieden, als die Fahrerin die Hand hob und sie aufhielt.

»Wo trifft sich denn Ihre Gemeinschaft?«

Pippa strahlte. »Ich schreibe Ihnen die Adresse auf.«

»Nicht nötig. Wie gesagt, ich hab ein fotografisches Gedächtnis.«

Pippa musste laut lachen. »Ach, ja. Hätte ich fast vergessen.«

»Unsere nächste Sitzung findet schon morgen statt, im Obergeschoss des Old Queen's Head in Islington. Und wenn Sie an der Bar fragen, mein Name lautet Pippa Allsbrook.«

Die Fahrerin zwinkerte ihr zu und wiederholte alles, ohne ins Stocken zu geraten. Als würde sie eine Aufzeichnung in ihrem Kopf runterrattern.

Lächelnd streckte Pippa ihr durch die Seitenscheibe die Hand entgegen. »Und Ihr Name?«

»Nancy«, entgegnete die Lady und zündete sich eine weitere Zigarette an. »Nancy Stone, meine Liebe.«

11

Dienstag, 9. Dezember 1980
60. Sitzung

Nach und nach trafen am folgenden Abend die Mitglieder der Gemeinschaft ein und schüttelten an der Tür ihre nassen Schirme aus.

»Ich denke, wir sollten dann mal anfangen«, sagte Derek.

Die Männer scharten ihre Stühle um den Projektor, Pippa allerdings ließ sich von den hellen Scheinwerferlichtern eines Taxis ablenken, das draußen in einen beeindruckend engen Parkplatz manövrierte.

Pippas Herz machte einen Satz. »Ich denke … wir dürfen heute Abend einen Gast erwarten«, verkündete sie aufgeregt den Versammelten. »Ich erwarte daher von allen vorbildliches Benehmen. Unser Gast ist nämlich ein echter Knaller.«

Es passierte nicht jeden Tag, dass sie jemandem wie Nancy Stone begegnete. Die vergangenen vierundzwanzig Stunden hatte sie gehofft, dass die beherzte Taxifahrerin wirklich zu ihrem Treffen erscheinen würde. Sie spähte aus dem Fenster. Die Frau sprang aus dem Taxi – sie trug eine lila Seidenbluse, einen Velourslederrock und einen grünen Glockenhut aus Samt – und stöckelte in rosa Pumps über den Bürgersteig und ins untenliegende Pub.

Einige Minuten später beobachtete sie voller Stolz, wie die Tür zum Versammlungsraum aufging und Nancy Stone hereinkam, die Handtasche in der einen Hand, einen Gin Orange in der anderen.

»Guten Abend«, grüßte sie zögerlich in den Raum hinein. »Bin ich hier richtig … bei der Gemeinschaft der Rätselmacher?«

Bevor irgendjemand etwas sagen konnte, war Pippa schon bei ihr und umarmte die Frau so stürmisch, dass sie sie fast von den Füßen hob – so sehr freute sie sich, sie zu sehen.

»Ich bin sehr froh, dass Sie Zeit gefunden haben. Kommen Sie, setzen Sie sich«, drängte sie. »Wir veranstalten heute Abend ein Quiz.« Sie drehte sich zu den anderen um. »Es ist mir eine Freude, unseren jüngsten Neuzugang vorzustellen … eine Frau mit ganz außergewöhnlichem Verstand, eine Frau, die klüger ist als wir alle zusammen.«

Eine Stunde später ergriff Pippa an der Theke Nancys Hand und reckte sie in die Höhe. »Hier haben wir unsere erste Quiz-Königin …«

»Oh, ich weiß nicht …«

»Doch, doch«, bekräftigte Pippa. »Du hast uns alle auf unseren Platz verwiesen. Und wir sind beileibe keine Idioten.«

»Also«, sagte Hector und stellte neugierig den Kopf schief. »Warum weißt du so viel?«

Alle drängten sich um die Frau.

Nancy zuckte mit den Schultern. »Oh, keine Ahnung. Ich wollte immer schon alles wissen. Ich kann von Fakten nicht genug kriegen. Ich sauge alles auf.«

»Und ein Spezialgebiet?«, fragte Pippa. »Wenn du dir eins aussuchen müsstest?«

»Hauptstädte, da macht mir keiner was vor«, antwortete Nancy. »Ich kenne alle hundertfünfundneunzig.«

Plötzlich wurde es sehr still. Alle überlegten und suchten nach dem kleinsten Land, das ihnen gerade einfiel.

»Belize?«, schlug Pippa vor.

Nancy lächelte nur. »Belmonpan.«

»Montenegro?«

»Das ist leicht. Titograd.«

»Die Marschallinseln?«, kam es von Earl.

»Ist das überhaupt ein Land?«, fragte Pippa. »Die gehören doch zu den Fidschis, oder?«

»Nein«, sagte Nancy. »Sie sind eines der kleinsten Länder der Erde – zwischen Hawaii und den Philippinen gelegen. Die Hauptstadt ist Majuro.«

Pippa musste lachen. Die Frau kannte nicht nur jede Straße in London, sondern auch jede Hauptstadt der Welt.

Nancy sah auf ihre Uhr und verzog das Gesicht. »Ich fürchte, ich muss los.« Sie beugte sich zu Pippa hin und flüsterte ihr zu: »Mutter denkt, ich treffe mich mit einem mysteriösen Gentleman. Wenn ich nicht bis zehn zurück bin, glaubt sie, wir wären verlobt …«

Nancy verabschiedete sich von allen, und Pippa begleitete sie zur Tür.

»Entschuldige, ich will ja nicht anmaßend sein«, begann sie. »Aber wäre es zu viel verlangt, wenn du mal einen Abend nur für dich verbringen wolltest?«

Nancy riss die Augen auf. »Würde ich Mutter erzählen, dass ich einem Rätselclub beigetreten bin, würde sie einen Schreikrampf bekommen. Sie hält das alles für einen frivolen Jux.«

»Wir wissen beide, dass dem *nicht* so ist«, erwiderte Pippa. »Rätsel sind weder *frivol* noch ein *Jux*. Sie sind eine sehr ernste Sache.«

Die beiden Frauen lachten.

Nancy stupste Pippa den Ellbogen in die Rippen. »Und was ist mit dir und dem großen Kerl? Earl, oder? Der mit den Labyrinthen? Du magst ihn, oder?«

Pippa versuchte sich nichts anmerken zu lassen – ein aussichtsloses Unterfangen, Nancy hatte sie schon jetzt vollkommen durchschaut. »Woher weißt du das?«

»Irgendwie … strahlst du, wenn er mit dir redet. Und deine Stimme geht nach oben wie bei einem kleinen Mädchen. Und du wirst rot.«

Pippa räusperte sich. Sie glaubte nicht, dass das alles zutraf, dennoch spürte sie – zu ihrer Schande –, wie sie auch jetzt rot wurde. »Na ja, leider ist er tabu.«

»Warum das denn?«

»Er ist … *verheiratet.*« Sie sagte es, als hätte sie längst entsprechende Schritte unternommen, wenn dem nicht so wäre. Pippa war sich darüber im Klaren, dass es so gut wie aussichtslos war, in ihrem Alter noch eine Beziehung einzugehen. Sie konnte mit den Interessantesten flirten, wenn es aber auch nur annähernd ernst wurde, zog sie sich zurück. In Liebesdingen war sie nicht sehr versiert.

»Die Attraktiven sind meistens schon vergeben.« Nancy seufzte und kramte in ihrer Handtasche. »Oder sie sind homosexuell. Wenn ich im Leben eines begriffen habe, dann, dass es zwecklos ist, ihnen hinterherzulaufen, den einen wie den anderen. Hier, lass dir mal Luft zufächeln. Du bist ja fürchterlich erhitzt.«

»Die Wechseljahre«, flüsterte Pippa.

Nancy war sehr viel jünger als Pippa, hatte aber dennoch ein mitfühlendes Lächeln für sie. »Ich würde sagen, diesmal geht es um die Liebe. Nicht um die Hormone.«

Pippa lehnte sich gegen die Wand, während Nancy ein Taschenbuch aufschlug, so weit es dessen zerknitterter Rücken erlaubte, und ihr mit dem Ding vor dem Gesicht hin und her wedelte. Ein überraschend kühler Luftstrom umfing sie.

»Was ist das denn?« Sie deutete auf das Buch in Nancys Händen.

»Das? Ach, eins von Danielle Steel. Die lese ich, wenn ich im Taxi warten muss. Um mir die Zeit zu vertreiben.«

»Ich hab noch nie was von ihr gelesen.« Pippa griff danach. »Wie lautet der Titel? *Liebe endet nie.*« Sie sah auf die glamouröse blonde Frau und den sehr gut aussehenden Mann auf dem Cover. »Nance, kann ich mir das ausleihen, wenn du damit durch bist?«

Nancy drückte Pippa das Buch in die Hand und ging zu ihrem Taxi. »Es gehört dir. Ich hab es schon viermal gelesen. Ein Schmöker, in dem es ordentlich zur Sache geht.«

Pippa blätterte durch die abgegriffenen Seiten. »Ich wage zu behaupten, dass das alles an Sex ist, was ich mittlerweile abkriege …«

Nancy im Taxi kurbelte die Seitenscheibe nach unten und stieß ein gackerndes Lachen aus, bevor sie mit einem Hupen in die Nacht davonfuhr. »Wir sehen uns nächste Woche!«, rief sie und bog um die Ecke.

Pippa drehte sich zum Pub um. Sie hatte das Gefühl, dass sie mit Nancy Stone nicht nur ein weibliches Mitglied gewonnen hatte, sondern auch am Anfang einer großartigen Freundschaft stand.

12

Warum musste aus allem ein Spiel gemacht werden?, dachte sich Clayton.

Wenn Pippa ihm etwas mitteilen wollte, wenn Antworten zu seiner Vergangenheit auf ihn warteten, warum hatte sie es dann nicht einfach aufgeschrieben? Er sollte sich nicht mit verschlossenen Rätselkästchen abmühen müssen. Schließlich ging es nicht um Informationen, die ihm als eine Art Preis zufielen, sondern um Informationen, die ihm von Geburts wegen zustanden.

Das erste Licht der Morgendämmerung sickerte durch die Spalten der Jalousien und legte einen schattigen Zebrastreifen auf die Bettdecke. Es kam nur selten vor, dass sich Clayton Schlaf versagte, aber an Schlaf war kein Denken mehr, wenn er so kurz davor stand, etwas so Grundlegendes über seine Identität, über seine Existenz auf dieser Welt zu erfahren.

Er hatte nicht allzu lange mit der Alphabetibox gerungen, hatte die mit Buchstaben versehenen Segmente zu zahlreichen Kombinationen hin und her geschoben, bis er es in seiner Ungeduld schließlich aufgab und sich mit einem Hammer über das Ding hermachte. Im Nachhinein tat es ihm schrecklich leid – nun würde er nie mehr erfahren, wie der kodierte Satz lautete.

Clayton schob den Klauenhammer aus seinem Blickfeld, wischte die Holzstücke und Splitter erst von der Decke, bevor er sie dann doch einsammelte und in den Papierkorb warf – aus den Augen, aus dem Sinn.

Trotz allem hatte er versucht, das Kästchen so wenig wie möglich zu beschädigen, er wollte nur unter den Deckel gelangen. Die oberste Platte war zerstört; darunter war nun ein überraschend flaches, mit grünem Filz ausgelegtes Fach zu erkennen. Und noch etwas wurde unter dem Deckel teilweise sichtbar.

Etwas Graues, Metallisches reflektierte das Licht, als er das Kästchen unter die Leselampe auf seinem Nachttisch hielt. Er brach ein letztes Stück von der Platte ab, um an den Gegenstand zu kommen, und zog ihn ganz vorsichtig heraus.

Es war ein verschnörkelter Schlüssel mit filigranem Schlüsselkopf, in dem der Buchstabe *H* prominent mittig platziert war; die feinen Zähne waren leicht abgenutzt und wiesen darauf hin, dass der dekorative Gegenstand durchaus einen Zweck erfüllte. Damit ließ sich etwas aufschließen.

Aber was genau? Es musste also mehr geben, einen weiteren Hinweis, der Clayton auf seinem Weg weiterhelfen würde, hin zu dem Ziel, das es zu erreichen galt. Aber irgendetwas übersah er hier, ganz sicher.

Das Finden der Lösung ist immer wichtiger als die Lösung selbst.

Pippas vertrauter Satz hallte ihm in den Ohren. Die Suche, die sie in ihrem Brief ansprach, die Antworten auf seine Vergangenheit, die anscheinend auf ihn warteten – dafür war dieser Schlüssel nur der Anfang.

Pippa tat nur, was sie schon immer getan hatte, seitdem er sich als Teenager am liebsten in seinem Zimmer vergraben hatte. Das alles gehörte zu ihrem Plan, ihn dazu zu bewegen, mit der Welt Kontakt aufzunehmen. Aus ihrem Kreis hinauszutreten. Also hatte sie einen Rätselpfad angelegt, der ihn irgendwohin, der ihn zu irgendwem führte, ein Abenteuer in gewisser Weise.

Sie hätte sich diese Suche nicht einfallen lassen, wäre sie nicht überzeugt gewesen, dass es für ihn am besten war, wenn er die

Wahrheit herausfand. Es musste einen Grund geben, warum sie ihm vor ihrem Tod nicht erzählt hatte, was sie über seine Herkunft wusste. Davon war Clayton überzeugt.

Er hatte keine Angst, um Hilfe zu bitten, wenn es notwendig war, nun aber, nach der ersten Phase von Pips Rätsel – und weil die Angelegenheit so persönlich war –, fühlte er sich gezwungen, auch den Rest zu lösen … oder es zumindest zu versuchen. Genau das hätte Pippa von ihm gewollt.

Er musste sich nur konzentrieren, den Fokus ganz auf das Thema richten, und er musste sich ausruhen.

Vielleicht würde er, wenn er sich für einige Stunden hinlegte, mit einer Antwort aufwachen, so wie es ihm beim Akrostichon gelungen war.

Er griff hinter sich, schüttelte das Daunenkissen auf, schob den Schlüssel darunter, dann richtete er die Decke. Er nahm die Batterien aus dem Wecker, machte es sich in seinem Bett bequem und war sich einer Sache ganz sicher:

Es war an der Zeit, einmal etwas für sich selbst zu tun. Er allein.

Er würde ihnen zeigen, wozu er in der Lage war. Er würde das Rätsel seiner Vergangenheit lösen, das Mysterium, das sie alle nicht hatten lösen können.

Clayton zog sich die Decke bis zum Hals, kurz darauf war er selig eingeschlummert.

Es gab doch nichts Schöneres, als sich nachmittags unter die Decke zu kuscheln und ohne Wecker zu schlafen. Als Clayton mehrere Stunden später aufwachte, fühlte er sich wie neu. Er rollte sich auf die andere Seite und betrachtete die Alphabetibox auf dem Nachttisch, und ihn verließ der Mut. Er hatte immer noch keine Ahnung, wie er Pippas Rätsel lösen sollte.

Clayton richtete sich im Bett auf und schaltete die Leselampe an. Erneut nahm er die Box zur Hand und drehte sie im Licht hin und her. Irgendetwas an dem mit grünem Filz ausgeschlagenen Fach unter dem Deckel irritierte ihn. Es kam ihm flacher vor, als die Gesamthöhe des Kästchens mutmaßen ließ, immerhin betrug diese mindestens sieben bis acht Zentimeter. Er steckte den kleinen Finger hinein und fühlte sich bestätigt: Das Fach war definitiv flacher, als es eigentlich sein müsste. Das Kästchen war entweder so gestaltet, dass der Großteil des Innenraums hohl blieb, oder etwas war darunter verborgen. Eine versteckte Kammer.

Claytons Herz schlug schneller. Er stellte das Kästchen auf den Kopf, betrachtete wieder die diversen beweglichen Segmente sowie die verräterischen Schrauben, die sich wie Knöpfe drehen und mithilfe eines kräftigen kleinen Fingers oder eines Stifts rein- und rausdrücken ließen wie die Tasten an einem Kinderspielzeug.

Er schüttelte das Ding. Nichts.

Er hielt sich das Kästchen ans Ohr, aber erst, als er es wie einen Cocktailshaker schüttelte und angestrengt lauschte, war von drinnen ein ganz leises Geräusch zu hören.

Vierzig Minuten später, nachdem er endlose Kombinationen der diversen beweglichen Teile des Kästchens durchprobiert hatte – die beweglichen Segmente an der Seite hineingedrückt, sämtliche Schrauben eingedreht, dann jeweils wieder einzeln herausgedreht, sie alle in einem Winkel von fünfundvierzig Grad, von neunzig Grad, von hundertachtzig Grad fixiert hatte, bevor er das Gleiche für alle Schrauben einzeln vornahm –, knackte Clayton schließlich den Jackpot.

Er hatte sich die jeweiligen Kombinationen notiert, damit er wusste, was er sich beim erneuten Durchprobieren sparen konnte; die erfolgreiche Kombination umfasste vier Einzelschritte:

LINKES SEGMENT NACH INNEN > RECHTES SEGMENT NACH OBEN > HINTERE LINKE SCHRAUBE EINDREHEN > VORDERE RECHTE SCHRAUBE UM 90 GRAD DREHEN.

Ein befriedigendes *klenng* war zu hören, und der untere Bereich des Kästchens ploppte ihm entgegen und katapultierte ihm den Inhalt in den Schoß.

Ein angenehmes, kitzelndes Gefühl schoss Clayton durch den Körper. Adrenalin. Stolz. Etwas, was er nicht gewohnt war.

Aus dem Kasten herausgefallen war ein weiterer cremefarbener Umschlag, dessen Wachssiegel das Wappen der Gemeinschaft trug.

Er war fast identisch mit dem Brief, den er in der Hutschachtel gefunden hatte.

Mit zitternden Händen nahm er den Brief und schob vorsichtig einen Finger unter das Siegel, bis es sich löste.

Erst entnahm er dem Umschlag ein gefaltetes A4-Blatt. Auf der weißen Seite standen nur zwei maschinengeschriebene Zeilen.

HINWEISE ZUM AUFSCHLIESSEN DEINER VERGANGENHEIT, ERSTER TEIL. EIN BESUCH BEI JEMAND GANZ BESONDEREM.

Clayton musste schlucken und legte das Blatt zur Seite. Erneut fasste er in den Umschlag und griff nach dem zweiten Papierstück. Sein Herz pochte wie wild, als er den perforierten Rand zu spüren bekam.

Die fehlende Indexkarte von Pippas Rolodex.

Miss Nancy STONE
31 Cheviot Street,
London
QUIZ-KÖNIGIN

Pippa schickte ihn zu Nancy Stone.

13

Dienstag, 21. April 1981
78. Sitzung

Pippa hatte Derek Wadlow mit der Leitung des Innovationswettbewerbs betraut, der bei diesem Treffen der Gemeinschaft stattfinden sollte.

Er drückte auf den Schalter des knarrenden Projektors, den das Pub ihnen zur Verfügung stellte, und die Rückwand des Raums erhellte sich mit einem kurzen Abriss der Aufgabenstellung.

Kombinations- & Sequenzielle Rätsel:

(I)

Rätsel, deren Lösung im Finden einer ganz bestimmten Kombination liegt, ausgehend von einer zufälligen/verschlüsselten Kombination.

(II)

Eine Reihe von Einzelelementen, die zur Lösung oder für den weiteren Fortgang der Aufgabe in einer spezifischen Sequenz zu betätigen sind.

Nervöses Rascheln von Einkaufstüten war zu hören; die Mitglieder begutachteten ein letztes Mal ihre jeweiligen Arbeiten.

Derek rief jedem ins Gedächtnis, dass die eingereichten Vorschläge beide Aspekte der Aufgabenstellung erfüllen mussten, um eine hohe Punktzahl zu erzielen, wobei es für jeden Aspekt insgesamt fünf Punkte gab. Und enthielten die Vorschläge darüber hinaus neue oder überraschende Elemente, gab es bis zu fünf Punkte zusätzlich. Jedes Rätsel, das mehr als siebeneinhalb Punkte erzielte, qualifizierte sich automatisch für die Finanzierung aus der Gemeinschaftskasse.

»Wir hoffen sehr, dass wir auf der im Frühjahr stattfindenden Spielwarenmesse in Stockholm zumindest mit einem Produkt aufwarten können«, verkündete er. »Versehen mit dem erlauchten Gütesiegel der Gemeinschaft.«

Eric Stoppard machte den Anfang. Er präsentierte einen Ikosaeder in der Größe einer Grapefruit, der insgesamt aus zwanzig Abschnitten bestand, die sich um eine Zentralachse drehen ließen. Die Aufgabe bestand darin, die einzelnen Abschnitte so zu rotieren, dass die vier Farben jeweils in einer Reihe zu liegen kamen. Allein beim Zusehen konnte einem schwindlig werden, und selbst Eric hatte zu tun, die Farben in die richtige Reihenfolge zu bringen, da es, wie er behauptete, zwanzig Quadrillionen Möglichkeiten gab.

Als Nächste war Pippa an der Reihe.

Sie beugte sich nach unten und zog einen Schuhbeutel unter ihrem Stuhl hervor – in dem sich ihr Objekt befand.

Hector, der neben ihr saß, tätschelte ihr den Arm, als sie sich erhob. »Viel Glück, Pip«, flüsterte er.

Sie lächelte ihm zu. Pippa wusste gar nicht so recht, wie das alles geschehen war. Ein Mann, dem sie ursprünglich Mitleid entgegengebracht hatte, Hector Haywood – der zum Puzzledesigner avancierte obdachlose Künstler –, war jetzt derjenige, der mit ihr unter einem Dach lebte. Eine Woche, nachdem sie ihn in seinen Bus hatte einsteigen sehen, ließ sie beiläufig in einem Gespräch fallen, dass sie auf der Suche nach einem Untermieter sei. Das war sie natürlich gar nicht, nur konnte sie schwerlich den Gedanken ertragen, dass er in einem Bus hauste, vor allem, weil sie doch zwei perfekte Zimmer im oberen Geschoss hatte und, um ehrlich zu sein, sich insgeheim am Abend auch ein wenig Unterhaltung wünschte.

Nach drei Monaten hatten sie immer noch nicht über seine vormaligen Wohnverhältnisse gesprochen. Pippa konnte sich des Gedankens nicht erwehren, dass er wusste, dass sie Bescheid wusste. Wie dem auch sei, in jedem Fall verbot es sich, ihn danach zu fragen. Sie hoffte nur, dass er eines Tages von sich aus erzählen würde, was geschehen war und was zu seiner Obdachlosigkeit geführt hatte.

Immerhin hatte sie erfahren, dass Hector verheiratet gewesen war. Es hörte sich so an, als hätte die Beziehung zu einer Frau namens Elizabeth nicht lange Bestand gehabt. Natürlich zählte Pippa eins und eins zusammen. Das Ende der Beziehung hatte vielleicht dafür gesorgt, dass er vom Weg abgekommen war, dass er sich in ein Einsiedlerleben und in seinen Campingbus zurückgezogen hatte.

Sie bemühte sich, ihre Neugier zu zügeln. Egal, was in Hectors Vergangenheit geschehen war, sie beide kamen gut miteinander aus, und ihr Arrangement, obwohl nie auf eine formale Grundlage gestellt, schien so weiterlaufen zu können. Er war ihr neuer Mieter. Sie war seine Vermieterin. Wichtiger aber: Sie waren zu ziemlich guten Freunden geworden.

Pippa ging nach vorn zum Projektor, nahm einen Schluck von ihrem Campari Soda, löste die Kordel des Beutels und präsentierte dem gespannten Publikum ihr Rätselkästchen.

»Ich bin stolz, euch die *Alphabetibox* vorstellen zu dürfen.«

C

		TANFLIN	
	OMMTWER	ZUSAMME	UERUNG
INEINUN	CHTVERS	DISTING	KEHREN
DERECHT	DSCHLAF	SOLLTEO	NKOMMT
WEITERK	EWITZUN		SACHIN
WASDUNi			

Pippa drehte das auf Hochglanz polierte Kästchen im dämmrigen Licht hin und her und musste sich im Stillen selbst für die geleistete Arbeit bewundern. Vor allem gefiel ihr der innere Mechanismus, die einzelnen Halterungen und Klammern, bei deren Herstellung Hector ihr geholfen hatte. Sie gab das Kästchen an Geoff Stirrup weiter, der direkt vor ihr saß, und bat ihn, es an die anderen weiterzureichen, bevor sie erklärte, was sie zur Schaffung des hölzernen Kombinationsrätsels angeregt hatte, das auf Wörtern basierte und das für den jeweiligen Empfänger höchst individuell angepasst werden konnte.

Die Buchstaben in den vier Einzelsegmenten an der Oberseite konnten nach Belieben ausgetauscht werden, sodass man seinen eigenen, sechs- bis siebenundzwanzig Buchstaben umfassenden Satz gestalten konnte. Und wie bei einem Zahlenschloss konnte man den Code – oder, in diesem Fall, die *Wörter* – festlegen, die das Schloss aufschnappen ließen.

Keiner hörte ihr zu. Stattdessen waren alle Augen auf Dickie Langley gerichtet – einen ehemaligen Marine-Kapitän, der verzweifelt versuchte, das Kästchen zu öffnen.

Einige waren sogar aufgestanden, drängten sich um ihn herum und gaben Vorschläge zum Besten.

»Vielleicht gibt es eine magnetische Arretierung, für die das Loch an der Seite zuständig ist.«

Pippa lehnte sich an die Wand. Sie nahm kleine Schlucke von ihrem Drink und sah mit an, wie sich die anderen um das Kästchen drängten und es gar nicht erwarten konnten, es in die Hände zu bekommen.

»Was hat das *C* oben zu bedeuten?«, fragte Nancy. »Es sieht so aus, als hätte es einen Zweck.«

Eine wichtige Komponente solcher Rätselkästchen waren die obligatorischen falschen Fährten, die nur dazu da waren, die Aufmerksamkeit des Rätselnden abzulenken. Pippa hatte daran nicht gespart. Es gab mehrere sinnlose Elemente, darunter absichtlich etwas lockere Seitensegmente, die bei Berührung wackelten, sowie auf dem Deckel eingravierte Zeichen, die rein dekorative Funktion hatten, und einige Schrauben an der Unterseite, die völlig willkürlich angebracht waren.

»Nein, wir dürfen die Buchstaben nicht ignorieren«, verkündete Earl. »Die sind eindeutig der Schlüssel zur Lösung. Schaut euch nur an, wie viel Mühe sie darauf verwendet hat. Gebt es mal her.«

Pippa sah Earl über die Schulter. Die Buchstaben waren bislang so ausgerichtet gewesen:

C

		TANFLIN	
INEINUN		ZUSAMME	UERUNG
DERECHT		DISTING	KEHREN
WEITERK	OMMTWER	SOLLTEO	NKOMMT
WASDUNI	CHTVERS		SACHIN
	DSCHLAF		
	EWITZUN		

Sie sind auf dem besten Weg, dachte sie sich.

Sie nahm ihr leeres Glas und ging zur Treppe. Plötzlich spürte sie die Wirkung des Alkohols, den sie viel zu schnell getrunken hatte. In der Tür drehte sie sich lächelnd um.

»Ich hole was zu trinken. Zwei Drinks, und einen davon bekommt derjenige, der das Kästchen gelöst hat, wenn ich zurück bin.«

Sie ließ sich viel Zeit an der Theke, plauderte mit dem Wirt Pete über den vielen Regen, den sie in letzter Zeit gehabt hatten, und als sie zurückkehrte, wurde sie mit vereinzeltem Applaus empfangen.

»Wir haben es geknackt«, verkündete jemand.

Sie hielten ihr den Deckel entgegen.

C

INEINUN			UERUNG
DERECHT		TANFLIN	KEHREN
WEITERK	OMMTWER	ZUSAMME	NKOMMT
WASDUNI	CHTVERS	DISTING	SACHIN
	DSCHLAF	SOLLTEO	
	EWITZUN		

»Herzlichen Glückwunsch an alle.«

Earl hielt die »Save the Date«-Karte in der Hand, die sie im Kästchen verstaut hatte. Darauf stand lediglich:

Unsere hundertste Sitzung
»Weiter kommt, wer zusammenkommt«
22. 09. 81

Das Kästchen befand sich nun in den Händen von Derek Wadlow, der es von allen Seiten betrachtete und dann etwas an der Unterseite inspizierte. Er sah nicht auf, während Pippa vor der Gruppe stand.

»Gefällt es euch?«, fragte sie.

»Es ist fantastisch, Pip«, sagte Geoff. »Das *C* an der Oberseite ist also die römische Ziffer für hundert?«

»Ich muss zugeben, ich habe den Überblick über die Zahl der Sitzungen verloren«, sagte Earl. »Unsere hundertste Sitzung, wirklich?«

»Haben wir irgendwelche Pläne, Pip?«, fragte Nancy. »Eine Party vielleicht?«

»Ich bin noch nicht fertig«, rief Derek.

Sofort wurde es still im Raum.

»Es sind zwei Rätsel in einem«, fuhr er fort.

Alle Augen richteten sich auf Derek, der nach wie vor mit dem Kästchen zugange war.

»Da ist noch mehr versteckt?«, fragte Nancy.

Derek hob zur Antwort nur den Finger, und kurz darauf hatte er es. Alle sahen zu, wie er in das Kästchen fasste und eine kleine, mit einer roten Schleife zusammengebundene Rolle herauszog. Daraufhin zeigte er ihnen das Geheimfach, das er im Kästchen entdeckt hatte.

»Wie hast du es gefunden?«, fragte jemand. »Muss man auf die Seiten drücken?«

Natürlich ging es nicht nur darum, den Deckel von Pippas Kästchen aufzuschließen – man musste auch herausfinden, wie das Geheimfach an der Unterseite zu öffnen war. Die erste Kammer war an die sieben Zentimeter hoch – fünf Zentimeter niedriger als die Gesamthöhe des Kästchens.

Derek las das entrollte Blatt vor: »Unsere hundertste Sitzung wird nicht in London stattfinden – im September steigt in einem Hotel unsere Jubiläumsgala, sämtliche Kosten werden von mir übernommen.«

Donnernder Applaus, während Pippa Derek das Glas Barley Wine reichte, das sie von unten mitgebracht hatte. Wenn jemand das Geheimfach entdecken würde, dann er, wie sie wusste.

»Wo findet es statt, Pip?«, fragte Earl. »Hoffentlich da, wo es nett ist.«

Mit einer Handbewegung forderte Pippa alle auf zu schweigen. »Wir fahren …«, begann sie ganz aufgeregt und klatschte in die Hände, »… nach Bedfordshire.«

Die darauf einsetzende Stille war so umfassend, dass sich ihr die Härchen auf den Armen aufstellten. Sie fasste zur Brosche an ihrer Bluse, sah sich suchend im Raum um, bis ihr Blick an Earl hängen blieb.

»*Bedfordshire?*«, wiederholte er und verzog das Gesicht, als hätte sie die Äußeren Hebriden vorgeschlagen. »Warum Bedfordshire, Pip? Ausgerechnet?«

»Warum nicht?«, kam sofort ihre Gegenfrage. »Ich habe uns ein wunderbares Hotel gebucht, in einem Dorf, das sich Marston Moretaine nennt. Wir haben das ganze Hotel für uns allein.«

»Das ganze Hotel?«

»Genau. Ich bin überzeugt, es wird euch dort gefallen. Wir können den Konferenzraum nutzen, und Abendessen gibt es ohne Extrakosten dazu. Ein Büfett. Wie hätte ich Nein sagen können?«

Natürlich war es alles andere als eine übliche Hotelübernachtung, sondern eher die Besichtigung einer zum Verkauf stehenden Immobilie. Pippa brachte sie zu ihrem ehemaligen Familienanwesen, dem Gebäude samt Grund, das sie gerne kaufen wollte, damit es der Hauptsitz der Gemeinschaft der Rätselmacher würde. Das Gebäude, das sie mit ein wenig Glück bald ihr Zuhause nennen könnten.

Im Lauf der vergangenen Monate hatte Pippa immer mehr das Gefühl gehabt, dass alles in ihrem Leben genau auf diesen Augenblick hinauslaufen würde. Bewusst oder nicht, jedenfalls hatte Pippa den Großteil ihrer Allsbrook-Erbschaft aufbewahrt, weil sie wusste, dass sie damit eines Tages etwas Außergewöhnliches anstellen würde. Natürlich hatte sie über die Jahre einiges vom Erbe ausgegeben, sie wäre die Letzte, die das abstreiten wollte, aber nachdem sie mehr Seidenschals hatte, als sie jemals tragen konnte, dazu eine Menge Geld für Schmuck zu Wucherpreisen verschwendet und alle Länder auf ihrer Reiseliste abgehakt hatte, wusste sie, dass der Rest des Geldes für eine sinnvolle Sache aufgewendet werden sollte. Das Geld, das sie zur Seite gelegt hatte, deutete auf den dritten Akt ihres Lebens hin, ein Wegweiser für etwas Bedeutsames, das noch eintreten würde. Sie hatte nur noch nicht gewusst, was es sein sollte.

Bis jetzt.

14

Im holzgetäfelten Sitzungssaal im Erdgeschoss von Creighton Hall saß Clayton mit den anderen Mitgliedern der Gemeinschaft am langen Walnusstisch und versuchte sich interessiert zu geben.

»Und jetzt«, verkündete Hector, »zu den anderen Punkten. Bitte alle die nächste Seite der Agenda aufschlagen.«

Alle blätterten weiter und stießen, als sie die zwölf weiteren Diskussionspunkte erblickten, einen kollektiven Seufzer aus. Was sonst eine halbstündige Versammlung anfangs der Woche war, zog sich bereits seit einer Stunde und zwanzig Minuten hin und machte nicht den Eindruck, als kämen sie bald zu einem Ende.

Für Hector Haywood mochte es Business as usual sein, Clayton aber – dem beauftragten Schriftführer – fiel es schwer, sich zu konzentrieren.

»Clay, du schreibst das doch alles auf, ja?«

Schnell griff Clayton zu seinem Füller und nickte, in Wahrheit war er in Gedanken ganz woanders. In seinen Ohren war Hectors Stimme nur ein unverständliches Dröhnen. Er hatte sich kaum ein Wort notiert.

Seit seinem fünfzehnten Lebensjahr begleitete er als Schriftführer die Versammlungen des Komitees und hatte diese Rolle immer mit Begeisterung ausgefüllt. Seine Utensilien bei jedem Treffen: ein vergoldeter Schildpattfüller und schönes, schweres Briefpapier in einer schwarzen Ledermappe. Er mochte das damit einhergehende Ritual, das Pflichtgefühl. Er hörte auch gern zu, wenn die Rätselmacher ihre Projekte diskutierten, und bekam dadurch mit, wie ihr außergewöhnlicher Verstand funktionierte.

In dieser Woche fiel es ihm allerdings schwer, an etwas anderes zu denken als an das, was er am Tag zuvor herausgefunden hatte: das Kästchen, den Schlüssel, die Kontaktdaten von Nancy Stone.

»Dein Stift berührt nicht das Blatt, Clay. Daher muss ich annehmen, dass du nicht mitbekommen hast, was ich gesagt habe.«

»Tut mir leid«, antwortete Clayton und riss sich aus seinen Tagträumen. »Was hast du gesagt?«

»Ich habe gesagt, dass unser alljährlicher Jahrmarkt ansteht …«

Clayton nickte geistesabwesend.

»Schreib das auf! Um Himmels willen, schreib das auf, Junge.«

Es war Hectors erstes Treffen als Präsident, und er ging die einzelnen Diskussionspunkte so gründlich und so gewissenhaft durch, wie es von ihm nicht anders zu erwarten war. Bislang hatte er das Thema eines defekten Druckers in der Werkstatt zur Sprache gebracht sowie verkündet, dass die Wortschmiede im Haus auf freiberuflicher Basis Beiträge zu einer neuen Zeitschrift liefern konnten, die im Herbst zum ersten Mal erscheinen würde.

Jetzt erklärte Hector, man müsse Strohhalme ziehen, sofern sich niemand freiwillig als Koordinator für ihren diesjährigen Jahrmarkt zur Verfügung stellte.

Die Messe war mittlerweile Tradition – eine Mischung aus Tag der offenen Tür und Dorffest. Von Anfang an war er als Gelegenheit konzipiert gewesen, Produkte direkt an die Kunden zu verkaufen, dazu wurde auf dem Gelände ein großes Zelt errichtet, der Markt zog aber auch potenzielle neue Mitglieder und Mitbewohner an. Aus allen Teilen des Landes reisten die Leute an, um mit ihnen den Tag zu verbringen und einen Eindruck vom Leben in Creighton zu bekommen.

Clayton riss ein Stück von seinem Blatt ab und kritzelte darauf: *Können wir uns im Labyrinth treffen, wenn das hier vorbei ist?*

Diskret schob er es Earl ihm gegenüber hin, der einen Blick darauf warf, es umdrehte und seine Antwort verfasste. *Klar, wenn ich bis dahin nicht an Langeweile eingegangen bin.*

»Also, was hast du vor?«, fragte Earl.

»Ich denke nach.«

Clayton kauerte mit seinem engsten Gefährten in der Labyrinthmitte unter den tropfenden Zweigen der Trauerweide.

Er hatte dem Labyrinthbauer alles anvertraut, was er in den vergangenen vierundzwanzig Stunden herausgefunden hatte. Danach hatte er sich erleichtert gefühlt, ja, aber er war auch etwas besorgt. Clayton war ein wenig eingeschüchtert von dem, was anscheinend vor ihm lag. Sorgen bereitete ihm nicht nur, was das Rätsel aufdecken mochte, sondern auch, ob er die dafür notwendigen Fertigkeiten besaß.

»Was, wenn ich es nicht lösen kann, Earl? Was, wenn die ganze Suche ins Leere führt?«

Earl nahm Claytons Hand in seine. »Du hast uns, Clay. Wir sind immer für dich da. Du kannst uns immer um Hilfe fragen.«

Clayton nickte und wurde etwas ruhiger, wusste aber auch, dass er dieses Rätsel allein lösen musste.

Nachdem ihm Nancy bei der Beerdigung aufgefallen war und er später ihre Kontaktdaten im Rätselkästchen entdeckt hatte, hatte er etwas nachgeforscht. Bei mehreren unverfänglichen Gesprächen mit den Bewohnern hatte er einige wenige Informationen über die Frau aufschnappen können.

Nancy Stone war auf dem Feld der Trivia unschlagbar; anscheinend wusste sie auf alles eine Antwort. Sie war der Gemeinschaft ein Jahr nach deren Gründung beigetreten, als sie sich noch in dem Raum über einem Londoner Pub getroffen hatten. Angeblich war sie beträchtlich jünger – an die zwanzig Jahre – als die meisten anderen in der Gemeinschaft. Es gab Gerüchte über schwierige häusliche Verhältnisse – eine herrschsüchtige Mutter, die an ihrer Tochter immer etwas auszusetzen hatte. Später wurde sie bekannt für ihre ausgefeilten Quiz-Bücher, vor allem für ihre Bestseller-Reihe, von der Clayton immer wieder gehört hatte: *Quiz-Buch der Londoner Taxifahrer.* Die einzelnen Bände waren eine Art Schnitzeljagd durch die Hauptstadt und vereinten obskure Fragen mit dem Kartenmaterial der englischen Landvermessungsbehörde.

»Ich habe keine Ahnung«, sagte Earl, »warum Pip gewollt haben könnte, dass du Kontakt zu Nance aufnimmst. Du glaubst doch nicht, dass sie irgendwas zu tun hat mit deiner …«

Clayton sah auf seine Füße. Natürlich hatte er selbst an nichts anderes mehr denken können.

»Na ja, wir werden ja sehen.«

Earl richtete sich auf der Bank auf. »Ich hätte mich noch gern mit ihr unterhalten, Clay, nach der Kremierung. Aber es waren so viele da, ich hatte keine Gelegenheit …«

»Sie ist nach der Trauerfeier sofort gegangen.«

Überrascht sah Earl ihn an. »Sie ist nicht mit ins Pub gekommen?«

Clayton schüttelte den Kopf.

Nach der Kremierung waren sie alle ins Pub gegangen, wo sie sich über die Getränke, die Schalen mit Chips und Platten mit Sandwiches hergemacht hatten. Aber Nancy war davongebraust, bevor sich Clayton vorstellen konnte.

»Seltsam«, erwiderte Earl. Er wirkte sehr überrascht. »Nance hätte nie einen kostenlosen Drink ausgeschlagen.«

Eine Weile hingen sie beide schweigend ihren Gedanken nach.

Clayton war sehr aufgewühlt. Schließlich zog er Pippas Kreuzworträtsel aus der Tasche, schlug es auf und legte es Earl auf den Schoß.

Er hatte ihm bereits erklärt, dass die zwanzig Fragen angeblich Hinweise auf seine Zukunft seien – während die Alphabetibox, der Schlüssel und Nancy Stone irgendwie mit seiner Vergangenheit zusammenhingen.

»Das Kreuzworträtsel lag also in der Hutschachtel?«, fragte Earl. »Und die Antworten sind Grundlage für ein erfülltes, glückliches Leben?«

Clayton nickte.

»Nenn mir eine Frage, Earl. Irgendeine.« Clayton fasste in seine Jacke, holte den Schildpattfüller heraus und schraubte die Kappe ab. »Damit fange ich dann an. Die perfekte Ablenkung.«

Earl lächelte ihn an. Er nahm das Kreuzworträtsel zur Hand, ließ sich Zeit, fuhr mit dem Finger von SENKRECHT nach WAAGRECHT, dann zurück, bevor er entschieden auf eine Frage deutete: *Unbillige Heldentaten (9)*.

»Fang doch einfach in der Mitte an«, sagte er. »Fang mit sechs senkrecht an, Junge.«

15

Dienstag, 22. September 1981
100. Sitzung

Die Gemeinschaft der Rätselmacher war zum ersten Mal auf Reisen.

Langsam hatten sie sich in einem Bus von Gary's Wheels – einem Busunternehmen, das Pippa in den Gelben Seiten gefunden hatte – aus London hinausgequält, nun waren sie unterwegs zu ihrer Jubiläumsgala im Creighton Hall Hotel, Mid-Bedfordshire.

Pippa hatte alle angewiesen, sich um fünfzehn Uhr vor dem Queen's Head einzufinden. Pünktlich! Die Menge, die sich auf dem Bürgersteig drängte, als sich Pippa ihr auf der Essex Road näherte, unterschied sich vom üblichen Haufen, der sich sonst dienstagabends hier versammelte.

Manche waren in legerer Kleidung erschienen – sommerlichen Polo-Shirts, Stonewashed-Jeans und funkelnden weißen Turnschuhen, wie Lehrer auf einem Schulausflug –, andere waren förmlicher gekleidet. Leinenanzüge, elastische Hosenträger, gewienerte Halbschuhe. Sie waren ein beeindruckender Anblick.

»Dann mal los«, erklärte Pippa kurz nach drei und scheuchte alle in den Bus.

Sie sah zu, wie die Crème de la Crème der britischen Rätsel-Community an Bord ging, bevor sie selbst einstieg und sich ganz hinten ihren Platz neben Nancy suchte.

Kurz zählte sie die Köpfe durch.

Im Pub hatte es sich eingebürgert, ihrem Kryptologen Derek

Wadlow, der es sich zur Angewohnheit gemacht hatte, immer etwas verspätet einzutreffen, einen Stuhl freizuhalten. Auch hier im Bus hatten sie ihm nun einen Platz reserviert, obwohl sie wussten, dass der berühmte Codebrecher sie nicht begleiten würde. Jemand hatte ihm zu Ehren sogar einen Filzhut auf seinen Platz gelegt.

Drei Wochen, nachdem sich Pippa mit Derek getroffen hatte, um ihren grandiosen Plan für die Gemeinschaft zu besprechen, war er gestorben.

»Highbury Corner zu dieser Tageszeit ist mörderisch«, sagte Nancy. »Wenn er nur ein bisschen Verstand hat, nimmt er die Holloway Road.«

Pippa seufzte. Sie hatte jetzt schon ein flaues Gefühl im Magen – es war die Aufregung vor dem anstehenden Abend und ihrem überraschenden Angebot, das sie ihnen allen unterbreiten wollte. In den letzten Wochen hatte sie kaum geschlafen, aus Sorge, ihr Vorschlag würde nicht genügend Anklang finden.

Während sie sich durch den Stau auf der Holloway Road quälten, holte Nancy den neuesten Danielle-Steel-Roman heraus – *Töchter der Sehnsucht* –, während sich Pippa mit Eric Stoppards letzter Erfindung abzulenken versuchte, dem Sudokube. Es war ein wunderbar gefertigter quaderförmiger Körper, etwas größer als Rubiks Zauberwürfel, mit einem 3 × 3-Raster an jeder Seite. Sie machte immer noch damit herum, als sie durch Edgware fuhren, bevor sie es aufgab, weil ihr die Zahlen allmählich vor den Augen verschwammen.

»Du wirst dich doch nicht übergeben?« Nancy sah besorgt aus.

»Großer Gott, nein«, antwortete Pippa. »Auf keinen Fall.«

»Sonst würde ich den Fahrer um eine Tüte bitten …«

»Alles in Ordnung. Ich kann es nur nicht erwarten, anzukommen, das ist alles.«

Die beiden Frauen lächelten sich an, dann sah Pippa aus dem Fenster und trommelte mit den Fingern auf die Armlehne. Sie war gereizt, ja. Die Nerven. Jetzt waren sie also auf dem Weg; sie brachte alle zu ihrem ehemaligen Familienanwesen, ohne dass diese es wussten. Das Problem war ja: Man konnte der Gemeinschaft keine Geheimnisse anvertrauen – keiner von ihnen konnte den Mund halten. Also hatte Pippa beschlossen, sie alle geschlossen hinzubringen, damit sie den Ort mit eigenen Augen sahen.

Nur eine Person gab es, die sie glaubte einweihen zu müssen. Eine Person, die zu dem großen Schritt bereit sein dürfte, weil sie sowieso schon bei ihr wohnte.

Pippas Mieter Hector war der Einzige, der wusste, worum es am heutigen Abend wirklich ging.

Als sie auf den M1 auffuhren, verließ sie ihren Platz und eilte durch den Gang. Sie wollte sich erkundigen, wann sie ungefähr am Ziel eintrafen.

»Nicht mit dem Fahrer sprechen«, blaffte Gary und zeigte auf den laminierten Anschlag am Armaturenbrett.

DEN FAHRER UNTER KEINEN UMSTÄNDEN STÖREN.
INFORMIEREN SIE SICH ANHAND DER BROSCHÜRE IN IHRER SITZTASCHE.
DIE MEISTEN FRAGEN WERDEN DARIN BEANTWORTET.

Pippa rollte mit den Augen.

Gary mochte vielleicht der »verlässlichste und verantwortungsbewussteste Fahrer im Großraum London« sein, wie sein Eintrag in den Gelben Seiten versprach, der griesgrämigste war er aber auch. Sobald sie eingestiegen waren, hatte er mit unmissverständlichen Worten klargemacht, dass Kotztüten im Mietpreis nicht eingeschlossen seien und mit fünfzig Pence pro Stück zu Buche schlagen würden. Des Weiteren hatte er anklingen lassen, dass die Bordtoilette nur zu nutzen sei, sofern es sich nicht vermeiden ließ. Es habe bei einem nächtlichen Trip nach Liverpool im Zuge eines Junggesellinnenabschieds einen Zwischenfall gegeben, und so sehr er sich auch bemüht habe, den Tank zu leeren, es war ihm nicht gelungen, sämtliche Spuren zu beseitigen.

»Ein wahrer Charmeur«, bemerkte Pippa, als sie zu ihrem Sitz zurückkehrte.

Nancy wühlte in einer Dose mit Fruchtbonbons und reihte die gelben auf ihrem Tablett auf.

»Birne mag ich am liebsten«, erklärte sie. »Von Schwarzer Johannisbeere bitzelt mir immer die Zunge. Magst du eins?«

Pippa schüttelte den Kopf.

»Himbeere?«

Pippa winkte ab und lächelte ihrer Freundin zu, die zwei riesige Stricknadeln in der Größe von Trommelstöcken aus der Tasche zog und sich daranmachte, ein senfgelbes Chenille-Plaid zu stricken.

Pippa hatte sich riesig gefreut, dass sie sie auf ihrem ersten offiziellen Ausflug begleitete. Lange hatte hinter ihrem Namen ein Fragezeichen gestanden. Wie nicht anders zu erwarten, war ihre Mutter alles andere als begeistert von diesem Wochenendausflug, in letzter Minute hatte Nancy dann allerdings doch zugesagt. Pippa glaubte, bei ihrer Freundin einen neuen rebellischen Geist zu erkennen. Färbte ihr, Pippas, Eigensinn langsam auf sie ab?

Dennoch waren es gerade so geschätzte Mitglieder wie Nancy, die Pippa mit ihrem Plan abzuschrecken fürchtete. Die Frau war erst vierunddreißig und mit einem Abstand von mindestens fünfzehn Jahren das jüngste Mitglied der Gemeinschaft. Im Unterschied zu den meisten anderen lag ihre Rente noch in weiter Ferne. Warum sollte sie in ihrem Alter überhaupt in Betracht ziehen, sich diesem Projekt anzuschließen? Das hatte sich Pippa in den vergangenen Tagen häufig gefragt. Nancy war noch jung genug, um sich niederzulassen und eine Familie zu gründen, sobald sie den richtigen Mann traf.

Sie griff sich den zwischen die Sitze geklemmten Danielle-Steel-Band, um ihre Bedenken zu zerstreuen. In den letzten Wochen hatten Steels Bücher Pippa Trost geschenkt, reiner Balsam für ihr Hirn. Insgesamt zwölf Romane aus Nancys Sammlung hatte sie schon verschlungen – *Der Ring aus Stein* war ihr Lieblingsbuch – und sich auch für das neue hier vormerken lassen.

»Weißt du, das Komische an diesen Romanen ist doch«, sagte Pippa und tippte auf das blaugrüne Cover. »Sie sind ja eigentlich überhaupt keine Liebesromane.«

»Nein?«, erwiderte Nancy.

»Das ist doch alles völlig unglaubwürdig. Niemand würde sich wirklich so verhalten.«

Nancy seufzte. »Pip, du bist eine Zynikerin.«

»Eher Realistin.«

»Eines Tages wirst du dich Hals über Kopf verlieben, wart's nur ab.«

Pippa lachte. Der Gedanke daran, in ihrem Alter noch die große Liebe zu finden, war absurd. Sie hatte vieles im Leben erreicht, eine ernsthafte Beziehung aber war niemals, nicht einmal entfernt zu erwarten gewesen.

Nancy neben ihr klapperte mit den Stricknadeln vor sich hin. Insgeheim bewunderte Pippa sie, besonders ihren unerschütterlichen Optimismus, auch wenn Pippa dem häufig reserviert gegenüberstand. Aber Nancy ließ sich nicht beirren: Irgendwann würde sich Pippa unrettbar verlieben. Pippa wünschte sich, sie könnte Nancys sonniges Gemüt wenigstens manchmal teilen.

»Apropos«, begann Nancy. »Wie steht es zwischen dir und dem Puzzle-Künstler?«

Pippa drehte sich zu ihrer Freundin hin.

»Besteht die Chance, dass sich die Freundschaft zu etwas … Ernsterem entwickelt?«

Pippa sah sie erschreckt an. »Mit Hector? Ich glaube nicht.«

»Oh.«

»Er ist mein *Mieter*, Nancy, er wohnt bei mir, mehr nicht. Komm jetzt nicht auf dumme Gedanken.«

In Wirklichkeit waren die beiden mittlerweile wesentlich mehr als nur Hausgenossen. Nach mehreren Monaten war ihr klar geworden, dass sie seine Gesellschaft ebenso gebraucht hatte wie er ein Dach über dem Kopf. Und nicht nur das – sie vertraute ihm. Sonst hätte sie ihn kaum in ihre geheimen Pläne für die Gemeinschaft eingeweiht. Und dennoch, trotz ihrer wachsenden Nähe gab es etwas an ihm, was sie nicht verstand. Was immer in seiner dunklen Vergangenheit vorgefallen sein mochte und dafür gesorgt hatte, dass er in der Welt so verloren gewesen war, sie würde es vermutlich nie herausfinden.

»Anscheinend macht es dir Spaß, ihn zu bekochen«, fuhr Nancy fort, sichtlich erfreut, mit ihrem Wissen glänzen zu können. »Und wenn er am Nachmittag malt, bringst du ihm Tee und eine Auswahl an Gebäck …«

Pippa klappte der Mund auf. »Nur wenn ich für mich selber Tee aufsetze.«

Nancy verkniff sich ihr Lachen. »Dein Schinken-Kresse-Sandwich ist anscheinend große Klasse.«

»Mag schon sein«, gestand Pippa. »Aber kaum Haute Cuisine.«

Ein kurzes Schweigen.

Sie vergewisserte sich, dass Hector außer Hörweite war. Er saß vier Reihen vor ihnen neben Geoff Stirrup, einem Rechnungsprüfer im Ruhestand, der zu ihrem Rechenmeister geworden war. Jeder nannte ihn nur Calculatrix.

»Und was hat er *noch* erzählt?«, fragte sie und fühlte sich doch ziemlich ertappt.

Bevor Nancy zu einer Antwort ansetzte, legte sich ihre Hand auf die von Pippa, mit der sich diese – ohne es bemerkt zu haben – an das ausgeklappte Tablett klammerte.

»Es sei jammerschade, dass du nie verheiratet warst, denn du würdest eine wunderbare Ehefrau … oder Mutter abgeben.«

Peinlich berührt rollte Pippa mit den Augen, fühlte sich aber auch geschmeichelt.

Sie war sich nicht so sicher, ob sie eine perfekte Hausfrau abgegeben hätte, von ihren mütterlichen Gefühlen aber war sie überzeugt. Zumindest *einer* kam jetzt also in deren Genuss.

Mehrere Abfahrten auf dem M1 später begann Pippa, die vor Aufregung kaum mehr stillsitzen konnte, das fotokopierte Programm zu verteilen, das als eine Abfolge von kryptischen Kreuzworträtselfragen gestaltet war.

Die Gemeinschaft der Rätselmacher

Jubiläumsgala

17.30 Uhr

Das Bloße, das mitunter – wie sein Publikum – sehr voll ist (3)

19 Uhr

Anrichte und Angerichtetes (6)

22 Uhr

Wird noch verkündet …

Dann dauerte es nicht mehr lange, bis der Bus scharf nach Marston Moretaine abbog.

Pippa hatte den Ort seit fast fünfzig Jahren nicht mehr gesehen, aber er war noch genauso bezaubernd, wie sie ihn in Erinnerung hatte. Das Dorf war von Feldern und Wiesen umgeben, deren malerische Anmutung von allen kommentiert wurde, und mit einem Mal lag oben auf einem Hügel Creighton Hall vor ihnen.

Es war bemerkenswert, wie das Anwesen höchst imposant und gleichzeitig völlig heruntergekommen aussehen konnte. Ein riesiger viktorianischer Bau aus blassgelbem Sandstein mit zwei bröckeligen Säulen zu beiden Seiten der eindrucksvollen Eichentür, zu der einige Steinstufen hinaufführten.

Hector tauschte mit Pippa einen Blick, als sie vor dem großartigen Gebäude vorfuhren. Er war überwältigt.

Ihr seltsam flaues Gefühl im Magen rührte nicht nur von ihren Nerven oder der Aufregung her, sondern auch von ihrem schlechten Gewissen.

Die Hoteliers, denen das Anwesen gehörte – die Barclays – warteten bereits, als die Bustüren zischend aufgingen. Bislang hatte Pippa mit ihnen ausschließlich per Telefon oder Brief kommuniziert. Sie hatte sie gebeten, keinem der Gäste das Thema ihrer Gespräche zu verraten.

Francis Barcley war Mitte dreißig und trug reichlich snobistische Kleidung von der Stange: einen gelben Golf-Pullover und rote Feincordhosen. Dazu zierte ein sorgsamst getrimmter Zwirbelbart sein Gesicht, und seine Haare waren so auf Hochglanz pomadisiert, dass sie im Licht der Nachmittagssonne wie eine Wasserlache glänzten.

»Willkommen in Creighton, Philippa … *endlich*«, sagte er und zwinkerte ihr alles andere als subtil zu.

Seine Frau Jocelyn – ein zierliches Persönchen in einem engen weinroten Twinset – stand wie Zierrat neben ihm.

»Wir sind hocherfreut, Sie alle begrüßen zu dürfen«, verkündete Francis mit weit ausgestreckten Armen. »Lassen Sie Ihr Gepäck einfach stehen, wir kümmern uns darum.«

Wie aus dem Nichts erschien eine junge vollbusige Frau in einem königsblauen Umhang, die einen Gepäckwagen mit Chromgestänge lautstark über die Terrasse zog.

»Wirklich?«, fragte Pippa. »Wir können unser Gepäck doch selbst tragen.«

Sie hatte in einer Hand ihren Rucksack, in der anderen eine Aktentasche, und zu ihren Füßen stand ein zerbeulter alter Koffer, der mit Flaggen aus aller Herren Länder beklebt war.

»Ja, ja«, antwortete Francis. »Unsere Haushälterin wird sich darum kümmern. Sie besteht darauf.«

Der Überdruss in seiner Stimme war nicht zu überhören. In der Tat hätte die Haushälterin ein Nein als Antwort kaum akzeptiert, denn bevor irgendjemand sie aufhalten konnte, begann sie auch schon, die Habseligkeiten aller auf sehr ungestüme Art auf den Wagen zu werfen.

Die Dame hatte unnatürlich schwarze, verstrubbelte Haare, die ihr wie ein leeres Vogelnest auf dem Kopf saßen. Als Pippa näher kam, bemerkte sie, dass sie keine praktischen Arbeitsschuhe trug, sondern Sandalen, die wie gehäkelt aussahen. Und nicht nur das. Um den Hals hing ihr ein schwerer Edelstein, der allerdings nicht an einer zierlichen Kette befestigt war, sondern an einem ausgefransten Seil. Er knallte ihr wie eine Abrissbirne gegen den üppigen Busen.

»Ich nehme es«, forderte sie und deutete auf Pippas Sachen. »Überlassen sie das bitte mir, Madam.«

»Sie scheinen doch schon alle Hände voll zu haben«, erwiderte Pippa höflich. »Ich kann meine Sachen selbst tragen, überhaupt kein Problem.«

Die Frau lächelte. »Nein, ich nehme sie. Es ist meine Arbeit. Und ich bin sehr gut darin.« Sie packte den Koffer zu Pippas Füßen, riss ihr die Aktentasche aus der einen und den Rucksack aus der anderen Hand und warf sich die Gepäckstücke über die beiden Arme.

»Großer Gott«, entfuhr es Pippa, als sie der Frau fasziniert hinterhersah.

Die Haushälterin schleuderte den Koffer auf den schwer beladenen Wagen und schob ihn mit der Schulter – sichtlich mit sich zufrieden – in Richtung Haus.

Nur wenige Sekunden später verhakten sich jedoch die Räder im unebenen Pflaster, der gesamte Wagen kam ins Kippen, stürzte um, und sämtliches Gepäck verteilte sich auf der Einfahrt.

»Himmel noch mal«, rief die Haushälterin. »Das blöde Ding.«

Pippa spürte, wie Francis sie ansah; ein verzagtes Lächeln erschien auf seinen Lippen.

»Das«, erklärte er, »ist unsere Haushälterin Angel. Sie versucht sicherlich Ihr Bestes.«

Pippa verzog das Gesicht.

Ein roter Teppich führte über die Steinstufen zur Eingangstür. Sie schritt voran und winkte den anderen zu, ihr zu folgen. Der

Teppich schmatzte vom Regen der letzten Nacht. Zu beiden Seiten des Teppichs bemerkte sie kleine weiße Blumen, die aus den Rissen zwischen den Steinen wucherten.

Plötzlich stand ihr eine lebhafte Erinnerung vor Augen – als kleines Mädchen hatte sie auf diesen Stufen Gänseblümchenketten geflochten, wenn sie in den Ferien ihrer Tante entkommen konnte. Sie hatte Freundschaftsketten für einige Mädchen an der Schule gemacht und sie in einer Schmuckdose unter dem Bett aufbewahrt. Aber bis sie diese Geschenke überreichen konnte, waren die Blumen längst verwelkt und die Blütenblätter abgefallen.

Nun, viele Jahre später, betrat sie mit einem gehörigen Maß an Melancholie das herrschaftliche alte Haus. Sie war im Beisein ihrer neuen Freunde hier. Ihrer neuen Familie. Bereit, ein neues Kapitel in ihrem Leben aufzuschlagen.

16

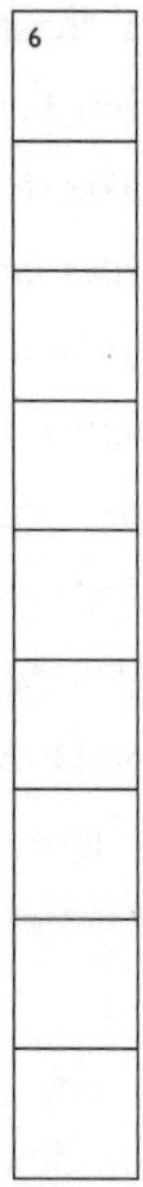

UNBILLIGE HELDENTATEN (9)

Clayton besaß keinen eigenen Koffer. Bis dato hatte er nie einen gebraucht.

Er besorgte sich daher vom Dachboden einen braunen Lederkoffer, der übersät war mit den Nationalflaggen fremder Länder und den Werbeslogans ferner Orte, die Clayton kaum aussprechen, geschweige denn auf der Karte zuordnen konnte. *QUEBEC: LIVE IT TO BELIEVE IT; BHUTAN: HAPPINESS IS A PLACE; ALBANIA: GO YOUR WAY!* Und einer der

Slogans entbehrte nicht einer gewissen Ironie, wie Clayton mit einem Schmunzeln feststellte. *ECUADOR: ESCAPE YOUR WORLD.*

Der Koffer hatte ganz offensichtlich Pippa gehört; in seinem Alter hatte sie bereits die halbe Welt bereist.

Clayton stand in der Mitte seines Zimmers – der Koffer lag geöffnet auf dem Bett – und überlegte, was er für seinen spontanen Ausflug nach London zu Nancy Stone alles einpacken sollte.

Er hatte beschlossen, Pippas Rätselsuche exakt so anzugehen, wie sie es vermutlich beabsichtigt hatte – mit so viel Verve, wie er aufbringen konnte. Mit anderen Worten so, wie sie alles in ihrem Leben angepackt hatte.

Gleich nachdem er online ein Hotel gebucht hatte, hatte er für alle Fälle die Bedeutung von **Abenteuer** gegoogelt: *mit einem außergewöhnlichen, erregenden Geschehen verbundene gefahrvolle Situation, die jemand zu bestehen hat; riskantes Unternehmen.*

Hätte ihn ja auch überrascht, wenn es anders gewesen wäre.

Offensichtlich hatte Earl ihn zuerst zu dieser Frage geführt, weil er wusste, dass er immer einen kleinen Anstoß brauchte. Earl ermutigte ihn immer, seine Komfortzone zu verlassen, sich frei zu machen und zur Abwechslung mal etwas für sich selbst zu tun.

Clayton wusste sehr wohl, wie lächerlich es war, wie peinlich es sogar ihm sein musste, dass er mit seinen fünfundzwanzig Jahren noch nie allein weggefahren war, dass er nie spontan eine Zugreise unternommen, sich nie auf eine Reise begeben hatte, ohne genau zu wissen, wo er landen oder wann er zurückkehren würde.

Er hatte sich vorgenommen, das Kreuzworträtsel in aller Ruhe anzugehen. Er wollte nichts übereilen, sich für jede Frage Zeit nehmen, sicherstellen, dass er alles bis ins Detail erfasste, um Pippa nicht zu enttäuschen.

»Hosen … Socken …«, sagte er halblaut vor sich hin und wühlte in den Schubladen.

Seit einiger Zeit wusste Clayton, dass bei seinen Boxershorts der Gummibund ausgeleiert war. Jetzt hatte er endlich einen Vorwand, sich ein paar neue zu kaufen. Er würde sich welche im Marks & Spencer am Bahnhof besorgen.

Clayton schluckte seine Angst hinunter, redete sich ein, dass er mit ein wenig Glück in wenigen Tagen wieder hier wäre, und falls ihn wirklich jemand brauchte, wäre er jederzeit über Handy zu erreichen.

Spontaneität war nichts, was ihm in die Wiege gelegt war; bereits jetzt machte er sich Gedanken darüber – oder erstellte gar einen Plan –, was er alles unternehmen wollte, wenn er sich die Zeit vertreiben musste, falls Nancy nicht zu Hause war. Er hatte ihre Telefonnummer nicht, daher musste er hoffen, dass sie Zeit für ihn hatte, egal, wann er bei ihr anklopfte.

Sollte er sich billige Karten für eine Vorstellung besorgen? Es gab Websites für solche Dinge. Vielleicht hatte er ja Zeit für einen Besuch im British Museum – wohin er immer schon wollte, es aber bislang nie geschafft hatte.

Er ging zum Schrank. Auf der Stange hing ein Dutzend Kleidungsstücke von hoher Qualität, und da er nicht wusste, was Pippa alles für ihn bereithielt, breitete er die Arme aus, schnappte sich kurzerhand alle Kleidungsstücke und warf sie in den Koffer, bevor er alles wieder herausnahm und es sorgfältig zusammenlegte. Darunter befanden sich seine beiden Lieblingsjacken (eine aus Köper, eine aus Wolle); sein Aran-Lieblingspullover; vier Hemden (zwei Button-down, zwei Freitzeithemden aus Baumwolle) und seine ihm wie angegossen passende schwarze Kordhose. Dazu gab er eine alte Jeans, die er zu Gartenarbeiten trug, eine Regenjacke, ein Cuban-Collar-Hemd, einen Rollkragenpullover, einen Pullover mit Zopfmuster, T-Shirts, Socken und Unterwäsche.

Natürlich war er schon oft in London gewesen. Vor einigen Jahren hatte im Claridge's die Dreißigjahrfeier der Gemeinschaft stattgefunden, und in den vergangenen vier Jahren hatte er Pippa stets zum Januar-Schlussverkauf bei Harrods begleitet, ganz zu schweigen von ihren vierteljährlichen mittwöchentlichen Matineen: *Der König und ich*, *Anatevka, Calamity Jane*, seine Lieblingsmusicals. Mit Pippa teilte er nicht nur die Vorliebe für Musicals, sondern auch das Interesse an Kunst; gelegentlich, sogar noch bis vor wenigen Monaten, hatten sie zusammen Ausstellungen in London besucht. Die Hayward Gallery im Southbank Centre war ihr Lieblingsmuseum, für das sie eine gemeinsame Mitgliedskarte besaßen. Sie würde am Ende des Jahres ablaufen.

Bevor er den Koffer schloss, sammelte er am Waschbecken in der Ecke seine Toilettenartikel ein – sein Eau de Cologne, Kamm und Rasiersachen. Im Fach unter dem Waschbecken befanden sich ein Teetablett mit Porzellantasse, Untertasse, Zuckertütchen, H-Milch, ein Glas mit seinem Lieblings-Shortbread, ein paar Teedosen und ein kleiner Reiseteekessel. Manchmal machte er eben gern Tee für eine Person, nicht für acht.

Er nahm eine der Teedosen und öffnete den Deckel – etwas, was er regelmäßig tat. In die Dose hatte er sein geerbtes Geld gestopft. Es handelte sich dabei um Bargeld, das mehrere Bewohner angespart und ihm bei ihrem Tod vermacht hatten. Die Summe betrug fast zehntausend Pfund, bestehend aus mit Gummibändern zusammengehaltenen Scheinen. Er nahm einige Bündel heraus und gab sie in die Halbschuhe im Koffer.

17

Die Gemeinschaft der Rätselmacher
17.20 Uhr

Pippa betrat die mit einem Mokettteppich ausgelegte Cocktail-Lounge des Creighton Hall Hotels – den Raum, in dem ihr Großvater regelmäßig Pokerabende veranstaltet hatte – und musste zweimal hinsehen. Wo sie den Kartentisch aus Mahagoni erwartet hatte, stand nun ein heruntergekommener Snookertisch, und am gegenüberliegenden Ende des Raums befand sich anstelle der umfangreichen Schallplattensammlung und des goldenen Grammophons nun eine kleine, aber gut bestückte Cocktailbar.

Earl Vosey saß als einziger Gast auf einem der Hocker und trug, was sich nur als klassischer dreiteiliger Cutaway beschreiben ließ. Er hatte es sonst nicht so mit Hemden oder maßgeschneiderten Hosen; sie hatte ihn noch nicht ein Mal in einem schicken Pullover gesehen, geschweige denn in auf Hochglanz polierten Abendschuhen.

»Hast du dich nicht ein bisschen arg in Schale geworfen, Earl?«

Pippa erklomm den unnötig hohen Barhocker neben ihm. Vor sich hatte er einen Moscow Mule stehen. Kurz herrschte Schweigen, während sie es sich bequem machte und sie beide sich gegenseitig musterten.

»Habe ich es übertrieben, Pip? Sehe ich albern aus?«

»Überhaupt nicht!«, antwortete sie, beugte sich zu ihm rüber und strich ihm die Fliege glatt. »Du bist Robert Redford in *Der große Gatsby* wie aus dem Gesicht geschnitten. Hinreißend.«

»Ich dachte mir, ich probier es mal. Ist doch eine besondere

Gelegenheit. Es kommt nicht mehr so oft vor, dass ich mich herausputzen kann.«

»Du siehst sehr attraktiv aus. Ganz bestimmt bist du der schönste Mann in ganz Mid-Bedfordshire.«

Earl lächelte und strich sich die Haare am Hinterkopf glatt. »Danke, Pipster. Das ist sehr nett.«

Sie selbst hatte ihre Granatperlen-Ohrringe angelegt, die sie in diesem Frühjahr in Paris gekauft hatte. Die Antikschmuck-Händler im Marais hatten ihr gehörig das Geld aus der Tasche gezogen. Am Ende war sie mit vier unterschiedlichen Gehängen wieder abgereist.

»Du siehst ebenfalls sehr hübsch aus«, sagte Earl nach einer kurzen Pause. »Sehr …« Er deutete auf ihren Schmuck und suchte nach dem Wort. »Glitzernd.«

Glitzernd?, dachte sie etwas enttäuscht. Nicht unbedingt das, worauf sie abgezielt hatte, aber sie nahm das Kompliment als solches entgegen.

Sie trug ein Dior-Kleid – malvenfarben, aufwendig verziert, schulterfrei –, das sie wenige Wochen zuvor bei Harrods gekauft hatte. Für sie ein vierteljähriges Ritual, die Pilgerreise zu ihrem liebsten Laden der Welt.

Sie bestellte sich einen Tia Maria, zupfte an ihren Ballonärmeln herum und spürte, dass Earl sie ansah. Zu ihrer Schande musste sie sich eingestehen, dass ihr ein Schauer der Lust durch den Körper lief.

»Du siehst wunderbar aus, Pip. Wirklich.«

Sie strahlte. »Ach, das sagst du jetzt nur so.«

»Nein, nein, du bist eine sehr schöne Frau. Das weißt du auch, ja?«

Pippa spürte, wie sie wieder rot wurde.

Schön?, dachte sie. Ein Wort, das sie sonst nicht unbedingt auf sich bezog. *Intelligent* – ja. *Impulsiv* – natürlich. *Mit eisernem Willen* – viel zu oft. Aber sie wusste nicht, ob sie sich selbst jemals als *schön* bezeichnet hätte.

»Es wundert mich immer wieder«, fuhr Earl fort, »dass sich eine so schöne Frau wie dich nicht längst jemand geschnappt hat.«

»Ach, hör auf, solchen Unfug zu reden.«

»Doch, es stimmt!«

»Earl, lass es!«

»Die Männer müssen um den ganzen Block Schlange stehen.«

Pippa lächelte und schüttelte den Kopf, als wollte sie wirklich, dass er den Mund hielt.

Zeig mir die Männer, die mich so bewundern, wollte sie ihm sagen. *Zeig mir nur einen einzigen, der mich jemals auch nur in Betracht gezogen hätte.* Sie war eben für die meisten zu intelligent, zu impulsiv und hatte einen zu eisernen Willen.

»Vielleicht hab ich einfach nie einen gefunden.« Sie nahm einen schnellen Schluck von ihrem Tia Maria.

Irgendwo über Lautsprecher erklang Frank Sinatra, und die beiden lauschten der angenehmen Hintergrundmusik. Pippa sah auf ihre Uhr. Noch ein paar Minuten, bis die Cocktailstunde offiziell begann. Sie würden alle pünktlichst eintreffen, daran bestand kein Zweifel.

Vielleicht stieg ihr der großzügig zubereitete Drink zu Kopf, vielleicht lag es auch daran, dass sie mit Earl allein war, aber mit einem Mal, als sie ihn an seinem Getränk nippen sah, hätte sie nichts lieber getan, als sich zu ihm hinüberzubeugen, ihre Lippen auf seine zu legen und sich von ihm in den Arm nehmen zu lassen. Stattdessen richtete sie sich kerzengerade auf, kippelte ihren Hocker etwas von ihm weg und rief sich ins Gedächtnis, dass der

Mann glücklich verheiratet war. Außerdem war soeben Hector eingetroffen.

Pippa sah, wie er sich umständlich – mit der Anmut eines Kleinkinds, das einen Esel bestieg – auf einen freien Hocker platzierte. Der arme Bursche. Mit noch nicht einmal einem Meter sechzig hätte er dafür eigentlich eine Trittleiter gebraucht.

»Gut, dass ich nicht an Höhenangst leide«, sagte er, wie üblich in bester Laune. »Wer hat sich diese blöden Dinger überhaupt einfallen lassen?«

»Gib mir Bescheid, wenn du beim Abstieg Hilfe brauchst«, sagte Pippa. »Ich will nicht, dass du dir den Knöchel verstauchst.« Sie hob die Hand, um den Barkeeper auf sich aufmerksam zu machen. »Noch mal eine Runde, bitte. Und für Hector …«

»Für mich Tomatensaft.«

»Nichts Stärkeres?«

Hector schüttelte den Kopf.

Er hatte nie getrunken. Wenn Pippa so darüber nachdachte, hatte sie ihn noch nie einen Tropfen Alkohol anrühren sehen. Vielleicht eine Allergie.

Er trug sein übliches Flanellhemd, allerdings ohne Farbspritzer. Außerdem sah es so aus, als hätte er sich den Schnauzer gestutzt und sich auch um diese ärgerlichen Nasenhaare gekümmert.

»Ich komme mir ein wenig underdressed vor«, sagte er und nestelte an seinem Kragen herum. »Das ist doch alles so in Ordnung, oder? Ich hab's gründlich gewaschen.«

»Du siehst wunderbar aus, Hector.«

Plötzlich wurde Pippa klar, dass er wahrscheinlich kaum Eleganteres besaß als seine Sammlung karierter Hemden und einige sehr flusige Wollpullover. Vielleicht hätte sie ihm für den Anlass etwas kaufen sollen. Es einfach in seinem Zimmer ablegen, ohne viel Aufhebens darum zu machen.

»Wie geht's Rosa, Earl?«, fragte Hector.

Pippa zuckte zusammen, als sie den Namen von Earls Frau hörte.

So sehr sie Earl auch ihre unerwiderten Gefühle entgegenbrachte, sie hatte immer gewusst, dass er für sie unerreichbar bliebe. Er hatte nicht oft von Rosa gesprochen, wenn aber, dann mit so großer Zuneigung und Hingabe, dass sie selbst dahingeschmolzen war. Er liebte seine Frau von ganzem Herzen, keine Frage.

»Earl?«, wiederholte Hector. »Alles … okay?«

Earl starrte auf seine baumelnden Füße, und als er schließlich aufblickte, war seine Miene so schmerzerfüllt, dass es Pippa kalt über den Nacken lief.

Sie wussten seit einiger Zeit, dass seine Frau in ärztlicher Behandlung war. Er hatte die letzte Sitzung verpasst, weil er sie ins Krankenhaus gebracht hatte, laut seinen Aussagen allerdings nur für eine reine Routineuntersuchung.

»Wir haben letzte Woche die Ergebnisse erhalten.«

»Und?«, fragte Pippa und beugte sich zu ihm hin.

»Doch hoffentlich nichts Ernstes«, sagte Hector und kam Pippa damit zuvor.

»Es ist Krebs.«

Sie erstarrten.

»Wir dachten, es wären bloß Fruchtbarkeitsprobleme«, fuhr er fort. »Wir haben es eine Weile lang probiert, vergeblich … aber das war es nicht.« Er nahm einen Schluck, sein Blick ging in die Leere.

»Unheilbar.«

Hector schlug so heftig auf die Theke, dass ihre Gläser klirrten.

Pippa fehlten für einen Moment die Worte.

»*Oh*, Earl«, hörte sie sich dann sagen. »Wir hatten ja keine Ahnung …« Sie fasste sich an die Brust.

»Er ist bösartig. Vielleicht hat sie noch ein paar Jahre, vielleicht ein bisschen mehr, wenn die Behandlung anschlägt. Es wird sich zeigen.«

Pippa schüttelte den Kopf angesichts der Trostlosigkeit, der Ungerechtigkeit. Plötzlich war sie den Tränen nah.

»Ich wollte gar nicht mitkommen, aber Rosa hat mich gedrängt. Sie hat mir die Tasche gepackt und den Anzug für mich ausgeliehen.«

Das darauffolgende Schweigen hing schwer zwischen ihnen, bis Hector den Zeigefinger hob.

»Nichts ist sicher im Leben außer das Unvorhersehbare«, verkündete er.

Pippa, aufgerüttelt von den Worten, drehte sich ihm zu, Earl tat es ihr gleich.

»Ich weiß nur nicht, wie ich … weitermachen soll, weißt du, Hector?«, sagte Earl.

»Wenn ich im Lauf der Jahre etwas gelernt habe«, sagte Hector und neigte den Kopf, als wären die Wörter, nach denen er suchte, Kugellager in Earls handlichen Miniatur-Labyrinthen, »dann, dass du erstaunt sein wirst, wozu der menschliche Geist fähig ist, selbst wenn du meinst, du kannst nicht mehr weiter. Resilienz bildet den Kern unserer Existenz, Earl. Du wirst über dich selbst überrascht sein. Wart es nur ab.«

Der Labyrinthbauer nickte und drückte dem anderen kurz und dankbar die Hand.

Pippa schwieg. Sie fragte sich, woher Hectors Worte gekommen waren, von welcher Lebensphase sprach er? Es kam überhaupt selten vor, ihn so offen, mit dieser Tiefgründigkeit, dieser Wärme sprechen zu hören. Sie hatte nach wie vor nicht herausgefunden, warum sein Leben so aus der Bahn geworfen worden, warum er in einem Campingbus gelandet und was aus seiner Ehe geworden war. Es stand ihr nicht zu, ihn darüber auszufragen. Diese Worte allerdings ließen auf einen Vorfall in seiner Vergangenheit schließen, ein Trauma – einen persönlichen Verlust vielleicht –, von dem er bislang nichts erzählt hatte.

Kurz danach zog Earl einen Zettel aus seiner Brieftasche.

»Rosa hat eine Liste der Orte erstellt, die sie noch sehen möchte, bevor sie …« Er ließ den Satz unvollendet und schob ihnen den Zettel hin.

Pippa schlug das Stück Papier auf.

Eine Wunschliste.

Tee im Ritz, Besuch des Eiffelturms, Kolosseum, im Toten Meer schwimmen.

Sie war keine Grafologin, aber dennoch glaubte sie, die Handschrift der Frau interpretieren zu können – glaubte anhand der übertriebenen Rundungen und verspielten Schnörkel zu wissen, dass sie und Rosa in einem anderen Leben sehr gute Freundinnen hätten sein können.

»Die ganze Welt da draußen wartet, Earl«, sagte Pippa. »Geh hinaus und erkunde sie, bevor es zu spät ist. Hörst du? Folge deinem Herzen. Geh mit Rosa. Erlebt zusammen Abenteuer. Eure eigenen Abenteuer.«

18

Claytons Tasche war gepackt. Er schleppte seinen Koffer durch die Korridore von Creighton Hall, als ihm auffiel, dass die Tür zu Pippas Zimmer einen Spalt offen stand. Mit dem Fuß drückte er sie ganz auf, sah ins leere Zimmer und verspürte Trauer, als sein Blick auf den Platz neben dem Bett fiel, wo er mehrere Wochen lang gesessen und Pippa die Hand gehalten hatte.

Bevor er sich versah, hatte er den Koffer abgestellt und trat ein.

Hier hatte Clayton während Pippas letzten Tagen Wache gehalten, nachdem sie aus dem Hospiz nach Hause gebracht worden war.

Er hatte auf einem Klappstuhl gesessen, hatte manchmal, wenn sie schlummerte, den Kopf auf ihre marineblaue Satinbettdecke gelegt, ansonsten aber mit ihr nahezu ununterbrochen geredet, selbst dann, als sie nicht mehr die Energie aufbringen konnte, selbst noch etwas zu sagen. Die Palliativpflegerin saß in der Ecke, blätterte eine Zeitschrift durch, und er wusste, sie würde jedes Wort mit anhören, aber das war ihm egal. Irgendwie glaubte er, wenn er nur nicht aufhörte zu reden, könnte er Pippa am Leben erhalten.

»Sollen wir ein Spiel spielen?«, hatte er sie an einem Nachmittag einige Wochen vor ihrem Tod gefragt. »Würde doch Spaß machen, oder?«

Pippa hatte die Augen halb geschlossen, aber er wusste, dass sie wach war – wie eine alte flackernde Glühbirne, die kurz davor stand, zum letzten Mal auszugehen.

»Jubble?«, schlug er vor und kramte im Spieleregal neben dem Bett.

Pippa sagte nichts, aber sie streckte die Hände über die Bettdecke und rieb sie vor Vorfreude.

»Dachte ich mir doch«, sagte Clayton. »Gut, ich bau es auf.«

Er räumte den Bücherstapel vom Bett, um Platz zu schaffen.

Jubble war eines der erfolgreichsten Wortlege-Spiele der Gemeinschaft; dazu gehörte ein violettes Samtsäckchen mit wunderbar gestalteten Buchstaben auf hexagonalen Steinen. Ziel des Spieles war es, innerhalb eines gesetzten Zeitlimits so viele Wörter wie möglich aus den vorgegebenen Buchstaben zu bilden. Mitgeliefert wurde eine elektrische Taschenuhr, die, wurde sie dreimal geschüttelt, eine zufällige Zeitangabe generierte, in der die Runde zu vollenden war.

Normalerweise wurden die Buchstaben abwechselnd aus dem Säckchen gezogen, aufgrund Pippas allgemeiner Schwäche aber fasste Clayton allein hinein, hörte das vertraute Knirschen der Steine, die wie Kiesel an einem Strand aneinanderrieben, und legte sie vor ihr aus.

Er hob den Timer über den Kopf, schüttelte ihn, und Pippa richtete sich etwas auf und schob sich am Kopfbrett nach oben. Sie sah blass und ausgezehrt aus, aber ihr Haar war makellos, wie immer.

»Zwei Minuten!«, verkündete er. »Da sollten wir doch was zustande bringen, oder? Bereit? Drei, zwei, eins …«

Er starrte auf die Steine, hoffte, die Wörter würden ihm zufliegen, aber das taten sie nicht. Tatsächlich lösten sich die einzelnen Buchstaben zu sinnlosen Gestalten auf, und seine Gedanken schweiften ab.

Seit einigen Wochen schon hatte er Pippa etwas fragen wollen, jetzt überlegte er, wie viele Gelegenheiten er noch bekommen würde, ihr diese Frage zu stellen.

»Pip«, begann er. »Ich weiß, normalerweise rede ich nicht darüber …«

Die Worte, die er sich an die tausend Mal im Kopf zurechtgelegt hatte, schienen sich vollends verflüchtigt zu haben. Seit Jahren war er es gewohnt, das Gespräch auf anderes zu lenken, wenn seine rätselhafte Herkunft zum Thema zu werden drohte. Er hatte noch nie zu viele Fragen gestellt. Ihm war, als hätte er zum Selbstschutz eine Art Aus-Schalter im Kopf; er wusste, das war eine Grenze, die er nicht überschreiten sollte, denn wenn er sie überschritt, bestand die Gefahr, dass ihm nicht gefiel, was er dann fand.

»Aber … was ich wohl sagen möchte, ich bin mittlerweile alt genug. Wenn du also irgendetwas weißt, wie ich hierhergekommen bin … woher ich komme … dann ist es vielleicht an der Zeit, dass ich es erfahre. Vielleicht hilft es mir ja, du weißt schon, dass ich mich etwas … vollständiger fühle.«

Pippas Aufmerksamkeit verlagerte sich von den Buchstaben auf ihn.

Konnte sie sehen, wie sehr sein Herz unter dem Pullover pochte? Stand ihm die Röte schon im Gesicht?

»Auch wenn es nur der kleinste Hinweis ist«, fügte er hinzu. »Damit ich etwas habe, von dem aus ich weitersuchen kann …«

Er sah auf die Stoppuhr. Noch sechzig Sekunden. Das Spiel ging immer viel zu schnell zu Ende.

»*Langmut*«, sagte Pippa leise.

»Was?«

»Sieben Buchstaben«, murmelte sie. »*Langmut.*«

»Oh … ja, richtig, sehr gut«, sagte er und notierte es sich auf dem Blatt für den Punktestand. »Das ist gut.«

»*Obhut*«, rief kurz darauf Pippa, und dann, noch bevor Clayton überhaupt den Stift gefunden hatte: »*Reue.*«

Langmut.

Obhut.

Reue.

Clayton notierte sich die Punkte für die Wörter und fragte sich, zunehmend bang ums Herz, ob das lediglich Lösungen in ihrem Spiel waren oder ihre Erwiderung auf seine Frage. Er würde es ihr zutrauen. Bat sie ihn wirklich, sich noch zu gedulden, bis sie gestorben war, bevor er in der Sache weiter nachforschte? Wollte sie andeuten, dass sie ihn behütet, ihn vor der Wahrheit in Schutz genommen hatte? Und sie das möglicherweise bereute?

Die Zeit war um.

»Ich hab nur fünf Punkte«, murmelte Clayton, dem gleichzeitig klar wurde, dass er vielleicht ebenfalls von sich selbst sprach. »*Panik.*«

Er nahm Pippas Hand, legte, entsetzt darüber, wie kalt diese war, seine andere Hand auf sie und drückte sie fest, um sie warmzuhalten.

Bitte stirb nicht, bevor du mir nicht sagst, was du weißt.

»Ich hoffe, du hast nichts dagegen, wenn ich dich danach frage«, sagte er leise. »Du warst immer meine Mutter, ja, aber ich muss wissen, woher ich komme, wer ich bin. Ich bin bereit für die Wahrheit.«

Ein winziges, zögerliches Lächeln schlich sich in ihr Gesicht, und Clayton spürte den leichten Druck ihrer Hand, bevor sie wieder in den Schlaf sank.

19

Die Gemeinschaft der Rätselmacher
19 Uhr

»Stellt euch doch bitte alle dort drüben auf«, sagte Pippa. »Ich habe Preise zu verleihen.«

Das Büfett war im Speisesaal bereits eröffnet worden, mittlerweile waren alle nicht nur pappsatt, sondern kurz vor dem Einnicken.

Als Vorspeisen hatte es gebackenen Thunfisch mit Gurkensauce oder Garnelencocktail gegeben; bei den Hauptspeisen konnte man zwischen Makrelenfilets oder in Cidre geschmorten Truthahn wählen, begleitet von Pastinakenpüree, sautierten grünen Bohnen, Kartoffelgratin und Erbsen mit Mandeln. Und um wirkliches Fine-Dining-Flair aufkommen zu lassen, war alles großzügig mit Petersilie bestreut. Zum Nachtisch – Biskuitrolle mit Vanilleeis-Füllung und Himbeermarmelade oder Schokolade-Minz-Mousse – wurden kleine Teller verteilt, auf denen mit Himbeer-Coulis *100. Sitzung* geschrieben stand, so wie man das auch im Dorchester bekommen hätte.

Am überraschendsten fand Pippa jedoch die Tatsache, dass das Essen nicht von einem Caterer-Team stammte, sondern von der exzentrischen Haushälterin, der sie zuvor schon begegnet waren. Trotz ihres leicht manischen Betragens bei ihrer Ankunft schien Angel eine gewissenhafte Köchin zu sein und hatte bereits einige Privatveranstaltungen des Hotels kulinarisch versorgt. Vielleicht, dachte sie, war das der Grund, warum die Barclays an ihr festhielten.

Während die Mitglieder nun vor der weißen Wand des Konferenzraums Aufstellung nahmen – ursprünglich hatten sich hier die Stallungen des Anwesens befunden –, ging Pippa durch den Kopf, dass hier ein höchst ungewöhnlicher Haufen vor ihr stand. Ein bunt zusammengewürfelter Haufen. Ihr ging das Herz über, und ihr wurde ganz schummerig vor Stolz, sie hier alle zusammen zu sehen.

Earl wurde als Erster mit einem Mitgliedsabzeichen der Gemeinschaft geehrt. Auf der Anstecknadel prangte das einzigartige Wappen der Gesellschaft: ein verspieltes, dennoch würdevolles Motiv, das ein wenig an eine rosa Wolke erinnerte, in Wirklichkeit aber ein Gehirn darstellte. Und ein recht flottes Motto, das sich Pippa selbst ausgedacht hatte.

Offizielles Mitglied der
Gemeinschaft der Rätselmacher
Veni, vidi, solvi

Aufgrund der kurz zuvor an der Bar geführten Unterhaltung war Pippa sehr bewegt, als sie Earl die glänzende Nadel ans Jackett steckte, während er mit hinter dem Rücken verschränkten Armen vor ihr stand.

»Das hätten wir dann«, sagte sie, klopfte Earl auf die breite Brust und blinzelte ihre Rührung weg. »Es steht dir.«

Ich kam, ich sah, ich löste.

»Ich weiß, es ist nur ein Abzeichen«, sagte er und strich über das Emblem. »Aber ich kann dir gar nicht sagen, wie viel es mir bedeutet. Irgendwo dazuzugehören, zu fühlen, dass man Teil eines Größeren ist. Das ist etwas ganz Besonderes, nicht wahr?«

Pippa nickte lächelnd, insgeheim aber fühlte sie sich ziemlich miserabel. Sie fürchtete nämlich, dass die neue Richtung, in die sie die Gemeinschaft führen wollte, Leute wie Earl abstoßen könnte.

»Earl, egal, was heute Abend noch geschehen mag«, begann sie, »du sollst wissen, dass für dich immer Platz ist in der Gemeinschaft. Hast du mich verstanden?«

Verwirrt starrte er sie an, aber sie hatte sich bereits dem Nächsten in der Reihe zugewandt – Eric Stoppard, dem mürrischen Bastler, der teuflisch schwere Rätsel aus Holz fabrizierte.

»Mach mir ja kein *zu* großes Loch in den Anzug«, sagte er, als Pippa mit der Anstecknadel herumfummelte. »Der Anzug ist von Moss Bros nur geliehen.«

Als Nächstes kam der Mathematiker Geoff Stirrup an die Reihe, der seine Nadel nicht am Revers haben wollte, sondern in seiner Geldbörse, damit er sie jederzeit bei sich trug.

Neben ihm stand eine aufgedrehte Nancy Stone. Sie hatte mit den Cocktails vielleicht ein wenig übertrieben und war ganz eindeutig beschwipst.

»Steck's mir an den Busen, Pip. Vielleicht werde ich dann ja wahrgenommen.«

Pippa trat vor die Quiz-Königin, die ihr sogleich ihren üppigen Busen entgegenstreckte. Sie trug ein sehr freizügiges Cocktailkleid, zu dem eine kleine silberne Handtasche gehörte, die sie über die Schulter geworfen hatte und in der vor allem ihre Marlboro Lights verstaut waren.

»Weißt du …« Nancy nahm einen eiligen Zug von ihrer Zigarette, während sie auf ihre Auszeichnung wartete. »Als ich mit neunzehn die Londoner Taxiprüfung bestanden habe, da habe ich meiner Mutter meinen Taxiausweis gezeigt. Ich war stolz wie Oskar. Und weißt du, was sie gesagt hat?«

Pippa wagte keine Vorhersage.

»Der ist für *Männer*. Frauen fahren keine Taxis.«

»O Nance, das tut mir leid.«

»Damals dachte ich, ich würde Grenzen überwinden. Sie hat mir den Wind aus den Segeln genommen. Aber das hier lasse ich mir nicht mehr kaputtmachen.«

Pippa gab ihr einen herzlichen Kuss auf die Wange. »Nein.«

Nachdem jeder eine Anstecknadel erhalten hatte, gab es noch einen Sonderpreis für ihren Zahlenmenschen, den Calculatrix Geoff Stirrup. Er hatte in den vergangenen Monaten alle mit einer Reihe von wichtigen Publikationsverträgen überrascht, von denen er einige großzügig der Gemeinschaft gespendet hatte, um andere in ihren Arbeiten zu unterstützen.

Für die letzte Auszeichnung dimmte Pippa das Licht und projizierte ein Foto von Derek Wadlow auf die Leinwand.

»Wie ihr alle wisst, haben wir vor einigen Monaten einen lieben Freund und ein Mitglied unserer Gemeinschaft verloren. Ich weiß, dass Derek eine große Lücke in unserer Gesellschaft hinterlässt.« Sie deutete auf den freien Platz mitten unter ihnen. »Buchstäblich und im übertragenen Sinn.«

Für alle war sein Tod sehr überraschend gekommen; eben war er noch unter ihnen gewesen, hatte seinen Barley Wine getrunken und die Vortrefflichkeiten der Kryptologie gerühmt, und dann – war er tot. Pippa tröstete sich damit, dass Derek gewusst hatte, dass seine Zeit um war. Natürlich hatte er alles vorhergesehen.

Nur vier Tage vor seinem Tod – verursacht durch einen Schlaganfall im Schlaf – hatte Derek Pippa gebeten, ihn in seiner Wohnung in Fitzrovia zu besuchen.

Er hatte an diesem Nachmittag, als er in seinem Armsessel saß, müde ausgesehen, dennoch hatte er sich am Folgetag, wie sie nach ihrer kurzen Zusammenkunft erfuhr, mit seinem Verleger in Bloomsbury getroffen (er hatte soeben den vierten Band in seiner Reihe *Codeknacken mit Mr Wadlow* abgeliefert), hatte bei einem Symposium über Kriegsführung am King's College einen Vortrag gehalten und sich sogar bei einem Empfang des Wellcome Trust sehen lassen.

Der Mann hatte nicht eine Minute auf Erden verschwendet. Er war auf dem Zenit seines Lebens abgetreten.

»Daher wollen wir heute Abend zu seinen Ehren feiern«, fuhr Pippa fort. »Und dieser von unserem Martin Dudeney eigens gestaltete Glaspokal wird im Namen von Sir Derek jährlich an jemanden verliehen, der für seinen Beitrag zur Gruppe besondere Auszeichnung verdient. Wir nennen ihn den Wadlow-Preis.«

Donnernder Applaus.

»Der erste Preisträger wird ... jetzt sofort verkündet werden.«

Flüstern unter den Versammelten, Blicke wurden ausgetauscht, jeder versuchte dahinterzukommen, wer der Glückliche sein mochte.

»Hector Haywood, würdest du bitte vortreten?«

Er war völlig perplex, während die anderen ihm bereits gratulierten. »Ich?«

Nachdem er endlich vorn war, überreichte ihm Pippa unter dem Jubel der anderen den Glaspokal. Er hatte erst vor Kurzem eine eigene Puzzlereihe ins Leben gerufen – *Haywoods Puzzles* –, die bereits jetzt landesweit in vielen Kaufhäusern vertrieben wurde. Er bestand darauf, einen Teil der Einnahmen direkt an die Gemeinschaft weiterzuleiten.

»Gratulation, Hector. Du bist ein ausgezeichneter Künstler, ein wunderbarer Puzzle-Ersteller und der größte Fürsprecher der Gemeinschaft.«

Ihm traten Tränen in die Augen. »Danke, Pippa. Du bist dir wirklich sicher?«

»Ganz sicher.«

»Ich hab noch nie was gewonnen.«

»Niemals?«

»Kein einziges Mal.«

»Noch nicht mal für deine Kunstwerke?«

Hector schüttelte den Kopf. »Ich würde nicht behaupten, dass ich Künstler bin, Pip, ich bin doch nur ein …«

»Ich will es nicht hören. Du *bist* ein Künstler, Hector. Nur weil du Puzzles malst, bist du nicht weniger Künstler. Und wir wollen auch nicht vergessen, hättest du nicht letztes Jahr das Geld gespendet, hätten wir nie eine gemeinsame Kasse gegründet. Vielleicht wären wir dann alle jetzt nicht hier …« Sie sah sich kurz um, dann flüsterte sie ihm so leise, wie es ihr möglich war, ins Ohr: »Und ich könnte nicht die Ankündigung machen, für die wir hierhergekommen sind.«

Er grinste sie an.

»Aber wenn wir das hier auf den Weg bringen, Hector«, fuhr sie fort, »dann brauche ich jemanden an meiner Seite.«

»Ja?«

»Ich rede von Unterstützung auf Vorstandsebene.«

»Du meinst … *Präsident*?«

»Natürlich *nicht*«, entfuhr es Pippa, so laut, dass es fast die anderen hörten. »*Ich* werde die Präsidentin sein. Du bist dann mein … Stellvertreter. Wir wär's damit?«

»Es wäre mir eine Ehre.«

»Also abgemacht.«

22.00 Uhr

Ein frühnächtliches, kostspieliges Wagnis (9)
EIN NEUES ___________

Sie hatte die letzte Frage auf die Folie geschrieben und im Konferenzraum an die Wand projiziert. Sofort setzte Schweigen ein – die Rätselmacher, von denen so manche schon ordentlich einen in der Krone hatten, versuchten sie zu lösen.

»Ein Letztes noch … wie versprochen.«

Pippa, mit dem Rücken zu ihrem versammelten Publikum, atmete tief durch. Sie spürte ihren pochenden Puls, ihre Beine begannen zu zittern, was sich nahtlos auf ihrem Paillettenkleid fortsetzte. Sie wollte noch einen letzten Schluck von ihrem Champagner nehmen, merkte aber, dass das Glas leer war. Genauso wie die Flasche daneben.

Es war an der Zeit, Farbe zu bekennen, die Wahrheit zu enthüllen, warum sie alle hierhergeschleppt hatte.

Sie deutete auf die an die Wand projizierten Wörter. »Hat jemand eine Lösung?«

Sechs Herren hoben die Hand, dann ein siebter, der sich allerdings anders besann und die Hand wieder sinken ließ.

»Helft mir auf die Sprünge, Jungs«, sagte sie, nahm einen Folienstift zur Hand und drehte sich zum Projektor um. »Buchstabiert es mir.«

Die Herren beäugten sich gegenseitig und warteten darauf, dass einer den Anfang machte.

»A«, rief Earl.

»Richtig.«

»B–E–N«, fuhr er fort.

»Sehr gut, Earl.«

Nun fielen die anderen mit ein: »T–E–U–E–R.«

Eine klassische, wenngleich etwas übers Kreuz gebrochene Scharade. Frühnächtlich (bezogen auf »ABEND/T«) und kostspielig (Synonym für »TEUER«) ergaben ABENTEUER.

Sie nahm das Wörterbuch zur Hand, das sie in ihrem Koffer von zu Hause mitgebracht hatte, ließ sich Zeit beim Durchblättern und hielt das Buch in das helle Licht des Projektors.

»›Abenteuer. Substantiv. Ein außergewöhnliches, erregendes Erlebnis. Ein riskantes Unternehmen …‹ Seid ihr dafür womöglich zu alt?«, fragte Pippa. »Das ist die Frage, die ich mir in den letzten Wochen oft gestellt habe. Und heute Abend wäre ein guter Zeitpunkt, um das für uns alle zu entscheiden … *gemeinsam.*«

Einige rutschten unruhig auf ihrem Stuhl herum.

»Ich möchte euch allen einen Vorschlag unterbreiten. Keiner von uns wird jünger, so ist es doch. Und sicherlich bin ich nicht die Einzige, die sich fragt, wie wohl der Ruhestand aussehen wird. Vor allem, weil so viele unter uns nicht verheiratet sind, keine Kinder haben und sogar allein leben … »

Zustimmendes Gegrummel aus dem Publikum, was Pippas Nerven ein wenig beruhigte.

»So, dann frage ich mich, was ihr von diesem Gebäude hier haltet.«

Sie schlug mit der flachen Hand gegen die holzgetäfelte Wand hinter sich, tippte mit dem Fuß auf den Vinylboden. »Von diesem Hotel, Creighton Hall.«

»Was meinst du damit?«, fragte Eric.

»Es könnte uns gehören, wenn wir wollen. Es könnte unser neues Hauptquartier werden, unser Wohnhaus. Ich habe oben in meiner Aktentasche die dafür nötige Kaution.«

»Pipster«, sagte Earl. »Was zum Teufel ist in dich gefahren? Bist du betrunken?«

»Die Barclays wollen es verkaufen«, erklärte sie. »Das Hotel ist für sie ein Fass ohne Boden. Wer macht in Bedfordshire schon Urlaub?«

»Wir anscheinend«, kam es von Eric. »Ich hätte mir denken können, dass da etwas dahintersteckt.«

»Wenn genügend Interesse besteht«, fuhr Pippa fort, »können wir diese Immobilie gleich morgen vom Markt nehmen. Sie kann zum ersten Hauptquartier der Gemeinschaft der Rätselmacher werden. Unser Ort, wo wir unsere besten Arbeiten hervorbringen. Ein Ort, wo wir alle wohnen können. Und zusammen sind.«

»Eine Kommune?«, sagte Nigel Bentham.

»Ein *Utopia*, Nigel. Wir können den Markt erobern, uns neue Rätsel ausdenken, während wir alle gemeinsam unter einem Dach leben. Keiner von uns wird jünger. Ich weiß ja nicht, wie es euch geht.« Sie senkte die Stimme. »Aber mir macht es Angst … ganz allein zu sein, wenn ich alt bin.«

Einige ganz vorn nickten verhalten. Offensichtlich hatten sie sich ebenfalls bereits Gedanken darüber gemacht, wie sie die Schlussrunde ihres Lebens angehen wollten.

»Aber wie sollen wir uns ein Gebäude wie dieses überhaupt leisten können?«, fragte Geoff, der Calculatrix. »Allein die Grunderwerbssteuer, Pip, die Unterhaltskosten. Das würde uns überfordern.«

»Dieses Haus hat mal meinen Großeltern gehört«, erklärte Pippa. »Bis es nach dem Krieg verkauft wurde. Nach dem Tod meines Vaters wurde der Verkaufserlös in einem Fonds angelegt – für meinen einundzwanzigsten Geburtstag. Vermutlich ging man davon aus, dass ich mich bis dahin konsolidiert habe, dass ich ein

Haus für meine Familie brauche, leider traf das alles nicht ein.« Pippa musste schlucken. »Das heißt bis jetzt.«

Gemurmel setzte ein.

»Ich verspreche euch, wir können es schaffen«, sagte sie. »*Ich* sorge dafür, dass wir es schaffen. Ich kann den größten Teil der Investitionen mit dem Geld aus meinem Erbe stemmen. Außerdem … hat sich vor wenigen Wochen ein Spender gemeldet.«

Ein Ruck ging durch das Publikum.

»Wer?«, fragte Nancy.

Pippa atmete durch, bevor sie antwortete.

»Unser lieber Derek.«

Ein allgemeines Aufseufzen war zu hören, dann redeten alle durcheinander.

Die postume finanzielle Zuwendung des verstorbenen Codebrechers verschaffte Pippa erst die Mittel, die für das Projekt nötig waren. Er hatte keine Angehörigen, weshalb er seine beträchtlichen Vermögenswerte auf drei Organisationen verteilt hatte: die Wohltätigkeitsstiftung des GCHQ, die Bletchley-Park-Stiftung und die Gemeinschaft der Rätselmacher. Zusammen mit dem Geld, das Pippa selbst auf der Bank hatte, würden sie die nötige Summe zusammenbekommen.

»Meine Mutter starb kurz nach meiner Geburt an einer Thrombose«, teilte Pippa der Gruppe mit. »Ich weiß nicht, ob euch das allen bekannt ist.«

Einige schüttelten den Kopf, selbst ihr Mieter Hector sah betroffen aus.

»Es wissen nicht viele. Ich mache nicht viel Aufhebens darum, aber ich wurde im Alter von nur wenigen Wochen zu meiner Tante Grace gegeben – der Schwester meines Vaters. Grace war eine Tyrannin. Sie hasste Kinder und wollte mit mir nichts zu schaffen haben. Ich war ihr nur eine Last. Ich hatte keine glückliche Kindheit, und schon als kleines Mädchen träumte ich von dem Tag, an dem ich ein eigenes Haus habe und eine Familie gründen kann, wo jeder sich geliebt und wertgeschätzt fühlt. Damit sich niemand so fühlen muss wie ich …« Der Kloß im Hals ließ sie verstummen.

Sie sah zu den Gesichtern vor sich und brachte ihnen, ihnen allen ein Gefühl der Zuneigung, gar der Liebe entgegen.

Nancy erhob sich. »Wir sind doch eine Familie, oder? Du hast mich freundlicher behandelt, als es meine Mutter jemals getan hat.«

»Dann überlegst du es dir also?«, fragte Pippa, überwältigt von der Aussicht, dass ihre Freundin den Schritt ins Auge fasste. So sehr sie sich das auch wünschte, wusste sie auch, dass Nancy an einem völlig anderen Punkt in ihrem Leben stand.

Nachdenklich richtete Nancy den Blick zur Decke.

»Du musst dich nicht sofort entscheiden, Nance. Lass dir Zeit, denk darüber nach. Aber was ist mit den anderen? Ich allein kann es nicht machen. Niemand ist eine Insel. Das ist das Wesen jeder Kommune, nicht wahr, und jeder Gemeinschaft. *Weiter kommt, wer zusammenkommt …*«

»Ich bin dabei«, platzte Hector heraus und hielt die Hand steif in die Luft gereckt.

Pippa lächelte. Sie wusste seine Unterstützung zu schätzen, auch wenn sie darüber natürlich nicht überrascht war. Aber bevor sie noch irgendetwas sagen konnte, schoss Geoff Stirrups Hand nach oben, gefolgt von der von Nigel Bentham, bis sich vorsichtig weitere Hände erhoben und Pippa acht Mitglieder mit erhobenen Armen zählte.

Pippa glaubte, sie müsste vor Aufregung explodieren, und dann, zu ihrer großen Freude, hob auch Nancy Stone die Hand.

»Ich bin ebenfalls dabei«, sagte ihre Freundin. »Ich brauche eine neue Herausforderung. Einen Grund, um von zu Hause auszuziehen. Das ist genau das, was ich brauche.«

»Aber was ist mit deinem Taxi, Nance?«, fragte Pippa. »Und deiner Mutter?«

»Ehrlich gesagt, es gefällt mir immer weniger«, antwortete sie. »Die Aggression im Straßenverkehr, die Frauenfeindlichkeit. Außerdem muss meine Mutter lernen, dass ich einen eigenen Kopf habe. Ich will nicht ewig unter ihrer Fuchtel leben.«

Pippa wurde es leicht in der Brust.

Trotz des vielen Champagners, den sie intus hatte, war sie plötzlich ganz klar im Kopf – als könnte sie die gesamte Zukunft vor sich sehen. Den letzten Akt ihres Lebens würde sie mit den außergewöhnlichen Menschen verbringen, die soeben zur Unterstützung ihrer Idee tapfer die Hand gehoben hatten. Die Gemeinschaft würde ihr Schwanengesang werden.

Als sie durch den Raum sah, fiel ihr Blick auch auf Earl Vosey. Er hatte die Hände im Schoß verschränkt und den Blick zu Boden gerichtet. Er wirkte völlig verloren.

Pippa wurde vom schlechten Gewissen gepackt. Kaum hatte Earl erfahren, dass er seine Frau verlieren würde, verkündete Pippa, dass sie ihm auch noch seinen geliebten Rätselclub wegnehmen würde. Ihr Leben und das Leben des Labyrinthbauers würden sehr unterschiedliche Richtungen einschlagen.

20

»Ich mach mich dann mal auf den Weg!«, rief Clayton von der Treppe.

Er hatte Earl gebeten, den restlichen Mitgliedern der Gemeinschaft zu erzählen, was Pippa ihm hinterlassen hatte – und dass er nun die ersten Schritte des von ihr so akribisch geplanten Abenteuers unternehmen würde.

So waren nun alle gekommen, um ihn zu verabschieden. Selbst Freifrau Klotski schien von den Neuigkeiten erfahren zu haben, denn sie schob sich durch die Menge und stupste mit dem Kopf gegen sein Schienbein.

»Auf Wiedersehen, Klotty«, sagte Clayton.

Er kraulte die altersschwache Katze hinter den Ohren, worauf sich sofort ihre Schwanzspitze kringelte und sich wie ein Fragezeichen über ihren Rücken erhob.

»Ich bin bald wieder da. Nur ein kleiner Urlaub.«

Bitte stirb nicht, bevor ich wieder da bin.

Clayton hob sie hoch, die Katze schmiegte sich an ihn und streckte genüsslich ihre steifen Glieder in die Luft.

»Du bist dann weg, Junge?«, kam es von Earl. »Du brichst wirklich auf?«

Clayton setzte die Katze ab. Er nickte, steckte die Hände in die Hosentaschen in dem Versuch, sich lässig zu geben.

Earl sah ihn lange an, dann umarmte er ihn und drückte ihn an sich. »So ist es recht«, flüsterte er ihm zu. »Ich bin überzeugt, Pip hatte einen guten Grund, warum sie dir nicht früher alles gesagt hat.«

Clayton war überrascht über die Umarmung und wie lange sein alter Freund ihn festhielt.

»Ich werde nur ein paar Tage weg sein, Earl. Es wird dir gar nicht auffallen, dass ich nicht da bin.«

Das galt nicht nur dem Labyrinthbauer, sondern auch sich selbst. *Alles wird gut*, sagte er sich. *Es gibt keinen Grund, sich Sorgen zu machen. Alles wird wunderbar.*

Ungeduldig klimperte Hector mit den Schlüsseln. »Wir sollten mal los, wenn du deinen Zug erwischen willst.«

Clayton nickte und griff sich den Koffer.

Der klapprige gelbe Campingbus war, solange er sich erinnern konnte, das Haupttransportmittel der Gemeinschaft. Hector bestand darauf, sie damit überallhin zu kutschieren; der Bus fungierte mehrmals in der Woche als eine Art Gratis-Shuttle zu den üblichen Anlaufstellen der Bewohner – der Apotheke, den Ärzten, dem Friseur. In Claytons Teenagerjahren hatte Hector seinen Taxi-Service ausgeweitet und ihn damit zur Schule gefahren, sehr zum Spott seiner Klassenkameraden, die den Bus nur als Banane verunglimpften. Auch das war ein Grund, warum er sich bei der Vorbereitung auf den Schulabschluss für den Heimunterricht entschieden hatte.

»Ruf an, wenn du irgendein Problem hast«, sagte Geoff. »Du weißt, wo wir sind.«

Clayton lächelte und senkte den Kopf; er wollte ihre Gesichter nicht sehen, und er wollte nicht, dass sie seines sahen.

»Ich hoffe, du findest, was du suchst«, sagte Jean. »Wir alle hoffen das.«

»Alles Gute!«, fügte Nigel an und patschte ihm auf den Rücken.

Clayton schritt durch die große Holztür, vor der er vor so vielen Jahren aufgetaucht war, ging die Stufen hinunter und war sich eines sehr bewusst: Egal, was er herausfinden würde, egal, was er über seine Ankunft oder die Person erfahren würde, die ihn damals ausgesetzt hatte, bei seiner Rückkehr würde er höchstwahrscheinlich sowohl sich selbst als auch den Ort, den er hier zurückließ, anders sehen als jetzt.

Clayton nahm auf dem Beifahrersitz Platz. Hector hinter dem Steuer streifte sich Lederhandschuhe über.

Im Rückspiegel sah er mehrere Gesichter an der Eingangstür. Jean winkte wild mit beiden Armen, als würde sie ihn nie wiedersehen. Clayton richtete den Blick auf den Fußraum.

Da entdeckte er das in ein Geschirrtuch gewickelte Bündel zu seinen Füßen.

»Was ist das?«

Hector ließ den Motor an und sah zu ihm. »Ach, bloß etwas, von dem wir glauben, dass du es gern mitnehmen würdest.« Er legte den ersten Gang ein und fuhr an.

Clayton hob das mysteriöse Bündel auf, wickelte es aus und betrachtete den zum Vorschein gekommenen Gegenstand.

Es war ein wunderbares kleines Stundenglas in einem Holzrahmen – eines der herrlichen Objekte, an denen er Hector noch am Vortag hatte arbeiten sehen.

»Danke«, sagte er zögerlich. Er wusste nicht so recht, was das Geschenk zu bedeuten hatte, war aber dennoch gerührt.

Erst als sie das schmiedeeiserne Tor passierten und auf die Hauptstraße einbogen, erkannte Clayton, was er in Händen hielt.

Die Sandkörner waren gröber als die, die sie sonst benutzten, auch dunkler – anthrazitfarben, fast schwarz.

Und mit einem Mal wurde es ihm klar. Es war überhaupt kein Sand. Es war Asche.

»Pippa hat immer für uns Zeit gehabt …«, sagte Hector neben

ihm. »Es erschien uns also nur als angemessen. Schließlich haben wir aus ihr noch ein paar Stunden rausholen können …«

Clayton nickte; er war sprachlos.

»Jeder hat zwanzig Minuten bekommen.«

Er drehte das Stundenglas um und sah zu, wie die winzigen Teilchen nach unten rieselten, ein steter, gleichmäßiger Strom von Pippas Überresten, der die Zeit maß.

Als Creighton hinter ihnen aus dem Blickfeld verschwand und der Bus über die gewundenen Landstraßen holperte, spürte er, wie ein Ruck, wie ein Energieschub durch ihn ging. Er würde auf seiner Reise also nicht allein sein.

TEIL ZWEI

Löse das Labyrinth und entdecke die Botschaft

21

Die Gemeinschaft der Rätselmacher
Dienstag, 8. Januar 1991

Creighton Hall, in den Gelben Seiten offiziell als *Zentrale der Gemeinschaft der Rätselmacher, gegr. 1979* gelistet, war in trübes winterliches Licht getaucht.

Es war ein Dienstagmorgen, wenige Minuten nach neun, und Pippa stand draußen in der Telefonzelle im ummauerten Garten, eingehüllt von tief hängendem Nebel, so, als befände sie sich in einer Wolke.

Mit der Telefonverbindung im Haus gab es immer wieder Schwierigkeiten. Die holzgetäfelten, mit Blei verkleideten Wände des alten Hauses halfen nicht unbedingt, und die Lage des Gebäudes – in einer Lichtung des Waldes von Marston Vale – war Ursache für häufige Störungen. Ein telefonisches Rendezvous im Haus war daher ein stimulierendes akustisches Rätsel für sich.

Deshalb war Pippa jetzt hier in der ruhigen Ecke des Anwesens, wo sie gern ihre Anrufe tätigte.

Kurz nahm sie den Hörer vom Ohr und hörte das vertraute Summen der Maschinen in der Werkstatt und der gegenüberliegenden Druckerei. Durch die Glasscheiben der altmodischen roten Telefonzelle sah sie das Haus und verschiedene Außengebäude und freute sich, wenn sie an die anderen dachte, die mit ihren diversen Projekten beschäftigt waren: Geoff Stirrup allein in seinem Arbeitszimmer, wo er zu Bach-Klängen auf seinem Walkman Calcudokus ersann; Hector in seinem Gartenatelier beim Malen seiner neuesten Puzzle-Kollektion, die unter dem Titel »Europäische Ansichten: Traumstädte« eine Reihe ikonischer Stadtansichten von Festlandeuropa zeigte. Nancy, eingehüllt in ihren Tabakqualm, beim Ausdenken von Fragen für ihr wöchentliches Quiz im Old Queen's Head. In letzter Zeit war sie davon allerdings etwas abgelenkt worden, da sie im Begriff stand, ein neues Spiel über Allgemeinwissen zu veröffentlichen: Quiziome. Es entstand in Zusammenarbeit mit Jonty Entwistle – einem Neuzugang der Gemeinschaft. Jonty war pensionierter Lexikograf, ein Ersteller von Wörterbüchern. Trotz des Altersunterschieds von zwanzig Jahren waren Nancy und er ganz eng. Zusammen entwickelten sie ein Spiel, bei dem die Beteiligten zwischen bloßen Unsinnsphrasen obskure Sprichwörter und Redensarten erkennen mussten.

»Earl«, sprach Pippa in den Hörer, »genehmigst du dir immer noch gelegentlich einen Moscow Mule?«

Leises Lachen war in der Leitung zu hören. »Weißt du … ich hab seit Jahren keinen Cocktail mehr getrunken.«

Die regelmäßigen Telefongespräche mit Earl am Dienstag und Freitag hatten acht Monate zuvor, einige Zeit nach dem Tod seiner Frau, angefangen. Pippa machte sich Sorgen, ihr Freund würde seine Lebenslust verlieren.

»Gut, dann werde ich mich darum kümmern. Die Bar wird bei deiner Ankunft aufgefüllt sein.«

»Oh, bitte, keine Umstände, wirklich, ich muss darauf bestehen …«

»Vergiss es. Ich genehmige mir selbst hin und wieder ganz gern einen Drink.«

Pippa konnte es nicht erwarten, ihn willkommen zu heißen. Es war ihr zu einem wohltuenden Ritual geworden, sich mit ihrem Morgentee, manchmal auch mit einer Flasche heißen Wassers in den Garten zurückzuziehen, um ihren Freund anzurufen.

In der Telefonzelle baumelte ein Stift an einer Schnur, Notizpapier lag herum, zur Schaffung ganz besonderer Authentizität hatte sich jemand sogar die Mühe gemacht, Aufkleber mit den Kontaktdaten von örtlichen Sexarbeiterinnen anzukleben. Hector in seiner üblichen humorlosen Art hatte versucht, sie zu entfernen, aber natürlich waren immer noch einzelne Reste zu erkennen, unter anderem die Adjektive *unartig* und *ungezogen* sowie die Wörter *blondes Busenwunder,* die von zwei Brustwarzen illustriert wurden.

»Wir freuen uns sehr, wenn du kommst«, sagte Pippa und strahlte die ausgebleichten Riesenbrüste vor sich an. »Auch wenn es nur für ein paar Tage ist. Ich wette, du wirst das Haus nicht wiedererkennen.« Sie zog an der verdrehten Schnur und löste einen Knick. »Earl.« Sie war bemüht, sich ihre Besorgnis nicht anmerken zu lassen. »Du wirst doch kommen, oder?«

Schweigen am anderen Ende der Leitung.

»Du wirst es dir nicht wieder anders überlegen?«

Der Labyrinthbauer räusperte sich und sagte leise: »Ich habe den Koffer schon gepackt, Pip. Ich habe die Lampen an eine Zeitschaltuhr angeschlossen und die Zeitungen abbestellt. Ich werde morgen da sein, keine Sorge.«

»Oh, *toll!*«

Pippa seufzte erleichtert auf. Sie hatte schon befürchtet, er würde zum Einsiedler werden.

»Ein Tapetenwechsel wird mir guttun«, sagte er. »Du hast recht. Wie immer.«

Beschwingt kehrte Pippa nach dem Anruf ins Haus zurück und spürte, wie sie trotz der frischen Luft von Wärme erfüllt wurde. So war es immer, wenn sie mit Earl plauderte, selbst wenn er nicht unbedingt bester Laune war.

Der Rasen war von Frost überzogen und knirschte unter ihren Pantoffeln. Auf den Stufen zur Terrasse sah sie, dass in der Rebus-Suite – dem leer stehenden Zimmer im dritten Stock, das Pippa für ihren Gast vorgesehen hatte – beide Fensterflügel offen standen. Ein Schaffellvorleger war über das gusseiserne Balkongeländer drapiert, und wie aus dem Nichts erschien Angel und begann mit einem Hockeyschläger heftig auf den Teppich einzuschlagen.

Miss Webster – die wandelnde Katastrophe von Haushälterin – war von ihrem früheren Arbeitgeber wie ein auf dem Dachboden vergessener Karton zurückgelassen worden.

Pippa, die es nicht übers Herz gebracht hatte, ihr zu kündigen, hatte halb erwartet, halb gehofft, dass die junge Frau – mittlerweile Anfang dreißig – aus eigenen Stücken gehen würde. Aber sie hatte an ihrer Stellung festgehalten. Pippa als glühende Feministin und Angels widerstrebende Arbeitgeberin war damit hin und her gerissen. Häufig machte sie sich Gedanken, ob es nicht einen anderen Beruf gab, für den Angel besser geeignet wäre, oder vielleicht ein ganz anderes Leben, das sie führen könnte.

Sie winkte Angel von der Terrasse aus zu, die Haushälterin aber nahm sie gar nicht zur Kenntnis, sondern drosch weiter auf das Schaffell ein, als würde die arme Kreatur noch leben und ins Zimmer einzudringen versuchen.

Kurz darauf, am Frühstückstisch, nahm sich Pippa die letzten beiden, mit *halbweich* bezeichneten Eier im Topf.

»Morgen, Hector.«

Der Puzzle-Künstler, ein Toastdreieck zwischen den Zähnen, begrüßte sie mit erhobener Hand. Es war ungewöhnlich, ihn zu dieser Stunde hier anzutreffen. Gewöhnlich stand er bei Tagesanbruch auf und nahm eine Tasse Tee und einen Ständer mit Toast hinaus in sein Gartenatelier. Insgeheim bewunderte Pippa seine Beharrlichkeit, sein berufliches Engagement. Ohne das regelmäßige Einkommen seines ständig wachsenden Puzzle-Œuvres wären die Finanzen der Gemeinschaft noch sehr viel prekärer als ohnehin gewesen.

»Wieder ziemlich kühl«, bemerkte er.

Pippa erwiderte, der Himmel sei sehr klar, was darauf schließen lasse, dass es sicherlich bald wärmer würde. Sie ließ sich am Tisch nieder und köpfte ihr erstes Ei.

Es war nicht nur ihre liebste Mahlzeit des Tages, sondern auch ein Wort, mit dem sich in Kreuzworträtseln wunderbar herumspielen ließ. »Zerhackter Fürst Küch; Mahlzeit«, zum Beispiel.

»Zerhackt«: Hinweis und Aufforderung, den darauffolgenden Teil – »Fürst Küch« – zu dekodieren, was wiederum natürlich das Anagramm einer »Mahlzeit« war.

»Frühstück.«

Es hatte etwas Erhebendes, das morgendliche Tafeln in aller Muße – vor allem der Verzehr von Eiern, die für Pippa immer schon Nahrung fürs Gehirn waren.

Ihrer Meinung nach vernachlässigten das die Menschen viel zu sehr: sich einige Augenblicke für sich zu gönnen, dann, wenn der Geist am klarsten war. Über die endlosen Möglichkeiten nachzugrübeln, die der anstehende Tag einem bieten mochte. Sich selbst Gutes zu tun, bevor die Welt einem Schlechtes antat.

Pippa schlug die *Times* auf. Das Dienstags-Kreuzworträtsel war von Hypobulia erstellt (das Alias von Colonel Sedgewick – Ex-Vorsitzender der Illustren Gesellschaft der Exzentriker), den sie schon immer bewundert hatte. Besonders geschickt erwies er sich immer in seinen Schüttelreimen.

»Vier waagrecht«, rief sie. »›Fußbekleidung von Bergkiefern.‹ Acht Buchstaben.«

Sie ließ die Zeitung etwas sinken, um Hectors vor Konzentration gefurchtes Gesicht zu sehen.

Sie hatte die Antwort bereits – natürlich hatte sie sie –, aber sie wollte Hector eine Chance geben. Mit geneigtem Kopf sah er zum Fenster, wo zwei Blaumeisen sich um einen auf dem Fensterbrett ausgelegten Brotkanten stritten. Er öffnete den Mund, schloss ihn wieder, während aus der Spülküche nebenan ein Klappern zu hören war.

Nancy erschien, steckte den Kopf durch die Servierluke, eine Zigarette baumelte ihr an den Lippen. »*Latschen*«, antwortete sie und klappte die Luke wieder zu.

Hector gab ein Geräusch von sich. »Verdammt, darauf hätte ich auch kommen können.«

Pippa verkniff sich ein Grinsen.

Sie schrieb das Wort ins Gitter und versuchte die nächste leichte Frage zu finden, um den Mann nicht noch mehr zu verdrießen.

Drei Löffel von ihrem zweiten Dotter und vier Fragen später schob Pippa den Stuhl zurück und lief zum Treppenabsatz. Gerade war ihr wieder die Haushälterin oben eingefallen, die Earls Zimmer herrichtete. Mit Schaudern dachte sie daran, was die junge Frau dort trieb.

Gleich darauf stand sie, immer noch auf ihrem letzten Toaststück kauend, auf der Schwelle zur Rebus-Suite. Pippa fehlten die Worte.

Der Raum war nicht wiederzuerkennen.

Die Wände – einst in einem wunderbar angenehmen Salbeigrün – hatten jetzt die Farbe von knallgelbem Senf.

»Sie haben das Zimmer gestrichen?«

Angel, auf allen vieren, drehte sich zu ihr um und nickte fröhlich.

»Aber …«

»Sie sagten doch, der Mann muss mal wieder Energie tanken«, erwiderte Angel. »Damit er in bessere Stimmung kommt.«

»Ja, schon, aber …«

Angel gab großzügig Teppichreiniger – »Tropische Brise« – auf den Boden. Dann hielt sie inne und sah erwartungsvoll zu ihr auf, als verstünde sie nicht recht, wo das Problem lag.

Pippa atmete tief durch. »Kurz mal staubsaugen und das Bett frisch beziehen hätte gereicht.«

Angel schüttelte den Kopf. »Gelb, Mrs Allsbrook, ist die Farbe von Optimismus und Glücklichsein. Die Farbe belebt den Verstand und ermuntert dazu, sich die Freiheit zu nehmen, ganz man selbst zu sein.«

»Ist dem so?«

»Sie klärt den Geist und regt die Seele an.«

»Ja?«

Die Haushälterin nickte heiter. »Genau, was der Typ braucht, nach allem, was Sie gesagt haben.« Stöhnend hievte sie sich vom Boden hoch.

Auf seltsame Art und Weise musste Pippa die Frau auch bewundern. Sie war ein seltener Vogel, ein freier Geist, der ganz nach eigenen Regeln lebte – ihr in jungen Jahren nicht ganz unähnlich. Im Alltag aber, es ließ sich nicht leugnen, war Angel ein Albtraum.

»Wer ist dieser Typ überhaupt?«

Pippa winkte vage ab. »Ach, nur ein alter Freund, noch aus den Pub-Zeiten.«

Angels Mundwinkel verzogen sich zu einem Grinsen.

»Was?«

Angel deutete auf Pippas Kopf. »Ich mag Ihre neue Frisur.«

Pippa, sofort unsicher wegen ihrer voluminösen Dauerwelle,

die sie sich seit Neuestem zugelegt hatte, fasste sich an die Haare. Es war längst Zeit gewesen für einen neuen Look.

»Danke«, erwiderte sie und besah sich die andere Seite des Zimmers.

Von den vier Pfosten des soliden Mahagonibetts hing eine Reihe von Angels selbst gefertigten Traumfängern – seltsame Federgebilde, die überall im Haus aufgetaucht waren. Sie bastelte sie aus alten Stickrahmen und dekorierte sie mit lila Amethysten, die sie sich per Post aus Amerika schicken ließ. Sie sollten negative Energien abhalten und anscheinend für einen gesünderen Schlaf sorgen.

»Und die neue Frisur ist für unseren Gast?«, fragte Angel und vollführte mit dem Finger eine kreisförmige Bewegung um Pippas Kopf. »Es steht Ihnen, glaube ich.«

»Earls Frau ist letzten Sommer gestorben«, erklärte Pippa und kam sich dabei vor, als würde sie sich rechtfertigen. »Wir bieten ihm nur eine kleine Erholungspause, eine Möglichkeit, sich Gedanken über seine Zukunft zu machen …«

»Bei uns?«

Pippa tat so, als hätte sie die Frage nicht gehört.

Sie drehte sich um und strich über die antike Kiefernkommode. Völlig verstaubt, genau wie sie erwartet hatte.

»Ich gehe davon aus, dass alles zu Ihrer Zufriedenheit ist«, sagte Angel, die ihre Schürze löste und jedenfalls sehr zufrieden mit sich selbst aussah.

»Ja«, erwiderte Pippa mit einem dünnen Lächeln. »Danke, meine Liebe. Sie haben mehr als genug getan.«

22

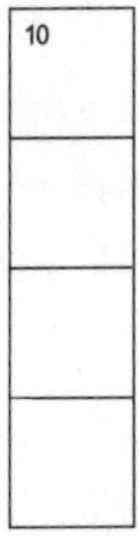

davon hat man bis
zum Mittag
vielleicht schon zwei (4)

Clayton war ein Stress-Esser. Nachdem er im Lancaster Court Hotel so spät eingetroffen war, dass er kein Abendessen mehr bekommen hatte, war er ohne richtige Mahlzeit ins Bett gegangen – sah man von einer Packung Chips und einem von zu Hause mitgebrachten Müsli-Riegel ab.

Mit einem Mordshunger war er aufgewacht.

Widerstrebend hatte er zum Zimmerpreis £ 19,99 aufgeschlagen, damit er nun in der Frühstücksschlange im hoteleigenen Speisesaal stehen und dem Mann hinter der Ausgabe zusehen konnte, der bei der Zubereitung der individuellen Wünsche eine alberne Mütze und Kochkleidung trug.

Die Lösung zu Pippas zweiter Frage ließ ihn schmunzeln.

Eier.

Ständig hatte sie ihm in den Ohren gelegen, dass er sich Zeit fürs Frühstück nehmen solle. »Sich selbst Gutes tun, bevor die Welt einem Schlechtes antut«, hatte sie immer gesagt.

Als der Koch – ein gestrenger, ernster Zeitgenosse – Clayton fragte, wie er seine Eier denn wolle, war es ihm schwergefallen, sich zu entscheiden. Sonst war er für die Eier zuständig, allerdings machte er sich nur selten die Mühe, auch für sich welche zu kochen. Also hatte er in einem ungewöhnlichen Anflug von Impulsivität beim Koch alle drei Zubereitungsarten in Auftrag gegeben. Er hoffte nur, der andere würde jetzt nicht schlecht über ihn denken, aber wann würde er denn jemals wieder so eine Chance bekommen?

Clayton unterdrückte ein Gähnen, als sich der Koch an die Zubereitung seines Spiegeleis machte.

Er hatte die Nacht kaum geschlafen, was für ihn sehr ungewöhnlich war, auch war das kribbelnde Gefühl in seinem Magen nicht nur auf seinen Hunger zurückzuführen.

Heute war der entscheidende Tag.

Er würde der mysteriösen Nancy Stone einen Besuch abstatten und herausfinden, welche Rolle sie in seiner Geschichte spielte – ob sie ihn damals vor der Tür der Gemeinschaft ausgesetzt hatte; ob sie seine leibliche Mutter, ob er ihr leiblicher Sohn war.

Bei dem Gedanken musste er sich kurz an der Kante der Essensausgabe festhalten.

»Wunderbar«, kommentierte er, als der Koch ihm mit angesäuerter Miene den angewärmten Teller reichte. »Sehr schön. Damit sollte ich doch in die Gänge kommen.«

Clayton schlängelte sich durch den Speisesaal zu einem kleinen, für eine Person gedeckten Tisch in der Ecke; auf dem Tablett balancierte er seine drei Eier plus ein Glas Naturjoghurt, einen Grapefruitshot und eine seltsam aussehende Scheibe eines gummiartigen Käses. Schon beim Auflegen hatte er bedauert, ihn überhaupt genommen zu haben, glaubte aber, ihn nicht mehr zurückgeben zu können.

Er hatte sich dieses bestimmte Hotel ausgesucht, weil es nur einen Steinwurf vom Hyde Park entfernt lag, der wiederum nicht weit von Nancys Adresse war.

Um zu ihr zu kommen, musste er noch nicht einmal die U-Bahn nehmen – die er immer etwas stressig fand –, sondern nur ungefähr eine Dreiviertelmeile am Regent's Canal entlangmarschieren.

Clayton machte sich über sein Essen her, nicht ohne schlechtes Gewissen wegen des Luxus, den er sich leistete. Was nicht nur am köstlichen Frühstücksbüfett lag, sondern auch an den endlosen Möglichkeiten, wie er in London seine Zeit verbringen konnte. Er konnte sich nicht erinnern, wann er das letzte Mal einige Tage nur für sich gehabt hatte, Zeit, die er ganz eigennützig füllen konnte, ohne Verantwortung oder Verpflichtung gegenüber anderen.

Er überlegte noch, ob er zu Hause anrufen und sich nach dem Rechten erkundigen sollte, als das Handy in seiner Tasche eine fröhliche Marimba-Melodie von sich gab.

LiebeR ClaY WIE GEHTS sCHON NANC GESEHN WEIß SIE WaS? HOFFE DU HAST N TOLLE ZEIT. VERGlss NICHT ANZURUFEN weNNS PROBLEMe GIBT ! D BESTEN WünschE. EARL

Earls Motorola V220 hatte keinen Touchscreen, dafür große, gummibeschichtete Druckknöpfe, die für alte arthritische Hände gemacht waren. Vor einigen Jahren hatte Clayton mit ihm das

Gerät gekauft und ihm gezeigt, wie er damit SMS verschicken konnte. Earl hatte die Grundfunktionen schnell verstanden und verglich das Tapp-tapp-tapp der Tasten mit dem Komponieren von Morsecode. Auf jeden Fall haftete seinen Nachrichten immer etwas Kryptisches an, vor allem dann, wenn er seine Lesebrille nicht aufhatte.

Eine Stunde später, nachdem Clayton sich auf seinem Zimmer frisch gemacht und er Earl geantwortet hatte –

> Morgen! Hier ist alles in Ordnung. Das Zimmer ist sauber, das Frühstück herzhaft. Kein Grund zur Besorgnis. Bin jetzt auf dem Weg zu Mrs S. Grüße an alle, x

–, schob sich Clayton durch die Drehtür des Hotels hinaus in die dicke Luft der Londoner Innenstadt.

Er fühlte sich überwältigt von allem: den schwer im Magen liegenden Eiern, seinen Nerven und dem Lärm der Stadt. Auf dem Weg nach Norden durch die verstopften Straßen kam er bald ins Schwitzen – unter seiner Regenjacke, dem dicken Aran-Pullover und dem Baumwollhemd war ihm viel zu warm. Er zog die Jacke aus und band sie sich um die Hüfte, in diesem Moment rauschte ein leuchtend roter Doppeldeckerbus an ihm vorbei, und es hätte nicht viel gefehlt und er hätte sich flach ans nächste Gebäude gedrückt.

Nachdem er den Treidelpfad erreicht hatte, hoffte er, dass es nun weniger stressig wäre. Allerdings musste er nun immer wieder stehen bleiben und Radfahrer passieren lassen, die in ihren Lycra-Klamotten ohne jedes Dankeschön an ihm vorbeipreschten. Es war also keineswegs der angenehme Spaziergang, den er sich vorgestellt hatte, sondern glich eher einem Bummel mitten in der Tour de France.

Enttäuscht war er auch von dem mit Abfällen übersäten und von leuchtend-grünem Schleim bedeckten Kanal, der wie ein feuchter Gully nach Schwefel roch. Er hatte ihn sich malerischer vorgestellt, wie auf Hectors erstem Puzzle (*#18 – Idyllische Schleusen: Little Venice, London*). Aber nichts auf dem Bild glich dem, was er hier vorfand.

Schließlich verließ er den Treidelpfad und war nur noch wenige Straßen von der Stelle entfernt, wo er zu Nancys Straße abbiegen musste.

Keine halbe Meile vor seinem Ziel legte er allerdings noch einen kleinen Umweg zu einem nahe gelegenen umzäunten Platz ein. Er wollte sich kurz setzen, noch einen Moment für sich sein und darüber nachdenken, ob sein nächster Schritt wirklich das war, was er wollte. War die Tür erst einmal aufgestoßen, gab es kein Zurück mehr.

Er sah zu den beiden Bänken vor sich. Auf einer lag eine in Decken gehüllte Gestalt, auf der anderen saß eine freundlich aussehende ältere Dame wohl in ihren Siebzigern, die hier anscheinend ihren Lunch verzehrte. Er steuerte ihre Bank an.

Verängstigt sah sie zu ihm auf.

»Verzeihen Sie, ich wollte Sie nicht erschrecken. Sie haben doch nichts dagegen, wenn ich mich dazusetze?«

Sie nickte, ihrem Blick nach zu urteilen, war sie sich dessen nicht so sicher. Sie rückte ans äußerste Ende der Bank, als wäre Clayton nicht der siebzig Kilo leichte Hänfling, sondern jemand von fünffachem Umfang.

Clayton atmete tief durch.

Es war wunderbar im Freien unter dem milden blauen Himmel, also wandte er das Gesicht in die mittägliche Sonne und versuchte sich zu beruhigen. Dann sah er zur Dame neben sich.

Auf dem Schoß hatte sie einen Tupperware-Behälter mit einer Packung Mini-Cheddars. Sie hatte sich einen rot gepunkteten Seidenschal um die Haare gebunden, und zu ihren Füßen saß ein struppiger Yorkshire-Terrier mit einem rosa Schleifchen auf dem Kopf und knurrte ihn an.

Er sah, wie die alte Dame ihre Brote in die Lunch-Box zurücklegte.

»Oh«, sagte Clayton. »Fühlen Sie sich nicht veranlasst zu gehen.«

Sie hatte sich schon halb erhoben, musterte ihn noch einmal von Kopf bis Fuß, dann seufzte sie. »Ist ja nicht so, dass ich irgendwohin müsste.«

Sie ließ sich wieder auf die Bank fallen. Clayton lächelte sie an und sah zu einer Gruppe von jungen Männern mit Hoodies, die sich zu lauter Musik aus einem Lautsprecher mit ihren Fahrrädern an akrobatischen Kunststückchen versuchten.

»Es will regnen«, erklärte die Dame fast aufgeregt.

Komischerweise war über ihnen eine Wolke aufgetaucht, die allerdings kaum bedrohlich wirkte.

Die Dame reckte die Nase in die Luft, als könnte sie den Wetterumschwung riechen. »Warten Sie. Es kann jeden Moment losgehen. Ich spüre es …«

»Oh, ich glaube, es wird nichts passieren«, erwiderte Clayton. »Haben Sie es weit, falls es uns doch erwischen sollte?«

»Da oben«, antwortete sie und deutete auf einen über den Platz aufragenden, recht verwahrlost aussehenden Hochhausblock; ein graues, freudloses Gebäude mit winzigen, zellenartigen Fenstern.

Er lächelte verhalten. »Nun, dann haben Sie es wenigstens nicht weit. Kommen Sie oft hierher?«

»Jeden Tag«, antwortete sie. »Seit seinem Tod.« Sie deutete auf die Gedenktafel an der Bank und strich sanft über die blasse Inschrift.

Zum Gedenken an Leonard Millington,
der hier gern seinen Lunch zu sich nahm.
1939–2015

»Oh, das tut mir leid«, sagte Clayton und richtete sich abrupt auf.

Die Frau hatte den Arm auf die Banklehne gelegt, als wollte sie den unsichtbaren Mann zwischen ihnen umarmen.

»Es muss aber schön sein«, sagte er, »einen Ort zu haben, zu dem man kommen kann, um sich an ihn zu erinnern.«

Die Frau nickte und lächelte versonnen.

Clayton rechnete kurz durch – ihr Mann musste sechsundsiebzig Jahre alt gewesen sein. Eigentlich kein Alter.

»Die Sache ist die, junger Mann.« Sie war jetzt so nah an ihn herangerückt, dass er ihr schweres Parfüm riechen konnte. Es verströmte synthetischen Blumenduft wie der Lufterfrischer zu Hause auf dem Klo. »Man kommt an einen Punkt in seinem Leben, und wenn man nicht aufpasst, haben sich alle, die man gekannt hat, verabschiedet, sind entweder nicht mehr ganz bei Sinnen oder gleich ganz gestorben. Seit Lens Tod bin ich allein. Ich bin unsichtbar für die Welt. Als Sie vorhin zu mir gekommen sind, konnte ich es kaum fassen. Man fragt sich dann: Gibt es mich überhaupt noch? Können die anderen einen überhaupt noch sehen? Tut mir leid, wenn ich so vor mich hin plappere …«

Clayton versuchte den Kloß im Hals hinunterzuschlucken.

»Wissen Sie …«, fuhr sie fort und senkte die Stimme fast zu

einem Flüstern. »Manchmal rufe ich die Zeitansage an, nur damit ich mal wieder eine Stimme höre.«

»Es tut mir leid, das zu hören«, sagte Clayton traurig.

»Ich hab nie gedacht, dass es mal so weit kommen würde, aber wer denkt sich so was schon? Das passiert wohl, wenn man keine Familie hat, wissen Sie. Aber Sie müssen sich ja keine Sorgen machen. Sie haben ja noch Ihr ganzes Leben vor sich.«

Er wusste, die Frau wollte reden, dennoch hätte er gern das Thema gewechselt.

»Morgen hab ich Geburtstag …«, erklärte sie, »und es gibt niemanden, mit dem ich feiern könnte. Ich werde achtzig …«

Clayton rutschte auf der Bank hin und her.

»Ich komme mir aber nicht wie achtzig vor, nein«, sprach sie weiter. »Ich fühle mich noch jung, wie eine Dreißigjährige. Man wird älter, ohne alt zu werden. Aber das ist ein Geheimnis. Sie müssen mich für verrückt halten.«

»Nein«, sagte Clayton. »Nein, ich halte Sie nicht für verrückt. Es ist doch nicht wichtig, wie alt Sie sind, oder? Der Körper altert, aber nicht die Seele.«

Sie neigte den Kopf, als sähe sie ihn in einem ganz neuen Licht. »Wer hat Ihnen so was beigebracht?«

»Das hab ich immer schon gewusst.«

»Wie auch immer«, sagte sie, »werden Sie niemals alt, mein Freund. Das wünsche ich meinem ärgsten Feind nicht.«

Natürlich hatte er die Berichte in den Nachrichten gesehen, die Schlagzeilen in den Zeitungen gelesen über die grassierende Einsamkeit, aber nie jemanden getroffen, der selbst an gesellschaftlicher Isolation litt. Dafür war schließlich die Gemeinschaft da. Die Gemeinschaft der Rätselmacher.

»Ich heiße übrigens Clayton. Clayton Stumper.«

»Cilla«, sagte sie und schüttelte Clayton die Hand. »Cilla Millington.«

»Es ist schön, Sie kennenzulernen, Cilla. Es tut mir leid, aber ich muss los. Ich muss eine Frau besuchen, die nicht allzu weit von hier entfernt wohnt.« Er sah über die Schulter und versuchte sich zu orientieren. Er hätte auf seinem Handy nachsehen können, aber er hatte sich die Strecke eingeprägt, bevor er sich auf den Weg gemacht hatte.

»Sie werden doch hoffentlich nicht mit leeren Händen auftauchen.«

»Wie bitte?«

»Sie besuchen jemanden und haben noch nicht mal einen Blumenstrauß dabei?«

»Oh … ja.«

Natürlich hatte sie recht. Er glaubte nicht, dass Blumen angemessen wären, aber er sollte etwas mitbringen.

»Gute Idee, Cilla. Ich besorge unterwegs noch was.«

Sie lächelte, als er seine Jacke anzog, und betrachtete ihn mit einem seltsamen Gesichtsausdruck. »Ich kann mich nicht erinnern, schon mal einem Stumper begegnet zu sein«, sagte sie. »Woher kommt der Name?«

Am liebsten hätte Clayton aufgelacht. »Da weiß ich nicht mehr als Sie auch, Cilla.«

»Sie wissen es nicht?«

»Ich habe nicht die geringste Ahnung.«

Nun mussten beide lachen.

Er verabschiedete sich, drehte sich um und schlug die Richtung zu Nancy Stones Haus ein, entschlossen, es endlich herauszufinden.

23

Die Gemeinschaft der Rätselmacher

Mittwoch, 9. Januar 1991

Kurz nach vier Uhr bog Angels Vauxhall Cavalier in die Kieszufahrt ein. Pippa eilte sofort zur Tür, um ihren besonderen Gast willkommen zu heißen.

Durch den Briefkastenschlitz bekam sie einen ersten Eindruck vom Labyrinthbauer.

Sie hatte Earl seit zehn Jahren nicht mehr gesehen. Im ersten Augenblick, als sie ihn auf der Beifahrerseite aussteigen und einen angeschlagenen Lederseesack aus dem Kofferraum heben sah, glaubte sie, es müsse eine schreckliche Verwechslung vorliegen und Angel habe den falschen Gast abgeholt.

Der Mann, dem sie so zugetan gewesen war, der galante und kluge und ungemein attraktive Mr Vosey konnte unmöglich dieser Typ mit angegrautem Vollbart sein, der sich nun auf den Weg zum Haus machte. Allein auf dem kurzen Stück über den Kies bewegte er sich, als würde ihm etwas fehlen. Als er aber die Stufen hochstieg, erkannte sie die braune, für ihn typische Schaffelljacke, und dann legte sich das nachmittägliche Licht auf seine langen Haare, und sie wusste es.

Earl Vosey – der *Easy Lover* – war wieder da.

Nervös fasste Pippa nach dem Türgriff. Zehn Jahre zuvor hatte sie alle hierher eingeladen, hier in dieses Gebäude, das damals noch ein im Niedergang begriffenes Hotel gewesen war, und auch jetzt verfolgte sie ein ganz bestimmtes Ziel. Sie konnte es kaum erwarten, Earl einen Vorschlag zu unterbreiten. Sie fing wieder von vorn an.

Denn in Wahrheit brauchten sie Earl, so wie er sie brauchte.

Die Gemeinschaft – als Wirtschaftsunternehmen – operierte seit ihrer Gründung in einem relativ schmalen finanziellen Rahmen und generierte zum einen regelmäßige, aber bescheidene Einkünfte durch ihre freiberuflichen Arbeiten (die Knobelaufgaben und Rätsel, die sie das ganze Jahr über an Zeitungen und Zeitschriften verkaufen konnten); zum anderen erzielten sie substanziellere Honorare durch die lizenzierten Produkte für den Einzelhandel – mit Labyrinthen allerdings wäre das große Geld zu verdienen, besonders dann, wenn sie Earl dazu bewegen konnten, wieder für die Besitzer herrschaftlicher Anwesen zu arbeiten. Damit war richtig Profit zu erwirtschaften.

»Mr Vosey«, erklärte sie. »Endlich wieder hier.«

Sie streckte die Arme aus, worauf sie sich unter Angels misstrauischem Blick umarmten. Pippa sog den vertrauten holzigen Duft seines Eau de Cologne ein, spürte das Wildleder seiner Jacke und hätte ihn beinahe abgeklopft, um sich des Mannes zu vergewissern, der darin steckte. Er war schlanker, als sie ihn in Erinnerung hatte.

»Neue Frisur?«, fragte er.

Unsicher fasste sich Pippa an die Haare. »Oh … die hab ich schon eine Weile …«

Er fasste sie am Ellbogen. »Nun, du siehst so wunderbar aus wie immer.«

»Danke«, antwortete sie und spürte, wie sie rot wurde. Angel musste sich ein Lächeln verkneifen.

»Und du siehst sehr …« Sie nahm die ins Haar gesteckte Brille herunter, um ihn besser sehen zu können. »… *gut* aus«, brachte sie zustande.

Er grinste verhalten. »Ach, ich weiß nicht.«

»Wie auch immer, willkommen in der Gemeinschaft. Oder ich sollte wohl besser sagen: Schön, dass du wieder hier bist.« Abrupt drehte sie sich zum Haus um. »Komm rein, komm rein«, sagte sie, mehr ein Befehl als eine Einladung, und Earl, der darauf bestand, Angel den Vortritt zu lassen, folgte den Frauen, geriet auf der letzten Stufe ins Stolpern und schrammte mit der Stirn am Türrahmen entlang.

»Pass auf deinen Kopf auf.«

In der folgenden Viertelstunde wurde Earl von allen mit Fragen überschüttet.

Martin Dudeney und Eric Stoppard passten ihn im Billardzimmer ab, umarmten ihn ungelenk und sprachen ihm ihr Beileid aus, dann erschien Geoff Stirrup, beglückte Earl mit einem mannhaften Schlag auf die Schulter und fragte, wie es denn so gehe, während Nancy sich so sehr freute, ihn zu sehen, dass sie ihn wie ein Kuscheltier drückte. Dazu erschienen andere, die Earl zwar nicht mehr aus den Pub-Zeiten kannten, sich aber angesichts seines Rufs ebenso freuten, den Labyrinthbauer begrüßen zu dürfen.

Er war der Ehrengast der Gemeinschaft. Für zwei Nächte nur. Hatte Pippa jedenfalls den Bewohnern weisgemacht. Wenn es jedoch nach ihr ginge, würden sie ihn in den nächsten Monaten sehr viel häufiger zu Gesicht bekommen.

»Ich will dir dein Zimmer zeigen«, schlug sie vor und zog ihn von den anderen fort.

Sie drückte die Geheimtür auf, die unter der William-Morris-Tapete des Salons verborgen war, und zusammen stiegen sie die mit Teppich belegte Treppe zum Wohnbereich hinauf. Es gab einige Zimmer im Erdgeschoss für jene, denen das Treppensteigen nicht mehr zuzumuten war, Pippa jedoch war entschlossen, ihre Suite im dritten Stock zu behalten, auch wenn ihre ächzenden Gelenke das in den kommenden Jahren anders sehen sollten. Es war typisch für ihre Halsstarrigkeit, ihre Weigerung, sich vom Alter vorschreiben zu lassen, wie sie zu leben hatte – sie sah nicht, dass sich das jemals ändern sollte.

Earl hinter ihr schleppte seinen Seesack bis ganz nach oben in den dritten Stock und musste gelegentlich stehen bleiben, um nach Luft zu schnappen.

»Alles klar da hinten?«

»Wie viele Stufen noch, Pippa?«

»Ach, nur noch ein paar.« Earls Geschnaufe hatte Marathonausmaße angenommen, als sie eine Minute später verkündete: »Hier sind wir. Ich wohne übrigens ganz hinten.« Sie deutete zum Zimmer im Gang mit der Plakette an der Tür: *Alphabetibox-Suite*. »Und Hector ist gleich gegenüber … in der *Kaprice*.«

Der Name bezog sich auf die kapriziösen Puzzles, für die er in den letzten Jahren bekannt geworden war und die aus einzigartig geformten Teilen bestanden. Zum Beispiel einer Reihe von ineinander verflochtenen Blättern in einer stürmischen herbstlichen Parkszene.

»Wie geht es ihm denn?«

»Ach, er kommt ganz gut zurecht«, antwortete Pippa und führte Earl durch den Gang. »Er ist der perfekte Stellvertreter, muss ich sagen. Ohne ihn wären wir alle verloren. Ohne ihn und seine geliebten Puzzles.«

Es stimmte. Nicht nur waren die von Hector geschaffenen Tausend-Teile-Puzzles mit großem Abstand die Verkaufsschlager der Gemeinschaft, sie alle waren auch auf seine akribische Arbeit im Büro angewiesen.

Während sich Pippa um die Produktentwicklung, das Lizenzgeschäft und die Finanzen kümmerte, übernahm Hector das Alltagsgeschäft – die Bestellungen, den Versand und die Lagerhaltung. Alles, was den Laden im Grunde am Laufen hielt, Pippa aber unendlich langweilte.

»Er hat jetzt sogar eine eigene Assistentin«, erklärte sie. »Angel – unsere Haushälterin – ist sein Lehrling. Sie reinigt ihm die Paletten und hilft ihm beim Aufziehen der Leinwände im Atelier.«

»Ja?«

Pippa nickte. »Du hättest hören sollen, wie er gezetert hat, als ich ihm das vorgeschlagen habe.«

»Kann ich mir vorstellen.«

»Na ja, ich musste sie schließlich mit irgendwas ablenken … damit sie im Haus nicht Amok läuft.«

Vor der Rebus-Suite überreichte sie Earl seinen Schlüssel; dieser hing an einer Miniaturausgabe ihres Sudokube, eines weiteren populären Produkts, das jedes gut geführte Spielwarengeschäft vorrätig hatte.

»Meine Güte«, sagte er, als er die Tür öffnete. »Was ist denn das für ein Gestank?«

Sofort hielt sich Pippa den Ärmel ihrer Strickjacke vor die Nase. Es roch nach einer muffigen alten Kirche. Sie folgte ihm ins Zimmer und eilte sofort zum Fenster. »Wahrscheinlich Angels Räucherkerzen. Sie ist ganz verrückt nach Weihrauch … und meint, uns ginge es genauso. Tut mir leid.«

Kurz danach hatte sich Pippa auf der Bettkante niedergelassen, und während sie darauf wartete, dass sich der Gestank verzog, sah sie Earl beim Auspacken zu.

»Es freut mich jedenfalls, dass du hier bist …«, sagte sie und befingerte eine Perle ihrer Halskette. »Ich weiß, es war nicht leicht nach dem … Tod deiner Frau.«

Earl hatte eine graue Unterhose in der Hand, als er sich zu ihr umdrehte. Er wirkte klein und fragil, ein Schatten seiner selbst.

»Ich hab das noch nie jemandem gesagt«, antwortete er leise. »Aber eine Zeit lang, in den Tagen und Wochen nach ihrem Tod, war ich mir nicht sicher, ob ich überhaupt … weitermachen kann.«

»Oh, Earl.«

»Ich hab sogar daran gedacht … du weißt schon …«

Die Worte verloren sich im Nichts, aber sein hilfloser, zu Boden gerichteter Blick verriet Pippa alles.

»Mein Gott, hättest du doch bloß was gesagt!«

Am liebsten hätte sie ihn hier an Ort und Stelle in die Arme genommen und ihm versichert, dass alles gut werden, dass sie schon dafür sorgen würde, dass ihm so ein Gedanke nie mehr in den Sinn kam.

Nach Rosas Diagnose waren dem Paar noch zehn gemeinsame Jahre vergönnt gewesen. Dass sie so lange durchgehalten hatte, sei nach Auskunft der Ärzte einem Wunder gleichgekommen, auch wenn Earl dafür sicherlich einen anderen Ausdruck verwendet hätte.

»Es war erschütternd«, sagte er und stierte vor sich hin. »Zu sehen, wie meine Zukunft in Stücke brach. Ich musste damit zurechtkommen, dass ich nicht mehr Vater werden würde, dass ich eines Tages Witwer bin. Aber mit Rosas Tod ist auch ein Teil von mir gestorben. Ich wusste nicht mehr, wer ich war.«

»Du wirst immer Rosas Mann sein«, antwortete Pippa, ohne zu zögern. »Und der beste Labyrinthbauer des Landes, soweit ich weiß.«

Earl lächelte verhalten.

»Ich hätte auch gern Kinder gehabt«, hörte sie sich selber sagen.

Aber jetzt ist es zu spät, dachte sie sich, und mit einem Mal befiel sie eine verzweifelte Traurigkeit. »Wahrscheinlich hatte ich einfach nicht das Glück, jemanden kennenzulernen …«

»Oder jemand anderes hatte nicht das Glück, *dich* kennenzulernen. So kann man es auch sehen.«

Sie lächelte.

Das Schweigen hing schwer zwischen ihnen.

Pippa hatte etwas preisgegeben, was sie sich nur selten selbst eingestand, geschweige denn anderen. Nun war es ihr ein wenig peinlich.

Gern hätte sie die Worte wieder ungeschehen gemacht und so getan, als hätte dieses Gespräch nie stattgefunden.

»Ich habe das auch noch nie jemandem erzählt«, sagte sie leise. »Wirklich niemandem.«

Earl nickte. »Ich kann nicht behaupten, dass mich das überrascht«, sagte er. »Du warst schon immer ein fürsorglicher Mensch.«

Pippa freute sich, dass ihm das aufgefallen war.

»Nur weil ich nie einem Mann die Wäsche gewaschen habe«, sagte sie, »heißt das nicht, dass ich keine tolle Mutter gewesen wäre.«

Etwas in seinem Blick hatte sich plötzlich geändert. Ja. Er hatte den Kopf leicht geneigt, als würde er sie zum ersten Mal wahrnehmen.

»Trotzdem, es hat keinen Sinn, auf der Vergangenheit herumzureiten«, sagte sie, gab sich einen Ruck und stand vom Bett auf. »Wir sollten in der Gegenwart leben, Earl. Wer weiß, was auf einen zukommt. Abenteuer sind für die Abenteuerlustigen, du weißt schon.«

Earl kniff die Augen zusammen. »Was soll das denn nun heißen?«

»Ach, nichts«, sagte sie ausweichend. »Du musst Hunger haben. Sollen wir unten eine Kleinigkeit essen?«

Als sie für Earls Willkommenstee den Wintergarten betraten, saß Hector bereits wie geplant am Fenstertisch.

»Hector, du erinnerst dich noch an Earl!«

»Earl Vosey.« Hector streckte ihm über die gestärkte weiße Tischdecke wie ein Versicherungsvertreter die Hand hin. »Wie schön, dich wiederzusehen. Und mein herzlichstes Beileid.«

Earl lächelte dankbar. »Es ist schön, wieder hier zu sein. Kaum zu glauben, was ihr aus dem Gebäude gemacht habt.«

Zunächst hatte Pippa ihm alle Gemeinschaftsräume gezeigt, dann hatte sie ihn zu Hectors Gartenatelier geführt, gefolgt von einer Besichtigung der Druckerei und der Werkstatt, in der sie erst vor Kurzem Spiralbindemaschinen, eine Drehbank und eine Stanzmaschine aufgestellt hatten, damit sie die Puzzles nicht durch Fremdunternehmen herstellen lassen mussten.

»Ich denke, Angel hat irgendwas für uns vorbereitet«, sagte Pippa. »Wenn man vom Teufel spricht …«

Die Haushälterin schob mit halsbrecherischem Tempo einen schwer beladenen Servierwagen durch die Schwingtür zur Küche und navigierte zwischen den Tischen hindurch, als befände sie sich in einem Arcade-Game.

»Was ist das denn?«, fragte Earl, als Angel neben ihnen anhielt. Sie reichte ihnen die bereits fertig gemixt oben auf dem Wagen stehenden Cocktails. Ein einfaches Tablett hätte vollauf genügt, dachte sich Pippa.

»Das ist aber kein Moscow Mule?«

Pippa nickte ihrem Gast zu.

»Du hast dran gedacht?«

Wie hätte sie das vergessen können.

»Die anderen kommen nicht?«, fragte Earl und sah sich zwischen den übrigen Tischen um, während er an seinem Drink nippte.

»Wir dachten, dafür ist nachher noch genug Zeit«, antwortete Pippa schnell. »Im Moment sind nur wir drei hier. Und Angel, unsere Haushälterin, natürlich.«

»Ja«, antwortete Earl, während sie Angel nachsahen, die mit ihrem Wagen zur Bar steuerte. »Sie scheint mir sehr … eigen zu sein.«

Pippa verzog das Gesicht. »Sie beschäftigt sich mit Tarot, mit Spiritualität, solchen Dingen. Sie hat immer irgendwelche Kristalle in den Taschen. Die sollen ihr Glück bringen. Wovon aber noch nichts zu sehen ist.«

Earl lachte.

»Das Problem ist«, fuhr Pippa fort, »für jemanden, der uns eigentlich helfen sollte, verursacht sie eine Menge Arbeit …«

»Sie braucht lediglich klare Anweisungen«, warf Hector ein. »Wir können ihr nicht vorwerfen, dass sie sich nicht bemühen würde.«

»Du hast recht«, gestand Pippa. »Es ist nur, manchmal wünschte ich mir, sie würde sich … etwas weniger bemühen.«

Nachdem sie alle ihre Scones mit Clotted Cream und kernloser Himbeermarmelade bestrichen und die notwendige Debatte hinter sich gebracht hatten, in welcher Reihenfolge dies vorzunehmen war, sah Pippa zu Hector und stupste ihn mit der Schuhspitze an.

»Earl«, begann dieser in einem Tonfall, bei dem sich Earl sofort etwas aufrechter hinsetzte. »Wir hoffen, du würdest unseretwegen etwas in Betracht ziehen.«

»Oh?« Earl strich überschüssige Clotted Cream vom Messer auf den Teller.

»Wir haben uns nämlich gefragt, ob du bereit wärst, eine Herausforderung anzunehmen.«

»Eine … *Herausforderung?*«

»Wir würden dir gern einen Auftrag erteilen«, sagte Pippa. »Du sollst dein bislang größtes und kompliziertestes Gartenlabyrinth bauen.«

Er blinzelte beide an.

»Wir haben dort draußen eine riesige Rasenfläche, Earl. Ich habe bereits einen Bereich für dich abgesteckt …«

»Aber, Pip, ich bin *in Rente.*«

»Ja, ich weiß, aber …« Pippa sah, wie erschöpft Earl aussah, wie matt er sich anhörte.

Der Plan, den sie mit Hector besprochen hatte, sah vor, Earl mit einem Projekt zu umgarnen, an dem er sich festbeißen konnte, um dann zu sehen, ob er nicht dafür gewonnen werden könnte, als fester Bewohner bei ihnen einzuziehen.

Earl tupfte sich mit der Serviette die Lippen ab. »Ihr wisst, dass ich mit Spielen und Rätseln nichts mehr zu tun haben will. Ich bin zu alt für diesen Unsinn. Nehmt es mir nicht übel.«

Pippa ließ sich von dem Kommentar nicht beirren. Sie wusste, dass er es nicht so meinte.

»Nun, du musst dich nicht gleich entscheiden«, sagte sie leichthin und griff nach der Marmelade. »Die Atmosphäre hier ist geprägt von Spielen und Rätseln, vergiss das nicht. Ich bin überzeugt, die Muse wird zurückkehren, wenn du nur ein paar Tage unter uns verbracht hast. Wart's nur ab.«

Earl schien davon nicht überzeugt, und Hector stand die Enttäuschung ins Gesicht geschrieben. Aber Pippa war kein bisschen beunruhigt. *Gib dir ein paar Tage Zeit*, dachte sie, *dann flackert dein altes Feuer wieder auf. Wir bekommen den alten Labyrinthbauer wieder.* Earl würde wieder zu sich selbst finden. Davon war sie überzeugt.

24

16							

Was man durch sein Erscheinen hinterlässt (8)

Wenige Hundert Meter vor Nancys Adresse, als Clayton auf der viel befahrenen Harrow Road an einer Reihe von verrammelten Läden vorbeiging, passierte ihn ein Lastwagen mit so hoher Geschwindigkeit, dass er vom Fahrtwind fast umgeweht wurde.

Nach dem Plausch mit Cilla im Park hatten sich seine Nerven etwas beruhigt. Außerdem hatte er ihren Rat befolgt und einen Kiosk aufgesucht, damit er nicht mit leeren Händen erscheinen musste, und sich für eine Packung York Fruits entschieden, die besten Geleefrüchte, die es gab und die ganz bestimmt bei jedem ankamen.

Clayton bog in die Cheviot Street und fand sich in einer idyllischen, sehr gepflegten Straße wieder. Hohe Ahornbäume säumten beide Straßenseiten, die Häuser selbst – viktorianische Reihenhäuser – waren relativ klein, aber wunderbar proportioniert, mit Stuckelementen am Mauerwerk sowie Schiebefenstern. Fern vom Lärm der Durchgangsstraße vermittelte die Gegend ein Gefühl nachbarschaftlicher Geborgenheit.

Wieder nahm er die Indexkarte aus Pippas Rolodex zur Hand, um noch einmal Nancys korrekte Adresse zu überprüfen.

Sie wohnte in Hausnummer 31.

Er wechselte zur Straßenseite mit den ungeraden Hausnummern und musterte die einzelnen Gebäude. Nummer 25 gehörte eindeutig einer jungen Familie, denn im Garten stand ein rosa Plastikdreirad und im Fenster zur Straße hingen Kinderzeichnungen. Der Eingang zu Nummer 27 wurde von einer wunderbaren lila Glyzinie gerahmt. Bei Nummer 29 waren fast alle Fensterläden geschlossen, und am Tor hing ein Schild mit der Aufschrift *Warnung vor dem Hund*. Und dann stand er vor Nummer 31.

Oben brannte Licht.

Mit einem Mal wurde Clayton schummrig.

Er musste sich an der draußen stehenden Mülltonne festhalten, atmete mehrmals tief durch und sah zum Haus.

Nancys Tür unterschied sich von den übrigen, meist weiß oder cremefarben oder grau gestrichenen Eingangstüren in der Straße. Denn Nancys Tür war in Briefkastenrot gehalten, dem gleichen Farbton wie die Telefonzelle bei ihnen zu Hause.

Er ging durch das kleine Eisentor, und ihr Quietschen alarmierte den Hund nebenan. Ein riesiger Deutscher Schäferhund sprang im Nebengebäude gegen eines der Fenster und sabberte laut kläffend die Scheibe voll.

Claytons Hände zitterten so sehr, dass er es nicht schaffte, die Klingel fest genug zu drücken, damit sie einen Ton von sich gab. Erst beim dritten Mal gelang es ihm.

Kurz darauf war drinnen Bewegung zu hören.

Clayton setzte ein freundliches Lächeln auf, fuhr sich durch die Haare und sammelte sich. Er wusste nicht recht, was er mit den Händen tun sollte, also stopfte er sie erst in die Hosentaschen, dann verschränkte er sie hinter dem Rücken, bis er die Kette hörte, die innen an der Tür gelöst wurde … und plötzlich ging diese auf, und vor ihm stand ein junger Mann, eine Bohnenstange von einem Mann, und sah ihn an.

Clayton hob die Hand. »Hallo.«

Der junge Mann vor ihm – vermutlich Nancys Sohn – war vielleicht ein paar Jahre älter als er selbst. Er hatte einen Vollbart, trug eine Brille, und aus dem V-Ausschnitt seines T-Shirts quoll ein beeindruckendes Brusthaardreieck.

»Hi«, erwiderte der andere. »Kann ich helfen?«

Clayton blinzelte ihn an. »Das hoffe ich«, antwortete er. »Wohnt hier Nancy? Nancy Stone?«

Der andere sah ihn fragend an. »Ja … warum?«

»Ich würde mich gern mit ihr unterhalten. Es geht um etwas sehr Wichtiges. Nichts … Ernstes. Na ja, es ist auch nichts Unernstes …«

Der Mann sah ihn an und strich sich nachdenklich über seinen Vollbart. »Erwartet sie dich?«

»Das kann ich nicht sagen. Aber ich hoffe es. Ihre Freundin hat mich hierhergeschickt.«

»Na ja, sie ist gerade nicht da.«

Clayton seufzte. Er hatte sich also umsonst auf den Weg gemacht. Vielleicht war das ein Zeichen, vielleicht sollte er doch nicht mit ihr reden.

»Aber sie sollte jeden Moment kommen«, fuhr der Mann fort und sah auf seine Uhr. »Wenn du willst, kannst du reinkommen.«

Wenn man allein durch sein Erscheinen **Eindruck** erweckt, dann hatte Clayton die nächste Kreuzworträtselfrage bereits gelöst. Eindruck war aber auch das, was andere durch sich und ihr Tun bei anderen hinterlassen, dachte er, als er dem anderen in Mrs Stones Haus folgte. Also sah er sich in dem Haus um, um die Frau besser einschätzen zu können.

Nancys Haus roch nach abgestandenem Zigarettenrauch wie ein altes Pub.

Der Eingangsflur war mit einem abgetretenen, psychedelisch gemusterten Teppichboden ausgelegt, der sich, wie Clayton feststellte, durch sämtliche Räume im Erdgeschoss zog und bei dem ihm – ihm war sowieso schon etwas flau zumute – leicht schwindlig wurde, während er seinem Gastgeber ins Wohnzimmer folgte.

Drinnen an der Wand hing ein gerahmtes Schwarz-Weiß-Bild des Trafalgar Square. Auf dem Kaminsims standen ein gestrickter Beefeater, daneben mindestens ein Dutzend Quiz-Pokale sowie eine ganze Anzahl von Büchern – die Quiz-Bücher der Londoner Taxifahrer. Claytons Neugier zog ihn dorthin, bis sein Gastgeber aufs Sofa zeigte.

»Nimm Platz«, sagte er.

»Danke.«

Clayton ließ sich auf der Sofakante nieder – einem beigen Lederzweisitzer – und faltete die Hände ordentlich im Schoß, drückte die Füße zusammen, als wollte er sich so klein wie möglich machen.

Eine kurze Pause. Der junge Mann sah aus, als wollte er sich nicht in Smalltalk verwickeln lassen.

»Ich bin übrigens Clayton.«

»Neil«, antwortete der andere. »Willst du Tee oder sonst irgendwas?«

Ich würde einen Mord begehen für eine Tasse, dachte er sich. »Oh, nein, keine Umstände. Alles gut.«

»Wirklich? Ich setz sowieso eine Kanne auf. Überhaupt kein Problem.«

Clayton lächelte und presste die Hände im Schoß zusammen. »Milch und ein Stück Zucker, bitte.«

Neil verschwand in der Küche, dann war Klappern von Geschirr zu hören, eine Kühlschranktür wurde geöffnet und geschlossen.

»Mrs Stone hört immer so um diese Uhrzeit mit der Arbeit auf«, rief er vom angrenzenden Zimmer. »Sie sollte bald da sein.«

Clayton richtete sich auf dem Sofa etwas auf. Er hatte angenommen, sein Gastgeber wäre Nancys Sohn – der aber sprach von Nancy nicht als seiner Mum oder Mutter, sondern von *Mrs Stone*. Er hatte sich gefragt, ob sich ihr Name vielleicht geändert hatte, seitdem Pippa sie in ihrem Rolodex eingetragen hatte, aber das schien nicht der Fall zu sein.

»Entschuldigung«, sagte er, als Neil mit einem Tablett wieder erschien. »Ich hoffe, du hast nichts dagegen, wenn ich dich das frage, aber … wohnst du hier oder …?«

»Ich bin Pfleger«, antwortete er. »Mrs Stones Mann ist oben. Er ist bettlägerig – hatte vor ein paar Jahren einen Schlaganfall.«

»Das tut mir leid.«

Dann, dachte er, hatte sie seinen Namen also nicht angenommen.

Neil stellte das Tablett mit einer Tasse und einem Teller Jaffa Cakes auf den Beistelltisch vor ihm.

»Ich fange mittags an, da beginnt sie mit der Arbeit«, erklärte Neil. »Aber wenn man vom Teufel spricht – da ist sie ja.«

Clayton erhob sich und ging zum Erkerfenster.

Ein Londoner Taxi hatte draußen angehalten. Am Rückspiegel baumelten zwei Stoffwürfel.

Die Fahrertür ging auf, und heraus kam eine kleine Frau über sechzig mit einem Pillbox-Hut – ähnlich dem, den sie erst eine Woche zuvor bei Pippas Trauerfeier getragen hatte, nur dass der heutige nicht tiefschwarz, sondern maisgelb war.

Kurz stand sie neben dem Wagen und sog an einer E-Zigarette.

Er wusste nicht, ob sie ihn durch die dichte Dampfwolke oder im grellen Nachmittagslicht, das auf das Wohnzimmerfenster fiel, überhaupt sehen konnte, aber er lächelte ihr trotzdem zu.

Als quietschend das Tor zufiel, bildete sich Clayton ein, im Blick der Frau so etwas wie Erkennen wahrgenommen zu haben – einen resignierten, leicht schmerzerfüllten Gesichtsausdruck.

Sie wusste, wer er war. Sie wusste, warum er hier war. Sie hatte ihn die ganze Zeit schon erwartet.

25

Die Gemeinschaft der Rätselmacher
Donnerstag, 14. Februar 1991

An diesem Valentinstag waren alle Toastscheiben in Herzform zugeschnitten.

Als Pippa im Morgenmantel den Frühstücksraum betrat, verschlug es ihr die Sprache.

An alle Stühle waren herzförmige Heliumballons gebunden, herzförmige Wimpel hingen an den Vorhangstangen, und auf dem Tischtuch war großzügig glitzerndes Konfetti in Herzform verstreut. Nancy nahm ihre Rolle als Amor sehr ernst und war die Sache mit Feuereifer angegangen.

In der Eingangshalle stand auf dem Konsolentisch der übliche Amor-Briefkasten (eine alte, in roten Krepp gekleidete Kopierpapierschachtel), in die die Bewohner ihre Valentinskarten werfen konnten. Die Valentinstradition war bereits in den ersten Jahren ihres Zusammenlebens aufgenommen worden. Gemeinhin wurden anonyme und recht kryptische Nachrichten verschickt. Oft waren es kleine Rätsel, deren Lösung freundliche Bezeugungen der Dankbarkeit, des Respekts oder der Freundschaft ergaben, alles, wofür die Gemeinschaft stand. Dieses Jahr würden die Karten beim Valentins-Tanzabend verteilt werden, den Nancy im Mid-Beds Golf Club für sie gebucht hatte. Zu dem Ereignis war die gesamte Gemeinschaft eingeladen, nicht nur die festen Bewohner, weshalb recht viele Teilnehmende erwartet wurden.

»Morgen, meine Herren.«

Pippa zog einen Stuhl heraus und setzte sich neben den halb

hinter der *Times* versteckten Hector und ihrem Wortschmied Jonty Entwistle. Vor beiden standen jeweils zwei gekochte Eier, die sie auskühlen ließen.

»Einen schönen Valentinstag euch beiden.«

Hector zeigte sich leicht genervt. »Alles ein großer Quatsch, oder?«

»Mein guter Junge, das meinst nur du«, gab Jonty zurück, zog einen Kamm aus der Brusttasche und fuhr sich damit durch die frisch gefärbten Haare. Sie rochen nach Benzin. »Die Liebe ist eine Despotin, die niemanden verschont. Hab ich nicht recht?«

Pippa sah ihn nur verdutzt an. Es war noch zu früh für Jontys Sprüche. Sie brauchte erst einen Kaffee.

Manchmal genoss sie die weitschweifigen Auslassungen des Mannes, oft waren sie aber nur unglaublich ermüdend. Eines aber hatte sie an Jonty immer bewundert – er wusste sich wie kein Zweiter zu kleiden.

Diesen Morgen war er so elegant wie immer erschienen: in einem kastanienbraunen zweireihigen Tweed-Anzug, aus dessen Brusttasche ein dem Anlass gemäß zu einer Rose gefaltetes scharlachrotes Seidentaschentuch spitzte.

»Tut mir leid, aber das dient doch nichts weiter als dem schlimmsten Auswuchs des Konsumdenkens«, sagte Hector und biss beherzt in seine herzförmige Toastscheibe. »Dem allerschlimmsten.«

Pippa unterdrückte ein Lächeln. Soeben war ihr aufgefallen, dass rotes Konfetti auf der Stirn des armen Puzzle-Künstler prangte. Sie brachte es nicht übers Herz, ihn darauf hinzuweisen.

In Wahrheit gefiel ihr das ganze Brimborium, das Nancy veranstaltete.

Ihre Freundin war bis über beide Ohren verliebt, seitdem Jonty drei Monate zuvor in der Gemeinschaft eingetroffen war, trotz des gewaltigen Altersunterschieds zwischen den beiden. Die beiden waren immer zusammen, selbst wenn sie nicht an ihrem neuen Quiziom arbeiteten.

»Ich weiß nicht, warum du ihr das durchgehen lässt«, fuhr Hector fort. »Ich weiß es wirklich nicht.«

»Oh, ist doch nur ein kleiner Spaß«, erwiderte Pippa. »Warum sollten wir es ihr nicht gönnen? Wenn es sie glücklich macht? Außerdem vermute ich, dass einige unter uns dieses Jahr geheime Liebeswünsche hegen …«

Pippa richtete ihren Blick auf Jonty, und der Mann – der leicht errötete – schlenkerte theatralisch mit dem Handgelenk.

»Ein wahrer Gentleman schweigt.«

»Wo ist eigentlich unsere Quiz-Masterin?«, fragte Pippa. »Ich kann mir nicht vorstellen, dass sie arbeitet. Ihr Abgabetermin ist doch erst in drei Tagen.«

Nancy musste die neuesten Fragen für den jüngsten Band ihrer äußerst erfolgreichen Trivia-Reihe abliefern.

»Sie ist kurz in die Stadt, um sich eine Föhnwelle machen zu lassen«, erklärte Jonty. »Wenn sie aus dem Laden rauskommt, werden wir sie wahrscheinlich nicht wiedererkennen.«

Pippa fasste nach ihrer Kaffeetasse. »Meine Herren, beantwortet mir folgende Frage«, sagte sie und schenkte sich ein. »Warum tun sich Männer so schwer damit, Gefühle zu zeigen? Warum ist die Liebe … für euch eine so große Herausforderung?«

Sie sprach sie beide an, vor allem aber Hector, der in dieser Beziehung ein Buch mit sieben Siegeln war.

»Sie *kümmert* mich nicht«, antwortete er. »Ich denke mir nur … wir sind dafür einfach zu *alt*.«

»Für die Liebe?«

Er seufzte. »Du weißt, was ich meine. Was soll das Gerede?«

»Na, das mag vielleicht für dich gelten.« Pippa gab sich entrüstet.

Sie würde nie einem Mann erlauben, ihr zu sagen, wofür sie zu alt sei, selbst wenn sie in diesem Fall geneigt war, ihm zuzustimmen.

Später an dem Abend kam Nancy zu Pippa an den Schminktisch, als sie sich für die Abendveranstaltung zurechtmachten. Sie betrachteten sich im Spiegel und legten falsche Wimpern an. Das war Nancys Idee gewesen, Pippa machte so etwas gewöhnlich nicht, und nun wollte es ihr nicht recht gelingen.

»Noch ein Schlückchen Sekt?«

Nancy griff zu ihrem Glas, ohne den Blick von ihrem Spiegelbild abzuwenden. »Da sag ich nicht Nein.«

Die Taxis zum Mid-Beds Golf Club würden in vierzig Minuten eintreffen, aber bereits jetzt waren assoziierte Mitglieder angekommen und hatten sich unten versammelt, um sich für das Ereignis auf den Weg zu machen.

»Hast du was dagegen, wenn ich mir ein paar Spritzer auflege?«

Bevor Pippa etwas sagen konnte, griff Nancy schon nach ihrem Parfüm, das vor dem Spiegel stand. Ein blumiger Estée-Lauder-Duft, den sie seit Jahren trug. Vermutlich erhoffte sich Nancy davon, Jonty anzulocken, nur sprühte sie sich ein, als wäre es ein Insektenschutzmittel und sie auf dem Weg in den Dschungel von Papua-Neuguinea.

Pippa legte schützend die Hand auf ihr Glas.

Ihr war nicht entgangen, dass sich ihre Freundin in letzter Zeit an ihrem Parfüm bedient hatte. Vielleicht sollte sie es einfach bei ihr im Zimmer lassen und sich ein neues kaufen, wenn sie das nächste Mal zu Harrods kam. Es gab ja keinen Grund, warum sie nicht das gleiche benutzen sollten.

»Schon komisch, wenn man so darüber nachdenkt«, sagte Pippa kopfschüttelnd. »Die ganzen Jahre … haben wir uns nicht gekannt.«

»Alle Freunde waren mal Fremde«, antwortete Nancy und nahm sie in den Arm.

Pippa füllte das Glas ihrer Freundin bis zum Rand, ließ den Schaum sinken, bevor sie nachgoss. Nancy trug ein absurd golden schimmerndes Lamé-Kleid, während Pippa zu einem rotbraunen, freizügigen Samtkleid von Dior überredet worden war. Nancy meinte, es bringe ihre Figur zur Geltung; warum sie das wollen könnte, blieb der Fantasie jedes Einzelnen überlassen.

»Also, wie steht es zwischen dir und Jonty?«

Bei der Erwähnung ihres Lexikografen zog Nancy die Augenbrauen hoch. Sie nahm sich eine Zigarette aus der Handtasche, zündete sie an und blies einen Rauchkringel in die Luft. »Was meinst du?«

»Ihr beide verbringt viel Zeit miteinander, das ist alles«, sagte Pippa so beiläufig wie möglich, in Wahrheit machte sie sich allerdings Sorgen um ihre Freundin.

Nicht nur beunruhigte sie der eklatante Altersunterschied zwischen den beiden, ihr war auch aufgefallen, dass sich Jonty innerhalb weniger Wochen nach seiner Ankunft mit sämtlichen Frauen im Haus angefreundet hatte, inklusive Angel, mit der er regelmäßig ins Pub ging und am Wochenende Landspaziergänge unternahm. Es gab keinerlei Anzeichen, dass die Beziehung zur Haushälterin nichts anderes als platonisch war, bislang jedenfalls, Pippas Verständnis nach aber war er ein Frauenheld, wie er im Buche stand. Dennoch, trotz der eindringlichen Warnung von ihr und anderen, sich von ihm fernzuhalten, war Nancy nicht von ihm abzubringen. Sie hatte sich in ihn verliebt.

»Ich hoffe, er behandelt dich anständig.«

Nancy sog an ihrer Zigarette. »Natürlich. Er ist ein Gentleman. Er hat mich noch nicht geküsst, stell dir vor.«

»*Nein?*«

Nancy schüttelte geknickt den Kopf.

Pippa war überrascht. Vermutlich erklärte das auch, warum die Spannung mit Händen zu greifen war, wann immer die beiden zusammen waren.

»Vielleicht ist dir heute ja Glück beschieden. Oder, sollte ich besser sagen, ist *ihm* das Glück beschieden?«

Sie wollte schon eine neue Flasche holen, als sie merkte, dass Nancy sie nachdenklich betrachtete.

»Und wie steht es mit *deinem* Galan?«, fragte Nancy. »Wenn wir schon bei den Männern sind.«

Bei der Erwähnung des Labyrinthbauers zuckte Pippa leicht zusammen.

Earls Besuch im Monat zuvor war besser verlaufen, als sie sich erträumt hatte. Nach dem Vorschlag, den sie ihm anfangs unterbreitet hatte, war sein restlicher Aufenthalt im Haus problemlos gewesen. Bei seiner Abreise hatte er nicht nur versprochen, sich den Labyrinthauftrag durch den Kopf gehen zu lassen, sondern auch gefragt, wann er zu einem zweiten Aufenthalt zurückkehren könne. Wie von ihr vorhergesagt, hatten nur wenige Tage in Creighton Hall alles geboten, was Earl brauchte. Anregungen. Ziele. Eine Gemeinschaft.

»Worauf willst du hinaus, Nance? Earl ist ein Freund, ein lieber Freund, mehr nicht.«

»Aber seit seiner Abreise bist du häufiger in der Telefonzelle als je zuvor. Jeder muss denken, dass ihr beide … etwas im Schilde führt.«

Pippa schüttelte vehement den Kopf. Es stimmte, sie telefonierten häufiger, ihre Gespräche waren auch persönlicher. Aber nicht in diesem Sinne.

Die Telefonate waren für sie beide zu einer Art Gesprächstherapie geworden. Sie waren Freunde, ja, aber sie waren darüber hinaus mehr als das, etwas, was sie noch nicht benennen konnte. In der Sicherheit der roten Telefonzelle, vertieft in ihr Gespräch, teilten sie sich gegenseitig ihre Unsicherheiten mit und konnten dort fortfahren, wo sie in Earls Zimmer aufgehört hatten. Für Pippa ging es oft um Dinge, die sie selbst noch nicht verarbeitet hatte, bis sie es Earl gegenüber laut aussprach: ihr Bedauern, niemals die große Liebe erfahren, niemals eine Familie gegründet zu haben, ihre Enttäuschung, sich das so spät noch in ihrem Leben eingestehen zu müssen – sich einzugestehen, dass sie sich nach all dem sehnte, obwohl sie sich als eine entschieden unabhängige Frau sah und wusste, dass dies keinerlei Einfluss auf die allgemeine Stellung der Frauen in der Welt hatte.

»Ja, wir sind uns nähergekommen, im platonischen Sinn natürlich«, antwortete sie betont ungezwungen. »Am wichtigsten aber: Es freut mich, dir mitteilen zu dürfen, dass er hier eines der besten Wochenenden seines Lebens verbracht hat. Ich habe es von Anfang an gewusst.«

»Du weißt immer, was am besten ist, Pip.«

Sie winkte ab. »Warum fragst du überhaupt?«

»Ach, nur so.«

»Was ist, Nance? Worauf willst du hinaus?«

»Auf nichts«, sagte sie. Sie erhob sich und ging zur Tür, in ihren Augen lag ein schelmisches Glitzern. Dann drehte sie sich um und lehnte sich gegen den Türrahmen. »Du bist eine sehr schöne Frau. Das weißt du, oder?«

Pippa gab sich entrüstet. »Bist du betrunken, Nance? Du hattest doch nur drei Gläser.«

Nancy schüttelte den Kopf. »Ich bin alles andere als betrunken. Ich meine es ernst.«

Pippa lächelte ihrer Freundin dankbar zu und richtete die Aufmerksamkeit wieder auf den Spiegel.

Sie fühlte sich nicht schön.

Es war ihr gelungen, die falsche Wimper am rechten Auge festzukleben, die am linken Auge sträubte sich jedoch beharrlich. Sie hing schief und sah aus wie eine Spinne, die ihr ins Auge zu klettern versuchte.

»Weißt du, was Jonty neulich gesagt hat?«

Pippa drehte sich um.

»Wahre Schönheit liegt im Charakter und vergeht nie. Und du bist für mich vollendet schön. Denk heute Abend daran.«

Bevor Pippa etwas erwidern konnte, wandte sich Nancy ab und eilte schon durch den Gang; zurück ließ sie nur eine erstickende Parfümwolke und ein nervöses Gefühl in Pippas Magen.

Es beunruhigte sie, was immer Nancy vorhatte.

26

5							

Kenntnis erhalten (8)

Nancy sank in den Sessel, der so üppig gepolstert war, dass er wie aufgeblasen aussah. Sie gab Clayton zu verstehen, ebenfalls Platz zu nehmen.

Die Stores im Wohnzimmer warfen ihren filigranen Schatten auf ihr blasses, fein geschnittenes Gesicht. Er saß ganz vorn an der Kante eines Ohrensessels. Dessen Sitzauflage war so gut gefedert, dass er, als er sich niederließ, fast wieder hochgeschnellt wäre.

»Folgendes, Clayton … darf ich dich Clayton nennen?«

»Bitte.« Er hielt sich an den Lehnen fest.

»Folgendes … Pippa war meine Freundin. Eine sehr gute Freundin. Ich habe ihr vorbehaltlos vertraut, aber …« Sie nestelte eine Zigarette aus der zerknüllten Packung in ihrem Schoß und zündete sie an. »Aber sie war nicht ohne Fehler. Du weißt, was ich meine?«

»Nein«, antwortete Clayton prompt. »Ich weiß nicht, was Sie meinen, sorry.«

Nancy nahm einen tiefen Zug von ihrer Zigarette. Ihr rosa Pullover mit Zopfmuster passte perfekt zu ihrem Hut, den sie bei ihrer Ankunft getragen hatte; eine Kette mit klobigen Perlen hing ihr um den Hals, dazu hatte sie eine große rosa Hornbrille, die ihre intelligenten grauen Augen noch größer machten. Er musterte ihr Gesicht nach Anzeichen einer Verwandtschaft mit sich. Ihre Nase war dünn und zierlich, seine war groß und breit. Ihre Haare waren blond wie seine, aber er nahm an, dass sie sie färbte, sie konnten also jede x-beliebige Farbe haben.

Hätte Clayton raten müssen, hätte er sie auf Anfang sechzig geschätzt, aber das war schwer zu sagen. Ähnlich wie die alte Dame im Park strahlte Nancy etwas aus, was sie sehr viel jünger machte, als die Falten in ihrem Gesicht vermuten ließen.

Nach ihrer Ankunft hatte sie die Jacke ausgezogen und ihren eleganten Hut auf die Ablage im Flur gelegt, wo weitere, nicht minder elegante Kopfbedeckungen verstaut waren – daraufhin hatte sie in einer Kiefernkommode gewühlt, bis sie eine Zigarettenpackung und Streichhölzer gefunden hatte. Ihre Taxischicht war gerade zu Ende, der Zeitpunkt für ein Gespräch sollte daher günstig sein.

»Nun … keiner von uns ist unfehlbar, nicht wahr?«

»Nein«, erwiderte Clayton zögerlich.

»Und ich nehme an, in der Position, die sie in der Gemeinschaft hatte, war sie … so gut wie unantastbar.«

»Ja.«

Er war es nach wie vor nicht gewohnt, dass so über Pippa geredet wurde, in der Vergangenheitsform, als wäre sie nicht immer noch das lebendige Herz der Gemeinschaft und das Zentrum seiner eigenen Welt.

Eine dichte Rauchwolke waberte zwischen ihnen. Clayton atmete durch die Nase, damit er nicht erstickte. Ihm ging durch den Kopf, ob sie wohl ebenso nervös war wie er.

Er griff zu einem der Jaffa Cakes, zuckte dann jedoch zurück. »Tut mir leid«, sagte er und schob den Teller von sich. »Ich bin nervös. Und wenn ich nervös bin, esse ich immer.«

»Es gibt keinen Grund, nervös zu sein.«

»Nein?«

Nancy lächelte. Sie schüttelte den Kopf, griff zur nächsten Zigarette und erklärte, sie habe mit den Zigaretten aufhören wollen, aber lediglich vier Tage durchgehalten, wolle es kommende Woche aber noch mal probieren.

Am liebsten wäre er mit der Frage herausgeplatzt, die ihm auf der Zunge lag. *Sind Sie meine leibliche Mutter? Bin ich deswegen hierhergeschickt worden? Haben Sie mich vor der Tür ausgesetzt?* Aber er brachte es nicht über sich. Es kam ihm plump, ja, unverschämt vor, einer Fremden so etwas zu unterstellen, wenn er keine zwei Meter von ihr entfernt in deren Wohnzimmer saß und sich durch ihre Jaffa Cakes futterte.

»Ich weiß nicht, ob du es weißt«, fuhr sie fort, »aber Pippa und ich hatten in letzter Zeit wieder Kontakt.«

»Wirklich?«

Nancy nickte, erhob sich aus ihrem Sessel und schob das Fenster zwei, drei Zentimeter nach oben. Clayton nahm die Hand vom Mund und atmete erleichtert ein. »Muss vor einem halben Jahr gewesen sein, als Pippas erster Brief eingetrudelt ist. Sie war ans Bett gefesselt. Sie ist gestürzt, oder?«

Clayton nickte. Er erinnerte sich an ihren ersten Sturz im vorherigen Winter, als wäre es erst gestern passiert.

»Ich kann dir gar nicht sagen, was das für mich bedeutet hat«, erzählte Nancy. »Nach so vielen Jahren wieder von ihr zu hören. Es war wie in den alten Zeiten. Wie damals, als hätte sich nichts verändert. Aber so ist das bei einer wahren Freundschaft, nicht wahr? Wenn es sich anfühlt, als wäre überhaupt keine Zeit vergangen.«

Clayton lächelte. Es tröstete ihn, dass Pippa vor ihrem Tod wieder Kontakt zu einer alten Freundin aufgenommen hatte. Trotzdem wusste er nicht, warum Nancy die Gemeinschaft verlassen hatte.

»Den hier hat sie mir geschickt.« Sie hielt ihm ihren Handrücken hin. »Einen Ring, den ich dagelassen habe, als ich nach London zurückkehrte.«

Blinzelnd betrachtete Clayton den Ring. Er sah aus wie zwei ineinander verwobene Ringe – einer war aus Silber, der andere aus Gold.

»Sie hat ihn die ganze Zeit für mich aufgehoben.«

»Warum sind Sie gegangen?«, fragte er und versuchte das Gespräch auf den Anlass zurückzuführen, dessentwegen er hier war.

Nancy zwirbelte eine Haarlocke zwischen den Fingern. »Das ist … kompliziert.«

»Ich muss herausfinden, warum sie mich hierhergeschickt hat«, erwiderte er, selbst erstaunt über seine Direktheit. »Ich muss … Ich würde gern wissen, was ich hier finden sollte. Ob Sie …«

Verwirrt sah sie ihn an. »Du meinst, ich wäre die Lösung?«

Clayton verließ der Mut. »Sie sind es nicht?«

Nancy schlang sich die Arme um die Brust. »Na ja, das wirst wohl du entscheiden müssen.«

»Aber …«

Sie hievte sich aus dem Sessel und ging zum Kaminsims, wo ihre Trophäen der Größe nach aufgereiht waren, als wären sie ihre Kinder.

Bevor Nancy ins Zimmer gekommen war, bevor Clayton Platz genommen hatte, hatte er aus Neugier einen schnellen Blick auf die silbernen Medaillen geworfen.

Sie waren die Preise aus der Zeit der Quiz-Veranstaltungen im Pub. Nancy war Vorsitzende der National Pub Quiz League, nahm aber auch selbst an Wettbewerben teil, anscheinend mit einigem Erfolg.

»Das erinnert mich daran, was Pippa immer gesagt hat …« Nachdenklich sah Nancy zu ihren Auszeichnungen. »Das Finden der Lösung …«

»… ist immer wichtiger«, fuhr Clayton fort, »als die Lösung selbst.«

Nancy fuhr herum. »Genau!«, rief sie erfreut.

Clayton war verunsichert. »Ich kann trotzdem nicht folgen.«

»Pippa hat diese Spuren gelegt, damit du herausfinden kannst, woher du kommst, aber auch, wohin du gehst. Wer du sein möchtest.«

»Aber warum hat sie mich ausgerechnet zu *Ihnen* geschickt?« Wenn er die nächste Frage von Pippas Kreuzworträtsel lösen wollte, musste er **erfahren**, warum um alles in der Welt er zu Nancy geschickt wurde und nicht zu jemand anderem, der vor seiner Ankunft die Gemeinschaft verlassen hatte.

Nancy zuckte mit den Schultern. »Vielleicht weil sie meinte, ich könnte dir was beibringen.«

»Und können Sie das?«

Sie lachte. »Es gibt eine Menge, was ich dir beibringen könnte, junger Mann. Vielleicht wollte sie, dass du die Gemeinschaft hinter dir lässt, so wie ich damals vor so vielen Jahren. Aber vielleicht ist das nicht alles. Ich kann dir aber nur Antworten geben, wenn du die richtigen Fragen stellst.«

Clayton wünschte sich, Nancy würde sich weniger kryptisch ausdrücken. »Gut, wenn das also der erste Hinweis von Pippa ist, was soll ich dann jetzt tun? Wo finde ich den nächsten Hinweis?«

Nancy lachte und hob einen Finger. »Das nun ist etwas, wobei ich dir helfen kann.«

Zu Claytons Überraschung machte sie auf dem Absatz kehrt und verließ das Zimmer.

»Pippa wollte, dass ich dir das hier gebe«, rief sie aus dem Flur. Kurz darauf kam sie mit einem kleinen gefütterten Umschlag zurück.

Clayton nahm den Umschlag entgegen und sah sofort den unverwechselbaren Stempel auf Pippas Schreibtisch vor sich – das rote, mit Pippas Monogramm versehene Wachssiegel, mit dem sie auch das Kreuzworträtsel gekennzeichnet hatte – und fühlte sich mit einem Mal unglaublich erleichtert. Natürlich war das nicht das Ende. Es war erst der Anfang. Er hatte die erste Hürde genommen, mehr nicht.

»Das hat sie Ihnen geschickt?«

Nancy nickte; ihre Augen wurden glasig.

»Er kam mit dem letzten Brief von ihr«, sagte sie traurig. »Eine Woche vor ihrem Tod. Die Instruktionen lauten, ihn dir auszuhändigen. Wann immer du auftauchst. *Falls* du auftauchst.«

Clayton drückte sich den Umschlag an die Brust. »Danke.«

»Clayton«, fragte Nancy, »darf ich dich umarmen? Wäre das befremdlich? Bist du jemand, der sich in den Arm nehmen lässt?«

Er versteifte sich am ganzen Körper.

»Ich lasse mich nämlich gern in den Arm nehmen, und es sieht so aus, als könntest du es auch vertragen, wenn ich das so sagen darf …«

»Ja«, hörte er sich sagen. »Ja, wenn es Ihnen nichts ausmacht. Das wäre nett.«

Abrupt streckte Nancy die Arme aus und packte ihn, drückte ihn so fest an sich, dass er von ihr weniger umarmt, sondern niedergerungen wurde.

Clayton spürte, wie sich ihre Perlenkette in seine Haut drückte, dann war ihre Hand plötzlich auf seinem Kopf und strich ihm durch die Haare. Kurz gestattete er sich, den Kopf auf ihre Schulter zu legen, und in einem Augenblick überwältigender Klarheit erkannte er, dass sie genau wie Pippa roch. Sie trug ihr Lieblingsparfüm. Estée Lauders *Beautiful*. Er schloss die Augen.

»Schhh«, flüsterte sie ihm ins Ohr, obwohl er kein Wort gesagt hatte.

So blieben sie, bis Clayton jemanden die Treppe herunterkommen hörte. Neil, der Pfleger, beendete seine Schicht.

»Ich sollte mal los«, sagte Clayton und trennte sich von ihr.

»Nun, du weißt, wo ich zu finden bin«, sagte Nancy. »Wenn du mal wieder reden möchtest. Und wenn ich dir irgendwie helfen kann.«

Clayton nickte und nahm sich fest vor, auf ihr Angebot zurückzukommen.

Er ging hinaus in den Flur, um seine Sachen einzusammeln, und schob Pippas Umschlag in die Jackentasche. Er wollte ihn erst später öffnen.

Neil zog sich neben ihm die Schuhe an.

»Du gehst?«, sagte Nancy zu Neil. »Danke, dass du etwas länger geblieben bist.«

»Ja, Mrs Stone. Kein Problem. Wir sehen uns morgen wieder.«

Als Clayton im schmalen Flur, der durch die große Mahagoni-Hutablage und den dazu passenden Beistelltisch noch enger wurde, zur Tür wollte, stieß er mit Neil zusammen, der ebenfalls dorthin wollte.

»Huch«, entfuhr es Clayton. »Nach dir.«

»Nein, geht schon …«

»Nein.« Clayton errötete. »Bitte.«

Neil zögerte, aber dann setzten sich erneut beide gleichzeitig in

Bewegung und stießen ein zweites Mal zusammen. Clayton war nur froh, dass Neil ebenso rot wurde wie er selbst.

»Verdammt, tut mir leid«, sagte Neil. »Lass mich mal.«

Mit einem Grinsen beobachtete Nancy, wie sich die beiden umeinander herumzwängten und schließlich die Tür passierten.

Clayton drehte sich zu ihr um. »Noch mal danke.«

»Auf Wiedersehen, Clayton«, sagte sie. »Es ist schön, dich kennengelernt zu haben.«

»Wir sehen uns morgen, Mrs Stone.«

»Danke, Neil, mein Lieber.«

Draußen hatte es aufgeklart, ein strahlendes, durch die Ahornbäume sickerndes Spätnachmittagslicht fiel auf die beiden jungen Männer und ließ alles heller erscheinen als zuvor.

Clayton hielt dem Pfleger das quietschende Gartentor auf, sehr darauf bedacht, weitere peinliche Zusammenstöße zu vermeiden.

»Da haben wir uns ziemlich blöd angestellt«, sagte er. Neil gab einen komischen Laut von sich, der vermutlich ein nervöses Lachen war.

»Ein wenig, ja. Trotzdem, schön, dich kennengelernt zu haben, Callum.«

»Clayton.«

»Tut mir leid! *Clayton*. Mit Namen bin ich ganz schlecht.«

»Ich auch. Ja, nett, dich kennengelernt zu haben, Neil. Wohin gehst du?«

Sie hatten das Ende der Straße erreicht. Neil setzte sich seine Ohrhörer ein. »Nach links. Und du?«

Clayton sah nach rechts und versuchte sich zu orientieren. »Ähm … ich muss zum Kanal …«

»Dann haben wir den gleichen Weg.«

»Ach?«

»Ja!«

Die beiden lachten. Neil nahm die Ohrhörer heraus, Clayton schob die Hände in die Taschen und wusste nicht, was er sagen sollte. Schließlich fragte er: »Du hast doch nichts dagegen, wenn ich dich begleite?«

Der Anflug eines Lächelns legte sich um die Augen des anderen. »Nein. Wenn du willst.«

27

Die Gemeinschaft der Rätselmacher
14. Februar 1991

»Ist dir das aufgefallen?«, fragte Nancy, als sie am Golfclub aus dem Taxi stiegen. »Wie der Fahrer mich angesehen hat? Als wäre ich eine … alte Schachtel!«

Sie waren bei ihrem Valentinstag-Tanzabend angelangt. Die gesamte Gemeinschaft hatte sich auf mehrere Taxis aufgeteilt, wodurch sie in den Genuss eines Gruppenrabatts gekommen waren.

Pippa hatte auf der Rückbank eingeklemmt zwischen Hector und Nancys gegenwärtig Auserkorenem Jonty Entwistle gesessen, während ihre Freundin vorne Geschichten aus ihrer eigenen Taxifahrerzeit in London zum Besten gab – dem Chauffeur, kaum den Teenagerjahren entwachsen, hätte das alles nicht gleichgültiger sein können.

»Und wofür das alles, Pip?«, fragte Nancy sie.

Die beiden Frauen hatten sich beieinander untergehakt und steuerten das Clubhaus an, die anderen folgten ihnen. »Ich komme mir schon jetzt nicht mehr so wichtig oder so interessant vor wie früher, als ich jünger war.«

Pippa schüttelte den Kopf. »Du warst eine Wegbereiterin, Nance. Eine Pionierin. Das kann dir keiner nehmen. Außerdem bist du noch nicht so alt – warte, wenn du erst mal *mein Alter* erreicht hast.«

»Aber warum?«, fragte Nancy. »Warum muss es so … schrecklich sein?«

»Weil es im Leben nun mal so ist. Die Welt sieht dich anders, wenn du alt bist. Wenn sie dich überhaupt noch sieht.«

Das Clubhaus, ein gedrungener Flachbau, stand gefährlich nah am achtzehnten Loch des Platzes – so nah, dass einige Backsteine dort, wo sie von Golfbällen getroffen worden waren, pockennarbige Schrapnelllöcher aufwiesen, die dem Gebäude etwas Bedrohliches verliehen, als stünde es unter Beschuss. Ankommenden Gästen wurde geraten, nicht länger als nötig zu verweilen und sich umstandslos in die Sicherheit des Foyers zu begeben. Und für jene, die das Gebäude verließen, war an der Tür eine Notiz angebracht.

Gehen Sie unverzüglich zu Ihrem Wagen. Tieffliegende Bälle.

Drinnen wurde Pippa und ihren Rätselmachern von zwei jungen Bedienungen ein Bucks Fizz überreicht, anschließend begleitete man sie in die Club Lounge und in den Speisesaal, wo die Samtvorhänge teilweise zugezogen waren, um ein eingeschlagenes Fenster zu kaschieren.

Überrascht stellte Pippa beim Betreten des Saals fest, dass bereits jemand, hinter einem *Daily Telegraph* verborgen, an ihrem Tisch saß.

»Wer zum Teufel ist das denn?«, fragte sie nicht wenig erschreckt. »Um Gottes willen, doch kein Stripper!«

Sofort bedauerte sie, Nancy freie Hand bei der Gestaltung des Abends gelassen zu haben.

Der mysteriöse Gast ließ die Zeitung sinken, worauf es Pippa augenblicklich warm ums Herz wurde.

»*Earl!*«

Lässig winkte er ihnen zu. »Guten Abend.«

Die anderen eilten zu ihm und begrüßten ihn, nur Pippa verharrte an Ort und Stelle. Ihre Hand ging zu den falschen Wimpern, und sie vergewisserte sich, dass sie noch dranklebten.

Earl trug einen cremefarbenen Leinenanzug und hatte mit dem Mann, der ihnen einen Monat zuvor einen Besuch abgestattet hatte, nicht mehr viel gemein. Seine Haare – damals fettig und zerzaust – schimmerten frisch gewaschen wie in den alten Zeiten. Und der wuchernde Vollbart, vor dem sie so zurückgeschreckt war? War jetzt zu einem modischen Kinnbart getrimmt.

Sie trat vor. »Wie *schön*, dich wiederzusehen. Und dazu siehst du auch noch so … gut aus.«

Sie neigte den Kopf für einen Kuss und spürte seine warmen Lippen auf ihrer gepuderten Wange.

»Ich hatte keine Ahnung, dass du kommen würdest.«

»Nein?« Earl wirkte überrascht. »Aber Nance hat mich doch eingeladen.«

Pippa lächelte gezwungen. »Natürlich. Ich erinnere mich, sie hat so was erwähnt.«

Sie warf Nancy einen wütenden Blick zu, während diese die Platzkarten auf dem für sechzehn Personen gedeckten Tisch verteilte.

Natürlich versuchte ihr hiesiger Amor sie zu verkuppeln. Deshalb hatte sie auf den falschen Wimpern bestanden und das warme, eng anliegende Kleid. Nancy war unverbesserlich.

Versorgt mit Getränken und Gemüsesticks, unterhielten sie sich im Stehen, während Nancy alle Hände voll zu tun hatte und den Amor-Briefkasten in die Mitte des Tisches stellte, daneben legte sie Blanko-Karten und Stifte für diejenigen bereit, die noch nichts eingeworfen hatten.

Nachdem Earl von der Toilette zurückgekommen war, bot er Pippa seinen Arm an. »Sollen wir unsere Plätze einnehmen?«

Sie saß neben Earl, der arme Hector, auf ihrer anderen Seite platziert, war das fünfte Rad am Wagen, während Jonty und Nancy ihnen gegenüber Platz nahmen. Die miteingeladenen Ehefrauen der assoziierten Mitglieder saßen natürlich alle neben ihren Männern, Ruth und John Gibbon, ein renommiertes Trivia-Pärchen aus Stoke, kamen in den Genuss von Ehrenplätzen, da sie noch in der gleichen Woche ihren vierzigsten Hochzeitstag feierten. Die weiteren alleinstehenden Frauen des Hauses, Janet Richardson (pensionierte Schulleiterin, geschieden, kinderlos, nun Leiterin des Kinderprogramms der Gemeinschaft), Jean Watkins (ehemalige Leiterin eines Postamts, verwitwet, mit einem Faible für Logikrätsel) und ihre Haushälterin Angel (beharrlich Single, Teilzeitmitarbeiterin und im Einklang mit dem Mondzyklus, ohne jegliches Interesse für Rätsel) waren zwischen den überzähligen Männern verteilt, vermutlich für den Fall, dass ein Funke überspringen sollte.

Nachdem sich alle hingesetzt hatten, packte sich Nancy den Amor-Briefkasten. »So, dann wollen wir doch mal sehen, was wir haben.«

Mehrere Männer am Tisch gaben ein laut hörbares Stöhnen von sich, während sie den Deckel abhob, die Schachtel umdrehte und den Inhalt vor sich auf den Tisch kippte.

»Gib mir Kraft«, grummelte Hector leise. Er hatte schon seinen Stuhl etwas zurückgerückt. Pippa war sich ziemlich sicher, dass er jeden Augenblick aufstehen würde, um auf der Terrasse zu rauchen.

»Schaut euch das an«, rief Nancy. »So viel wie dieses Jahr lag noch nie im Amor-Kasten.«

Sie begann damit, einem liebenswürdigen Mann namens Larry Towles einige Karten zu überreichen.

»Meine Güte«, sagte er leise. »Alles für mich?«

Larry war Anfang achtzig und hatte zweifellos Charme, ein freundliches, attraktives Gesicht und, ungewöhnlich für einen Mann in seinem Alter, volles braunes Haar, von dem Pippa immer angenommen hatte, es sei ein Haarteil, bis sie ihn eines Tages aus dem Badezimmer hatte kommen sehen. Seine Haare hatten ihm an der Stirn geklebt wie der nasse Schwanz eines Hundes.

Er hielt seine Ausbeute an Liebesbriefen hoch. »Herzlichen Dank, meine Damen.«

Als Nächstes gab es Karten für John Gibbon von seiner Frau Ruth – und vice versa, wie vorherzusehen –, während Lesley und Jean jeweils zwei Karten erhielten und damit sichtlich zufrieden schienen.

Schließlich, nach einer kurzen Kunstpause, beugte sich Nancy über den Tisch und gab Jonty einen kleinen roten Umschlag, begleitet von einem vielsagenden Zwinkern.

Alle sahen erwartungsvoll mit an, wie er die Karte herausschälte und die beiliegende Botschaft las.

»*Nicht* laut vorlesen«, sagte sie.

Jonty überflog die ersten Zeilen. »N-nein. Sicherlich nicht.«

»Und das muss dann für mich sein.«

Nancy hatte einen kleinen Umschlag vor sich liegen, dazu hielt sie etwas in der Hand.

Sie riss als Erstes den Umschlag auf, las mit erwartungsvollem Blick die Karte, sah dann allerdings schnell verwirrt aus, fast verletzt. Dann wandte sie sich dem Gegenstand zu, den sie in der Hand hielt. Ein Geschenk.

»Eine Ringschatulle.«

Großer Gott, nein, dachte sich Pippa. »Ich dachte, wir hätten uns darauf verständigt, dass es dieses Jahr keine Geschenke gibt«, rief sie. »Was ist das, Nance? Was hast du da bekommen?«

Bitte, lass es nicht das sein, was ich mir denke. Pippa würde es dem Mann nicht verzeihen. Sie konnte es nicht benennen, aber die Beziehung zwischen den beiden hatte etwas, was für sie nicht zusammenpasste, und das lag nicht nur am Altersunterschied.

»Ich weiß nicht recht, was es ist«, antwortete Nancy und hielt einen Gold- und Silberring hoch.

»Es ist ein Rätselring«, erklärte Jonty. »Es gibt jemanden in Chester, der so etwas auf Anfrage herstellt. Zwei ineinander gefügte Ringe. Tolle kleine Teile. Ich habe innen eine besondere Botschaft eingravieren lassen.«

Blinzelnd betrachtete Nancy die Innenseite. »Was soll das heißen?«

»Das musst du selbst herausfinden«, antwortete Jonty.

Nancy strahlte, dann sah sie zu ihrem Bewunderer, gab einen Kuss auf ihren Zeige- und Mittelfinger und drückte sie ihm auf die Wange.

Nach einer Verlegenheitspause verteilte sie die restlichen Karten. »Angel«, rief sie. »Es gibt eine für Sie, meine Liebe.«

Nancy überreichte der Haushälterin einen kleinen Umschlag.

»Wie nett«, bemerkte diese, ließ die Karte zwischen ihren Fingern hin und her wandern, als wäre sie ein heißer Stein, bevor sie sie ungeöffnet in den Schoß legte. »Wer immer es ist, ich hoffe, es ist ein Steinbock, denn meine Sonne geht im Widder auf, jede andere Konstellation würde also in einer Katastrophe enden.«

Mehrere am Tisch lachten.

Es war nicht ungewöhnlich, dass Angel an den gesellschaftlichen Aktivitäten der Gemeinschaft teilnahm. Sie war nur halb so alt wie die Bewohner, es hatte sich aber schnell herausgestellt, dass es – abgesehen von gelegentlichen Besuchen in der Stadt, um ein Klangbad zu nehmen oder sich die Chakren ausrichten zu lassen – im Leben der Frau nicht viel gab.

An diesem Abend trug sie ein schwarzes Hängekleid, das nicht einen Quadratzentimeter ihrer Haut preisgab, dazu zwei markante Ohranhänger (die anscheinend ihr Herz-Chakra aktivierten). Ihre neuerdings kurz geschnittenen schwarzen Haare hatte sie scheinbar mit Herrenpomade behandelt, sodass sie ihr wie überfließendes Kerzenwachs am Kopf anlagen.

»Und Pippa«, sagte Nancy. »Der muss für dich sein.«

»Für mich?«

Zögernd nahm Pippa den Umschlag entgegen, drehte ihn hin und her und hielt ihn hoch zu den Neonröhren, als untersuchte sie ein kostbares Relikt. Sie war es gewohnt, am Valentinstag eine Karte zu erhalten, meistens handelte es sich um ein harmloses Schreiben von einem der Männer, der ihr für das eine oder andere dankte, aber irgendwie fühlte sich der Brief in ihrer Hand anders an. Er war mit dem Buchstaben P gekennzeichnet – die Linie war fein, kaum eingedrückt, es fehlte auch das Schimmern von Tinte, weshalb sie annahm, dass ihr geheimer Korrespondent einen Kugelschreiber für ihre Initiale benutzt hatte. Sie hielt sich den Brief an die Nase und atmete tief ein.

»Nun, es muss jedenfalls ein Raucher sein.« Pippa sah zu den Männern am Tisch.

Sie öffnete den Umschlag und zog die Karte heraus. Es war eine der Karten, die Nancy auf dem Tisch hatte liegen lassen. Eine Botschaft, die in letzter Minute abgegeben worden war.

Auf die Karte hatte jemand geschrieben:

P,

du wirst nie erfahren, was du mir bedeutest, denn ich werde nie in der Lage sein, es auszudrücken, aber nimm das hier bitte als kleine Geste meiner Dankbarkeit für alles, was du für mich getan hast und was du weiterhin für mich tust.

»Was steht da?«, fragte Nancy. »Nur nicht so schüchtern, sag schon.«

Pippa spürte ein Prickeln.

Die Handschrift war klein und gedrängt, aber problemlos lesbar; ordentlich sogar. »Nichts«, antwortete sie, doch ein Strahlen ging über ihr Gesicht. Sie schob die Karte zurück in den Umschlag und legte diesen zur Seite. »Hier steht nur … einen schönen Valentinstag, von einem rätselhaften Bewunderer. Sehr nett. Wer ist der Nächste?«

Erst als die Aufmerksamkeit aller einem anderen galt, sah Pippa zu Earl.

Sie wusste, es war eine rein platonische Botschaft, sicherlich ohne jeden romantischen Hintersinn, aber es war der Gedanke, der sie sehr berührte.

»Danke«, flüsterte sie. »Das ist sehr nett von dir.«

Earl rutschte verlegen auf seinem Platz hin und her. »Tut mir leid, Pip …«

»Du musst dich nicht entschuldigen. Es rührt mich sehr, dass du …«

»Nein«, sagte er. »Ich meine, es tut mir leid, aber ich habe das nicht geschrieben.«

Sie sah ihn an. Sie hatte sich grundlegend getäuscht. Sofort schämte sie sich, gleichzeitig spürte sie bittere Enttäuschung. »Natürlich. Wie dumm von mir.« Gekränkt lehnte sie sich zurück und wandte sich dem Puzzle-Künstler neben sich zu.

Hector war knallrot.

Kurz nickte er in Richtung der Karte, die sie noch in der Hand hielt. Pippa lächelte ihm zu. Dann erhob er sich von seinem Stuhl und ging mit seiner Pfeife in Richtung der Raucher-Terrasse.

Natürlich hatte sich Hector diesen Abend ausgesucht, um ihr über den Amor-Briefkasten eine förmliche Dankesnotiz zukommen zu lassen.

Sie griff nach ihrem Champagner, kippte das Glas in einem Zug und wünschte sich, der Abend wäre schon vorüber.

Das Essen war höchst exquisit und bestand aus vier Gängen: Vorspeise, zweiter Gang, Hauptgang und Dessert. Als der Nachtisch aufgetragen wurde – Schokoroulade mit Himbeercreme –, waren die meisten so voll, dass sie es kaum noch auf die Tanzfläche schafften.

Pippa hatte sich entschuldigt und war auf dem Weg zur Toilette, um sich die Nase zu pudern, als sie Schritte hinter sich hörte.

»Pip!«, rief Earl.

Sie hatte eine Hand schon auf dem Türgriff, drehte sich aber um.

»Ich wollte dir das hier geben … wenn du allein bist«, erklärte er.

»Oh?« Pippa strich sich durchs Haar.

Er wirkte nervös, als er in die Innentasche seines Leinenjacketts griff und einen länglichen Umschlag herauszog. »Ich hoffe, ich gehe damit nicht zu weit.«

Pippas Puls raste, als sie die Hand nach dem Umschlag ausstreckte. Er hatte also doch eine Valentinskarte für sie.

»Folgendes«, fuhr Earl fort, »ich habe darüber nachgedacht, worüber wir uns unterhalten haben. Über deine unerfüllten Wünsche …«

Pippa griff in den Umschlag und zog den Inhalt heraus. Es war keine Valentinskarte, sondern ein Merkblatt.

Liebe: Der Grundstein einer Familie

Noch heute bewerben – und das Leben eines Kindes ändert sich zum Besseren.

Earl trat auf sie zu. »Vor langer Zeit, als Rosa nicht schwanger werden wollte, haben wir uns nach Alternativen umgesehen … darüber wollte ich mit dir reden.«

»Adoption?«, fragte sie.

»Pflegeelternschaft«, sagte er. »Ich hoffe, du hast nichts dagegen, wenn ich das vorschlage. Aber es werden verzweifelt potenzielle Pflegeeltern gesucht, und ich denke, du würdest dich perfekt dafür eignen.«

Von plötzlichen Gefühlen überwältigt richtete Pippa den Blick zu Boden.

»Aber, Earl. Ich bin doch bestimmt zu …« Ihr blieben die Worte im Hals stecken. »Ich bin doch zu alt, oder?«

»Als Pflegeeltern übernimmt man die zeitweilige Betreuung eines Kindes, Pip, dein Alter ist daher größtenteils irrelevant. Solange du mit gesicherten Wohnverhältnissen aufwarten und einen jungen Menschen auf den richtigen Weg ins Leben bringen kannst.«

Pippa biss sich auf die Unterlippe und musste die Tränen unterdrücken, die sich mit einem Mal in ihren Augen sammelten.

»Denk daran, was du einem Kind alles bieten könntest, Pip, was wir *alle* ihm bieten könnten. Diese brillanten Köpfe. Wir alle zusammen müssen doch an die tausend Jahre ...«

Pip gebot ihm Einhalt. »Was meinst du mit *uns*?«

Earl lächelte verlegen. Er ging durch den Gang und verschwand in der Garderobe mit den Schließfächern, wo sie die Mäntel aufbewahrten. Kurz darauf kam er zurück und zog einen großen Koffer hinter sich her.

Unwillkürlich fasste sich Pippa an den Mund.

»Ich dachte mir, du könntest mich zur Probe aufnehmen«, sagte er. »Für ein paar Monate, um das Labyrinth zu bauen, dann können wir ja entscheiden, ob ich bleiben soll ...«

Pippa war wie erstarrt und wusste nicht, was sie sagen sollte – sie spürte nur, wie ein warmes Gefühl ihren Körper durchflutete.

»Ich kann dir nicht genug danken, Pip. Du hast mich rausgeholt aus meinem Tran und mich daran erinnert, dass man nie alt genug ist, um noch ein bisschen Spaß im Leben haben zu können.«

Bevor es ihr überhaupt bewusst wurde, hatte sie schon die Arme um ihn geschlungen.

Partner, dachte sie. Nicht nur Freunde. Das waren sie füreinander. Sie waren füreinander da, beschützten sich gegenseitig, ermutigten sich, das Beste aus sich herauszuholen. Das hatte sie für ihn getan, jetzt tat er es für sie.

»Danke, Earl«, flüsterte sie.

»Nein, ich danke *dir*«, kam seine Antwort, und so eng umschlungen blieben sie noch eine Weile vor der Damentoilette stehen.

28

Gefährte, Verbündeter (7)

Wie so oft kam Clayton die nächste Kreuzworträtsellösung unversehens in den Sinn – gerade dann, als er zusammen mit Neil auf dem Weg in sein Hotel war.

Es war nicht das erste Mal, dass Clayton von Pippa aufgefordert wurde, sich Freunde in seinem Alter zu suchen. Und nicht nur Freunde, sondern **Partner**, wie sie Mitglieder ihres engsten Umkreises bezeichnete. Ein guter Freund, sagte sie immer, sollte einen aufbauen. Freunde sollten einem dabei helfen, das Beste aus sich herauszuholen. In diesem Sinne glich Freundschaft dem Finden eines Seelenverwandten. Aber wie um alles in der Welt stellte man so etwas an?

Gefühlt ging Clayton seit Stunden neben Neil her, in Wahrheit waren es vielleicht zehn Minuten, bis der Pfleger schließlich das Wort ergriff.

»Du bist also eines Tages einfach so aufgetaucht?«, sagte er. »Und keiner weiß, woher du gekommen bist?«

Clayton war froh über die Frage.

»Ja«, antwortete er. »Ich bin das Rätsel, das sie niemals lösen konnten.«

Neil prustete los, was Clayton überraschte.

»Tut mir leid, aber das finde ich irgendwie ziemlich witzig.«

»Ja«, erwiderte er. »Ja, ist es wohl.«

Seit er Nancys Haus verlassen hatte, konnte er es kaum erwarten, den Umschlag in seiner Jackentasche zu öffnen. Bislang hatte er sich zurückgehalten, er würde ihn erst aufmachen, wenn er im Hotel war.

Im Moment benutzte er Neil als Studienobjekt für seine soziale Kompetenz. Er hatte sich ihm vorgestellt und dabei eine ganze Menge von sich erzählt, etwa dass er unter einer Gruppe von ältlichen Rätselmachern lebte; dass er vor kurzer Zeit jemanden verloren hatte, der ihm sehr nahegestanden hatte – die Frau, die ihn wie ihren eigenen Sohn aufgezogen hatte; was ihn aber letztlich dazu gebracht hatte, herauszufinden, von wem er kurz nach seiner Geburt ausgesetzt worden war; dass diese Suche ihn schließlich nach London zu Nancy geführt hatte und er nun einer neuen Spur folgte, einer Rätselspur sozusagen.

An diesem Punkt fürchtete Clayton, dass er unüberlegt vor sich hin laberte und Neil mit seiner Lebensgeschichte langweilen würde. Aber vielleicht war Neil auch nur ein sehr guter Zuhörer.

»Ich hatte keine Ahnung …«, sagte Neil kopfschüttelnd, »dass Mrs Stone mal so ein Leben geführt hat. Sie hat nie davon erzählt.«

Überrascht sah Clayton ihn an. Bislang hatte er schüchtern zu Boden gesehen.

»Ich weiß nur, dass sie im Pub Quizabende ausrichtet. Sie hat mich mal dazu eingeladen.«

»Du hattest keine Lust, hinzugehen?«, fragte Clayton.

Neil schüttelte den Kopf. »Nein, ich geh nicht oft aus.«

»Oh.«

»Ich bin kein Einsiedler oder so. Ich komme nur gut mit mir selbst zurecht.«

»Ja«, sagte Clayton und sah Neil kurz in die Augen, bevor er den Blick wieder abwandte. Er kannte diese Ausrede, er hatte sie selbst schon benutzt. Es war nun mal einfacher, zu Hause und für sich zu bleiben.

»Aber ich mag Rätsel.«

»Ja?«

»Mag die nicht jeder?«

Clayton neigte nachdenklich den Kopf. In gewisser Weise hatte Neil vermutlich recht.

Seit seinem Aufbruch hatte er, wohin er auch sah, Rätsel erblickt. Im Warteraum des Bahnhofs in Bedford war ein Kleinkind in einem Buggy – es war kaum ein Jahr alt – fasziniert mit einem Spielzeug beschäftigt gewesen, bei dem es Gegenstände unterschiedlicher Gestalt sortieren musste; im Zug saß er einem älteren Herrn gegenüber, der sich die Zeitung *Metro* auf die Knie gelegt und sich über ein Sudoku hergemacht hatte. Die Wände der Londoner U-Bahn waren mit Labyrinthmotiven verziert, und auf dem Weg zu Nancy hatte er eine Frau gesehen, die vor dem Laderaum eines Umzuglasters gestanden und sich überlegt hatte, wie sie – einem Tangram nicht unähnlich – ihre letzten verbliebenen Kartons unterbringen sollte.

Rätsel gehörten nicht nur zu seinem, sondern zum Alltag der meisten Menschen.

»Ich habe mit meinen Großeltern immer gepuzzelt«, sagte Neil. »Meine Mum ist gestorben, als ich noch klein war, und mein Dad … na ja, der hat sich nicht so oft blicken lassen. Meine Großeltern haben mich mehr oder weniger allein aufgezogen.«

Clayton warf ihm einen verstohlenen Blick zu. Er hatte sich bereits gefragt, wie Neils Hintergrund, wie seine Geschichte aussah.

»Wahrscheinlich habt ihr einige unserer Puzzles gelegt«, sagte er. »Sie gehören zu den beliebtesten im Land. Sie stammen von Hector Haywood. Wir nennen ihn den Prinz der Puzzles.«

»Doch nicht etwa Hancock-Puzzles?«, fragte Neil. »Nein … wie heißen sie? Haywood … *Haywoods Puzzles*?«

»Genau«, sagte Clayton. »Er hat mittlerweile über tausend geschaffen. Wenn du sie alle lösen willst, musst du eine Million Teile in die Hand nehmen.«

Neil blies die Backen auf.

»Und wo wohnst du, Neil?«

Neil deutete auf den braunen Kanal, der neben ihrem Pfad entlanglief. »Noch ungefähr zweihundert Meter. Ich hab ein Hausboot …«

»Nein!«

Neil grinste.

»Ein richtiges Kanalboot?«

»Ja.« Er wurde leicht rot. »Im Moment hab ich in Little Venice festgemacht. Wenn es geht, halte ich mich in Westlondon auf. Hier ist es nett und ruhig.«

Clayton wurde bewusst, dass er beim Gehen die Arme vor und zurück schwang – mit einem Mal war eine Leichtigkeit in seinen

Schritten, und er war entspannt, so entspannt, wie er sich seit seiner Ankunft nicht gefühlt hatte.

»Muss schön sein, was Eigenes zu haben«, sagte er. »Und so unabhängig zu sein …«

»Ja, das ist es«, stimmte Neil zu. »Ich hab mal in Wembley in einer WG gelebt. Mit drei anderen – das war nichts für mich. Zu viel Lärm und Unordnung.«

Clayton gab einen Unmutslaut von sich. Er kannte das. »Ich wohne mit ziemlich vielen Leuten zusammen. Wir sind zu neunt – sorry, zu acht –, im Moment sind wir zu acht.«

Neil sah ihn an.

Seine Gesichtszüge wurden weicher – er lächelte mitfühlend –, was bei Clayton ein leichtes Kribbeln im Magen auslöste.

»Ständig sind sie am Feiern«, fuhr er fort, »immer sind sie am Spielen und trinken bis in die Puppen, was ziemlich nervig sein kann, wenn man schlafen möchte.«

Neil blies die Luft aus den Backen. »Das wäre nichts für mich, nein, danke.«

Sie unterquerten in der Nähe der Harrow Road eine mit obligatorischem Graffiti verzierte Überführung: *ALLES WAS WIR BRAUCHEN SIND MEHR LIKES*. Auch ein Rätsel, dachte sich Clayton. Zumindest so etwas Ähnliches wie ein Rätsel.

»Und, wie heißt dein Boot?«

Neil biss sich auf die Unterlippe, er zögerte.

»Los, sag schon«, forderte Clayton.

Neil räusperte sich. »*Serendipity*.«

Sie sahen sich beide an.

Clayton spürte ein Prickeln im Nacken. »*Glücklicher Zufall*. Wie schön.«

»Wirklich?«

»Ja, der Name gefällt mir. Wie bist du auf ihn gekommen?«

»Oh, das ist eine lange Geschichte.«

Erwartungsvoll sah Clayton ihn an. *Los, erzähl*, sagte sein Blick. *Ich würde sie gern hören.*

»Ich muss da rüber.« Neil deutete über seine Schulter.

Clayton war etwas enttäuscht. »Ah, ja.«

Sie standen an der Stelle, wo der Kanal sich teilte. Das Paddington Basin lag rechts von ihnen, links, über eine Fußbrücke zu erreichen, lag ein weiterer Kanalabschnitt, wo die *Serendipity* vermutlich festgemacht hatte.

»Gut, das war … nett«, sagte er. »Mit dir zu reden, meine ich. Ich hoffe, es hat dich nicht gestört … dass ich mich aufgedrängt habe.«

»Ja«, erwiderte Neil. »Ich meine, nein. Nein, es hat mich nicht gestört. Es war sehr nett.«

Clayton rieb sich verlegen den Nacken.

Er war weiter gegangen, als nötig gewesen wäre. Nun musste er wieder zurück und die Stelle finden, wo er zu seinem Hotel abbiegen musste. Er war von der Unterhaltung so abgelenkt worden, dass er Pippas Umschlag in der Jacke – der nächste Hinweis auf seiner seltsamen Suche – glatt vergessen hatte.

»Ich wette, das war das Letzte, was du wolltest«, platzte es aus ihm heraus. »Dass dich irgendein komischer Typ mit seiner Lebensgeschichte zuquatscht, während du bloß nach Hause willst …«

»Nein, nein, kein Problem. Es war … sehr interessant. Und ich finde nicht, dass du ein komischer Typ bist …« Seine Wangen wurden rot.

»Gut, schön, dich kennengelernt zu haben … Clayton.«

Sie sahen sich wissend an. Diesmal hatte er sich den Namen gemerkt.

»Ich heiße Callum.«

Neil blickte erschreckt auf. »Ich dachte, du sagtest …«

»War bloß ein Witz!«

Erleichtert fasste sich Neil ans Herz, während Clayton zum ersten Mal seit Wochen schallend loslachte. Er wollte sich noch nicht verabschieden. Er wollte weiterreden. Mehr über den anderen herausfinden; herausfinden, ob sie noch andere Dinge gemeinsam hatten, ob sie vielleicht Freunde werden konnten.

»Also, dann auf Wiedersehen«, sagte er und streckte ihm seine hoffentlich nicht zu klamme Hand hin. »War schön, dich kennengelernt zu haben … Nigel.«

Beide kicherten.

Neil schüttelte ihm die Hand. Unweigerlich nahm Clayton wahr, wie angenehm kräftig und weich sich die Hand des anderen anfühlte.

Schließlich zog Neil die Hand zurück, steckte sie in die Hosentasche, drehte sich um und ging über die Brücke und aus Claytons Leben – vermutlich würde er ihn nie wiedersehen.

Im Lancaster Court Hotel kam sich Clayton leer, wie ausgepumpt vor.

Er hatte den Umschlag, den Nancy ihm gegeben hatte, aufs Bett gelegt und beäugte ihn beklommen, während er darauf wartete, dass das Wasser zu kochen begann.

Dann ertönte das Klicken des Wasserkochers, er war fertig, trotzdem starrte Clayton weiter vor sich hin und rührte sich nicht.

Nicht Pippas überraschendes Geschenk, das sie ihm aus dem Grab heraus gemacht hatte, war schuld an seiner Benommenheit, sondern etwas oder *jemand* ganz anderes.

Seitdem er sich von Neil verabschiedet hatte, bekam er ihn nicht mehr aus dem Kopf.

Er konnte sich nicht erinnern, wann er zum letzten Mal jemanden in seinem Alter kennengelernt hatte, jemanden, mit dem er anscheinend sehr gut zurechtkam. Oder bildete er sich das alles nur ein?

Vielleicht war es Pippas Schuld – *die Schuld des Kreuzworträtsels* –, dass er sich einbildete, er hätte eine Verbindung aufgebaut, wäre eine Beziehung eingegangen – zu einem Partner –, obwohl er sich doch nur freundlich mit einem Fremden unterhalten hatte.

Aber hatte Pippa das nicht immer gesagt?

Alle besten Freunde waren mal Fremde.

Er musste auch an sein Geplauder mit Cilla auf der Parkbank denken. Die Frau, die morgen achtzig würde und niemanden hatte, mit dem sie feiern konnte. Bei dem Gedanken wurde ihm elend zumute.

Als ihm einfiel, dass sich das Wasser im Wasserkocher abkühlte, schenkte er sich doch noch eine Tasse Tee ein und ging schließlich zum Bett. Er nahm den Umschlag zur Hand, betrachtete ihn im ungewöhnlich grellen Hotellicht, bevor er ihn so energisch aufriss, dass das kleine Wachssiegel quer durchs Zimmer flog.

Mit zitternden Händen zog er ein maschinengeschriebenes Blatt heraus.

Lieber Clayton,

ich wieder. Bereit für den zweiten Teil? Du kommst in Riesenschritten voran.

<u>Der Schlüssel</u> zu diesem Kryptogitter ist einfach. Die Antworten werden leichter, je weiter du voranschreitest. Vielleicht solltest du also versuchen,

sie in umgekehrter Reihenfolge zu lösen. Wenn du etwas geografische Hilfe benötigst, gibt es sicherlich jemanden, der dich gern bei der Hand nimmt und dir hilft, Teil drei aufzuschließen ...

Wenn ich eines im Leben gelernt habe, Clayton, dann: Hab niemals Angst, andere um Hilfe zu bitten.

Mit Liebe, wie immer,

Pip x

T	K	U	T	Z	P	A	A	S	Y	B	V	O	Q	W	L	A	N	U	E
D	O	B	M	V	O	T	E	G	I	H	W	F	A	T	D	V	G	I	B
S	H	Q	U	U	Q	N	F	O	Q	Z	P	P	B	E	M	H	N	T	Y
F	W	N	O	R	A	T	Y	V	D	E	X	I	X	Q	A	E	A	C	H
N	O	V	Q	Q	Z	U	N	C	G	G	E	J	P	N	C	R	O	W	K
Y	S	K	L	F	N	P	V	N	I	U	B	Q	Q	U	V	X	K	I	Y
V	B	D	G	I	D	U	S	O	V	H	M	N	O	G	Z	P	G	U	Y
I	C	N	J	S	V	Z	I	J	H	G	M	V	W	Y	R	E	H	Y	D
P	I	F	W	L	Z	M	I	C	L	I	G	Y	P	C	K	Z	W	J	G
N	G	Q	B	N	X	I	B	T	I	L	V	S	M	C	K	K	L	D	F
K	L	M	T	H	U	R	U	V	I	H	N	X	H	C	W	X	I	R	V
Q	K	W	D	Y	V	D	P	C	Z	O	M	L	B	I	A	L	I	Q	I
G	J	T	Q	N	A	W	Q	H	F	S	G	Y	T	T	Q	D	Z	N	V
Q	W	Z	L	I	M	L	G	K	N	L	I	Y	L	A	O	I	S	W	S
I	C	U	B	X	P	X	X	D	M	F	H	K	L	Z	D	M	O	J	R
B	L	X	T	X	Z	O	D	O	P	K	N	N	I	O	S	L	P	O	N
Q	N	E	U	L	X	G	W	Q	D	K	F	H	T	L	O	W	E	P	J
U	S	N	Z	Z	L	G	V	D	I	S	N	P	N	G	B	M	H	J	X
O	E	G	Y	X	J	P	R	Q	U	D	E	K	P	A	U	L	W	A	Y
F	G	C	H	J	J	K	G	M	N	S	W	S	M	Z	Z	O	I	B	B

Hinweise zu den vier Einträgen im Gitter:

1. S: Untergeschoss (10)
2. S: 87–135 (7)
3. W: Oratorianer, Uruguay, Bunch of Grapes (8–4)
4. N: Die tollste Stadt der Welt? (6)

Wieder überkam Clayton ein Anflug von Panik, sodass er sich an der Bettkante festhalten musste.

Da »der Schlüssel« unterstrichen war, fasste Clayton in die Innentasche seiner Jacke und tastete nach dem goldenen Schlüssel, den er von zu Hause mitgebracht hatte. Der Schlüssel, den er im Holzkästchen gefunden hatte. Der mit dem ziselierten H im Schlüsselkopf.

Das Buchstabengitter hatte also irgendwie mit dem Schlüssel zu tun? Vielleicht würde es ihm sagen, was der Schlüssel aufschloss?

Clayton kannte diese Art von Rätsel, hatte aber nie den Versuch unternommen, sie zu lösen. Kryptogitter waren eine Erfindung der Gemeinschaft. Und sie waren berüchtigt für ihre Kompliziertheit. Ein berühmter Kryptologe, Sir Derek Wadlow, hatte schon vor vielen Jahren damit angefangen, noch vor der Gründung der Gemeinschaft. Sie glichen den bekannten Suchsel, nur war über sie eine weitere Verschlüsselungsschicht gelegt. Es ging also nicht nur darum, im Buchstabensalat eine bestimmte Wortfolge aufzuspüren, sondern es musste in diesem Fall eine ganze Reihe von Fragen beantwortet werden.

Clayton nahm einen großen Schluck von seinem Tee. Es würde eine lange Nacht werden.

29

Die Gemeinschaft der Rätselmacher
Donnerstag, 28. Februar 1991

Pippa rauchte eigentlich nur, wenn andere ebenfalls rauchten, an diesem Morgen aber saß sie allein an ihrem Schreibtisch, eingehüllt in eine dicke Qualmwolke ihrer Benson & Hedges, und kämpfte sich durch die Finanzen der Gemeinschaft.

Es wäre gelogen gewesen, hätte sie behauptet, sie sei in letzter Zeit nicht abgelenkt gewesen. Earls Rückkehr und sein aufregender Vorschlag hatten dafür gesorgt, dass sie keinen Kopf hatte für den wachsenden Rechnungsstapel auf ihrem Schreibtisch.

Am Morgen nach dem Valentinsabend hatte sie sich nach draußen in die Telefonzelle verdrückt und einige Erkundigungen von offizieller Seite eingezogen. Der Einzige, der davon wusste, war Earl. Nur wenige Tage später hatte sie einen Termin im County Council für ein vorbereitendes Gespräch mit einem der dort tätigen Mitarbeiter des Jugendamts.

Bei dem allen hatte sie vernachlässigt, was schon seit einiger Zeit ihre Aufmerksamkeit verlangt hätte: die Geldmittel der Gemeinschaft.

Das Problem war, ihr Gehirn konnte mit Wörtern, aber nicht mit Zahlen; sie war zwar intelligent genug, um diesen Sachverhalt zu erkennen, aber nach wie vor nicht bereit, die Kontrolle der Finanzen aus der Hand zu geben, um Rat zu fragen oder die Aufgabe an jemanden zu delegieren, der dafür besser geeignet gewesen wäre – wie etwa der Mathematiker Geoff Stirrup, der kein Problem damit gehabt hätte, sich aus den Zahlen einen Reim zu machen. Seitdem ihr Vater sie als kleines Mädchen verlassen und sie sich jahrelang mit der Frage gequält hatte, ob das vielleicht ihre Schuld gewesen war, bestand Pippas größtes Trauma darin, Menschen zu enttäuschen und die Erwartungen jener nicht zu erfüllen, die ihr am nächsten standen.

Nein, Pippa würde niemanden enttäuschen. Sie brauchte nur ein bisschen mehr Zeit, dann würde sie sich schon zurechtfinden, das war alles.

Sie beugte sich nach unten und riss die unterste Schublade heraus, die unter dem Gewicht ihres Inhalts nach unten krachte. Darin war noch mehr Papierkram – Quittungen, Ordner mit Bestellungen, Strom- und Gasrechnungen –, ganz hinten aber befand sich eine alte Tabakdose von Buchanan & Lyall, eine verrostete rote Blechbüchse, die mindestens hundert Jahre alt war.

Sie strich über die Dellen an der Seite, die ihr etwas fast Mosaikhaftes verliehen. Der Deckel hatte sich mit der Zeit verzogen, sodass sie ihn mit dem Daumen an der etwas erhobenen Ecke aufstemmen musste.

Ihr Herz schlug schneller, als sie den vergoldeten Schlüssel mit seinem langen, schmalen Stiel und dem durchbrochenen und mit dem Buchstaben *H* versehenen Schlüsselkopf betrachtete, der auf dem karierten Einstecktuch lag.

Er hatte mal ihrer Mutter gehört, aber erst nach dem Tod ihres Vaters war er in ihren Besitz gekommen.

Sie hatte mehrere Monate gebraucht, um seine Bedeutung herauszufinden. Die Angelegenheiten ihrer Familie befanden sich in so großer Unordnung, dass es zu dem Schlüssel keine offizielle Dokumentation gab; keine schriftlichen Anweisungen, die ihr geholfen hätten, dieses Rätsel zu lösen. Letztlich hatte sie sich auf nichts anderes als ihren detektivischen Spürsinn verlassen müssen, um herauszufinden, was der geheimnisvolle Schlüssel wirklich aufschloss und wofür das *H* stand.

Vielleicht, überlegte sie, half er ihr jetzt aus der Klemme, in der sie sich befand. Aber bevor sie übereilte Entscheidungen traf, wollte sie noch einmal die Zahlen durchgehen. Das Problem war ja, dass ihr Umgang mit Geld alles andere als brillant war. Vom Geld, damit war sie aufgewachsen, war immer mehr da gewesen, als sie ausgeben konnte, sie musste sich nie Sorgen machen, wo die nächste Rate herkam, hatte nie gelernt, Kosten aufzuteilen, sich einzuschränken, wie man es vermeiden konnte, in die roten Zahlen zu kommen.

Nun war das anders. Sie war nicht mehr nur für ihre eigenen Finanzen verantwortlich, sondern auch für die der Gemeinschaft. Es waren Rechnungen zu begleichen, Auslagen zu erstatten, Unterhalts- und Reparaturkosten zu bezahlen, dazu kam in den letzten Jahren einiges an Schulden, die ebenfalls zu tilgen waren.

»Was zum Teufel ist das denn?«, brach es aus Earl hinter ihr heraus.

Pippa machte einen Satz. »Großer Gott! Wo um alles in der Welt kommst du denn her?«

Sie war so auf den Schlüssel vor sich fixiert gewesen, dass sie Earl, der hinter ihr ins Arbeitszimmer gekommen war, gar nicht bemerkt hatte.

Er deutete auf einen seltsamen Fleck an der Decke und verzog das Gesicht. »Ist das eine undichte Stelle? Dann hast du aber ein ernsthaftes Problem.«

»Warum hab *ich* da ein Problem?«

»Weil du dafür zuständig bist.«

»Unsinn. Wir sind eine Kommune. Hier ist niemand allein zuständig.«

»Ist das so?«, entgegnete Earl schmunzelnd.

»Ja, das ist so. Wir teilen die Verantwortung.«

Natürlich war das genau eines der Probleme, das in ihren Zuständigkeitsbereich als Präsidentin und Hausbesitzerin fiel. Zugegeben, es gab gewisse Aufgaben, die sie zugunsten interessanterer Dinge vernachlässigte. Die allgemeine Instandhaltung des Hauses rutschte häufig von ihrer To-do-Liste.

»Du musst jemanden holen, der sich das ansieht«, sagte er und betrachtete kopfschüttelnd das marmorierte Muster über ihnen, das – Pippa konnte es nicht leugnen – ziemlich unheilvoll aussah. Sie hatte schon vor einigen Wochen die komischen Verfärbungen an der Decke bemerkt, allerdings nichts dagegen unternommen. Nun erstreckten sich die Feuchtigkeitsflecken über einen so großen Bereich, dass es aussah, als würde an der Decke eine seltsame Weltkarte Gestalt annehmen.

»Ich wollte nur mal nachfragen«, sagte Earl, »ob du schon was wegen des Pflegekindes erfahren hast.«

Pippa sah über die Schulter zur Tür. »Nicht so laut!«

»'tschuldigung«, flüsterte er.

Von der Bewerbung wussten nur sie beide. Pippa hatte entschieden, vorerst niemandem von den Gesprächen mit dem Jugendamt zu erzählen. Natürlich würde sie das Einverständnis aller einholen müssen, wenn die Dinge weiter voranschritten, allerdings fürchtete sie, wie die anderen darauf reagierten, und sie wusste noch nicht recht, wie sie das Thema anschneiden sollte.

Earl hatte damit begonnen, zwischen den Papieren auf ihrem Schreibtisch zu wühlen. Sein Blick fiel auf einen Kontoauszug, den er sich sogleich schnappte.

»Hände weg davon.«

Pippa wollte ihm das Blatt aus der Hand reißen, aber Earl hielt es in die Luft.

»Gib es her, Earl. Das ist privat.«

»In einer Kommune ist nichts privat«, antwortete er mit einem schelmischen Grinsen und wedelte mit dem gelben Blatt über dem Kopf. »In einer Kommune teilt man alles mit allen.«

Die beiden rannten wie zwei kleine Kinder um den Schreibtisch herum, erst in die eine, dann in die andere Richtung, bis Pippa einen Satz machte und sich das Blatt schnappte.

»Aber das gilt nicht für Kontoauszüge, die sind ausgenommen.«

Beide sahen sich an.

»Wie geht es übrigens mit dem Labyrinth voran?«, fragte sie und stopfte das Blatt in eine Schublade.

Earl legte beide Hände zusammen, als faltete er sie zum Gebet. Gerade erst hatte er den Boden aufgegraben und die Wege abgesteckt. »Es wird ein Prachtexemplar von Labyrinth, Pipster. Wart's nur ab.«

Sie zog einen Stuhl heran. »Daran hab ich nie gezweifelt. Hier, wenn du schon helfen willst, dann öffne mit mir die Post.«

Ihre Ablage quoll über, da in letzter Zeit sehr viel mehr Briefe eingetroffen waren als sonst.

Sie fing gern mit den neuesten an, weil die älteren ihr über kurz oder lang von allein zwischen die Finger geraten würden – dachte sie jedenfalls.

Earl griff zum ersten Brief auf dem Stapel, Pippa nahm sich den zweiten.

Sie hatte den Manila-Umschlag noch gar nicht richtig aufgerissen, als ihr Mund vor Schreck aufklappte.

»Was ist?«, fragte Earl.

»Vom County Council«, antwortete sie heiser. »Sie wollen jemanden schicken … der das Haus begutachtet.«

»Das soll ein Witz sein!«

Er griff nach dem Brief.

»Ich bin vorgezogen worden, Earl.«

Er sah vom Schreiben auf. »Aber das ist schon in einer Woche, Pip!«

Sie nickte. »Plötzlich wird die Sache ernst.«

Einige lange Sekunden vergingen. Pippa wandte sich zum Fenster, sah hinaus zum trüben Himmel und überlegte, wer im Haus vielleicht Einwände erheben würde und wie sie diejenigen umstimmen könnte.

»Mach dir keine allzu großen Hoffnungen«, sagte Earl. »Solange du nicht von allen die Zustimmung hast.«

»Ich brauche *jeden* hier an Bord, was, Earl?«

Er nickte.

»Und wenn nur eine Person dagegen ist …«

»Dann bleibt dir nichts anderes übrig, als alles abzusagen.«

Sie seufzte resigniert.

Natürlich war ihr das klar, dass es aber jemand bestätigte, jemand wie Earl, besiegelte die Angelegenheit. Eine einzige Person – eine einzige abweichende Stimme – konnte ihren Traum zerstören.

Das Problem war nur: Hatte sich Pippa erst einmal auf etwas festgelegt, hatte eine Idee in ihrem Kopf erst einmal Gestalt angenommen, war es ihr nahezu unmöglich, davon wieder zu lassen.

30

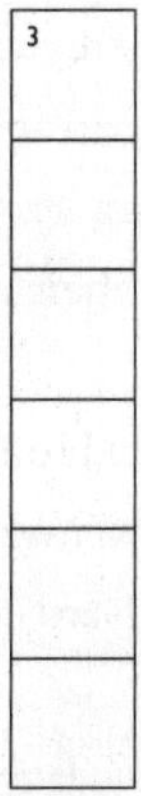

Reichtum an schönen Dingen (6)

Clayton, der sich einen Geburtstagsballon ans Handgelenk gebunden hatte, war erleichtert, als er im Queen's Park Cillas rotes Kopftuch entdeckte. Sie saß, wie von ihm vorhergesehen, auf der Gedenkbank. Er hatte es perfekt getimt.

Für den Nachmittag hatte er sich einiges vorgenommen: Er hatte ein anspruchsvolles Kryptogitter zu lösen, er war im Besitz eines mysteriösen Goldschlüssels, der irgendetwas aufschloss, und er hatte eine Idee im Kopf, wie er dazu vorgehen wollte. Die Fragen zum Gitter hatten London zum Thema, und er war zu Nancy geschickt worden, weil sie sich wie keine Zweite in London auskannte und ihm helfen konnte.

Clayton hatte keine Angst, sich an andere zu wenden, wenn es nötig war. Pippa hatte es ihm von klein auf eingebläut: Klug sein hieß nicht, dass man immer sofort auf alles eine Antwort parat hatte. Manchmal war es klüger, andere um Hilfe zu bitten.

Bevor er sich jedoch den Sachverstand der Taxifahrerin zunutze machte, hatte er anderes zu erledigen. Es gab noch jemanden, den er sehen wollte.

Er konnte die Vorstellung nicht ertragen, dass Cilla ihren achtzigsten Geburtstag allein verbringen musste, ohne dass jemand davon Notiz nahm.

»Cilla!«, rief er. »Ich bin wieder da!«

Er hob die Hand, aber sie hatte ihn noch nicht registriert. Was nicht für ihren giftigen Yorkshire-Terrier galt. Clayton hörte ihn bereits knurren und bellen, als würde er sich mit einer blutüberströmten Axt und nicht mit einer Plastiktüte voller wohlmeinender Geschenke nähern.

Neben einer Geburtstagskarte und dem Ballon hatte er eine **Fülle** von Geschenken dabei: einige überteuerte Cupcakes von einem Imbissstand an der Paddington Station – Strawberry Sundae und Midnight Mint –, dazu zwei Gin Tonic, die er in einem Marks & Spencer besorgt hatte, genau wie den Strauß rosaroter Freesien und eine Schmacko-Packung für den Hund. Eine Art Bestechung.

»Die herzlichsten Glückwünsche«, rief er, als er in Hörweite war. Cilla blinzelte gegen die Mittagssonne.

»Erinnern Sie sich noch an mich, Mrs Millington?«

»Oh«, erwiderte sie schließlich, als sie ihn erkannte. »Ja. Ja, natürlich. Stumper, nicht wahr? Clayton Stumper? Wie könnte ich den Namen vergessen?«

Ihre milde Überraschung wandelte sich zu Erstaunen, als ihr Blick auf den großen Ballon fiel.

Er löste ihn vom Handgelenk und reichte ihn ihr vorsichtig.

80 JAHRE JUNG, stand auf der einen Seite. Auf der anderen: *ZEIT ZUM FEIERN!*

»Halten Sie ihn gut fest. Er soll ja nicht verloren gehen.«

»Was ist das alles?«

Er öffnete die Plastiktüte und präsentierte ihr die Karte, die Cupcakes und die Leckereien für den Hund. Ihrem Blick nach zu schließen, hätte er ihr auch einen Goldbarren in die Hand drücken können.

»Es ist nicht viel«, sagte er, zog seine Jacke aus und breitete sie über die Bank. »Nur ein paar Dinge zur Feier Ihres besonderen Tages.« Er schob den Blumenstrauß zwischen die Latten der Sitzfläche und nahm Platz; stolz prangten die Blumen zwischen ihnen. »Wir alle haben es verdient, dass wir einmal im Jahr etwas verwöhnt werden.«

Abrupt drehte sich Cilla von ihm weg und gab einen seltsamen schniefenden Laut von sich. Schon fragte er sich, ob er alles falsch gemacht hatte. Nicht jeder mochte seinen Geburtstag feiern – in der Gemeinschaft ließ sich Hector den ganzen Tag nicht blicken, damit er weder mit Kuchen noch mit Kerzen belästigt wurde. Clayton hatte es nie verstanden, wie man eine Gelegenheit zum Kuchenessen ausschlagen konnte.

Mit glasigen Augen drehte sie sich wieder zu ihm hin, ihre Mundwinkel verzogen sich zu einem Lächeln.

Unsicher rutschte Clayton auf der Bank herum. Er war versucht, den Arm um sie zu legen, fürchtete aber, damit alles noch schlimmer zu machen.

»Ich weiß nicht, was ich sagen soll …«, kam es schließlich von der alten Dame.

»Sie müssen gar nichts sagen.«

»Gesegnet seien Sie.« Sie packte ihn fest am Arm. »Ich kann Ihnen gar nicht sagen, was das für mich bedeutet. Wirklich.«

Es waren ja nicht die Geschenke, wusste Clayton, die sie so berührten, sondern dass er sich an sie erinnert hatte. Dass er sie wahrgenommen hatte. Die Geschenke brachten das zum Ausdruck. Sie war doch nicht unsichtbar.

»Meine Familie veranstaltet jedes Jahr eine große Feier für mich«, erklärte er. »Ich tue immer so, als wäre mir das etwas unangenehm, aber eigentlich freue ich mich sehr darüber.«

Jedes Jahr, am Jahrestag seines Erscheinens in Creighton Hall, wurde Clayton nach allen Regeln der Kunst verwöhnt. An jedem seiner Geburtstage schrieb Pippa in ihre Glückwunschkarte, dass er das größte Geschenk sei, das ihr jemals gemacht worden war. Die Bewohner trugen Papierhüte, backten ihm abwechselnd immer ausgefallenere Kuchen und tanzten zu seiner Lieblingsmusik in der Bibliothek. Clayton hatte sich an seinem Geburtstag nie ungewürdigt, nie unerwünscht gefühlt. Jetzt wollte er sich revanchieren, indem er Cilla diesen Gefallen erwies. Ihr, der weniger Glück beschieden war.

»Wer immer Sie erzogen hat«, sagte sie mit zittriger Stimme, »… hat gute Arbeit geleistet.«

Clayton lächelte verlegen. »Ja, sie haben es ganz gut gemacht, denke ich. Ich kann mich wirklich glücklich schätzen.«

Kurz darauf breiteten sie jeweils ein Taschentuch, das Cilla aus ihrer Handtasche zog, auf dem Schoß aus und aßen die Cupcakes, während sich der Hund glücklich über seinen Leckerbissen hermachte.

Cilla erzählte ihm ihre Lebensgeschichte und hielt nur dann inne, wenn sie sich den Puderzucker von den Fingern schleckte.

Clayton erfuhr, dass sie nur wenige Meilen von hier in Edgware, London, geboren und aufgewachsen war. Sie hatte, nur wenige Straßen entfernt, eine Gesamtschule besucht und mit dreizehn abgehen müssen.

»Bei mir wurde eine Bauchfellentzündung festgestellt«, sagte sie. »Eine Zeit lang ging es mir sehr schlecht. Die Ärzte glaubten, ich würde nicht überleben.«

»Deshalb haben Sie die Schule verlassen?«, fragte Clayton.

Sie nickte.

»Ich sollte auf eine Top-Privatschule in Barnet. Ich hatte ein Stipendium ergattert. Aber dafür war ich dann zu krank.«

»Dann waren Sie also ziemlich klug?«, fragte Clayton.

»*Zu* klug«, scherzte sie. »Mädchen zu jener Zeit sollten ihren Platz kennen. Und keinesfalls besser sein wollen als die Jungs. Aber eines Tages kam ein Lehrer zu meinen Eltern und sagte ihnen, dass ich Potenzial hätte, verstehen Sie? Mr Phillips, so hieß er, ein freundlicher Mann; er meinte, ich sei … aufgeweckt. Ein wenig wie Sie, wirklich.«

»Ich?«

Sie nickte. »Sie sind eindeutig sehr … helle.«

Am liebsten hätte er laut gelacht.

»Nein«, protestierte er. »Nein, ich bin kein Genie, das steht schon mal fest.«

Sie schüttelte den Kopf, als hielte sie ihn lediglich für bescheiden.

Die Wahrheit war nun mal, dass Clayton, als er in der Gemeinschaft aufwuchs, sich nie besonders clever vorgekommen war. Wie auch, wenn die übrigen Mitbewohner immer zehn Schritte voraus waren? Aber in den wenigen Jahren, in denen er mit Kindern seines Alters die örtliche Schule besuchte, hatte er festgestellt, dass er eigentlich ganz normal war.

Er kapierte schnell, konnte sich gut alltägliche Dinge wie Fernsehprogramme, Einkaufslisten und Rezepte merken, außerdem spielte er ganz leidlich ein Musikinstrument. Stufe sechs auf dem Klavier, mit elf Jahren. Er konnte immer noch »My Old Man's a Dustman« mit geschlossenen Augen spielen.

Aber nein, er hatte keine der besonderen intellektuellen Fähigkeiten seiner Freunde. Er war in keiner Weise außergewöhnlich.

Eine Dreiviertelstunde nach seiner Ankunft sah Clayton auf die Uhr.

»Tut mir leid, aber ich muss wieder los.« Er griff zu seiner Jacke hinter sich. »Vielleicht unterhalten wir uns ja noch mal an einem anderen Tag.«

Er hatte ihr seine Handynummer in die Glückwunschkarte geschrieben – die sie noch gar nicht aufgeschlagen hatte – mit dem Vermerk, dass sie ihn immer anrufen könne, wenn ihr nach Plaudern zumute war.

»Ich hoffe, Sie genießen noch den Rest Ihres Geburtstags …«

Da ergriff Cilla seine Hände. »Danke«, sagte sie und betrachtete ihn mit so großer Zuneigung, dass ihm ganz warm wurde. »Ich danke Ihnen ganz herzlich, junger Mann.«

Clayton ließ den Park hinter sich und ging nach Süden in die West Kilburn. Bei der Aussicht, Nancy wiederzusehen, beschleunigte er seine Schritte, zuweilen verfiel er fast in Trab.

Er freute sich auf die Quiz-Königin, aber nicht nur auf sie. Würde er zur gleichen Zeit wie am Vortag eintreffen, bestand vielleicht die Chance, erneut Neil zu sehen.

Vielleicht interpretierte er die Situation ja völlig falsch, aber er glaubte bei Neil die gleiche Unschlüssigkeit wahrgenommen zu haben wie bei sich selbst, als sie sich am Vortag getrennt hatten, die gleiche Zögerlichkeit, sich endgültig zu verabschieden.

In der Cheviot Street eilte er dann auf Nancys Haus zu, als würde er von einer magnetischen Kraft angezogen. Obwohl er den gleichen Weg wie am Vortag nahm, fühlte sich alles anders an. Clayton fühlte sich anders.

Wieder öffnete er das quietschende Tor, wieder erschien nebenan der geifernde Schäferhund an der Fensterscheibe. Diesmal wollte er sich von ihm nicht einschüchtern lassen.

Auf Nancys Eingangsstufen griff er dann kurz zu dem Paco-Rabanne-Zerstäuber, den er in der Tasche immer bei sich hatte, und fuhr sich noch einmal durch die Haare.

Kurz darauf wurde die Tür geöffnet, doch diesmal begrüßte ihn nicht der Pfleger, sondern Nancy. Ihre rosa Hornbrille steckte in ihren blonden Haaren.

»Hallo«, sagte sie. »Da bist du ja wieder.«

Unwillkürlich sah Clayton auf seine Uhr. »Sie haben früher aufgehört?«

Nancy war verwirrt, aber dann kräuselten sich ihre Mundwinkel zu einem schwachen Lächeln. »Du hast erwartet, unseren lieben Neil anzutreffen? Er ist schon vor einer Weile gegangen. Ich hab ihm gesagt, er kann früher los …«

»Oh.«

»Weil er gestern länger geblieben ist.«

Clayton lächelte halbherzig und nickte. »Natürlich. Das leuchtet ein.« *Das leuchtet sehr ein. Warum habe ich das nicht mit einberechnet?*

»Kann er irgendwas für dich tun oder …?«

»Nein, nein«, antwortete er. »Ganz und gar nicht. Nichts dergleichen.«

»Wirklich?« Nancys unergründlicher Blick war auf ihn gerichtet. »Du siehst mir aus, als wärst du ein wenig … enttäuscht.«

»Nein«, log Clayton. »Nein. Ich meine, ja, doch. Haben Sie was dagegen, wenn ich reinkomme, Mrs Stone? Es gibt etwas, bei dem Sie mir vielleicht helfen könnten.«

Mit einem Lächeln bedeutete sie ihm, einzutreten. »Ich setze mal den Wasserkocher auf. Lust auf noch mehr Jaffa Cakes?«

31

Die Gemeinschaft der Rätselmacher
Sonntag, 17. März 1991

Der Frühlingsregen wollte in diesem Jahr kein Ende nehmen, Tag und Nacht prasselten die Schauer gegen das Schieferdach von Creighton Hall.

Das Wetter war so unbarmherzig, dass Earls Vorarbeiten für das Gartenlabyrinth sämtlich zunichte gemacht wurden. Die von ihm abgesteckten Wege versanken im Schlamm, die Gräben, die er bereits ausgehoben hatte, standen voller Wasser. Er würde von vorn anfangen müssen. Schlimmer war jedoch: Die undichte Stelle in Pippas Arbeitszimmer, um die sie sich immer noch nicht gekümmert hatte, war größer geworden. Mittlerweile tropfte es sogar vom Kristall-Kronleuchter in der Eingangshalle.

Sie hatte eine Plastikschale daruntergestellt, um das Wasser aufzufangen, ansonsten hatte sie den anderen gesagt, dass sie sich keine Sorgen zu machen brauchten. Sie würde bald jemanden kommen lassen, der sich das ansah. Dass sie davor zurückschreckte, einen Fachmann kommen zu lassen, lag – wenn sie ehrlich war – in der Sorge begründet, was er feststellen würde. Denn das Letzte, was sie jetzt brauchte, war eine weitere große Rechnung.

Auf dem Plattenspieler im alten Billardzimmer war eben noch eine Dusty-Springfield-LP gelaufen, nun war das Schweigen der Versammelten mit Händen zu greifen.

Pippa hatte sämtliche Bewohner um das Leder-Chesterfield zusammengerufen, um ihren großen Plan zu verkünden. Sogar

Angel war aufgetaucht, saß auf dem Servierwagen in der Ecke und ließ die Füße baumeln.

Pippa holte tief Luft.

Normalerweise war sie kein sonderlich nervöser Mensch, aber die Tragweite dessen, was sie allen mitteilen wollte, lastete seit Tagen, gar Wochen auf ihr – seitdem sie offiziell ihre Bereitschaft erklärt hatte, eine Pflegeelternschaft zu übernehmen.

Zögerlich ging sie zum offenen Kamin, stellte ihren Drink auf dem Sims ab und wandte sich den Versammelten zu.

Wäre nicht Earl gewesen, der auf der Sofaarmlehne saß und sie mit freundlichem Blick anspornte, wäre sie versucht gewesen, einen Rückzieher zu machen und sich höflich zu entschuldigen.

»Ich muss euch etwas sagen«, platzte sie mit hoher, heiserer Stimme heraus. »Folgendes …« Sie stockte kurz. »Ich habe mich für eine Pflegeelternschaft beworben, weshalb in zwei Tagen eine Mitarbeiterin des Jugendamts kommen und das Haus begutachten wird. Es soll festgestellt werden, ob die Gemeinschaft dafür geeignet ist, ein Kind großzuziehen.«

Die Worte waren völlig überhastet herausgesprudelt, als würde sie das Royal Ascot kommentieren. Sie hatte nicht vorgehabt, es ihnen auf diese Weise nahezubringen, aber nervös, wie sie war – und wegen des Champagners, dem sie den gesamten Abend zugesprochen hatte, um sich Mut anzutrinken –, hatte sie einfach drauflosgeplappert.

Ohrenbetäubende Stille schlug ihr entgegen. Das einzige Geräusch war das stete Tröpfeln der undichten Stelle in der Halle. Es klang noch lauter als vorhin.

Jeder starrte sie an, als hätte sie den Verstand verloren. Geoff Stirrup hatte so weit den Kiefer aufgesperrt, dass man fürchten musste, er würde seine Prothese verlieren. Hector neben ihm wirkte völlig perplex. Am meisten überraschte sie aber Nancy, die fast beleidigt aussah. Sie starrte sie vom Sofa aus finster an, zwischen ihren Fingern qualmte eine Zigarette vor sich hin.

»Hat irgendjemand dazu etwas zu sagen?«, fragte Pippa. Die Verzweiflung in ihrer Stimme war nicht zu überhören. »Einige unter euch haben eine komische Gesichtsfarbe …«

»Ein *Kind*?«, sagte Hector, so, als hätte Pippa von einem Sibirischen Tiger gesprochen. »Das unter uns lebt … *hier* in Creighton? Hab ich das richtig gehört?«

»Ich habe mich immer danach gesehnt«, erklärte sie. »Und es bis vor Kurzem nicht mehr für möglich gehalten.«

Sie erhaschte Earls Blick. Er nickte ihr aufmunternd zu.

Schweigen.

Nancy hob die Hand. »Wie lange planst du das schon? Und weiß noch jemand davon?«

Pippa nestelte an ihrem Seidenschal und wickelte ihn sich fester um die Schultern. »Ich habe erst vor wenigen Wochen das Bewerbungsschreiben weggeschickt, Nance. Ich habe kaum erwartet, dass ich überhaupt berücksichtigt werde … aber wenn du die Wahrheit hören willst: Ich habe mich mein Leben lang danach gesehnt, ein Kind großzuziehen.«

»Warum hast du dann nichts gesagt? Kein Wort in all den Jahren unserer Freundschaft.« Nancy nahm einen nachdenklichen Zug von ihrer Zigarette.

»Weil …« Pippa überlegte kurz. »Weil ich damit eingestanden hätte, dass ich versagt habe …«

»Pardon«, unterbrach Hector. »Aber bei was genau hättest du da *versagt*?«

»Na ja … ich denke …« Pippa kam ins Schwimmen, sie versuchte das richtige Wort zu finden. »Ich habe in der Liebe versagt, nicht wahr?«

Die auf sie gerichteten Blicke wurden etwas nachsichtiger.

Das alles war so persönlich, so entblößend und sah ihr überhaupt nicht ähnlich. »Es ist mir noch nie leichtgefallen, Niederlagen einzugestehen«, fuhr sie fort. »Die Wahrheit ist: Die Liebe ist ein Rätsel, das ich nie lösen konnte. Ich hatte nie eine *Liebesbeziehung*, in der ich mich imstande gesehen hätte, ein Kind in die Welt zu setzen. Alles andere in meinem Leben habe ich allein meistern können.«

Earl hatte die ganze Zeit seinen aufmunternden Blick auf sie gerichtet gehalten, jetzt aber sah er zu Boden.

Sie beide hatten nie über Pippas Beziehungen gesprochen – sie hatte überhaupt noch nicht mit irgendjemandem darüber gesprochen, noch nicht einmal mit Nancy. Und ganz gewiss hatte sie keiner Menschenseele anvertraut, dass sie in ihrem gesamten Leben nur viermal geküsst worden war.

Wobei der erste Kuss wahrscheinlich gar nicht zählte – sie war zu jener Zeit elf gewesen, und der Junge hatte sie gar nicht richtig geküsst, sondern ihr nur die Zunge in den Mund gesteckt, als wollte er damit nach etwas stochern; der zweite und dritte waren Küsse von einem ruhigen, sympathischen Jungen in ihrer Studiengruppe in Cambridge, auf die sie sich guten Glaubens eingelassen hatte. Fast hätte sie sich in Terrance Pressfield – so sein Name – verliebt, doch dann erfuhr sie, dass er gleichzeitig mit drei weiteren Mädchen schäkerte. Und dann war da der vierte und letzte Kuss. Auch ihn nahm sie nur ungern in ihre Liste auf, denn er war alles andere als willkommen gewesen.

Ihr Chef bei einer Spedition hatte sie im Büro in die Ecke gedrängt und mit seinen kalten knochigen Händen ihren Hintern umfasst. Worauf sie ihm kurzentschlossen einen Tritt zwischen die Beine verpasst und den Vorgang bei der Personalabteilung gemeldet hatte, die jedoch alles unter den Teppich kehrte. Sie konnte immer noch seinen schalen Kaffeeatem riechen. Damals war sie einundzwanzig gewesen.

»Die Welt hat sich natürlich gewandelt«, erklärte Pippa. »Es gibt viele Möglichkeiten, ein Kind großzuziehen, falls man das möchte. Familienkonstellationen haben sich geändert. Das alles wird mir erst allmählich klar.«

»Aber ich dachte, *wir* wären deine Familie«, sagte Nancy. »Das ist die Gemeinschaft doch für dich, sagst du jedenfalls immer.«

»Natürlich seid ihr das«, antwortete Pippa. »Wir sind eine Familie.«

»Aber wir reichen dir nicht?«, rief Geoff. »Willst du das damit sagen?«

»*Nein*«, erwiderte Pippa. »Nein, das will ich damit ganz bestimmt nicht sagen.«

»Du hast uns immer gesagt, das hier ist dein Traum«, fuhr er fort, »dieses Haus, die Kommune, und wir alle haben mit dir den Sprung gewagt. Jetzt willst du etwas anderes.«

Pippa spürte, wie sich ihre Argumente vor ihren Augen in Luft auflösten.

Er hatte recht. Als sie vor Jahren die Idee einer Kommune aufbrachte, damals, als das Gebäude noch ein Hotel gewesen war, hatte sie ein wichtiges Detail ausgeblendet. Pippa wollte nicht nur einer Familie angehören. Sie wollte nicht nur einen Haushalt leiten. Sie wollte ein Kind aufziehen. Und jetzt musste sie für dieses Abenteuer erneut alle mit an Bord haben.

»Es geht nicht darum, eine neue Familie zu gründen«, sagte sie. »Es geht darum, die bestehende Familie zu erweitern.«

Wieder herrschte Stille, lediglich unterbrochen vom Getröpfel aus der Halle, das allerdings immer mehr zu einem steten Rinnsal wurde.

»Wie alt wäre denn dann dieses Kind?«, fragte Hector beunruhigt. »Reden wir von einem Säugling, einem Kleinkind …«

Pippa hob einen Finger. »Angenommen, die Begutachtung verläuft positiv, dann wurde mir vom Jugendamt geraten, dass – zweifellos aufgrund meines Alters – ein etwas älteres Kind geeigneter wäre, vor allem, weil es ja die erste Vermittlung ist. Anders gesagt, es ist sehr unwahrscheinlich, dass es sich um ein Neugeborenes handelt. Es war sogar davon die Rede, dass es …«, sie zögerte, »… dass es ein Teenager ist.«

Hector wirkte etwas erleichtert, alle anderen schienen allerdings zu Tode erschreckt. Ungläubig richtete Eric den Blick zur Decke. Jonty schüttelte nur den Kopf und griff in seine lila Wildlederjacke, zog einen kleinen Schreibblock heraus, um sich ein paar Notizen für das Sitzungsprotokoll der Gemeinschaft zu machen.

»Ich weiß, was ihr euch alle denkt«, fuhr Pippa fort. »Dass es für jemandem *in meinem Alter* verrückt ist. Mir ist klar, dass meine Entscheidung, sollte eine Vermittlung zustande kommen, euch alle betreffen würde.«

Ihren Mienen zufolge schien ihr da keiner zu widersprechen.

»Aber ich denke auch, dass es funktionieren könnte … und wenn das Alter nur eine Zahl ist, wie wir immer sagen, warum sollte es dann eine Rolle spielen, wie alt das nächste Mitglied der Gemeinschaft ist?«

Pippa machte ein paar Schritte auf sie zu und fuhr nun etwas leiser fort: »Wenn die Gründung dieser Gemeinschaft mich eines gelehrt hat, dann, dass es nie zu spät ist, seine Ziele zu verfolgen.

Wir alle sind nicht grundlos in diese Welt gesetzt worden. Und vielleicht ist es gerade das. Vielleicht hat meine Erziehung und alles, was darauf folgte, genau dazu geführt, dass sich diese Gelegenheit jetzt eröffnet.«

Ihre Wangen glühten, sie spürte es, und sie fürchtete, dass sie zu viel gesagt, dass sie wegen des Alkohols sentimental, gar rührselig geklungen hatte.

»Ich werde morgen in meinem Büro sein«, schloss sie. »Die Tür steht allen offen, die Einwände vorzubringen haben. Und ich darf euch versichern, ich werde den Plan nicht weiterverfolgen, sofern nicht jeder hier damit einverstanden ist. Das Haus gehört euch genauso wie mir und …«

Bevor sie den Satz vollenden konnte, gab es einen fürchterlichen Knall, bei dem jeder auf seinem Platz hochfuhr. Es war der Knall von hundert Kristallen, die von der Decke auf den Boden krachten.

Pippa blieb fast das Herz stehen. Sie musste nicht hinaus in die Eingangshalle, um zu sehen, was sich dort ereignet hatte. Es war ihr sofort klar. Vor lauter Schuldgefühlen bekam sie weiche Knie.

Seit Monaten hatten die anderen ihr wegen der undichten Stelle in den Ohren gelegen, jetzt war die Katastrophe eingetreten.

Der Kristallkronleuchter war heruntergefallen. Die Decke war eingebrochen. Und alles war ihre Schuld.

32

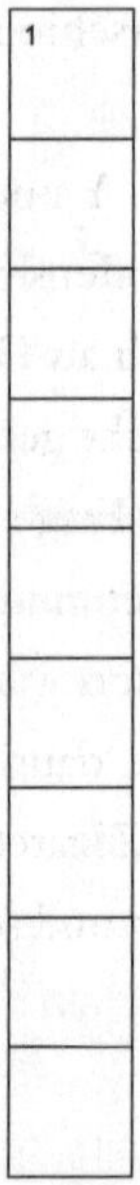

sehnsüchtiger Wunsch (9)

Clayton saß auf dem trampolinartigen Ohrensessel in Nancys Wohnzimmer, während die Quiz-Königin mit einem dicht vors Gesicht gehaltenen Vergrößerungsglas Pippas Kryptogitter studierte. Er hatte ihr auch schon den Schlüssel mit dem auffälligen H gezeigt, der ihr unbekannt war. Aber sie hatte sich bereiterklärt, ihm beim Auffinden der Antworten im Gitter behilflich zu sein. Er selbst hatte bislang nur eine Lösung gefunden.

Vergangene Nacht war er zu dem Schluss gekommen, dass Pippas Vorschlag, die Fragen in umgekehrter Reihenfolge anzugehen, nichts anderes sein konnte als ein subtiler Hinweis auf die Verschlüsselungsmethode des Rätsels.

Die Einträge im Gitter erschienen demnach in *umgekehrter* alphabetischer Reihenfolge.

Wenn also $A = Z$ war, $B = Y$ und so weiter, dann musste »die tollste Stadt der Welt«, die offensichtlich nur LONDON sein konnte, weniger offensichtlich als OLMWLM aufgeführt sein.

Weiter war er allerdings nicht gekommen. Pippa schrieb in ihrem Brief auch, dass die erste Frage schwieriger sei als die darauffolgenden, eine weitere Anwendung der Umkehrmethode. Alles war rückwärts zu lesen. Clayton war völlig aufgeschmissen. Aber wenn jemand London kannte, dann Nancy.

Sie sog heftig an ihrer E-Zigarette und verschwand in einer dicken Dampfwolke, die roch und schmeckte wie Birnen-Drops.

T	K	U	T	Z	P	A	A	S	Y	B	V	O	Q	W	L	A	N	U	E
D	O	B	M	V	O	T	E	G	I	H	W	F	A	T	D	V	G	I	B
S	H	Q	U	U	Q	N	F	O	Q	Z	P	P	B	E	M	H	N	T	Y
F	W	N	O	R	A	T	Y	V	D	E	X	I	X	Q	A	E	A	C	H
N	O	V	Q	Q	Z	U	N	C	G	G	E	J	P	N	C	R	O	W	K
Y	S	K	L	F	N	P	V	N	I	U	B	Q	Q	U	V	X	K	I	Y
V	B	D	G	I	D	U	S	O	V	H	M	N	O	G	Z	P	G	U	Y
I	C	N	J	S	V	Z	I	J	H	G	M	V	W	Y	R	E	H	Y	D
P	I	F	W	L	Z	M	I	C	L	I	G	Y	P	C	K	Z	W	J	G
N	G	Q	B	N	X	I	B	T	I	L	V	S	M	C	K	K	L	D	F
K	L	M	T	H	U	R	U	V	I	H	N	X	H	C	W	X	I	R	V
Q	K	W	D	Y	V	D	P	C	Z	O	M	L	B	I	A	L	I	Q	I
G	J	T	Q	N	A	W	Q	H	F	S	G	Y	T	T	Q	D	Z	N	V
Q	W	Z	L	I	M	L	G	K	N	L	I	Y	L	A	O	I	S	W	S
I	C	U	B	X	P	X	X	D	M	F	H	K	L	Z	D	M	O	J	R
B	L	X	T	X	Z	O	D	O	P	K	N	N	I	O	S	L	P	O	N
Q	N	E	U	L	X	G	W	Q	D	K	F	H	T	L	O	W	E	P	J
U	S	N	Z	Z	L	G	V	D	I	S	N	P	N	G	B	M	H	J	X
O	E	G	Y	X	J	P	R	Q	U	D	E	K	P	A	U	L	W	A	Y
F	G	C	H	J	J	K	G	M	N	S	W	S	M	Z	Z	O	I	B	B

Hinweise zu den vier Einträgen im Gitter:

1. S: Untergeschoss (10)

2. S: 87–135 (7)

3. W: Oratorianer, Uruguay, Bunch of Grapes (8–4)

~~4. N: Die tollste Stadt der Welt? (6)~~

»Ich hab das Nächste!«

Triumphierend hob Nancy ihren rosa Marker, und bevor sie ihn übers Blatt zog, rief sie schon: »Und das Nächste auch!«

Als sie aufsah, hielt sie sich immer noch das Vergrößerungsglas vors Gesicht. Ihre Augen waren groß wie Untertassen.

»Nicht ohne Strümpfe wandern«, erklärte sie, worauf Clayton sie völlig verwirrt anstarrte.

»Wie bitte?«, fragte er.

»Nur Ochsen saufen Wasser!«, sagte sie daraufhin, als würde das alles erklären.

Er hatte keinen blassen Schimmer, was das sollte. Nancy klang, als hätte sie den Verstand verloren.

Stirnrunzelnd beugte sie sich vor und sah ihn erwartungsvoll an.

»Tut mir leid, Mrs Stone, ich habe nicht die geringste Ahnung, wovon Sie reden.«

Nancy seufzte. »Die Himmelsrichtungen.« Sie gab ihm das Blatt zurück.

»Oh«, antwortete Clayton. »Die Punkte auf dem Kompass? Norden, Osten, Süden, Westen?«

»Genau. Dafür stehen die Buchstaben am Anfang der Fragen. Sie geben die Richtung an, in der die Lösungswörter im Gitter ausgerichtet sind. Das macht alles etwas einfacher.«

Sie hatte auf dem Blatt bereits zwei weitere Wörter mit ihrem rosa Marker angestrichen.

T	K	U	T	Z	P	A	A	S	Y	B	V	O	Q	W	L	A	N	U	E
D	O	B	M	V	O	T	E	G	I	H	W	F	A	T	D	V	G	I	B
S	H	Q	U	U	Q	N	F	O	Q	Z	P	P	B	E	M	H	N	T	Y
F	W	N	O	R	A	T	Y	V	D	E	X	I	X	Q	A	E	A	C	H
N	O	V	Q	Q	Z	U	N	C	G	G	E	J	P	N	C	R	O	W	K
Y	S	K	L	F	N	P	V	N	I	U	B	Q	Q	U	V	X	K	I	Y
V	B	D	G	I	D	U	S	O	V	H	M	N	O	G	Z	P	G	U	Y
I	C	N	J	S	V	Z	I	J	H	G	M	V	W	Y	R	E	H	Y	D
P	I	F	W	L	Z	M	I	C	L	I	G	Y	P	C	K	Z	W	J	G
N	G	Q	B	N	X	I	B	T	I	L	V	S	M	C	K	K	L	D	F
K	L	M	T	H	U	R	U	V	I	H	N	X	H	C	W	X	I	R	V
Q	K	W	D	Y	V	D	P	C	Z	O	M	L	B	I	A	L	I	Q	I
G	J	T	Q	N	A	W	Q	H	F	S	G	Y	T	T	Q	D	Z	N	V
Q	W	Z	L	I	M	L	G	K	N	L	I	Y	L	A	O	I	S	W	S
I	C	U	B	X	P	X	X	D	M	F	H	K	L	Z	D	M	O	J	R
B	L	X	T	X	Z	O	D	O	P	K	N	N	I	O	S	L	P	O	N
Q	N	E	U	L	X	G	W	Q	D	K	F	H	T	L	O	W	E	P	J
U	S	N	Z	Z	L	G	V	D	I	S	N	P	N	G	B	M	H	J	X
O	E	G	Y	X	J	P	R	Q	U	D	E	K	P	A	U	L	W	A	Y
F	G	C	H	J	J	K	G	M	N	S	W	S	M	Z	Z	O	I	B	B

Hinweise zu den vier Einträgen im Gitter:

1. S: Untergeschoss (10)

~~2. S: 87–135 (7)~~

~~3. W: Oratorianer, Uruguay, Bunch of Grapes (8–4)~~

~~4. N: Die tollste Stadt der Welt? (6)~~

Clayton versuchte die letzten, von Nancy markierten Einträge nach dem rückwärtigen Alphabet zu entschlüsseln.

»Nummer drei«, las Nancy vor. »›Oratorianer, Uruguay, Bunch of Grapes.‹ Irgendeine Idee?«

Er schüttelte den Kopf.

»Also, es gibt nur eine Oratorianerkirche in der Stadt. Die Kirche Unbeflecktes Herz Mariä. Sie liegt in der gleichen Straße wie die Botschaft von Uruguay und das berühmte Pub Bunch of Grapes. Die Lösung lautet also …«

Clayton hob den Finger und entzifferte für sich die kodierten Buchstaben. *YILNKGLM IZLW* ergab, kehrte man die alphabetische Reihenfolge um …

»Brompton … Road?«

»Bingo!«, rief Nancy. »Was ist also mit Frage zwei?«

Clayton sah aufs Blatt. War 87–135 schlicht als eine mathematische Summe aufzufassen? Als eine Subtraktion? Er versuchte *SZIILWH* zu entschlüsseln, aber ihm rauchte der Kopf.

Er sah zur Decke und rechnete hin und her. Nancy tappte ungeduldig mit dem Fuß, was es ihm noch schwerer machte, sich zu konzentrieren.

»Minus achtundvierzig?«

Nancy stieß ein Lachen aus. »Nein, Clayton. Jetzt machst du es unnötig kompliziert.«

»Ja?« Das war das Letzte, was er wollte. Er fühlte sich sowieso schon völlig überfordert.

»Setze den Hinweis Nummer zwei vor die Lösung zur dritten Frage.«

Clayton sah aufs Blatt.

»Siebenundachtzig bis hundertfünfunddreißig … Brompton Road?«

»Das ist es!«

Er blinzelte sie an. *Es war was?*

»Eine der berühmtesten Adressen in der tollsten Stadt der Welt«, erklärte sie. »Und Pippas Lieblingskaufhaus in der Welt.«

»Harrods«, stieß Clayton hervor.

SZIILWH ergab *Harrods*. Mit einem Mal war alles so offensichtlich. Aber dann, wofür stand der letzte Eintrag?

Nancy nahm ihm das Blatt aus der Hand, fuhr mit dem Stift in der Mitte des Blatts von oben nach unten, von Nord nach Süd, und gab es ihm zurück.

T	K	U	T	Z	P	A	A	S	Y	B	V	O	Q	W	L	A	N	U	E
D	O	B	M	V	O	T	E	G	I	H	W	F	A	T	D	V	G	I	B
S	H	Q	U	U	Q	N	F	O	Q	Z	P	P	B	E	M	H	N	T	Y
F	W	N	O	R	A	T	Y	V	D	E	X	I	X	Q	A	E	A	C	H
N	O	V	Q	Q	Z	U	N	C	G	G	E	J	P	N	C	R	O	W	K
Y	S	K	L	F	N	P	V	N	I	U	B	Q	Q	U	V	X	K	I	Y
V	B	D	G	I	D	U	S	O	V	H	M	N	O	G	Z	P	G	U	Y
I	C	N	J	S	V	Z	I	J	H	G	M	V	W	Y	R	E	H	Y	D
P	I	F	W	L	Z	M	I	C	L	I	G	Y	P	C	K	Z	W	J	G
N	G	Q	B	N	X	I	B	T	I	L	V	S	M	C	K	K	L	D	F
K	L	M	T	H	U	R	U	V	I	H	N	X	H	C	W	X	I	R	V
Q	K	W	D	Y	V	D	P	C	Z	O	M	L	B	I	A	L	I	Q	I
G	J	T	Q	N	A	W	Q	H	F	S	G	Y	T	T	Q	D	Z	N	V
Q	W	Z	L	I	M	L	G	K	N	L	I	Y	L	A	O	I	S	W	S
I	C	U	B	X	P	X	X	D	M	F	H	K	L	Z	D	M	O	J	R
B	L	X	T	X	Z	O	D	O	P	K	N	N	I	O	S	L	P	O	N
Q	N	E	U	L	X	G	W	Q	D	K	F	H	T	L	O	W	E	P	J
U	S	N	Z	Z	L	G	V	D	I	S	N	P	N	G	B	M	H	J	X
O	E	G	Y	X	J	P	R	Q	U	D	E	K	P	A	U	L	W	A	Y
F	G	C	H	J	J	K	G	M	N	S	W	S	M	Z	Z	O	I	B	B

Hinweise zu den vier Einträgen im Gitter:

~~1. S: Untergeschoss (10)~~

~~2. S: 87–135 (7)~~

~~3. W: Oratorianer; Uruguay, Bunch of Grapes (8–4)~~

~~4. N: Die tollste Stadt der Welt? (6)~~

GIVHLIIZFN. Clayton brauchte eine gute Minute, aber dann hatte er es.

»*Tre … sor … raum? Tresorraum?*«

Nancy nickte eifrig. »Pippa hatte ein Schließfach im Tresorraum von Harrods. Solange ich sie kannte, hat sie ihre wertvollsten Besitztümer dort im Untergeschoss aufbewahrt …«

»Der Schlüssel!«, rief Clayton aufgeregt. »*H* für Harrods! Es muss der Schlüssel dafür sein, meinen Sie nicht auch?«

Nancy grinste ihn an.

»Ich muss also zu Harrods und Pippas Schließfach öffnen, um den nächsten Hinweis zu finden?«

»Das denke ich mir«, sagte sie. Die Jalousien warfen schmale Lichtstreifen auf ihr Gesicht. Clayton wuchs die Frau immer mehr ans Herz, und mit einem Anflug von Melancholie dachte er daran, dass sie nun vielleicht zum letzten Mal zusammen waren.

»Wie komme ich da hin?«, fragte er. »Von hier zu Harrods, meine ich.«

Nancy sah ihn kurz an, bevor sie sich aus dem Armsessel erhob. Sie ging in den Flur und kam gleich darauf mit dem Schlüssel für ihr Taxi zurück. »Ich fahr dich hin.«

Eine Minute später hatte sich Nancy ihren Mantel geschnappt und war die Treppe hoch, um nach ihrem Mann zu sehen. Noch bevor sich Clayton die Schuhe gebunden hatte, war sie schon wieder bei ihm unten.

»Die nächste Stunde kommt er gut allein zurecht«, sagte sie. »Es läuft eine Quizsendung im Fernsehen.«

Sie nahm einen breitkrempigen Hut vom Haken am Mahagoni-Hutständer, einen purpurroten Filzfedora mit schwarzem Band und kleinen bunten Federn an der einen Seite, wie sie zum Fliegenfischen verwendet wurden.

Clayton erstarrte, als er ihr zusah, wie sie ihn vor dem Spiegel aufsetzte. Warum hatte er sich nicht schon früher über ihre Hüte Gedanken gemacht?

Clayton zählte neun, zehn, elf unterschiedliche Kopfbedeckungen an der Garderobe – Glockenhüte, Melonen, Fischerhüte. Hüte, die man nicht einfach so kaufte, sondern nur in einem Fachgeschäft bekam. Hüte, die man in einer Schachtel aufbewahrte. Einer Schachtel wie der, in der er vor Jahren ausgesetzt worden war.

Nancy drehte sich um und bemerkte seinen Blick.

»Alles in Ordnung, mein Lieber?«

»Ja, ja, tut mir leid. Ich hab nur … Ihren Hut bewundert.«

Nancy war überrascht. »Oh … danke.« Sie fasste an die Krempe. »Der hier ist uralt. Aber er ist einer meiner Lieblingshüte. Man kann im Hutband ein Feuerzeug verstauen, was ganz praktisch ist.«

Clayton lächelte. »Sie haben keine kleine Sammlung.«

Wieder sah sie ihn an. »Ja, da würde ich dir nicht widersprechen.«

»Woher stammen sie alle?«

»Von meinem Vater«, antwortete sie. »Er war Hutmacher im East End, er hatte sogar einen Laden, ein Warenhaus.«

»Wirklich?« Claytons Stimme kippte fast ins Falsett.

»Ja.« Nancy betrachtete ihn skeptisch. »Hackney Hatters, so hieß es. Ich übernahm einen Teil des Warenbestands, als er in Rente ging. Auf meinem Speicher müssen an die hundert Hüte sein, alle in ihren Schachteln.«

Clayton wurde flau im Magen.

Hackney Hatters.

H. H.

Kurz darauf quetschte sich Clayton auf die Holzkugel-Sitzauflage von Nancys Beifahrersitz.

Er hatte bislang weder versucht, die Schallmauer zu durchbrechen, noch hatte er sich als menschliche Kanonenkugel durch einen Feuerring schießen lassen, aber beide Erfahrungen konnten kaum schlimmer sein, als mit Nancy in ihrem schwarzen Taxi durch London zu rasen.

Sie waren noch keine halbe Meile von ihrem Haus entfernt, aber schon war ihm unwohl. Nancy hatte die Sitzheizung auf die höchste Stufe gedreht, die Kugeln der Sitzauflage beglückten ihn mit einer ungebetenen Hot-Stone-Massage.

Aber weder die drückende Hitze noch die halsbrecherische Geschwindigkeit, noch nicht einmal die Ungewissheit, was er in Pippas Schließfach finden würde, sorgte für sein mulmiges Gefühl. Sondern die Überzeugung, einen Hinweis gefunden zu haben, den Pippa auf ihrer Rätselspur nicht gelegt hatte.

Es bestand offensichtlich eine Verbindung zwischen Nancy und der Hackney-Hatters-Hutschachtel, in der er in Creighton Hall angekommen war. Es musste so sein. Es gab keine andere Erklärung.

Konnte sie …? War sie …? Die Frau, die ihn vor der Tür ausgesetzt hatte? *Seine leibliche Mutter?*

»Alles in Ordnung?«, fragte sie. »Soll ich die Heizung runterdrehen?«

»Bitte«, antwortete er und zerrte an seinem Kragen. »Es wird doch ein wenig stickig.«

Die Restwärme seines Sitzes allerdings ließ kaum nach. Sein gesamter Unterleib fühlte sich zunehmend feucht, fast nass an. Hätte er es nicht besser gewusst, hätte er meinen können, er hätte sich in die Hosen gemacht.

Clayton konzentrierte sich auf das Innere des Wagens, weil er mehr über Nancy herausfinden wollte.

Im Schatten des Fußraums entdeckte er eine Tesco-Plastiktüte mit abgegriffenen Romanen, die er allerdings nicht richtig erkennen konnte. Auf dem Armaturenbrett lag ein lila Wollknäuel mit Stricknadeln. Am Rückspiegel hingen zwei rosafarbene Stoffwürfel, ein Duftbäumchen – in Gestalt eines Cartoon-Lamas – sowie ein winziger Fotorahmen an einer Kette. Das kleine Bild darin zeigte einen distinguierten Herrn. Ihren Vater? *Mach dich nicht lächerlich*, dachte er kopfschüttelnd. Allerdings bekam er den Typen immer nur ganz kurz zu sehen, weil das Bild unablässig hin und her schwang.

Dann hielten sie vor einer Ampel.

Als der Wagen stand, drehte sich der Mann auf dem Foto ihm zu.

Ein weißer Haarschopf. Militärischer Schnauzer. Rötliche Gesichtsfarbe. Er war wohl Anfang achtzig, strahlte etwas Freundliches aus und war auf seine Art recht attraktiv. Clayton überlegte, ob er irgendeine Ähnlichkeit erkennen konnte, da spürte er Nancys Blick auf sich.

»Ich weiß, was du denkst.«

Sein Herz zog sich zusammen.

»Entweder hab ich einiges an mir machen lassen, oder mein Mann ist alt genug, um mein Dad sein zu können.«

»Oh, stimmt«, antwortete er und lachte vor Erleichterung, Überraschung und Verlegenheit. »Ja, ich meine, nein, ich glaube nicht, dass Sie viel an sich haben machen lassen.«

Nancy lächelte ihm freundlich zu.

Sie gab einen Kuss auf ihren Mittel- und Zeigefinger und drückte sie gegen das Foto.

Sehr viel mehr wusste Clayton nun auch nicht über den mysteriösen bettlägerigen Ehemann im ersten Stock, aber sein aufrichtiges Interesse genügte vollends, damit die Fahrerin – der Wagen schoss an der Notting Hill Station vorbei – mehr über ihn erzählte.

Er hieß Pete Neenance. War vierzig Jahre lang Pub-Wirt im

Old Queen's Head in Islington gewesen, in den letzten zehn Jahren hatte Nancy dort wöchentliche Quizabende veranstaltet. Sie hatten sich schon jahrelang gekannt, eines Abends aber waren sie ins Plaudern gekommen und hatten viele Gemeinsamkeiten entdeckt. Zum einen waren sie beide eingefleischte Londoner – beide waren nur wenige Meilen voneinander entfernt im East End geboren und aufgewachsen –, am überraschendsten aber war wohl, dass Pete Nancys Liebe zum Stricken teilte. Er war der einzige Mann, den sie kannte, von dem sie das behaupten konnte. Das Stricken beruhigte ihn nach einem stressigen Abend hinter dem Tresen.

»Er hat sogar den Aufsatz unserer Hochzeitstorte gestrickt«, sagte Nancy. »Zwei kleine Figuren, die uns darstellen – die sind jetzt im unteren Klo.«

Clayton lächelte. »Sie haben aber nicht seinen Namen angenommen?«

Nancy blies die Backen auf. »Das ist jetzt ein Witz, oder?«

»Nein«, sagte er, ohne recht zu wissen, was sie meinte.

»Er heißt Mr Neenance. Dann wäre ich zu Nance Neenance geworden! Geht's noch?«

Clayton lächelte versonnen und klammerte sich nicht mehr ganz so verkrampft an seinen Sitz.

»Ihr Name steckt also schon in seinem«, hörte er sich sagen. »Klingt für mich sehr schicksalhaft.«

»Ein glücklicher Zufall«, stimmte sie zu. »Ich hab immer daran geglaubt.«

Serendipity. In Claytons Bauch kribbelte es. Er sah zu Nancy, die davon scheinbar nichts mitbekommen hatte, sondern ihr Gesicht im Spiegel der Sonnenblende betrachtete – sie standen erneut an einer Ampel – und mit beiden Händen die Haut glattzog.

»Ich überlege, ob ich mir nicht doch mal Botox gönnen sollte, was meinst du?«

»Ach, nein. Das ist doch nicht nötig.«

»Nein?«

Er schüttelte den Kopf. Er hatte noch nie verstanden, warum man so versessen darauf sein konnte, sich seine Falten glätten zu lassen.

»Falten im Gesicht«, sagte er. »Die zeugen doch nur vom Alter.«

»Ja?«

Er nickte. »Sie zeugen davon, dass man … gelebt, dass man Dinge gesehen hat. Dass man überlebt hat.«

Sie lächelte. »Wie Kampfnarben, meinst du?«

Er neigte den Kopf. »Eher so, wie wenn man in einen Baum schneidet und die Ringe sieht.«

Allmählich fragte er sich, ob die Ampel kaputt war. Gefühlt stand sie bereits seit einer Ewigkeit auf Rot.

Schließlich schaltete sie auf Orange um, und Nancy beschleunigte röhrend wie ein Formel-1-Bolide, der aus der Boxengasse schoss.

Einige Hundert Meter vor dem Natural History Museum trat sie vor einem Zebrasteifen auf die Bremse. Eine Prozession mit Rucksäcken beladener Kleinkinder trippelte im Gänsemarsch über die Straße.

»Es ist zum Aus-der-Haut-Fahren«, rief sie und trommelte ungeduldig aufs Lenkrad.

Sie waren doch erst zwanzig Minuten vorher aufgebrochen.

»Ich weiß, wie schwierig es ist …«, sagte Clayton. »Mitzuerleben, wie jemand, den man liebt, so krank wird. Die Sorgen, die man sich dann macht.«

Nancy sah ihn an. »Danke«, sagte sie leise.

Schweigend richteten sie den Blick auf das letzte Kind. Eine abgespannt aussehende Lehrerin hob schließlich dankbar die Hand, und Nancy legte den ersten Gang ein.

Sie seufzte. »Wahrscheinlich bin ich ja selber daran schuld.«

»Wie das denn?«

Wieder eine Ampel. Sie richtete ihren Hut, damit er kecker auf dem Kopf saß. »Sagen wir so … ich war schon immer angetan von älteren Herren.«

»*Gut* … verstehe.«

»In gewisser Weise war mir also immer klar, dass ich mich eines Tages um jemanden kümmern muss.«

Clayton nickte. Er wusste, wovon sie sprach.

Seit seinem zwölften Lebensjahr hatte er vorhergesehen, in welche Richtung sein Leben führen würde. Er wollte für immer in der Gemeinschaft bleiben – oder zumindest solange es jemanden gab, um den er sich kümmern konnte. So kümmern, wie sie sich um ihn gekümmert hatten.

»Das ist dann wohl der Preis, den man zu zahlen hat«, sagte er.

Nancy warf ihm einen Blick zu.

»Wenn man jemanden liebt, meine ich.«

»Richtig.«

»Man tut alles für ihn, nicht wahr? Man geht nicht fort. Man wird ihn nie im Stich lassen …«

Die Bemerkung klang entschiedener, als er es beabsichtigt hatte, aber er konnte nicht anders. Es war klar geworden, dass Pippas Rätselhinweise ihn nie direkt zu der von ihm gesuchten Antwort führen würden. Nein, sie schob ihn Stück für Stück näher an die Wahrheit heran, nahm ihn an der metaphorischen Hand, ermutigte ihn, die Punkte zu verbinden und eigene Antworten zu finden. Clayton war der Ermittler in seinem eigenen Fall. Er war derjenige, der diese Suche steuerte, nicht sie.

Er sah Nancy in die Augen, bemüht, irgendetwas zu erkennen. Irgendeinen Anflug von Schuld, von Bedauern … von Scham gar. Wenn sie ihn wirklich geboren und ausgesetzt hatte, dann fragte er sich, warum sie es getan und warum sie in all der Zeit niemals irgendein Interesse an seinem Leben gezeigt hatte. Warum sie niemals in Betracht gezogen hatte, sich zu offenbaren, sich als seine leibliche Mutter zu erkennen zu geben.

Tatsächlich sah sie ihn jetzt anders an, dachte er sich, sie hatte den Kopf geneigt, als würde sie ihn in einem ganz anderen Licht sehen.

»Du hast absolut recht«, sagte sie kurz darauf. »Ich hätte es nie anders haben wollen. Außerdem kann ich von Glück reden, weil ich jeden Tag ein paar Stunden ganz allein für mich habe. Neil ist ein Geschenk des Himmels.«

Bei der Erwähnung des Pflegers horchte Clayton auf.

»Ja«, stimmte er ihr zu. »Er scheint mir sehr …« Was war das Wort, das er suchte: charmant, rücksichtsvoll, attraktiv? »… gewissenhaft zu sein.«

Nancy lächelte. »Schade, dass du ihn heute verpasst hast. Er hat nach dir gefragt …«

»Hat er?«, platzte er heraus.

»Ja.« Sie sah ihn an und wollte offenbar noch mehr sagen, letztlich aber lächelte sie nur geheimnisvoll, setzte den Blinker und bog nach links in die Brompton Road ab.

»Schon komisch«, sagte sie. »Ihr beide erinnert mich an den jeweils anderen.«

»Ja?«

»Nette Jungs, du weißt schon?«

Harrods kam in Sichtweite. Die vertrauten dunkelgrünen Markisen, die seitlich am Gebäude angebrachten Union Jacks waren zu sehen. Die Fahrt näherte sich ihrem Ende. Sie war, wurde Clayton bewusst, doch recht aufschlussreich gewesen. Es hatte schon etwas, wenn man in einem Wagen saß, dicht neben dem anderen, ohne ihm direkt in die Augen sehen zu können – das erleichterte es, sich zu öffnen und Fragen zu stellen, die man sonst eher zurückgehalten hätte.

»Warum haben Sie die Gemeinschaft verlassen?«, fragte er unvermittelt.

Sie bogen in eine Seitenstraße ein; die Worte hingen zwischen ihnen in der trockenen, schalen Heizungsluft.

»Sie sind in dem Jahr verschwunden, in dem ich aufgetaucht bin, Mrs Stone. Wohin sind Sie gegangen?«

Aus dem Augenwinkel heraus sah er, dass Nancy kurz die Augen schloss und tief einatmete.

»Das war das Schwierigste, was ich jemals getan habe, Clayton. Meine Freunde einfach so zu verlassen. Ist dir das klar?«

Er nickte. Aber es war mehr als nur schwierig, dachte er. Es war undenkbar, zumindest für ihn, so etwas auch nur in Betracht zu ziehen.

»Warum konnten Sie nicht mehr bleiben?«, fragte er. »Was hat Sie veranlasst, zu gehen?«

Nancy seufzte. »Ich war auf der Suche nach etwas. Etwas, was ich brauchte … für mich selbst.«

»Und was war das?«

Sie schüttelte den Kopf und lächelte reumütig. »Liebe. Ich wollte mich in jemanden verlieben, Clayton. Das wollte ich mehr als alles andere. Klingt dumm, nicht wahr?«

»Nein«, antwortete er. »Nein, es klingt überhaupt nicht dumm.«

Wenn er ehrlich war, hatte er sich im Lauf der letzten Jahre selbst danach gesehnt. Obwohl kaum die Gefahr bestand, dass ihm das in nächster Zeit widerfahren könnte.

»Pip hat mich darauf aufmerksam gemacht, dass für uns alle die Uhr tickt«, erklärte Nancy. »Als sie uns eröffnete, dass sie sich um ein Pflegekind beworben hatte.«

»Wie bitte?«

Nancy drehte sich ihm zu, ihre Augen waren vor Überraschung weit aufgerissen. »Du weißt nichts davon?«

Clayton wurde blass. Er schüttelte den Kopf und senkte den Blick. *Ein Pflegekind?*

»Du weißt, wie sie war, wenn sie sich irgendwas in den Kopf gesetzt hat«, fuhr Nancy fort. »Dann gab es für sie kein Halten mehr.«

Clayton wusste nicht recht, wie er mit diesen Neuigkeiten umgehen sollte. Zuerst fragte er sich, woher Pippa die Idee hatte, ein Pflegekind anzunehmen, dann, was sie davon wieder abgebracht hatte – hatte seine Ankunft ihren Plänen ein Ende gesetzt?

»Sie wollten auch Kinder haben?«, fragte er.

Nancy schüttelte entschieden den Kopf. »Nein, das wollte ich nie.« Äußerst präzise steuerte sie in eine Parklücke. »Aber als ich Pip davon reden hörte, dass man seine Ziele verfolgen sollte … dass sie eine Leere in sich spürte, ein Verlangen danach hatte, sie zu füllen … da wurde mir bewusst …«

»Was?«

Nancy schaltete den Motor aus. »Dass es nie zu spät ist, Clayton, um die fehlenden Teile zu finden, die man braucht, damit man sich ganz und vollständig fühlt. Nichts im Leben ist wichtiger, als das zu verfolgen, wonach man sich sehnt, was man sich wünscht, bevor es zu spät ist.«

Verlangen, dachte er sich. *Ein sehnsüchtiger Wunsch*. Eins senkrecht.

Während sich Nancy noch mal im Spiegel der Sonnenblende betrachtete, überlegte er, was er sich am meisten in seinem Leben wünschte – abgesehen davon, herauszufinden, wer ihn in die Welt gesetzt hatte. Er wollte Freunde haben, er wollte Liebe erfahren auf die eine oder andere Weise, eine neue Art von Gemeinschaft finden, wenn es die, die er immer schon gekannt hatte, nicht mehr gab.

Mit einem Lächeln wandte sich Nancy ihm zu. Ihr Gesicht war offen wie ein Buch. Er war froh, sie aufgesucht und um Hilfe gebeten zu haben. Er wollte sich noch nicht von ihr verabschieden.

»Nancy«, sagte er leise.

»Ja, mein Lieber.«

Clayton schluckte, er wusste nicht, ob er bereit war, Nancy die nächste Frage zu stellen. »Sind Sie … Ich meine …« Er hielt inne. »Hätten Sie was dagegen, mit mir ins Harrods zu kommen?«

»Oh.« Ihre Augen hinter den Brillengläsern wurden sehr groß.

»Ich werde mich auch beeilen …«

Sie sah in den Rückspiegel und richtete sich den Hut, dann zog sie den Schlüssel ab. »Es wäre mir eine Ehre, Clayton.«

Lächelnd öffnete er die Wagentür, trat hinaus ins Gewühl der Brompton Road und steuerte Pippas nächsten Hinweis an.

33

Die Gemeinschaft der Rätselmacher
Montag, 18. März 1991

Pippa hatte zwar versprochen, den gesamten Tag in ihrem Büro zu sein, damit sie eventuelle Einwände zu ihrem Pflegekindantrag entgegennehmen konnte, aber plötzlich standen wichtigere Dinge an.

Sie nahm die schnelle Zugverbindung nach London und teilte Angel mit, dass ein Handwerker kommen würde, während sie fort sei. Der vergoldete ziselierte Schlüssel war sicher in einem Taschentuch verstaut, das wiederum in der Tasche ihrer Strickjacke steckte, als sie am Morgen das Haus verließ. Sie hatte den Gang zu Harrods lange genug aufgeschoben, aber das eingebrochene Dach ließ ihr jetzt keine andere Wahl mehr.

Zu ihrer Erbschaft, die ihr zum einundzwanzigsten Geburtstag ausgezahlt worden war, hatte auch ein Schließfach in dem berühmten Londoner Kaufhaus gehört. In dem Safe dort hatten kostbare Familienerbstücke gelegen, von denen sie die meisten mittlerweile bereits hatte versteigern lassen, um die aufgelaufenen Schulden zu begleichen. Darunter fielen der Schmuck ihrer Mutter, die wertvolle Münzsammlung ihres Vaters, das italienische Glasgeschirr ihrer Großmutter. Alles weg.

Nur eine Kostbarkeit war noch übrig.

Ein Jahr vor dem frühzeitigen Tod ihrer Mutter und ihrer eigenen Geburt hatte Pippas Vater das Porträt seiner geliebten Frau in Auftrag gegeben; angefertigt wurde es von einem Freund der Familie, der zu jener Zeit ein gefeierter Künstler war.

Als junge Frau hatte sich Pippa eines geschworen: Sie würde sich nie davon trennen. Es war das einzige noch verbliebene Bindeglied zu ihrer Vergangenheit und zu ihrer Mutter, die sie nie kennengelernt hatte. Aber ihr fiel keine andere Möglichkeit ein, um die Kosten der Reparaturen zu bezahlen und sicherzustellen, dass die Gemeinschaft bestehen blieb. Sie hatte keine andere Wahl, als das Porträt zu verkaufen.

Mit dem Bild unter dem Arm kehrte Pippa an diesem Nachmittag von Harrods zurück. Sie lehnte es vorsichtig gegen den Schreibtisch, sodass das – unter der Luftpolsterfolie verschwommene – Antlitz ihrer Mutter von ihr wegsah. Dann sank sie auf den Bürostuhl.

Alles würde sich bald von selbst lösen. Alles würde wieder in ruhige Bahnen zurückkehren. Sie hatte sogar schon einen potenziellen Käufer. Edwin Dankworth – ein enger Freund von Jonty – war ein wichtiger Kunsthändler im West End, die beiden waren bereits in Kontakt. Sie hatte Jonty nicht erzählt, was genau sie verkaufen wollte, aber er hatte sich aufrichtig gefreut, sie beide einander vorzustellen. Zur Wertbestimmung sollte das Bild noch heute per Kurier direkt zu Edwins Laden gebracht werden. Sie mussten sich lediglich auf einen guten Preis einigen, dann könnte sie die Reparaturen bezahlen und hätte die Finanzen der Gemeinschaft wieder unter Kontrolle, ohne dass jemand von den Problemen etwas mitgekriegt hätte.

Sie holte tief Luft und schloss kurz die Augen, bevor sie sie wieder aufschlug.

Die Sonne war aufrichtig bemüht, sich wieder bemerkbar zu machen. Warme Strahlen filterten durch die Jalousien und tauchten das Büro in helles Licht. Dennoch, obwohl der Regen nachgelassen hatte und alles etwas freundlicher aussah, konnte Pippa nicht ihre Melancholie abschütteln, die wie eine dunkle Wolke über ihr hing.

Die undichte Stelle im Dach war nun notdürftig abgedeckt, der Abschnitt in der Eingangshalle war abgesperrt, dazu standen weitere Untersuchungen an, die sich allerdings nicht gut anhörten. Jemand wollte in einigen Tagen erneut kommen. Ein Gerüst würde erforderlich sein. Im Haus selbst herrschte eine nervenaufreibende Stille. Die Mitarbeiterin vom Jugendamt war nach wie vor für den kommenden Tag angekündigt. Pippa hatte im Zug mit sich gerungen, was sie tun sollte. Den Besuch in letzter Minute absagen und hoffen, dass man sich auf einen späteren Termin einigen könnte? Oder die Sache durchziehen und dafür sorgen, dass die Mitarbeiterin des Jugendamts das klaffende Loch in der Decke nicht zu Gesicht bekam?

Dann entdeckte sie ihn. Einen cremefarbenen Umschlag, der in die Tasten ihrer Schreibmaschine gesteckt war. Vorn war mit grüner Tinte hastig ein *P* hingekritzelt. Jemand musste ihn in ihrer Abwesenheit dort abgelegt haben.

Pippa griff sich den silbernen Brieföffner aus der obersten Schublade und öffnete den Umschlag. Der Brief selbst war auf offiziellem Briefpapier der Gemeinschaft getippt.

z.Hd. Miss Pippa Allsbrook,

hiermit zeige ich offiziell meine Einwände gegen den Vorschlag an, der bei der inoffiziellen Besprechung gestern Abend (16. März) vorgelegt wurde.

Du hast recht getan, die demokratischen Werte zu betonen, nach denen wir in Creighton Hall zu leben beschlossen haben.

Aufgrund der Vereinbarung der Bewohner, der wir alle zugestimmt und die wir unterzeichnet haben – du eingeschlossen, wie ich anfügen möchte –, ist ein einstimmiger Beschluss nötig, damit dein Vorschlag weiterverfolgt werden kann.

Bitte akzeptiere diesen Brief als förmliche Ablehnung des Planes und ziehe die Bewerbung zurück.

Hochachtungsvoll,
ein Bewohner
Die Gemeinschaft der Rätselmacher

Pippa war hundeelend.

Sie hatte angenommen, dass ein oder zwei an ihrem Vorhaben etwas zu kritisieren haben würden, aber sie war überzeugt gewesen, sie leicht umstimmen zu können. Aber jemand, der ihr einen so hartherzigen Brief zukommen ließ? Ohne den Anstand zu haben, mit ihr persönlich zu reden? Wie feige das war!, dachte sie sich. Wie kaltschnäuzig und grausam!

Pippa drehte das Blatt hin und her, als klopfte sie die Wörter auf eine versteckte Bedeutung ab. Es war kein Zufall, dass der Text getippt und nicht handschriftlich verfasst war. Pippa sollte nicht herausfinden, von wem er stammte. Der Brief lieferte keinerlei Hinweise auf den Absender. Er konnte von jedem kommen.

Von allen, Earl natürlich ausgenommen.

Der Brief beschäftigte Pippa den restlichen Abend. In dieser Nacht lag sie ruhelos im Bett und überlegte, was sie damit machen sollte.

Eines war gewiss. Sie würde ihn nicht Earl zeigen. Er hätte ihr empfohlen, was offensichtlich war: dass sie den morgigen Besuch absagte.

Nein, Pippa brauchte nicht lange, um für sich zu beschließen, dass die Begutachtung des Hauses stattfinden sollte. Tatsächlich hatte der Brief ihr nur deutlich gemacht, wie viel ihr diese Gelegenheit bedeutete. Sie faltete das Schreiben zusammen und schob es unters Kissen, damit sie es nicht mehr sehen musste.

Pippas Tatkraft würde auf die Probe gestellt, das war alles. Sie war jetzt vierundsechzig, und bislang hatte nichts und niemand – kein Mensch, keine Reparaturarbeit – sie aufhalten können, wenn sie sich etwas in den Kopf gesetzt hatte. Das würde sich auch jetzt nicht ändern.

34

19				

äußere und innere Stärke (5)

Clayton und Nancy mussten laufen, um mit dem drahtigen schnauzbärtigen Harrods-Angestellten Schritt zu halten, der sie auf einem schwindelerregenden Zickzackkurs durch das Kaufhaus führte, vorbei an Schals und Handschuhen und Strumpfwaren und Unterwäsche, bis sie durch die große ägyptische Halle eilten.

Es war, als hätte Earl den labyrinthischen Grundriss der sieben Stockwerke entworfen. Ein Wunder, dass hier überhaupt jemand finden konnte, was er suchte.

Mr Stopford-Sackville, der sie an der Rezeption abgeholt hatte und sie nun zu Pippas Schließfach scheuchte, war Anthony Hopkins aus *Howard's End* wie aus dem Gesicht geschnitten. Das schimmernde Namensschild am Revers seines smaragdgrünen Anzugs informierte sie darüber, dass er Leiter des Serviceteams und *Zu Ihren Diensten* sei.

»Aber Sie können mich Julian nennen.«

Für einen Mann seiner Größe war er überraschend agil, und kaum hatten sie die großartige ägyptische Halle betreten, als er auch schon scharf links zur Austernbar abbog, um anschließend Schokolade und Konfekt und dann die Parfümabteilung anzusteuern.

Clayton fragte sich nervös, ob das alles eine Art Witz war – ob Julian nur ausprobieren wollte, durch wie viele Abteilungen er sie lotsen konnte, bevor sie ihm dahinterkamen. Selbst Nancy – die menschgewordene Karte von London – schien die Route verwirrend zu finden. Als Julian sie in einer abgelegenen Ecke in einen recht komfortablen Aufzug drängte, blickte sie über die Schulter, als wollte sie sich den Rückweg einprägen.

Mit einem Ruck begann der Aufzug seine fürchterlich langsame Fahrt nach unten. Nancy warf Clayton einen komischen Blick zu. Beide drückten sich mit dem Rücken gegen die Liftwand. Clayton bemerkte, dass sie den Handlauf umklammert hielt, als hinge ihr Leben davon ab.

»Alles in Ordnung?«, flüsterte er ihr zu.

Sie nickte. Ihr Gesicht erzählte eine andere Geschichte. Die arme Frau musste zurück nach Hause, dachte er. Ihr Mann wartete auf sie.

Schließlich kam der Aufzug ratternd zum Stehen, ein sanfter Glockenschlag ertönte, und die Türen glitten auf.

Julian geleitete sie in einen langen getäfelten Raum, der von großen, an der Decke angebrachten Kugellampen beleuchtet wurde.

Unwillkürlich blieb Clayton stehen und ließ alles auf sich wirken. Selbst Nancy entschlüpfte ein leises Seufzen.

»Das ist der älteste Teil des Kaufhauses«, sagte Julian, »und der wahrscheinlich am wenigsten frequentierte.«

Weil ihn niemand findet, dachte sich Clayton.

»Er wurde 1896 errichtet, und wir haben über dreitausend Schließfächer – alles, von kleinen Safes bis zu zwei Meter fünfzig hohen begehbaren Tresorräumen. Gehen Sie dort hinüber zur Rezeption, dort wird man Ihnen weiterhelfen. Ich hoffe, Sie finden alles, weswegen Sie hier sind.« Pflichtschuldig verbeugte er sich, trat wieder in den Aufzug und verschwand.

Eine Dame in einem smaragdgrünen Twinset, passend zu Julians

Anzug, erhob sich hinter der riesigen Mahagonitheke. »Guten Tag«, begrüßte sie die beiden herzlich. »Willkommen in unserem Tresorraum. Ich bin Mrs Hecklesford und stehe Ihnen zu Diensten.«

»Hallo. Ich bin Clayton Stumper.«

Mrs Hecklesford erwiderte sein Lächeln, dann blätterte sie durch das große, vor ihr aufgeschlagene Verzeichnis.

»Seltsam, hier ist kein Stumper aufgeführt. Es ist *Ihr* Schließfach, Sir?«

»O nein. Nein. Ich bin wegen Pippa Allsbrooks Schließfach hier.« Er zog den goldenen Schlüssel aus der Tasche. »Den hat sie mir vermacht …«

Die Frau blinzelte ihn an, beugte sich über die Rezeption und nahm den Schlüssel entgegen. »Lassen Sie mich nachsehen …«

Sie ging erneut ihr Verzeichnis durch und befeuchtete alle paar Seiten den ausgestreckten Zeigefinger. »Ah, Allsbrook. Hier haben wir sie ja.«

Eine kurze Pause, dann las sie den entsprechenden Eintrag vor. »Nun … Ihnen wurde im September vergangenen Jahres die Vollmacht für Miss Allsbrooks Schließfach ausgestellt, Sir. Dem ist so?«

Clayton nickte mit weit aufgerissenen Augen. Das hieß, Pippa hatte alles ein halbes Jahr vor ihrem Tod akribisch geplant.

»Haben Sie einen Identitätsnachweis bei sich, Sir?«, fragte sie.

Clayton fasste in die andere Tasche und brachte seinen Pass zum Vorschein, den er, wie von Pippa erbeten, von zu Hause mitgebracht hatte.

Wenigstens, ging ihm durch den Kopf, war keine Reise ins Ausland vorgesehen.

»Bitte nehmen Sie Platz. Ich werde einige Sicherheitschecks durchführen, bin aber sofort wieder zurück.«

Sie verließ den Raum über eine Seitentür mit einer Milchglasscheibe. Clayton fragte sich, ob sich Mrs Hecklesford Gedanken über ihn und Nancy gemacht hatte. War ihr klar, dass sie im Grunde Fremde waren, oder war sie zu dem Schluss gekommen, dass es sich bei ihnen um Verwandte, möglicherweise um Mutter und Sohn handelte? Und lag sie damit richtig?

Nancy, den Blick auf ihre Hände im Schoß gerichtet, hatte es sich auf einem der roten Ledersessel bequem gemacht, während Clayton vor ihr auf und ab ging. Er wollte sich nicht setzen. Er wollte nur das Schließfach öffnen und sehen, was auf ihn wartete. Die Stille zwischen ihnen erstreckte sich endlos.

Schließlich zog sich Nancy den Riemen ihrer Handtasche über die Schulter. »Tut mir leid, Clayton«, sagte sie. »Aber ich hab hier nichts verloren. Ich sollte lieber gehen.«

»Oh«, sagte er und versuchte sich seine Enttäuschung nicht anmerken zu lassen.

»Nicht, weil ich nicht für dich da sein möchte«, sagte sie und strich über die Goldnoppen der Armlehne. »Nur, die Sache hier ist … sehr persönlich. Egal, was Pip dir hinterlassen hat – und ich verspreche dir, ich weiß nicht mehr als du auch –, es hat nichts mit mir zu tun.«

»Nein?«

Sie schüttelte den Kopf, und kurz sah sie ihn mit zusammengekniffenen Augen an, als wollte sie seine Gedanken lesen.

Clayton erwiderte ihren Blick. Sie hatte noch immer den Hut mit den Federn auf.

Sollte er ihr glauben? *Wollte* er glauben, dass sie nicht diejenige war, die ihn in die Welt gesetzt hatte? Jedenfalls mochte er sie umso mehr, je näher er sie kennenlernte.

»Es geht hier um deine Geschichte, Clayton. Es geht um *dein* Rätsel, das gelöst werden soll, nicht um das eines anderen.«

»Aber …«

»Ich denke, du solltest dich allein stellen. Alles andere wäre nicht recht.« Nancy zog den Reißverschluss ihres Steppmantels zu. »Du hast gefragt, warum ich die Gemeinschaft verlassen habe.« Als sie die Hände aus den Taschen zog, hielt sie in der rechten Hand einen kleinen Samtbeutel.

Clayton wurde ganz leicht in der Brust, als sie ihm den Beutel in die Hand drückte.

»Das wurde mir vor langer Zeit geschenkt, von einem Mann, den ich sehr geliebt habe. Ich möchte, dass du es jetzt hast.«

Als Erstes fiel ihm auf, dass der Samtbeutel exakt die gleiche Farbe hatte wie das Futter von Pippas Sarg: ein tiefes Purpurrot. Im Beutel, dessen zerschlissene Kordel stramm zugezogen war, befand sich etwas Kleines, Hartes, Rundes – so fühlte es sich jedenfalls an. Ein Ring?

»Die Liebe ist komplizierter als jedes Rätsel, das sich jemand ausdenken kann, Clayton.«

Sie sah ihn so durchdringend an, dass er wie gebannt vor ihr stand.

»Der Trick, junger Mann, besteht darin, jemanden zu finden, der dich ebenso liebt, wie du ihn liebst. So, wie du es verdient hast, geliebt zu werden. Denn letztlich …« Sie umfasste seine Hände. »Zählt einzig und allein die Liebe.«

Sie stand auf und stellte sich auf die Zehenspitzen, um ihm einen Kuss auf die Stirn zu drücken, bevor sie sich umdrehte und ging. Dann war sie fort.

Als er allein war, schüttelte sich Clayton den Inhalt des Beutels in die Hand.

Ein kunstvoller Damenring fiel heraus. Er war wunderschön.

Erst bei näherer Betrachtung erkannte er die komplexe Gestalt des Gegenstands.

Denn es war nicht nur ein Ring, es waren tatsächlich zwei – einer aus Silber, einer aus Gold –, die zusammen, ineinandergeschlungen, einen Ring ergaben. Den Ring, den sie ihm bei ihrer ersten Begegnung gezeigt hatte. Den Ring, den Pippa ihr vor ihrem Tod noch geschickt hatte. Den sie im Haus zurückgelassen hatte. Die verbundenen Ringe waren mit kleinen gelben Steinen besetzt. Zwei halbe Herzen, die, aneinandergelegt, eines ergaben. Die zitronengelben Edelsteine – etwa so groß wie eine Erbse – reflektierten die Lichter im Raum, und wenn er den Ring leicht neigte, erkannte er eine versteckte Gravur an der Innenseite – eine Reihe von ihm unbekannten Zeichen.

Φιλία

Die Tür ging auf, und Mrs Hecklesford stürzte mit einer Ledermappe herein. »Sir, wir sind für Sie bereit. Wenn Sie mir folgen möchten.«

Clayton stopfte sich den Ring in die Jackentasche. »Danke.«

Die Dame sah sich im Raum um, als fragte sie sich, ob Nancy jemals dagewesen war.

»Meine Bekannte musste leider los«, erklärte er. »Aber ich komm schon allein zurecht«, sagte er, wenn auch mehr zu sich selbst als zu ihr.

Er erhob sich und ließ sich von Mrs Hecklesford durch eine riesige Tür in einen weiteren Raum führen, in dem in jeder Ecke Überwachungskameras angebracht waren.

So weit das Auge reichte, gab es Schließfächer unterschiedlicher

Größe, und alle waren mit einer in eine Goldplakette gravierten Nummer versehen. Portale zu den Wertgegenständen ihrer Besitzer. Eine Wand voller versteckter Schätze.

»Nummer drei-sieben-zwei, Sir«, erklärte Mrs Hecklesford mit Blick auf ihre Mappe. Sie gab ihm den vergoldeten Schlüssel zurück.

Der Safe, zu dem Clayton gebracht wurde, gehörte zur mittleren Kategorie – er war etwas größer als ein üblicher Hotelsafe, ungefähr von der Größe eines Küchenherds.

Seine Hand zitterte, als er sich mit dem Schlüssel dem Schloss näherte. *Komm schon, Clayton*, sagte er sich und musste an Pippas Kreuzworträtselfrage denken, die er am Morgen gelöst hatte. *An* **Kraft** *mangelt es dir doch nicht.*

»Erlauben Sie, Sir«, sagte Mrs Hecklesford, zog eine kleine Taschenlampe aus ihrem Blazer und richtete den Lichtstrahl auf das Schlüsselloch. »Die Schlösser gehen gern etwas streng, ruckeln Sie also ruhig herum.«

Vorsichtig steckte Clayton den Schlüssel ins Schloss. Mit beiden Händen umfasste er den langen Stiel und drehte ihn um neunzig Grad. Im Inneren klickte es, und die Tür ging auf.

Behutsam fasste er hinein, tastete und ergriff den ersten Gegenstand, den er zu fassen bekam. Etwas Längliches, Flaches, Rechteckiges. Ein Bilderrahmen? Ein Gemälde. Jedenfalls war es gut verpackt, eingebunden in braunes Packpapier, das mit sich kräuselndem Klebeband befestigt war; unter dem Papier war etwas Weiches zu spüren, möglicherweise Luftpolsterfolie.

Clayton packte den Gegenstand mit beiden Händen und zog ihn heraus. Er war mit einer kreuz und quer darüber gebundenen Kordel verschnürt. Daran baumelte ein brauner Anhänger. Clayton drehte ihn um.

Liebster Clayton,

Dritter Teil. Du kommst ihm näher. Ich wusste, dass du es schaffst.

Wie immer, in Liebe,

Pip x

Da er keine Ahnung hatte, was er sonst tun sollte, drückte er sich das Paket an die Brust.

Mrs Hecklesford sah zu dem Paket, dann zu ihm. »Sie haben, was Sie wollten, Sir?«

Clayton wusste nicht, was er sagen sollte – er wusste nicht, was er erwartet hatte, und er wusste nicht, was er hier gefunden hatte. Zumindest jetzt noch nicht.

Die spätnachmittägliche Sonne schien in Claytons Hotelzimmer. Er war froh, das Paket nicht sofort geöffnet zu haben. Nancy hatte recht – der Inhalt war persönlich, nur für ihn bestimmt, und vielleicht von großer Tragweite.

Bei seiner Rückkehr hatte er das Paket auf das luxuriöse Kissen gelegt, als hätte er ein schlafendes Kind gebettet. Auf dem Nachtkästchen stand das von Hector angefertigte Stundenglas mit Pippas Asche. Er hatte es gern in seiner Nähe, wenn er schlief.

Er ging zur Tür und drehte draußen das Pappschild am Türgriff auf *NICHT STÖREN*. Zu Hause hatte er etwas Ähnliches: ein Weihnachtsgeschenk von einem der Bewohner. *SCHHHH, ICH MACHE EIN NICKERCHEN*.

Ein Schläfchen mitten am Tag gehörte zu den schönsten Vergnügen des Lebens. Er war ein großer Meister darin. Zwanzig Minuten höchstens, mehr brauchte er nicht. Und er konnte überall wegnicken. Nicht dass er in letzter Zeit groß Gelegenheit dazu gehabt hätte.

Clayton zückte das Schweizer Armeemesser, das er an seinem Schlüsselbund hängen hatte. Er klappte das Messer auf und setzte in einer Ecke des Pakets zu einem Schnitt an, worauf er das Packpapier in großen Streifen wegriss.

Die äußere Hülle war in Nullkommanichts entfernt, darauf machte er sich ungestüm wie ein Kind an Weihnachten über die Luftpolsterfolie her und zerfetzte sie unter lautem Ploppen.

Als er bemerkte, was er vor sich hatte, stieß er das Ding intuitiv von sich weg und machte einen Schritt zurück.

Es war ein Ölgemälde in einem vergoldeten Rahmen. Das Bild eines den Betrachter anstrahlenden Kindes auf einem Holzhocker. Es war ein Bild von ihm selbst als kleiner Junge.

Clayton fasste sich an den Mund.

Es war beunruhigend, erschreckend fast, mit dem Blick seines jüngeren Selbst konfrontiert zu werden. Denn das hatte er hier vor sich, davon war er überzeugt. Jedenfalls so lange, bis er die letzten Abschnitte der Luftpolsterfolie entfernt hatte. Dann trat er zurück, betrachtete das Bild als Ganzes und bekam Zweifel.

Die Haare des Jungen – so hell wie seine eigenen jetzt – waren doch beträchtlich dunkler, als seine in diesem Alter gewesen waren. Clayton war weißblond gewesen. Die Haare des Kindes hingegen waren eher von einem hellen Braun. Aber die Augen stimmten – stahlblau –, allerdings hatte das abgebildete Kind einen eher kantigen Kopf. Clayton hatte immer schon ein rundes Gesicht gehabt, als Kind noch mehr als jetzt. Er kannte Bilder von sich, auf denen sein Kopf rund wie eine Bowlingkugel war. Und auch die Kleidung passte nicht und entsprach keineswegs dem, was er als kleiner Junge getragen hatte. Pippa hatte ihn immer in kräftigen Primärfarben gekleidet, gegen die er sich, sobald er alt genug war, gesträubt hatte. Dieses Kind aber trug ein makelloses weißes Hemd, dazu eine elegante beige Hose und marineblaue Hosenträger, die er definitiv noch nie gesehen hatte.

Clayton wusste nicht, was er davon halten sollte. Zu diesem Hinweis gab es keinerlei Instruktionen, aber er brauchte nicht lange, um zu erkennen, worum es ging. Finde den Fehler. Wenn der Junge auf dem Gemälde nicht er selbst war, wer um alles in der Welt war er dann? Und welche Rolle mochte er in seiner Vergangenheit gespielt haben?

35

Die Gemeinschaft der Rätselmacher
Dienstag, 19. März 1991

Wenige Minuten vor neun Uhr, eine volle Stunde früher, als von Pippa erwartet, fuhr ein silberfarbener Renault Clio vor dem Haus vor. Sie war ganz sicher, dass man ihr zehn Uhr für den Begutachtungstermin genannt hatte.

Eine junge Frau stieg aus und hievte einen schweren Pilotenkoffer aus dem Kofferraum.

Sie hatte das Gesicht einer exquisiten Porzellanpuppe, einen modischen blonden Bubikopf und Beine bis zum Hals. Unwillkürlich kam sich Pippa unzulänglich vor. Sie, eine Frau Mitte sechzig, kinderlos, unverheiratet, die noch nicht einmal eine einzige langjährige Beziehung vorzuweisen hatte, sollte sich nun von einer Frau, die ihre Tochter sein könnte, die Zukunft bestimmen lassen? Sie spürte einen Hauch von Missmut.

Hastig öffnete Pippa die Eingangstür und eilte in ihren schäbigen Seidenpantoffeln die Stufen hinunter, bevor sich die Besucherin der Tür auch nur nähern konnte.

In der Eingangshalle, wo noch vor wenigen Tagen ein prächtiger Kristallkronleuchter über ihren Köpfen gehangen hatte, klaffte jetzt ein breites Loch; es war notdürftig von einer Plane abgedeckt, hinter der der blaue Himmel zu erahnen war. Nicht nur musste Pippa dafür sorgen, dass ihr Gast diese kleine Kalamität nicht zu Gesicht bekam, sie musste die Gutachterin auch davon abhalten, mit den anderen Mitbewohnern ins Gespräch zu kommen. Sie wusste ja, zumindest einer von ihnen war entschieden gegen das Vorhaben.

»Guten Morgen«, rief Pippa. »Und danke sehr, dass Sie gekommen sind.«

Die Frau schob sich ein Klemmbrett unter den freien Arm und streckte ihr eine schlanke Hand hin. »Sie sind Miss Allsbrooks? Schön, Sie kennenzulernen.«

Sie ließ den Anhänger sehen, den sie an einem Band um den Hals trug: *Miss Jasmine Knight, Jugendamt, Kinderbetreuung, Mid-Beds County Council.*

»Das Vergnügen ist ganz meinerseits, Miss Knight. Bitte folgen Sie mir. Ich dachte, ich zeige Ihnen erst mal den Garten, wenn Sie nichts dagegen haben. Dann bekommen Sie schon mal einen Eindruck. Gärtnern Sie, Miss Knight? Ich kann nicht behaupten, dass ich nichts lieber täte, aber der Duft in einem Rosengarten zu dieser Jahreszeit ist einfach bezaubernd ...«

Sie klang so verrückt wie ein Märzhase, aber das spielte jetzt keine Rolle, sie musste die Frau dorthin bringen.

Mit einem zögerlichen Grinsen folgte die junge Dame Pippa über den Mosaikpflasterweg, der um das gesamte Anwesen herumführte, musste sehr auf ihre eleganten Pumps achtgeben, vor allem seitlich am Haus, wo sie sich einer Reihe von Pfützen gegenübersahen, die sie, das musste man ihr lassen, leichthin übersprang.

Auf der hinteren Terrasse sah Pippa nur Earl in einem königsblauen Gärtneroutfit, der Gräben für sein Heckenlabyrinth aushob. Sie winkte ihm fröhlich zu, aber er war zu beschäftigt, um sie zu bemerken. Ihr Blick wanderte weiter zum Puzzle-Atelier zwischen den Bäumen. Hector würde dort an seiner jüngsten Kollektion arbeiten, vermutlich allein, da Angel an diesem Morgen eigentlich mit der Aufgabe betraut war, das Haus für ihren besonderen Gast herzurichten. Seit fast einem Jahr half sie im Atelier aus und hatte anscheinend damit begonnen, selbst einige

Bilder zu malen. Hector behauptete, sie habe sich technisch sehr weiterentwickelt, sie sei definitiv talentiert, vor allem verfüge sie über die natürliche Gabe, das Licht einzufangen, aber auch ihre Porträts seien nicht zu verachten. Pippa freute sich für die junge Frau. Angel hatte ein Hobby gefunden, mit dem sie sich beschäftigen konnte. Dafür war die Gemeinschaft ja da. Sich mit den Freuden des Lebens zu befassen.

»Sie haben ein sehr schönes Zuhause«, bemerkte Jasmine. »Es ist wie in einem Märchen.«

Pippa drehte sich um und betrachtete das Haus; die Türmchen, die Steinfassade, die Bogenfenster, die hohen Backsteinkamine, die leicht schief auf dem Dach saßen. Sie konnte ihr nur zustimmen. Das Leben in Creighton Hall war wirklich wie in einem Märchen.

»Und, nehme ich an, der perfekte Ort, um ein Kind großzuziehen.«

»Ja«, stimmte Pippa ihr zu und sah mit einem Lächeln zu der Frau. »Ja, das hoffe ich wirklich.«

Sie verbrachten kaum Zeit im Rosengarten, denn es war klar, dass Miss Knight sich nur mäßig für den Duft der Blüten interessierte. Aber Pippa hatte sie erfolgreich zur Rückseite des Anwesens gelotst und zur Hintertür des Wintergartens, genau dorthin, wo sie sie haben wollte.

»Kommen Sie rein, kommen Sie rein. Und machen Sie sich nicht die Mühe, die Schuhe auszuziehen.«

Drinnen deckte Angel hektisch einen Tisch.

Pippa lächelte ihr verhalten zu.

Die beiden Frauen hatten sich zuvor beinahe gestritten, nachdem Pippa eines der leeren Zimmer besichtigt hatte, das Angel für die Inspektion versprochen hatte vorzubereiten. Allerdings war das Bett nicht gemacht, und die Möbel waren von einer dicken Staubschicht überzogen. Es war nicht zu übersehen, dass sie seit Wochen nicht mehr in diesem Zimmer gewesen war. Letztlich hatte sich dann Pippa selbst eine Schürze umgebunden und alles aufgeräumt und geputzt.

»Miss Knight, ich möchte Ihnen unsere Haushälterin Angel vorstellen.«

»Bitte, nennen Sie mich Jasmine … freut mich, Sie kennenzulernen, Angel.« Sie stellte ihren Koffer unter den Korbtisch. »Es muss schön sein, hier zu arbeiten.«

Die Haushälterin antwortete mit einem gepressten Lächeln, zog ihrem Gast einen Stuhl unter dem Tisch heraus und schob ihn sogleich – kaum hatte Jasmines Hintern die Sitzfläche berührt – wieder unter den Tisch, sodass der jungen Frau ein erschreckter Aufschrei entfuhr.

Unter gemurmelten Entschuldigungen verschwand Angel in Richtung Küche.

»Tut mir leid«, sagte Pippa. »Manchmal ist sie ein wenig unkoordiniert.«

Jasmine winkte nur ab.

»Ich wollte, ich könnte Ihnen sagen, dass sie neu ist«, fuhr Pippa fort. »Aber im Grunde ist sie schon länger hier als wir.«

Kurz darauf kehrte Angel mit einer dreilagigen Etagere zurück und knallte den wackligen Turm mitten auf den Tisch. Lachs-Blinis, kleine Gebäckteilchen, winzige Obsttarts.

»Wollen Sie sonst noch was?«

»Nein, das ist wunderbar«, antwortete Pippa. »Danke, meine Liebe.« Sie schob die Etagere etwas zur Seite, damit sie ihren Gast sehen konnte.

»Mein Gott, was für Leckerbissen«, sagte Jasmine. »Bei den

meisten kann ich von Glück reden, wenn ich überhaupt eine Tasse Tee bekomme.«

Pippa lachte. »Na ja … wir sind hier nicht bei den *meisten.*«

Jasmine sah sie kurz an. »Hmm, ja. Das sehe ich.«

Sie griff in ihren Koffer und brachte eine verwirrend große Zahl von Formularen zum Vorschein. Der Papierkram, erklärte sie, raube immer am meisten Zeit, weshalb sie ihn so schnell wie möglich hinter sich bringen wolle, bevor sie die Begutachtung des Hauses vornehme. »Außerdem … wäre es wohl möglich, mit den anderen Bewohnern zu reden?«

»Den *anderen* Bewohnern?«

»Ja«, erwiderte Jasmine leicht verwirrt. »Das hier ist doch … eine Kommune, oder?«

Pippa verzog das Gesicht. »Sie können es eine Kommune nennen, wenn Sie wollen, Miss Knight.«

»Sie würden eine andere Bezeichnung vorschlagen?«

»Nun, Miss Knight. In Kommunen leben nach meinem Dafürhalten eher Sonderlinge und Spinner. Aber wir hier sind ganz normal. Wie in jeder anderen Familie.«

»Verstehe.«

»Warum wollen Sie denn mit den anderen reden?«

»Zur Absicherung«, antwortete sie. »Es gehört zu unserem üblichen Vorgehen. Jeder im Haushalt wird einer Beurteilung unterzogen.«

Pippa schluckte nervös. »Nehmen Sie Milch?«

Jasmine nickte. Pippa fasste zu dem Porzellanmilchkännchen in Gestalt eines fliegenden chinesischen Drachens – die geblähten Nüstern des Untiers dienten als doppelte Tülle. Das Ding war ein noch nicht sehr altes Geschenk von Larry Towles, der vor einigen Jahren Shanghai und die Fabrik besucht hatte, die seine quaderförmigen Rätsel-Spielsachen aus Plastik herstellte. Er hatte das Kännchen auf einem der örtlichen Märkte aufgetan. Pippa würde es nie verwenden, aber natürlich hatte es in bester Angel-Manier seinen Weg auf den Tisch gefunden – zusammen mit ihrem besten Porzellan.

Pippa starrte auf die Formulare und überlegte sich, welche Ausrede sie vorbringen könnte – warum es schwierig wäre, heute mit den übrigen Mitbewohnern zu reden.

»Miss Allsbrook, Telefon für Sie.«

Pippa seufzte. »Ich hab hier zu tun, Angel. Ist es dringend?«

Die Haushälterin zuckte nur mit den Achseln.

»Haben Sie einen Namen?«

»Ich glaube, ein Edmund. Vielleicht auch ein Edison. Oder ein Edgar?«

Sie war wie immer eine große Hilfe.

»Es geht um ein Bild, das Sie verkaufen wollen.«

Pippa blieb das Herz stehen. *Edwin Dankworth*. Jontys Freund, der Kunsthändler, der sie wohl bereits wegen eines Angebots anrief. Er hatte das Porträt in weniger als einem Tag geschätzt. Das konnte nur Gutes bedeuten.

»Wenn Sie rangehen müssen«, sagte Miss Knight. »Nur zu, ich habe nichts dagegen.«

»Wirklich?«, fragte Pippa atemlos vor Aufregung und erhob sich bereits.

»Ja, ja«, erwiderte Jasmine. »Aber vielleicht wäre das jetzt ein guter Zeitpunkt, um mit den anderen Bewohnern zu reden.«

»Ähm …«

Bevor Pippa sie aufhalten konnte, war sie schon aufgestanden und hatte sich an die Haushälterin gewandt. »Ich freue mich, alle hier kennenzulernen.« Sie griff in ihren Koffer. »Ich habe einige

Formulare, ein paar Fragen, die durchzugehen sind, Leumundszeugnisse und dergleichen. Vielleicht gibt es drinnen einen Raum, in dem man das vornehmen könnte.«

»Ich könnte alle bitten, sich in der Bibliothek zu versammeln«, bot Angel an. »Wenn das genehm ist.«

»Nein«, entgegnete Pippa. »Nein, ich glaube nicht, dass das genehm ist, Angel, danke.«

»Warum nicht? Die meisten sind doch sowieso schon dort.«

Pippa bedachte die Haushälterin mit einem eisigen Blick, aber Angel blinzelte sie nur ungerührt an.

»Wo geht es lang?«, fragte Jasmine.

Angel wies zur Tür. »Einfach da durch. Ich zeig es Ihnen.«

Pippa versuchte die Haushälterin telepathisch mit ihrem Blick zu stoppen, aber es war schon zu spät. Jasmine verließ bereits den Wintergarten und war auf dem Weg zur Eingangshalle.

Die Eingangshalle.

Pippa eilte ihr nach, wollte sie noch irgendwie ablenken, aber bis sie sie eingeholt hatte, stand Jasmine bereits mit offenem Mund unter dem klaffenden Loch in der Decke.

»Großer Gott.«

»Oh … achten Sie gar nicht darauf, Miss Knight. Das ist nur von kosmetischer Natur.«

»Aber die Decke, Miss Allsbrook, die ist ja komplett eingebrochen.«

»Ja, so sieht es wohl aus.«

»Es sieht … *gefährlich* aus. Meinen Sie wirklich, dass es sicher ist … hier zu wohnen?«

Pippa musste sich auf die Zunge beißen. »Ziemlich sicher, ja. Solange wir darunter nicht tanzen. Vielleicht wollen Sie einen kleinen Schritt zurücktreten, Miss Knight.«

Die Mitarbeiterin des Jugendamts, der jetzt erst auffiel, dass sie direkt unter der Öffnung stand, hob schützend den Arm und zog sich mit vorsichtigen Schritten in die Ecke der Halle zurück.

Pippa sah zu Angel.

Die Haushälterin stand hilflos zwischen ihnen und sagte kein Wort. Ihr Gesichtsausdruck war so gequält, dass Pippa ihr sogar einen freundlichen, verzeihenden Blick zukommen ließ.

So sehr sie andere manchmal in den Wahnsinn trieb, sie meinte es nie böse. Angel war immer bestrebt, ihr Bestes zu geben. Nur schien ihr das immer zu misslingen. Dieser Fauxpas allerdings war nicht ihre Schuld. Dafür war einzig und allein Pippa verantwortlich.

Sie lächelte der Mitarbeiterin des Jugendamts zu. »Wir kriegen das in Nullkommanichts geflickt, nicht wahr, Angel?«

Angel sah aus, als würde sie das bezweifeln.

»In Nullkommanichts«, betonte Pippa noch einmal. »Wollen Sie immer noch mit den anderen reden, Miss Knight, oder …?«

Fünf Minuten später drückte Pippa das Ohr an die Tür zur Bibliothek, in der sich alle eingefunden hatten. Jasmine ließ es sich nicht nehmen, ihre Erkundigung fortzusetzen, wahrscheinlich wollte sie erfahren, warum um alles in der Welt jemand in einem Haus mit einem Loch im Dach wohnen wollte.

Sie wolle mit allen reden, wolle herausfinden, wie die Mitbewohner Pippas Charakter beurteilten und ihre Fähigkeit, ein Kind großzuziehen. Pippa wollte sich keine Sekunde davon entgehen lassen.

Angel hatte sie aufgetragen, Edwin Dankworth mitzuteilen, dass sie ihn so schnell wie möglich zurückrufen werde.

Vorsichtig öffnete sie die Tür einen schmalen Spalt und drückte sich an die Tür, damit sie jedes Wort mitbekam.

»Ich habe gehört, Sie wollen von uns eine persönliche Einschätzung ihrer Person?«, erklang Jontys gedämpfte Stimme. »Als Teil der umfangreichen Begutachtung, die Sie vornehmen?«

Jasmine bejahte das.

»Gut«, erwiderte Jonty. »Dann sollten Sie wissen, und das ist wichtig, Miss Knight, dass das, was Sie zu hören bekommen, keine Einzelmeinungen sind. Sie sind nicht das Urteil einer einzigen Person, sondern stellen unsere gemeinsame, kollektive Sicht der Dinge dar.«

Pippa wurde ganz anders.

»Pippa Allsbrook«, fuhr Jonty fort, »ist ein totaler Albtraum. Sie ist kratzbürstig, übellaunig, halsstarrig …«

»Manchmal jagt sie einem Angst ein«, kam es von Larry. »Dann will man ihr nicht in die Quere kommen.«

»Sie ist wirklich eine üble Person«, stimmte Jonty zu.

Was für ein Verrat, dachte sie. *Diese Rückgratlosigkeit* …

»Aber …« Er räusperte sich. »Sie ist fraglos der freundlichste Mensch, den ich kenne. Und so weit ich weiß, nachdem ich mich ausführlich mit Earl darüber unterhalten habe, will sie es wirklich sehr.«

»Sie ist die Güte selbst«, sagte nun Nancy. »Earl hat recht, sie würde eine wunderbare Pflegemutter abgeben. Ich habe es die ganzen Jahre hier erlebt, sie hat sich um uns alle gekümmert, uns umsorgt wie eine Mutter. Aber nicht, dass wir ihr das jemals gesagt hätten. Nicht dass sich noch was darauf einbildet.«

Pippa musste lächeln, sie hatte Tränen in den Augen.

»Sie hat sich um mich gekümmert, als ich es dringend nötig hatte«, verkündete Earl als Nächster. »Als meine Frau starb, hat sie mich fast jeden Tag angerufen …«

Ein warmes Gefühl erfasste Pippa.

»Ich weiß nicht, ob ich ihr jemals gesagt habe, wie dankbar ich ihr dafür bin«, erzählte er weiter. »Für das, was sie damals für mich getan hat. Dass sie mir hier einen Platz angeboten, einen Neuanfang ermöglicht und mir einen neuen Sinn im Leben gegeben hat. Genau das, was ich damals gebraucht habe. Also habe ich beschlossen, alles zu tun, um sie zu unterstützen und die Gemeinschaft davon zu überzeugen, dass sich für diese neue Herausforderung alle hinter sie stellen.«

»Miss Knight«, sagte Jonty. »Wir haben alles besprochen, jede Eventualität, wir haben uns wirklich den Mund fusselig geredet, jetzt wollen wir Ihnen mitteilen, dass wir bereit sind – egal, wer zu uns kommen mag.«

»Pippa ist mehr als fähig, das alles allein zu stemmen«, sagte Nancy. »Aber mit uns allen hier, unserer gesammelten Erfahrung, werden Sie kaum einen besseren Platz finden, um ein Kind großzuziehen.«

»Zusammen zählen wir mehr als tausend Jahre«, erklärte Earl. »Ist Ihnen das bewusst, Miss Knight?«

Bei diesen Worten schloss Pippa leise die Tür. Ihr war ganz warm ums Herz, sie spürte die Zuneigung, die sie ihren Mit-Rätselmachern immer schon entgegengebracht hatte, eine unendliche, sich noch vertiefende, sie geradezu überwältigende Zuneigung.

Sie zog das Taschentuch aus dem Ärmel der Strickjacke und wischte sich über die Augen, während sie durch die Küche in den Wintergarten zurückkehrte.

Wieder am Tisch, nachdem sie das nächste Formular zur Hälfte ausgefüllt hatte, hielt sie abrupt inne – ihr Stift schwebte über dem Blatt.

Der anonyme Verfasser des Protestbriefs musste sich dem Treffen ferngehalten haben. Es gab nur eine Person, deren Stimme sie nicht gehört hatte. Eine Person, die sich durch Abwesenheit verdächtig gemacht hatte.

Hector Haywood.

36

17				

durchmisst das All
und den menschlichen Körper (5)

Am Abend im Hotelbett betrachtete Clayton im Licht der Leselampe den Ring, den Nancy ihm geschenkt hatte, strich vorsichtig über die seltsamen Zeichen und fragte sich, was sie zu bedeuten hatten.

Sofort nach seiner Rückkehr von Harrods hatte er das Porträt des kleinen Jungen auf sein Zimmer gebracht, es in ein Handtuch gewickelt und außer Sichtweite ins Bad gestellt. Er würde es sich morgen noch mal ansehen. Das Kind hatte etwas in seinem Blick – als würde es ihn beobachten.

Gegen Mitternacht griff er im Bett nach dem Kreuzworträtsel auf dem Nachttisch und drehte das Stundenglas mit Pippas Asche um.

Siebzehn waagrecht, dachte er, die Decke bis zum Hals hochgezogen. *Durchmisst das All und den menschlichen Körper, fünf Buchstaben.*

Im Lauf der letzten Abende war es ihm zur Gewohnheit geworden, vor dem Schlafengehen noch einen Blick auf das Kreuzworträtsel zu werfen, in sich zu gehen, die Augen zu schließen und zu versuchen, eine Frage zu lösen, solange Pippas Asche herunterrieselte.

Er hatte in der Vergangenheit nie Schlafprobleme gehabt, seitdem er aber in London war, wachte er jede Nacht mehrmals auf. Es ging ihm einfach zu viel durch den Kopf.

Was haben das All und der menschliche Körper gemeinsam?, dachte er. Ihm fiel nicht viel ein.

Und durchmessen? Etwas in seiner gesamten Länge abmessen? Oder durchqueren?

Er erinnerte sich, dass Siebzehn waagrecht auf das bereits gelöste Sechs senkrecht traf – *Abenteuer* –, wenn er also damit richtig lag, musste er nach einem Wort suchen, das auf **E** endete.

Mit diesen Gedanken schlummerte Clayton ein. Einige Stunden später wachte er mit der Antwort im Kopf auf.

Sonde.

Das klang doch plausibel, dachte er sich. Pippas Neugier hatte sie immer dazu gezwungen, alles zu erkunden, alles zu sondieren.

Als er am nächsten Tag das Hotel verließ, fühlte er sich seltsam leicht – fast, als würde er schweben. Schlafmangel und ein Hauch von Aufregung vermischten sich zu diesem seltsamen Gefühl.

Nachts, als er nach dem Lösen von Siebzehn waagrecht nicht mehr einschlafen konnte, hatte er beschlossen, heute einen seiner Lieblingsorte aufzusuchen, das British Museum. Aber nicht, um sich im Stein von Rosetta zu verlieren oder die Statue von Ramses II. zu bewundern, sondern um die Bedeutung des Rings zu sondieren, den Nancy ihm geschenkt hatte. Es handelte sich offensichtlich um eine griechische Inschrift. Sollte sie darauf verweisen, warum Nancy die Gemeinschaft verlassen hatte, war er entschlossen, ihre Bedeutung herauszufinden.

Er hatte im Lauf der Jahre das British Museum mehrmals besucht, meistens zu Sonderausstellungen und immer mit Pippa an seiner Seite. Nun würde er allein hingehen.

Auf der Museums-Website hatte er erfahren, dass um zwölf Uhr eine geführte Tour durch die griechischen und römischen Ausstellungsräume angeboten wurde. Vielleicht konnte er jemanden finden, der sich die Gravur ansah, wenn er freundlich darum bat.

Clayton schlenderte am Rand des Hyde Park entlang, dachte über seinen geplanten Tagesablauf nach und blieb abrupt stehen, um auf die Uhr zu sehen.

Ein Passant hinter ihm, der in sein Handy vertieft vor sich hin lief, stieß fast gegen ihn.

»Sorry«, rief er, aber der andere war leise fluchend bereits weitergelaufen.

Clayton rührte sich immer noch nicht von der Stelle. Er hatte noch einige Stunden, bis die Tour anfing.

Was tun? Er sah über die Schulter, und einem Impuls folgend drehte er sich kurzerhand um, sodass er nach Norden blickte, in Richtung Paddington. Dorthin, wo er Neil das letzte Mal gesehen hatte.

Und dann überquerte er die Straße und schlug die entgegengesetzte Richtung ein. Vielleicht bekam er die *Serendipity* ja noch mal zu Gesicht.

Nur ganz kurz, dachte er sich. Ein kurzer Blick auf das Hausboot, auf dem Neil wohnte. Rein aus Neugier, sonst nichts.

In das Grau der Stadt trat sofort ein heller Zauber, als er die stille Oase von Little Venice betrat. Clayton wurde an Alice erinnert beim Eintritt in das bunte, verzaubernde Wunderland. Als wäre er in eine andere Welt gefallen.

Üppige, sich im Wasser spiegelnde Ulmen verwandelten die trüben Gewässer in ein lebhaftes Limonengrün; die verschnörkelten Brücken, die die Kanäle überspannten, setzten in alle Richtungen himmelblaue Akzente, und die charakteristischen Boote waren in sämtlichen Regenbogenfarben bemalt und mit fantasievollen Namen versehen, bei denen Clayton schmunzeln musste. Vor allem genoss er die Wortspiele. *Over the Hull. Vitamin Sea. Unsinkable II. She Got The House.*

Es dauerte nicht lange und Clayton entdeckte zu seiner Freude Neils Hausboot. Die *Serendipity* lag zwischen *M'Darlin'* und *Happy Daze.*

Es war nicht so groß und so imposant wie einige der anderen Boote, aber die hölzernen Pflanztöpfe auf dem Dach und die schimmernden Messing-Bullaugen, auf denen sich das Licht fing, verliehen ihm einen rustikalen Charme. Auch die Farben, die klassische Kanalboot-Palette, trugen dazu bei: Waldgrün, dazu leuchtendes Rot und Gelb für die Verzierungen. Neil war offensichtlich in manchen Dingen Traditionalist – wie Clayton selbst.

Er ließ sich auf einer Bank mit Blick auf das Wasser nieder und hatte kaum die Beine ausgestreckt, als ihm eine große getigerte Katze auffiel, die sich über das Dach des Bootes schlich. Er war an die zwanzig Meter entfernt, aber nach ihrer riesigen, struppigen Gestalt und dem langen, buschigen Schwanz konnte es nur eine Maine Coon sein. Der sanfte Riese in der Welt der Katzen.

Die Katze schlenderte von der *Serendipity* zur *Great Escape* – sprang von Bug zu Bug –, bevor sie den Weg zum Treidelpfad einschlug.

»Na, hallo«, murmelte er.

Die Katze kam näher. Clayton sah tatsächlich unter der Bank nach, auf der er saß, ob sich dort vielleicht ein Eichhörnchen oder ein Vogel versteckt hielt, aber natürlich war da nichts. Die Katze wollte wirklich ihn begrüßen.

»Na, du bist aber ein freundliches Tier, was?«

Ihre Schnurrhaare kitzelten seine ausgestreckte Hand.

»Magst du am Kopf gekrault werden?«, fragte er und fuhr ihr mit zwei Fingern über die Stirn. Genau zwischen den Augen, das war Klotskis Lieblingsstelle.

Die Katze begann zu schnurren – ein tiefes, fast rasselndes Rumoren –, und plötzlich packte Clayton Heimweh.

»Ich bin Clayton«, flüsterte er. »Und wie heißt du?«

Die Katze sah zu ihm auf und blinzelte ihn an. Ihre Augen hatten die Farbe von Orangenmarmelade.

Jetzt redete er schon mit einer Straßenkatze! Hatte er den Verstand verloren?

Er kauerte halb auf den Knien vor der Bank, und als er sich wieder richtig hinsetzte, spürte er, dass jemand hinter ihm stand.

»Ah, hallo«, wurde er begrüßt. Das Blut schoss Clayton in die Ohren.

Und als er die zerschlissenen Turnschuhe erkannte, bekam er schlagartig weiche Knie.

»Oh … *hallo?*«

Er versuchte sich noch überrascht zu geben, aber Neil streckte ihm schon die Hand entgegen.

Er trug einen dunklen weiten Pullover und enge graue Jeans, eine Baseball-Mütze verbarg seine Augen. »Schön, dich zu sehen.«

Clayton wurde rot. Er wusste nicht, was er sagen sollte, also lachte er nur. Was eher zu einem überdrehten Bellen geriet. »Ja«, brachte er endlich heraus. »Wie komisch.«

Neil setzte sich neben ihn, kurz herrschte Schweigen.

Clayton fuhr sich durch die sorgfältig gekämmten Haare. »Ich hab völlig vergessen, dass du hier in der Gegend wohnst …«

»Ach ja?«

Er nickte und versuchte Neils scharfem Blick auszuweichen.

»Ja, völlig vergessen. Erst jetzt hab ich mich wieder daran erinnert. Dein Boot muss hier irgendwo liegen, oder?«

»Genau dort«, antwortete Neil und zeigte auf das unübersehbare, fünfzehn Meter lange Boot, das direkt vor ihnen vertäut war. »Die *Serendipity*.«

»Mein Gott. Da ist es ja.«

Claytons Wangen brannten so stark wie damals bei seinem Allergieanfall nach dem Verzehr von Schalentieren; er sah sein mit roten Flecken überzogenes Gesicht deutlich vor sich.

Neil musterte ihn jetzt, was die Sache nicht besser machte. »Also, erzähl. Warum hängst du in Little Venice ab?«

»Oh«, antwortete Clayton. »Ich dachte mir, sieh dir mal was Neues an.«

»Aha.«

»Ich wollte neue Stadtteile von London erkunden … meinen Horizont erweitern.«

Er hätte Pippa verfluchen können. Das alles ging auf ihre Kappe. Hätte sie ihn nicht dazu ermutigt, wäre er nie hierhergekommen und hätte sich nicht zum Idioten gemacht. Aber das nächste Mal wäre er schlauer. Es brachte nichts, wenn man die Nase in fremde Angelegenheiten steckte.

»Eigentlich bin ich auf dem Weg ins British Museum.«

»Wie schön«, erwiderte Neil. »Ich bin gern dort.«

»Ja?«

Neil nickte. »Ich bin so was wie ein Nerd … falls dir das noch nicht aufgefallen sein sollte.«

Clayton war es noch nicht aufgefallen. Aber vermutlich könnte er selbst ebenfalls als Nerd bezeichnet werden, wenn das hieß, dass er so was wie ein Außenseiter war … ein Eigenbrötler.

»Nancy hat mir diesen Ring geschenkt«, erklärte er und zog

ihn aus der Tasche. »Er hat eine seltsame Gravur, wahrscheinlich Griechisch. Also dachte ich mir, jemand im Museum könnte mir das übersetzen.«

»Warum fragst du nicht Nancy selbst danach? Oder googelst sie?«

Clayton, von der Bemerkung überrumpelt, verstummte. Nancy war davongeeilt, bevor er sie hätte fragen können. Aber dass er im Netz danach suchen konnte, war ihm gar nicht in den Sinn gekommen.

»Darum geht es aber doch bei einem Rätsel«, antwortete er nachdenklich. »Das Vergnügen liegt doch im Finden der Lösung, nicht in der Lösung selbst.«

Plötzlich hatte sich die Katze aufgerichtet und ihm die Pfoten auf die Knie gelegt, dazu stieß sie ein leises fragendes Miauen aus.

»Sieht aus, als hättest du einen Freund gefunden.«

»Ja«, stimmte Clayton zu. *Und ich würde gern noch einen finden*, dachte er sich.

Neil hob die Katze hoch und hielt sie wie ein Baby in den Armen. »Das ist übrigens Muriel.«

»Sie gehört dir?«

Neil nickte. »Na ja, ich würde nicht unbedingt sagen, dass sie mir gehört. Ich hab sie von einer Frau, die ich gepflegt habe. Ich hab eher das Gefühl, sie gehört zu jedem, den sie gerade trifft. Egal, wo ich bin, sie streift von Boot zu Boot, und jeder verliebt sich in sie. Sie ist ausgesprochen schamlos.«

»Schön für sie«, sagte Clayton. »Wir könnten alle das eine oder andere von Muriel lernen, oder?«

»Ja. Sie hat viel mehr Freunde als ich. Sie ist sogar auf Instagram.«

»Nein!«

Neil nickte. »@Canal_Cat_Capers. Sie hat zwölftausend Follower. Elftausendneunhundertvierzig mehr als ich.«

Grinsend sahen sich die beiden an.

»Zwölftausend mehr als ich«, sagte Clayton. Mit den sozialen Medien hatte er nie zu tun gehabt.

»Tolles Boot übrigens«, fuhr er fort und zeigte auf das Hausboot vor ihnen. »Du hast mir nicht erzählt, warum es *Serendipity* heißt.«

»Nein«, antwortete Neil. »Nein, das hab ich dir noch nicht erzählt.« Er sah zu Boden. »Es ist eine lange Geschichte.«

Clayton betrachtete den Namen. *Serendipity.* Die Bedeutung, die dem Begriff zugrunde lag, war natürlich herrlich. Das Wort bezeichnet einen glücklichen Zufall, durch den man etwas entdeckt, was man gar nicht gesucht hat. Aber nichts im Leben geschah durch Zufall, durch eine glückliche Fügung. Wenn er wollte, dass sich in seinem Leben etwas Zufälliges ereignete, musste er schon dafür sorgen, dass es sich ereignete. Wenn er ein wenig Glück benötigte, musste er sich darum kümmern.

»Würdest du mitkommen?«, hörte Clayton sich sagen.

»Mitkommen?«

Clayton schluckte. »Ins Museum, meine ich. Nur wenn du Lust hast natürlich. Ich nehme an, du hast was anderes vor, es kommt sehr kurzfristig …«

Neil schob die Füße hin und her und fasste sich in den Nacken. »Ja. Ich meine, nein, ich hab gerade nichts anderes vor. Warum nicht? Wenn du willst, komme ich mit.«

Clayton lächelte still vor sich hin, und seine Wangen glühten.

37

Die Gemeinschaft der Rätselmacher
Dienstag, 26. März 1991

Pippa saß allein in ihrem fahl beleuchteten Arbeitszimmer, wendete das Schreiben vom *MID-BEDS COUNCIL* im Licht der Bankierslampe hin und her und wappnete sich für das Ergebnis ihrer Bewerbung.

Der Besuch der Jugendamtsmitarbeiterin lag eine Woche zurück. Sie glaubte zu wissen, wer sich anonym gegen ihr Ansinnen ausgesprochen hatte, und fühlte sich schrecklich, dass sie Hector dessen verdächtigt hatte. Natürlich hatte er während des Besuchs der Mitarbeiterin in seinem Atelier gearbeitet und gar nicht mitbekommen, dass diese mit den Bewohnern reden wollte. Es war der jämmerliche alte Dummkopf Eric Stoppard – der, der die Holzspielsachen schnitzte –, der ihr ständig mit der von allen unterzeichneten Vereinbarung in den Ohren lag. Er war ein Paragrafenreiter, sonst nichts, zu rückgratlos, um die Sache persönlich vorzubringen, daher hatte er ihr den gemeinen kleinen Brief zukommen lassen. Pippa war mittlerweile davon überzeugt.

Der Brief vom Council hatte zwanzig Minuten zuvor auf ihrer Türmatte gelegen, sie hatte aber gezögert, ihn zu öffnen. Stattdessen war sie also nach draußen verschwunden und hatte einige Runden im Garten gedreht, hatte zur Ruhe kommen und vor allem den anderen im Frühstücksraum aus dem Weg gehen wollen, die sie ständig löcherten, warum die Reparaturarbeiten noch nicht begonnen hatten, wann das Dach endlich repariert würde, ob es sicher wäre, in einem Gebäude zu wohnen, das doch allem

Anschein nach über ihren Köpfen zusammenbrach. *Warum diese Verzögerungen?*

Seit dem Leck im Dach hatte sich eine schlechte Neuigkeit an die nächste gereiht. Nun griff Pippa zu ihrem silbernen Brieföffner in der obersten Schublade und überlegte, ob nicht nur aller guten, sondern auch aller schlechten Dinge drei wären.

Als Erstes war ein neues Schreiben von der Firma eingetroffen, die mit der Reparatur des Dachs betraut war. Die Begutachtung war abgeschlossen, beigelegt war eine Kostenaufstellung. Sie enthielt alles, was sie nicht hören wollte. Der Schaden sei *gravierend*, die auszuführenden Arbeiten *umfangreich*, die Kosten *horrend*.

Die zweite Bombe stammte von Jontys befreundetem Kunsthändler Edwin Dankworth, den sie gleich nach Miss Knights Verabschiedung zurückgerufen hatte.

Das wertgeschätzte Porträt ihrer verstorbenen Mutter – von dem sie geglaubt hatte, es würde sie aus dieser Misere retten – war praktisch wertlos. Der Künstler war mittlerweile völlig aus der Mode; der Firnis war abgetragen, stellenweise fehlten gleich mehrere Farbschichten. Zu seinem großem Bedauern hatte Mr Dankworth darauf hingewiesen, dass der vergoldete Rahmen vermutlich mehr wert sei als das Bild selbst. Deshalb hatte er sie so schnell angerufen. Er hatte nicht gewollt, dass sie sich unberechtigte Hoffnungen machte.

Und dann, drittens …

Pippa riss den Umschlag mit einer einzigen Bewegung auf und zog das Schreiben heraus. Ihr Blick ging sofort zum abschließenden Absatz unten auf der Seite.

Die Unterkunft entspricht nicht den erforderlichen Sicherheitskriterien …

Pippa sackte in sich zusammen.

Aufgrund nicht erfüllter Sicherheitskriterien bezüglich der Unterkunft wird Ihre Bewerbung bis auf Weiteres abschlägig beschieden.

Obwohl sie gewusst hatte, dass es so kommen würde, war es dennoch ein Schock, es schwarz auf weiß zu lesen.

Sie war an der letzten Hürde gescheitert.

Der Traum von einem Pflegekind war ausgeträumt. Miss Knight hatte beschieden, dass die Gemeinschaft der Rätselmacher keine angemessene Umgebung bieten konnte, um ein Kind großzuziehen. Nicht weil Pippa nicht in der Lage wäre, die Elternrolle auszufüllen, nicht wegen der mangelnden Unterstützung durch die anderen Bewohner, sondern wegen einer Sache, die Pippa schon vor Monaten hätte angehen sollen und die nun nicht mehr zu retten war. Das Haus war als Unterkunft nicht geeignet.

Pippa schloss die Augen und atmete tief durch.

Es war an der Zeit, sich der Realität zu stellen. Sie würde den anderen gegenüber alles aufdecken müssen. Schonungslos die finanzielle Situation darlegen. Die Hoffnungslosigkeit. Ihnen allen die undenkbaren Gedanken mitteilen, die ihr in den letzten Tagen durch den Kopf gegangen waren. Sie konnten nicht in einem Haus mit einem undichten Dach leben, für dessen Reparatur sie kein Geld hatten. Sie hatte sie alle im Stich gelassen. Die letzten Jahre waren sie mehr schlecht als recht über die Runden gekommen, aber Pippa hatte nicht wahrhaben wollen, dass sie immer weiter ins Minus rutschten. Jetzt waren sie an einem Punkt angelangt, an dem es kein Zurück mehr gab. Jetzt war es an der Zeit, ihre Verluste zu begrenzen. Alles zusammenzupacken. Sie hatten eine schöne Zeit miteinander verbracht. *Sie kamen, sie sahen, sie lösten.* Was würde ihr jetzt noch übrig bleiben? Sie würde Creighton Hall verkaufen müssen.

38

2								

enthüllen oder preisgeben (9)

Wenige Minuten vor zwölf, unter dem tessellierten Glasdach eines der größten Museen der Welt, erschien am Informationsschalter eine ernste Dame, die in ein übergroßes weißes Bettlaken gehüllt war.

Das Kostüm sollte vermutlich eine griechische Toga darstellen, das Arrangement aber – ein Herrengürtel war etwas zu lässig um die Taille gebunden, ein roter Seidenschal über die Schulter drapiert – vermittelte eher den Eindruck einer Person, um die man lieber einen weiten Bogen machte.

»Da drüben ist eine Frau als griechische Göttin gekleidet«, sagte Neil. Seine Hand steckte in einer Packung Fruchtgummis – Tutanchamun-Naschereien. »Meinst du, die leitet die Tour?«

Clayton verzog das Gesicht. »Entweder das – oder sie sollte sich mal um ihre Garderobe kümmern.«

Neil lachte. Er biss einem Fruchtgummi-Pharao den Kopf ab. »Willst du auch?«

»Warum nicht?« Clayton fischte eine Erdbeer-Sphinx aus der Packung und kappte ihr Hinterteil. Es fühlte sich an, als würde er eine Batterie abschlecken.

»Die sind sauer«, sagte Neil.

Unwillkürlich fasste sich Clayton an den Mund, damit er das Fruchtgummi nicht gleich wieder ausspuckte. »Wie viel haben die gekostet?«

»Vier Pfund«, antwortete Neil nonchalant.

Clayton blies die Backen auf. »Da haben sie dir aber ganz schön das Geld aus der Tasche gezogen.«

Die kostümierte Frau hinter dem Schalter legte die Hände an den Mund und rief: »Die Führung durch die griechischen und römischen Ausstellungsräume beginnt in zwei Minuten!«

Sie beide gingen zu ihr hinüber. Eine Touristengruppe hatte sich bereits versammelt, alle wischten auf ihren Handys herum. Als die Frau allerdings die Köpfe abzuzählen begann, zerstreuten sich alle, sodass nur Clayton und der wacker seine Fruchtgummis kauende Neil übrig blieben.

»Nur wir?«, fragte er.

Die Frau lächelte gequält. »Vielleicht sollten wir noch etwas warten. Falls noch jemand auf die letzte Minute kommt.«

Für Clayton die Gelegenheit, sie auf seine etwas unübliche Bitte anzusprechen.

So sehr er auch am alten Griechenland, an den Mythen und Legenden, den tapferen Spartanern interessiert war, heute ging es ihm nur um eines: die Gravur in dem Ring, den er in seiner Jackentasche hatte.

Er erklärte der Frau, dass er vor Kurzem in den Besitz eines Schmuckstücks gekommen sei, an dessen Innenseite Buchstaben aus dem griechischen Alphabet eingraviert waren.

»Vielleicht«, sagte er, »könnten Sie mal einen Blick drauf werfen? Und mir sagen, was die Inschrift bedeutet? Wenn sie denn irgendwas … bedeutet.«

Die Historikerin blinzelte ihn an, streckte die Hand aus und gab einen abgrundtiefen Seufzer von sich. »Man könnte meinen, wir wären hier in einer Trödelshow …«

Clayton reichte ihr den Ring.

Sie hielt das Schmuckstück ins Licht und kniff ein Auge zu, während sie es musterte. Nach nur wenigen Sekunden gab sie ihn zurück, sagte aber kein Wort.

»Wissen Sie, was das heißt?«, fragte er ungeduldig.

Fast verzweifelt sah sie sich nach weiteren Tour-Interessenten um. Vergeblich. Wieder blickte sie auf ihre Uhr, Clayton tat das Gleiche. Vier Minuten nach zwölf.

»Dann also nur Sie beide«, erwiderte sie und justierte ihren Gürtel neu. »Ich bin Julie und werde Sie heute durch die Räume führen. Wollen Sie mir ins prähistorische Europa folgen?«

Damit drehte sie sich um und stapfte auf die große Marmortreppe zu. Unter ihrem wallenden Bettlaken waren abgetretene Latschen zu erkennen, die laut auf die Steinstufen klatschten, während sie zur Ebene drei hinaufgingen. Grinsend sah Neil zu Clayton.

Zusammen eilten sie durch die Amerika-Abteilung, durch den Nahen Osten, bis sie einen mit »Griechenland und Rom« bezeichneten Ausstellungsraum erreichten.

»Da Sie ganz eigene … Interessen verfolgen«, sagte Julie, »dachte ich mir, beginnen wir unsere Tour hier. Darf ich Ihnen vorschlagen, dass Sie sich das da drüben ansehen, Sir, neben den Steintafeln? Exponat vier A.«

Sie deutete auf eine Vitrine mitten im Raum. »Ich warte so lange, bis Sie fertig sind«, fügte sie mit einem fast süffisanten Grinsen an.

Clayton winkte Neil zu sich heran, und zusammen begaben sie sich zu einer Reihe von unscheinbaren, hinter Glas angeleuchteten Steinblöcken.

Vor ihnen, auf einer Informationstafel, waren die griechischen Buchstaben und ihre Bezeichnungen aufgeführt. Links war der griechische Buchstabe dargestellt, gefolgt von seinem Namen, rechts fand sich die lateinische Umschreibung.

Er gab Neil den Ring, nahm einen Stift und malte die Zeichen der Gravur auf die Rückseite des Museumsführers, so gut ihm das gelang.

Φιλία

A, α Alpha = a	*N, ν Ny = n*
B, β Beta = b	*Ξ, ξ Xi = X*
Γ, γ Gamma = g	*O, o Omikron = o (kurz)*
Δ, δ Delta = d	*Π, π Pi = p*
E, ε Epsilon = e (kurz)	*P, ρ Rho = r, rh*
Z, ζ Zeta = z	*Σ, σ, ς Sigma = s*
H, η Eta = e (lang)	*T, τ Tau = t*
Θ, θ Theta = th	*Υ, υ Ypsilon = y*
I, ι Iota = i	*Φ, φ Phi = ph*
K, κ Kappa = k	*X, χ Chi = ch*
Λ, λ Lambda = l	*Ψ, ψ Psi = ps*
M, μ My = m	*Ω, ω Omega = o (lang)*

»Wer schneller ist!«, sagte Neil.

Claytons Blick flog zwischen der Tafel und seinem Museumsführer hin und her, während er die lateinische Umschrift auf die Seite kritzelte.

»Ich glaube, ich hab's«, verkündete Neil nach nur wenigen Sekunden.

»Moment«, sagte Clayton. »Bin fast fertig.«

Schließlich stand das aus fünf Buchstaben bestehende Wort auf seinem Museumsführer. Julie, die Historikerin, sah ihm über die Schulter.

»*Philía*«, sagte er. »*P–H–I–L–Í–A*.«

Neil nickte.

»Und was heißt das?«

»Ich weiß es«, sagte Neil, bevor ihre Führerin irgendetwas sagen konnte. »Ich glaube es zumindest.«

»Dann los!«

»Es bedeutet *Liebe*, oder?«

Beide sahen zu Julie, die Neil musterte, als hätte sie ihn jetzt zum ersten Mal gesehen.

»Das ist richtig«, sagte sie. »Woher wissen Sie das?«

»Es war vor ein paar Wochen eine Frage in *Mastermind*. Ich sehe mir jede Sendung an, schon seit ich ein kleines Kind bin.«

Sie lächelte. »Aber es gibt noch mehr dazu zu sagen.«

»Nur zu«, drängte Clayton.

»Die alten Griechen hatten eine sehr komplexe Vorstellung von Liebe, sehr viel komplexer, als wir sie heute haben. Tatsächlich unterschieden sie sechs verschiedene Arten.«

»Von Liebe?«

»Genau.«

»Diese Form – *Philía* – beschreibt eine besondere Form der Zuneigung. Eine tiefe, fast spirituelle Verbundenheit. Die Liebe, die man mit seinem besten Freund, seinem Partner, einem Seelenverwandten teilt.«

»Also keine sexuelle Liebe?«

Julie schüttelte den Kopf. »So ziemlich das Gegenteil. Eine *platonische* Liebe.«

Der Mann also, der Nancy diesen Ring schenkte, hatte sie geliebt, aber als ein Freund, nicht als ihr Liebhaber.

»Ich dachte, es wäre ein Ehering gewesen«, sagte Clayton kopfschüttelnd. »Keine Ahnung, wie ich darauf kam.«

»Es ist ein Freundschaftsring«, sagte sie. »Im reinsten Sinn. Wer diesen Ring verschenkte, wollte der Person mitteilen, dass er das Zusammensein mit ihr schätzt, dass er sie liebt, aber auf eine ganz besondere Weise.«

Er sah zu Julie. Wenn die Griechen recht hatten und die Liebe in so mannigfaltiger Gestalt auftreten konnte, wie war es dann möglich, die einzelnen Formen der Liebe zu unterscheiden? Wie unterschied sich die Liebe einer innigen Freundschaft von einer, die auf Leidenschaft und sexueller Lust basierte? Konnte im Lauf der Zeit aus der einen die andere werden?

Nach dem Ende der Führung – Clayton und Neil fühlten sich dazu verpflichtet, die gesamte Tour zu absolvieren – eilten beide ins Freie, ließen sich auf den Stufen unter den großen monolithischen Säulen nieder und teilten sich die restlichen Tutanchamun-Fruchtgummis.

»Du findest es hoffentlich nicht krank«, sagte Neil und wurde erkennbar rot dabei, »aber ich hab dich nachgeschlagen … im Internet, meine ich.«

»Oh. Warum?«, fragte er aufgeschreckt.

»Ich war interessiert. Ich hab zum Teil mit angehört, worüber du und Nancy gesprochen habt, über die Gemeinschaft … Also, ich hab nicht gelauscht oder so. Aber ihr habt die Tür offen gelassen.«

»Es stört mich nicht.« Clayton fühlte sich seltsam geschmeichelt. »Was hast du gefunden?«

»Es gibt ein paar Artikel über dich.«

Clayton winkte ab. »Es wurde viel Aufhebens darum gemacht, als ich vor der Eingangstür aufgetaucht bin.« Ihn fröstelte leicht; er zog die Jacke um sich. »Ich würde nicht alles glauben, was es zu lesen gibt, Neil. Das meiste ist reine Erfindung. Die Journalisten haben übertrieben.«

Clayton konnte nicht mehr sagen, wie oft er von dem Medienrummel gehört hatte, dem er und die Gemeinschaft in den Tagen und Wochen nach seiner mysteriösen Ankunft ausgesetzt gewesen waren.

Die Gemeinschaft der Rätselmacher florierte, als er auftauchte. Nach einer recht holprigen Phase stieg das Ansehen der Gemeinschaft stetig an. Jedenfalls wachten die Bewohner eines Morgens auf und stellten fest, dass Fotografen des *Mirror* und der *Sun* vor den Toren kampierten und hofften, das mysteriöse Baby zu Gesicht zu bekommen, das Gerüchten zufolge in einer Hutschachtel vor der Tür abgelegt worden war. Letztlich rief Pippa einige Bekannte an – Redakteure der Boulevardpresse, die sie von gemeinsamen Mittagessen in der Fleet Street kannte – und bat sie in aller Höflichkeit, sich mehr zurückzunehmen. Das Kind habe doch nichts getan, um diese Übergriffe zu rechtfertigen.

»Und was war nun? Weißt du mittlerweile, woher du kommst?«

Clayton seufzte. »Ich weiß es immer noch nicht.«

»Nein?«

Er schüttelte den Kopf.

Es war an der Zeit, reinen Tisch zu machen. Denn was war denn eine Freundschaft – selbst eine sich gerade erst entwickelnde Freundschaft –, wenn nicht die Gelegenheit, sich in seiner ganzen Persönlichkeit zu offenbaren?

Er würde alles **aufdecken**. Gegenüber einem völlig Fremden.

Und so, als sie sich auf den Weg machten, den sie gekommen waren, erzählte Clayton Neil alles. Von der Rätselspur, der er zu folgen versuchte, den Fragen, die sich eine Frau ausgedacht hatte, die ihn wie ihren eigenen Sohn großgezogen und die ein Kreuzworträtsel hinterlassen hatte, das ihn dazu zwang, sich allem Möglichen zu stellen, Dinge zu erfahren, die ihm sonst verschlossen geblieben wären, zu denen unter anderem auch diese Beichte gehörte. Dass die ersten Hinweise ihn vor einigen Tagen ins Haus seiner Arbeitgeberin geführt hatten; dass er in Erwägung gezogen hatte, ob Nancy Stone nicht seine leibliche Mutter sein könnte, vor allem, nachdem er ihre vielen Hüte im Flur gesehen und sie den Namen des Hutmacherladens ihres Vaters verraten hatte. Hackney Hatters. Was zur Inschrift auf der Hutschachtel passte, in der er ausgesetzt worden war: *H. H.* Dass Nancy ihm geholfen hatte, das Porträt eines kleinen Jungen im Tresorraum von Harrods aufzuspüren, eines Jungen, der seltsamerweise ihm sehr ähnlich sah. Und dass er nicht wusste, was er von alldem halten sollte. Dass er im Grunde wieder am Anfang stand.

Es dämmerte bereits, als er mit seiner Erzählung zu Ende war. Erneut hatte Clayton Neil sehr viel weiter begleitet, als eigentlich nötig gewesen wäre. Die Abzweigung zu seinem Hotel lag mehrere Hundert Meter hinter ihnen, aber es ging ihm so gut, dass er sich nicht darum kümmerte.

»Steck dein Handy weg.«

»Wie bitte?« Clayton wollte ihm gerade das Bild zeigen, das er von dem Kinderporträt gemacht hatte. »Was?«

»Steck dein Handy weg, sofort.«

Vor ihnen waren zwei lange Gestalten mit Skimasken aus dem Schatten einer Fußgängerüberführung aufgetaucht.

Neil neben ihm war wie erstarrt und hatte sich ein paar Schritte von ihm entfernt.

»Wenn sie was haben wollen«, flüsterte Neil, »gib es ihnen einfach. Du weißt nicht, was sie sonst noch bei sich haben.«

39

Die Gemeinschaft der Rätselmacher
Mittwoch, 27. März 1991

In Creighton Hall war es unheimlich still. Selbst das gleichmäßige Ticken der alten Standuhr in der Ecke des Versammlungsraums klang unheilvoller als sonst.

Pippa hatte alle kurzfristig für neun Uhr einbestellt. Jeder wusste, dass eine Notfallsitzung nur dann anberaumt würde, wenn es sehr Gutes oder sehr Schlechtes zu vermelden gab. Und da sie den anderen in den letzten Tagen aus dem Weg gegangen war, rechneten sie mit dem Schlimmsten.

»Ich weiß nicht, wie ich es sonst sagen soll«, begann sie bemüht um einen leichten Tonfall, obwohl sie den Tränen nahe war. »Aber in Wahrheit kommen wir seit geraumer Weile finanziell gerade mal so über die Runden. Die Reserven sind aufgebraucht, und ich fürchte, wir sind am Ende des Weges angelangt …«

Gonnnng.

Die Uhr schlug die neunte Stunde, mitten hinein in Pippas Ansprache, was ihr die Gelegenheit bot, sich kurz von den Versammelten abzuwenden. Es fiel ihr schwer, ihnen in die Augen zu sehen.

Gonnnng. Ihr war, als verkündete die Uhr noch etwas anderes. *Gonnnng.* Den Anfang vom Ende.

»Noch ein Unwetter«, fuhr sie fort, »und das ganze Dach könnte einstürzen. Jemand könnte verletzt werden. Das Gebäude ist nicht sicher. Ich wünschte, wir hätten einen Goldesel. Aber den gibt es nun mal nicht. Ich habe alles versucht, wirklich alles, ich habe Erbstücke verkauft – Gemälde, Schmuck, alles von Wert –, aber das ist keine Lösung. Wir haben zu wenig Einnahmen. Mir gehen die Möglichkeiten aus …«

»Aber was willst du uns denn sagen?«, fragte Nancy, die ihre Zigarette im Glasaschenbecher vor sich ausdrückte. »Schlägst du vor … dass *wir* es reparieren?«

Sie saß so weit von Jonty entfernt, wie es überhaupt möglich war, beide nahmen die entgegengesetzten Plätze an dem langen Tisch ein. Pippa wusste nicht, was zwischen den beiden vorgefallen war, allerdings war ihr nicht entgangen, dass ihre Freundin nicht mehr den Ring trug, den Jonty ihr am Valentinstag geschenkt hatte. Die beiden schienen mächtig zerstritten zu sein. Aber das war das Letzte, worum sich Pippa jetzt kümmern wollte.

Sie schloss die Augen, holte tief Luft und erwiderte den Blick ihrer Freundin.

»Nance, ich fürchte, es ist vorbei.«

»*Vorbei?*«, wiederholte Nancy verwirrt.

Pippa nickte. Sie war kreidebleich geworden und fand kaum noch Kraft für eine Antwort. »Das Spiel ist aus. Ich beende die Gemeinschaft der Rätselmacher.«

Die Szene, dachte sie sich, hatte etwas von einem Renaissancegemälde. Sie, die mittig vor dem langen Mahagonitisch stand, und ihre Jünger, ihre treu ergebenen Rätselmacher, die zu ihr aufsahen: blass, die blanke Panik im Gesicht, um Bestärkung flehend.

Jonty hob die Hand.

»Ja, Jonty?«

Er räusperte sich. »Willst du uns sagen, dass das Geld, das wir verdient haben … das Kapital, das wir *zusammen* erwirtschaftet haben, … verprasst wurde?«

»Nicht verprasst, Jonty. Nur ausgegeben. Mir war nie klar, wie teuer der Unterhalt des Gebäudes ist. Das Geld fließt nur so ab. Das Geld kommt rein und geht gleich wieder raus.«

»Aber es müssen doch Rücklagen vorhanden sein. Eine Notfallreserve?« Earl sah sie mit seinen freundlichen Augen an. Pippa konnte seinem Blick nur schwer standhalten.

»Ich wünschte, ich hätte daran gedacht, Earl. Jetzt weiß ich es besser. Ich fürchte, ich habe euch alle im Stich gelassen.«

»Entschuldigung.« Hector schüttelte den Kopf. »Wir können also das Dach nicht reparieren? Es ist nichts mehr auf der Bank?«

»Ein paar Tausend, höchstens.«

»Was, wenn wir den Gürtel enger schnallen?«, fragte Nancy. »Uns von der Bank Geld leihen?«

Pippa schüttelte den Kopf. »Wir zahlen immer noch Darlehen ab, außerdem habe ich alles von Wert aus meinem persönlichen Besitz verkauft, nur damit es hier weitergeht. Das mache ich seit Jahren so. Ich wollte niemanden damit beunruhigen.«

Kollektives Kopfschütteln. Pippa fühlte sich schrecklich. In Nancys gequältem Blick lag etwas Verächtliches. Am anderen Ende des Tisches schob Eric Stoppard – der zurückhaltende Holzkästchenbauer, der sich selten außerhalb seiner Werkstatt blicken ließ – laut den Stuhl zurück und verließ wortlos den Raum.

»Hat irgendjemand etwas zu sagen?«, fragte Pippa.

Geoff Stirrup, der sanftmütige Zahlenmensch, hob den Arm. »Nur damit ich das richtig verstehe. Du erzählst uns also, dass die Gemeinschaft abgewickelt wird. Das willst du uns … sagen?«

»Das kann doch nicht sein«, sagte Earl. »Dem ist doch nicht so, oder, Pip?«

Pippa war hundeelend zumute. Sie konnte es in ihren Gesichtern lesen: Sie waren nicht nur wütend auf sie; die Aussicht, ihre Familie könnte zerbrechen, machte sie alle untröstlich. Und

Earl – der erst seit wenigen Monaten hier und wieder ganz der Alte war – würde sich darauf einstellen müssen, dass sein Leben erneut von Grund auf umgekrempelt würde.

»Ich nehme alles auf meine Kappe, egal, was noch geschehen wird. Das Haus läuft offiziell auf meinen Namen. Sämtliche Schulden daher auch. Ich bin diejenige, die sich mit den Finanzen übernommen hat. Ich stelle mich den Konsequenzen.«

»Aber warum zum Teufel hast du *mich* nie irgendwelche Abrechnungen sehen lassen?« Geoff schlug so fest auf den Tisch, dass alle zusammenzuckten. »Ich hätte mir das ansehen können. Ich war vierzig Jahre lang Rechnungsprüfer, verdammt noch mal.«

Er war zu Recht wütend. Vor Scham wäre Pippa am liebsten im Boden versunken.

Das alles hatte sie angerichtet.

Ihre Halsstarrigkeit, ihr Egoismus, ihre Arroganz. Sie allein war dafür verantwortlich.

»Mit dem Ende des Frohsinns beginnt die Trauer«, gab Jonty zum Besten.

»Schluss mit den Rätseln«, fuhr Nancy dazwischen. »Die brauchen wir jetzt nicht, Jonty.«

»Das war es dann also?«, sagte Earl. »Es ist vorbei?«

»Hört euch bloß mal selbst an«, sagte Hector, der sich mit einem Mal erhoben hatte. »Das war es … dann?«, äffte er nach. »Natürlich ist es das nicht. Ich denke, wir vergessen hier etwas ganz Wichtiges.«

Er trat nach vorn, die Aufmerksamkeit aller war ihm gewiss, und sicherlich erhofften sie sich von ihm eine Lösung.

»Bei allem Respekt, Philippa, die Gemeinschaft gehört dir nicht allein, nicht wahr?«

Pippa schüttelte den Kopf.

»Sie gehört uns allen. Du triffst hier nicht allein die Entscheidungen. Wir sind eine Kommune, vergiss das nicht.«

»Das sind wir. Du hast absolut recht.« Sobald sie ihre eigenen Worte hörte, war ihr klar, wie heuchlerisch sie klangen. Sie hatte versucht, sich unentbehrlich zu machen, das war das Problem. Sie hatte allen beweisen wollen, dass es nichts gab, was sie nicht lösen konnte.

Ein Raum voller außergewöhnlicher Köpfe. Stellen Sie sich vor, was wir zusammen alles erreichen könnten.

Dieser Ausruf während der Gründungssitzung im Pub klang ihr in den Ohren. Sie hatte sich von ihrer Angst vor dem Versagen, ihrem Widerwillen, anderen von ihren Problemen zu erzählen und Schwächen zuzugeben, überwältigen lassen und damit das gefährdet, wofür sie sich so sehr eingesetzt hatte.

»Wir haben dieses Abenteuer *zusammen* begonnen«, sagte Hector. »Und *zusammen* werden wir es weiterführen. Ist das klar?«

»Aber ich habe alles versucht«, sagte Pippa fast flehentlich. »Ich habe jeden Stein umgedreht, Hector. Wirklich, du musst mir glauben ...«

Er fiel ihr ins Wort. »Du redest wieder nur von *dir*, Philippa. Hier geht es aber nicht um *dich*. Es geht um *uns.*«

Pippa nickte beschämt. Er hatte ja recht. Der Niedergang der Gemeinschaft mochte ihr Verschulden sein, aber wenn sie gerettet werden sollte, dann hing es von ihnen *allen* ab, sie zu retten, nicht nur von ihr allein.

»*Weiter kommt, wer zusammenkommt.* Ihr erinnert euch?«, sagte Hector.

Das war ein Motto, nach dem die Gemeinschaft leben sollte, nur hatte sie das in den letzten Jahren vergessen.

»Wir sind Rätselmacher, nicht wahr?«, fuhr Hector fort. »Wir finden *Lösungen* für Probleme. Also richten wir unser Augenmerk auf unser nächstes Problem. Wenn wir das nicht knacken können, dann kann es niemand knacken.«

Er ging zum Flipchart in der Ecke des Raums, legte ein neues Blatt auf und zeigte mit einem Marker auf Pippa. »Wie viel?«, fragte er. »Wie viel brauchen wir, damit wir aus der Misere wieder rauskommen?«

Pippa rieb sich den Nacken. »Zwanzig«, antwortete sie kaum hörbar. »Zwanzigtausend Pfund, damit bekommen wir ein neues Dach und können unsere Schulden bezahlen. Das wäre ein Neuanfang.«

Viele schüttelten abermals fassungslos den Kopf, aber Hector verzog eine Miene. Klar, die Gemeinschaft war für ihn wichtiger als für die meisten anderen.

Pippa musste an den schwermütigen Mann denken, der vor so vielen Jahren in einem Campingbus gewohnt hatte; den linkischen, gequälten Künstler, dessen Leben anscheinend aus dem Ruder gelaufen war nach einer Familientragödie, auf die sie ihn nie angesprochen hatte. Eines allerdings war gewiss: Pippa und ihr Rätselclub hatten Hector Haywood gerettet und ihm ermöglicht, einen ganz neuen Weg in seinem Leben einzuschlagen. Für ihn war ein Leben ohne die Gemeinschaft nicht mehr vorstellbar.

Er kritzelte die exorbitante Summe auf das Blatt und forderte die anderen auf, alles vorzubringen, womit man Geld verdienen könnte.

»Du bist der mit dem größten Einkommen, Hector«, rief Les Dobson. »Wie wäre es, wenn du das größte Puzzle schaffst, das die Welt jemals gesehen hat? Mit hunderttausend Teilen! Wir könnten die Öffentlichkeit auffordern, je ein Teil zu sponsern. Ein Pfund pro Teil. Damit würden wir ein dickes Geschäft machen.«

»Was ist mit unseren optischen Illusionen?«, kam es einen Hauch vernünftiger von Nigel Bentham. »Die laufen doch immer gut. Vielleicht könnten wir eine Installation entwickeln? Eine interaktive Installation?«

Geoff hob die Hand. »Ich könnte einen Jigsum-athon veranstalten.«

»Und mein Labyrinth ist bald fertig«, sagte Earl. »Um ehrlich zu sein, ich bin ausgesprochen zufrieden damit. Ich schätze, wir könnten Eintritt dafür verlangen.«

Die nächsten Minuten sammelten sie weitere Vorschläge, bis Hector, der alles gewissenhaft notierte, sie mit einer Geste zum Schweigen brachte.

Pippa sah zu ihm.

»Ich hab eine Idee«, verkündete er.

»Erzähl!«

»Einen Jahrmarkt«, sagte er aufgeregt. »Einen Frühlingsjahrmarkt.«

Pippa war völlig perplex. »Was meinst du? So was wie … einen Tag der offenen Tür?«

»Genau«, antwortete er. »Wir öffnen allen Rätselfreunden im Land unsere Tür, das wäre das größte Rätsel-Event überhaupt. Wir können unsere Produkte direkt ans interessierte Publikum losschlagen, Eintritt für das Haus und den Garten verlangen, Tickets für Earls Labyrinth verkaufen, Touren durch die Werkstätten anbieten, Puzzle-Schnelllegewettbewerbe veranstalten, Geoff leitet seinen Jigsum-athon, und du gibst Meisterklassen fürs Erstellen von Kreuzworträtseln …«

Der gesamte Raum summte vor Aufregung, alle nickten und murmelten vor sich hin. Es war genial. So einfach und doch so clever.

Nur Nancy hielt sich zurück; sie stand abseits von den anderen und sah nachdenklich aus dem Fenster.

Pippa wollte nachher mit ihr reden, feststellen, ob sie irgendetwas tun konnte, um sich mit ihr zu versöhnen. Ihr zeigen, wie leid ihr das alles tat.

Aber Hector hatte absolut recht – sie konnten das nur überstehen, wenn sie zusammenhielten. Sie hatte ein Problem geschaffen, das zu groß war, um es allein zu lösen. Jetzt brauchte sie die anderen mehr als je zuvor. Sie sah, wie er auf dem Blatt einen großen Kreis um *Frühlingsjahrmarkt* zog und allen leidenschaftlich zunickte.

»Es ist unsere letzte Chance«, erklärte er. »Wir haben nichts zu verlieren.«

40

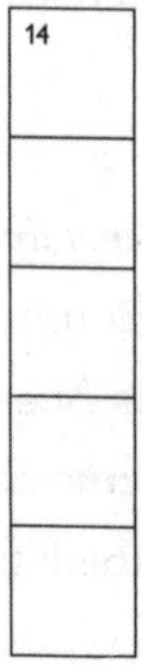

Fenster zur Seele (5)

Clayton zitterte wie eine alte Waschmaschine.

Nur eine Stunde zuvor hatten zwei maskierte Diebe ihn zu Boden gerungen und ihm eine Handvoll Geldscheine abgenommen, die er sich am Morgen in die Brieftasche gestopft hatte, sowie sein Handy, das sie ihm aber sofort wieder vor die Füße warfen, als sie den nicht vorhandenen Wiederverkaufswert erkannten.

Geschockt von dem Überfall schleppte er sich, von Neil gestützt, wie ein Betrunkener den Treidelpfad entlang.

»Ein Schritt nach dem anderen …«, sagte sein Freund. »Wir haben es nicht eilig.«

Sie hatten der Polizei gegenüber ihre Aussagen gemacht. Neil meinte, sie könnten sich glücklich schätzen. *Glücklich!* Er hätte sich nicht wehren sollen. Heutzutage wisse man nie, was die Leute so mit sich führten. Clayton wagte gar nicht daran zu denken.

»Wir sind fast da«, sagte Neil. »Es ist nicht mehr weit …«

Er war es nicht gewohnt, so umsorgt zu werden. Denn genau das machte Neil. Ihn umsorgen. Clayton konnte nicht leugnen, dass ihm das gefiel.

Er spürte die Hand seines Freunds an der Hüfte, als er Richtung Hausboot bugsiert wurde.

»Pass auf deinen Kopf auf …«

Clayton trat an Bord der *Serendipity*, hielt sich mit einer Hand am Boot fest und drückte sich mit der anderen eine Kompresse auf einen Schnitt oberhalb des Auges.

Um ehrlich zu sein, es freute ihn sehr, Neils Zuhause kennenzulernen. Als er in die Kabine trat, war er hin und weg vom Charme der Einrichtung.

Die Kabine war winzig – kaum größer als ihre Spülküche zu Hause –, fühlte sich aber sehr viel größer und großartiger an. Fast so, als wäre er wieder zu Hause in der Gemeinschaft, nur dass er gleichzeitig in eine ganz andere Dimension transportiert worden war.

»Setz dich hier hin und rühr dich nicht.« Neil führte ihn wie einen Invaliden zu einem Liegesessel. »Sicher, dass du nicht ins Krankenhaus willst? Ich komme auch mit, wenn du willst.«

Clayton sagte nichts. Er war damit beschäftigt, die neue Umgebung in sich aufzunehmen.

Die Wände – auch wenn sie sich leicht drehten – waren wie zu Hause holzgetäfelt, die daran befestigten Messing-Paraffinlampen verströmten ein ähnlich träumerisches Licht wie die Wandlampen in ihrer Bibliothek.

Es gab weitere erfreuliche Ähnlichkeiten: ein Wasserkocher stand auf dem aus zwei Platten bestehenden Kochfeld in der winzigen Kombüse, und eine Luke führte nicht wie im Speisesaal in Creighton zur Küche, sondern direkt hinaus aufs Wasser. Es war klar: Wie die Gemeinschaft für Clayton war die *Serendipity* für Neil ein Sanktuarium, sein Zufluchtsort vor der Welt draußen.

Clayton ließ sich auf den Sessel fallen und hatte plötzlich das Gefühl, dass er zu viel Platz beanspruchte, dass er in Neils Welt einbrach.

»Es geht gleich wieder«, sagte er. »Mach dir um mich keine Sorgen. Ich muss nur mal durchatmen, dann bist du mich wieder los.«

Im Mund hatte er metallischen Blutgeschmack, sein Rachen war wie ausgedörrt. Was würde er für eine Tasse Tee geben!

»Ich setz mal Wasser auf«, sagte Neil. »Milch, ein Stück Zucker, oder? Oder vielleicht zwei? Hilft dir vielleicht über den Schock hinweg.«

Als Neil einen Schrank öffnete und eine Dose Yorkshire Gold herauszog, traten Clayton Tränen in die Augen.

War es der Anblick seines Lieblingstees, der ihn zum Weinen brachte, oder die schlichte Geste, dass jemand für ihn Teewasser aufsetzte – dass sich zur Abwechslung einmal jemand um ihn kümmerte –, jedenfalls presste er sich beide Hände auf die Augen, als könnte er damit seine Gefühle zurückdrängen.

»Alles okay?«

»Hmm.«

»Sicher?«

»Mh-hmm.«

Als Clayton die Hände wegnahm, kauerte Neil vor ihm. Er hatte beide Hände erhoben und sieben Finger ausgestreckt.

»Was siehst du hier?«

Clayton blinzelte ihn an. »Einen gut aussehenden jungen Mann, der unnötig viel Aufhebens um mich macht.«

Neil wurde sofort rot, erhob sich und ging weg.

Clayton wusste nicht, warum er es gesagt hatte, aber gesagt hatte er es. Und er meinte es auch so. Er fühlte sich sehr zu Neil hingezogen. Von Anfang an, nachdem er ihn zum ersten Mal gesehen hatte. Nun hatte er es sich zum ersten Mal auch eingestanden.

»Jetzt mach ich mir wirklich Sorgen«, sagte Neil aus der Küche. »Du … fantasierst.«

Clayton lächelte. Er wollte etwas sagen, überlegte es sich aber anders. Er hatte sich schon weit genug aus der Deckung gewagt.

Jahrelang hatte er sich vor den Fragen nach seiner Sexualität gedrückt, aus dem ganz einfachen Grund, weil er für die Antwort nicht bereit gewesen war. Regelmäßig hatten sich die Bewohner nach einer Freundin erkundigt, nur zwei hatten das Thema nie angesprochen. Pip und Earl. Die beiden, die ihn besser kannten als alle anderen. Irgendwie mussten sie gespürt haben, dass seine Interessen woanders lagen.

Die peinliche Stille wurde vom Wasserkocher unterbrochen, der wie eine kleine Dampflokomotive zu pfeifen begann.

Neil goss das Wasser in die Tassen, während sich Clayton umsah und nach Dingen Ausschau hielt, die ihm einen Hinweis darauf lieferten, wer dieser Mann war, dem er sich so seltsam verbunden fühlte.

Das Boot, kam ihm in den Sinn, glich einem von Hectors wundersamen Puzzlemotiven. Je länger man es ansah, desto mehr kam zum Vorschein. Als wäre es ein Bild in einem Bild in einem Bild.

Auf den Hängeregalen, die an nahezu allen Wänden montiert waren, standen farblich sortiert Science-Fiction-Romane, an der rückwärtigen Wand des Raums gab es einen Schreibtisch mit mehreren Computermonitoren, eine ganze Wand flackernder Bildschirme wie auf der Kommandozentrale der *Enterprise*.

»Ich hab doch gesagt, ich bin ein Nerd.« Neil hatte bemerkt, worauf Clayton den Blick gerichtet hatte. Er brachte zwei riesige

SportsDirect-Tassen und eine Packung Shortbread, was Clayton ein zufriedenes Grinsen ins Gesicht zauberte.

Während der Tee zog, legte Neil einige Scheite in den kleinen Kamin, der eine überraschende Wärme abstrahlte. Das Holz knisterte wie Knallbrause.

»Wunderbarer Tee«, sagte Clayton, die beiden Hände um die große Tasse gelegt. Er war wirklich ausgezeichnet.

»Warte. Ich will mir mal diesen Schnitt ansehen.«

Neil verschwand im hinteren Bereich und kam mit einem Erste-Hilfe-Kasten zurück. Er holte Watte und ein Fläschchen mit Desinfektionsmittel heraus, rückte nah an Claytons Gesicht heran und inspizierte den Schnitt über dem Auge.

»Kannst du den Kopf etwas nach hinten legen?«

Clayton folgte der Anweisung. Er spürte Neils warme Hand an seinem Hinterkopf; ein Schauder lief ihm über den Rücken.

»So ist es gut.«

»Aua.«

»Sorry. Stillhalten.«

Um den Schmerz zu lindern, versuchte Clayton, sich auf Neils Gesicht zu konzentrieren, auf die Falten auf seiner Stirn, die dunklen Stoppeln des gepflegten Vollbarts, die feinen Härchen an den Ohrläppchen.

»Du hast grüne Augen«, platzte er heraus.

Fenster zur Seele. Vierzehn senkrecht. Den ganzen Tag hatte er allen, denen er begegnet war, in die **Augen** geschaut.

Neil betupfte immer noch die Wunde.

»Still!«

»Aber die hast du!«

Sie waren schön, dachte er. Wie die smaragdgrünen Murmeln des Solitär-Sets zu Hause.

Neil nahm einen neuen Wattebausch und tränkte ihn mit dem Desinfektionsmittel.

»Ich denke, sie sind eher grün-grau.«

»Für mich sehen sie sehr grün aus.«

Bei näherem Hinsehen waren sie sogar auffallend grün. »Nur zwei Prozent der Bevölkerung haben grüne Augen … wusstest du das?«

»Nein.«

»Jedenfalls so in der Art. Es ist angeblich die seltenste Augenfarbe der Welt. Und die attraktivste. Offiziell, meine ich.«

Neil lachte. »Wer sagt das?«

Clayton war sich dessen nicht sicher. »Wissenschaftler, nehme ich an. Es hängt von unseren genetischen Vorlieben ab …«

»Ist das so?«

»Ja, so ist das.«

»Und deshalb … findest du mich … attraktiv?«

»Genau.«

Neil lächelte ihn an. »Dann ist das gut, oder?«

»Warum?«

Neil drehte sich um und verschwand im hinteren Teil des Bootes, kurz danach kehrte er mit Kissen und Decken zurück.

»Weil ich möchte, dass du die Nacht hierbleibst«, sagte er und grinste schüchtern.

Clayton spürte ein nicht vertrautes Prickeln in der Magengrube.

»Damit ich ein Auge auf dich haben kann. Im medizinischen Sinn natürlich.«

Es waren nicht die Nerven, dachte er, aber so was ähnliches. Ein Flattern, als wäre ein kleiner Vogel in ihm eingesperrt.

Sie lächelten sich an.

41

Die Gemeinschaft der Rätselmacher
Dienstag, 2. April 1991

Pippas Schreibmaschine klingelte, als sie das Ende der Zeile erreicht hatte.

Sie war damit beschäftigt, für den Frühlingsjahrmarkt, der in fünf Tagen stattfinden sollte, den letzten Schwung Einladungen zu verfassen, allerdings konnte sie sich nur schwer konzentrieren.

Auf der Fensterbank hinter ihr, vor dem hellen Mittagslicht, saß Nancy, wie immer in eine Rauchwolke gehüllt.

»Ich kapier's einfach nicht«, sagte sie. »Glaubt er wirklich, ich möchte einen Freundschaftsring? In meinem Alter? Ich bin nicht elf, mein Gott.«

Es hatte sich herausgestellt, dass der Ring, der ihr am Valentinstag geschenkt worden war, durchaus für die Liebe stand, nur nicht für jene Form, auf die Nancy aus war.

»Jonty ist fünfundsechzig, oder?«, fragte sie. »Also müssen, wie viel, dreißig Jahre zwischen ihm und Angel liegen?«

Pippa atmete tief durch. Als wäre die Situation nicht schon schlimm genug gewesen, war bekannt geworden, dass Jonty und die Haushälterin am Abend zuvor zusammen essen gegangen waren.

»Es sind einunddreißig Jahre Altersunterschied zwischen den beiden«, sagte sie. »Er ist nicht ganz doppelt so alt wie sie.«

Nancy gab ein angewidertes Geräusch von sich. »Können wir sie nicht rausschmeißen?«

Pippa seufzte. Im Lauf der Jahre hatte der Gedanke sie ebenfalls hin und wieder gestreift, in Wahrheit aber kam eine Kündigung nicht infrage.

»Das habe ich jetzt nicht gehört. Angel ist wie jeder andere ein wertgeschätztes Mitglied dieser Familie, das weißt du. Außerdem hat sie sich nichts zuschulden kommen lassen.«

»Aber Jonty ist Rentner!«, entgegnete Nancy. »Ist das nicht Machtmissbrauch? Wir können doch nicht zulassen, dass Angel seine Geliebte wird.«

Pippa drehte sich auf ihrem Stuhl herum und rollte über den Dielenboden zu ihrer verzweifelten Freundin.

»Sie waren im Beefeater beim Essen, Nance. Einem Büffet-Restaurant, das ist alles. Kaum ein romantischer Abend im Claridge's, oder?«

Seitdem Hector die Veranstaltung eines Frühlingsjahrmarkts angeregt hatte, waren die Bewohner so produktiv wie nie zuvor. Das ganze Haus vibrierte vor Tatendrang, die Bewohner sprühten vor neu erwachter Begeisterung. Alle, bis auf Nancy, der zu Pippas Überraschung und Besorgnis mehr ihre gescheiterte Beziehung zu Jonty auf der Seele lag als das drohende Aus der Gemeinschaft.

»Woher«, fuhr Pippa fort, »willst du wissen, dass Jonty mit Angel nicht ebenso nur eine Freundschaft im Sinn hat? Vielleicht sind die beiden einfach nur *befreundet*.«

»Welcher *Mann* möchte mit einer Frau einfach nur *befreundet* sein?«

Nachdenklich sah Pippa zu ihrer Freundin. *Ein schwuler Mann* vielleicht, dachte sie sich. Ein schwuler Mann möchte vielleicht einfach nur das. Allerdings wagte sie das nicht zu äußern.

»Tut mir leid, meine Liebe. Ich weiß, dass du ihn gern hast.«

Nancy nickte nur.

»Ich nehme nicht an, dass ihr beide …« Pippa fiel es schwer, die richtigen Worte zu finden. »Wart ihr beide jemals miteinander … intim?«

Nancy sah auf, blinzelte, dann nickte sie unmerklich.

»*Ja?*« Pippa war schockiert. »Warum um alles in der Welt hast du mir nichts davon erzählt?«

Wütend zog Nancy die Augenbrauen hoch. »Du musst gerade reden! Du hast seit Monaten ganz andere Dinge für dich behalten.«

Verlegen wandte Pippa den Blick ab. »Du hast recht. Ich sollte lieber den Mund halten.«

Nancy schlug die Hände vors Gesicht. Pippa, die nicht wusste, was sie sagen oder wie sie sie trösten sollte, zog sie zu sich heran und nahm sie in die Arme.

»Um ehrlich zu sein, Pip«, sagte Nancy schließlich, »würde ich die Nacht am liebsten vergessen. Der Sex war alles andere als weltbewegend. Wahrscheinlich waren wir beide aus der Übung. Es hat einfach nicht … gepasst.«

»Nun … ja.« Mit einem Mal fühlte sich Pippa schrecklich unwohl. »Dafür muss man sich nicht schämen.«

»Jonty hatte Probleme mit seinem alten …«

Pippa winkte ab. Sie wollte keine Details hören.

»Pip, wann hattest *du* das letzte Mal … du weißt schon?«

Pippa wand sich. Nach einer Weile sagte sie verzagt: »Offen gestanden, Nance, weiß ich gar nicht mehr, wie ich es anfangen sollte, so lange ist das schon her. Ich müsste erst in einer Bedienungsanleitung nachschlagen.«

Ein leises Lächeln. Pippa spürte, wie ihre Anspannung nachließ, sie hatte das vertraute Glucksen ihrer Freundin im Ohr und den Duft ihres eigenen Parfüms in der Nase.

»Irgendwelche Neuigkeiten wegen des Pflegekinds?«, fragte Nancy, nachdem sie sich voneinander gelöst hatten.

Pippa sagte nichts. Sie stand auf, rollte mit dem Schreibtischstuhl zum Tisch zurück und spürte neue Verbitterung in sich. Schließlich schüttelte sie den Kopf. »Der Zug ist abgefahren. Ich wurde abgelehnt.«

»Oh, Pip, das tut mir leid.«

Pippa zwang sich zu einem dankbaren Lächeln, setzte sich wieder, drehte sich zum Schreibtisch um und machte mit ihrer Arbeit weiter.

Alle bereiteten sich auf den Jahrmarkt vor. Nebenan in der Bibliothek brachte Jonty Entwistle seine Fragen für *Das Große Quiz*, über das Nancy die Aufsicht führen sollte, in ihre endgültige Fassung, während der Mathematiker Geoff Stirrup an Gleichungssystemen für seinen Jigsum-athon arbeitete. Sämtliche Bestseller der Gemeinschaft würden an dem Tag zu Sonderpreisen zu erwerben sein, daneben würden sie ihre neuesten Veröffentlichungen live vorführen, darunter Sudocubes, die Sphäre – eine nette kleine Erfindung von Eric Stoppard – und Jubble II, eine neue Version ihres beliebten Spiels mit Buchstabenkacheln, die nun aus wunderschönem Glas gefertigt waren und nicht mehr aus Stein.

Pippa hatte lediglich zwei weitere Einladungen geschafft, als Nancy sie erneut ansprach.

»Wenn ich dir mein eigenes Kind geben könnte, würde ich es tun.«

Pippas Finger schwebten reglos über den Tasten. »Was sagst du da?«

»Du wärst eine tolle Mutter, Pip. Wir alle wissen das.«

»Ja … danke, aber …«

»Um ehrlich zu sein, ich weiß nicht, ob ich Kinder will, Pip«, sagte Nancy. »Aber wir haben ja alle unsere Vorlieben, nicht wahr?«

»Was willst du mir damit sagen?«

Nancy antwortete nicht, sah Pippa nur sehr ernst an. »Ich denke ... der Ring ... er hat mich dazu gebracht ... so einiges infrage zu stellen.«

»Was genau infrage zu stellen?«

»Meine Zukunft hier«, antwortete sie, und plötzlich klang sie so nüchtern, so ruhig, so überlegt, dass Pippa sie erschreckt ansah. Das konnte doch nicht ihr Ernst sein? Sie konnte die Gemeinschaft doch nicht verlassen wollen, schon gar nicht jetzt, bevor deren Zukunft gesichert war.

Nancy blinzelte sie an.

»Red nicht so einen Unfug«, erwiderte Pippa schließlich. Sie schob es auf den üblichen Hang ihrer Freundin zur Theatralik. In wenigen Tagen würde alles wieder vorbei sein. »Kannst du dir diesen Ort hier ohne dich vorstellen?«

Der Jahrmarkt würde in weniger als einer Woche stattfinden. Pippa eilte über den Rasen zum Puzzle-Atelier, in den Händen das Frühstückstablett für Hector. Es war vor sieben Uhr, sie war noch in ihrem Morgenmantel, die Lockenwickler kühlten in ihrem Haar. Wolkenbänder zogen über den Himmel, und auf dem taunassen Rasen hatten die Gummisohlen ihrer Schlappen wie ein riesige Schnecke silbrige Spuren hinterlassen.

Es war ihre Idee gewesen, an diesem Morgen allen Bewohnern ein besonderes Frühstück zuzubereiten. Eier im Glas, Vollkorntoast, Obstsalat. Das Wenigste, was sie tun konnte, nachdem sich alle so ins Zeug gelegt hatten, ohne ihr auch nur den leisesten Vorwurf zu machen. Alle mit Ausnahme ihres treuen Stellvertreters, der sich ab dem Zeitpunkt ihrer Beichte auf seine Arbeit gestürzt, sie aber seitdem kaum noch eines Blickes gewürdigt hatte.

Pippa schämte sich, dass sie ihn so sehr im Stich gelassen hatte, allerdings ging ihr noch etwas anderes durch den Kopf. Sie war die Einzige, die wusste, dass Hector nicht zum ersten Mal sein Zuhause verlieren würde, sollte sie gezwungen sein, das Anwesen zu verkaufen.

Hector hielt sich bereits seit Einbruch der Dämmerung in seinem Atelier auf, um den neuen Werken, die er auf dem Jahrmarkt präsentieren wollte, den letzten Schliff zu verleihen.

Das Puzzle-Panoptikum, wie sie es scherzhaft nannten, würde eine der Hauptattraktionen sein – es wäre die größte Ausstellung von Puzzle-Kunst in der Welt. Nicht nur würde Hector Haywoods beeindruckende Werkliste gezeigt, sondern auch seine neueste Kollektion: *Gemeinschaftswerke. Sechs brandneue Arbeiten zum Ruhm der Gemeinschaft.* Sie kamen genau zum richtigen Zeitpunkt.

Die Spitzen ihrer Schlappen waren nass, als sie Hectors abgeschiedenen Schlupfwinkel erreichte.

Das Atelier stand zwischen Ahornbäumen an der Südseite der Rasenfläche. Auf den ersten Blick machte es einen verfallenen Eindruck, im Grunde aber war es ein großer, etwas erhöht auf Stelzen stehender Geräteschuppen aus Holzplanken.

Das ganze Ding war eine Bruchbude, wie Pippa sich seit Jahren sagte, jetzt aber, als sie vorsichtig die Stufen hochstieg, musste sie zugeben, dass das alles hier in dieser ruhigen Ecke des Anwesens sehr malerisch gelegen war.

Am Fuß der Stufen standen zwei rostige Blechwannen, die zu Pflanzgefäßen umfunktioniert worden waren und aus denen wie dünne grüne Schwerter Goldlauch spross. Ein Whiskeyfass war als Regenwassertonne zweckentfremdet worden, und vom Dach baumelte eine Sammlung von Windspielen, die aus alten Tomatensuppendosen und klirrenden Silberlöffeln hergestellt waren – und die Vögel davon abhalten sollten, auf dem Dach ihre Nester zu bauen.

»Hector, mein Lieber, ich bin's. Ich bring dir Eier im Glas.«

Ein Friedensangebot, dachte sie. *Ein Olivenzweig. Gib mir die Möglichkeit, es wiedergutzumachen, bitte.*

»Ich komm nicht an die Klinke, könntest du mir aufmachen«, rief sie.

Da sie keine Hand freihatte – sie brauchte beide Hände für das Silbertablett –, klopfte sie mit der Stirn gegen die Glasscheibe in der Tür.

Tock, tock.

Nichts.

Schließlich beugte sie sich etwas nach unten, verdrehte den Körper, bekam halbwegs die Klinke zu fassen und öffnete die Tür.

Der Raum entsprach dem üblichen Bild eines Kunstateliers: Farbtöpfe und Paletten, Pinsel, Staffeleien und Leinwände waren über den gesamten Raum verteilt. Pippa schob sich hinein, trat über einige Utensilien auf dem Boden und entdeckte schließlich Hector in einer Ecke, halb verdeckt von einer Leinwand, die von einer Lampe hinter ihm beleuchtet wurde. Er hatte einen Pinsel zwischen den Zähnen, Kopfhörer über den Ohren, seine Augen, vor Konzentration zusammengekniffen, waren auf etwas vor ihm fixiert.

Pippa stellte das Tablett auf einem Hocker ab und hob die Hand. »Ju-huu!«

Er zuckte zusammen.

»Ich bin's nur.« Sie ging auf ihn zu. Er schaltete seinen Walkman aus.

In dem Moment spürte sie hinter sich einen Schatten, etwas Großes, Unheimliches. Instinktiv fuhr sie herum, duckte sich und streckte die Arme aus.

»Großer Gott«, rief sie und drückte sich die Hand ans Herz.

Es war nur Angel.

»Sie haben mich zu Tode erschreckt.«

»Oh.« Angel verzog das Gesicht. »Das tut mir leid.«

Pippa winkte beschwichtigend ab, ihre eigene Reaktion war ihr sogar etwas peinlich. »Was machen Sie hier überhaupt?«

»Ich helfe Hector. Mach ich doch schon seit Monaten.«

»Das weiß ich.« Pippa seufzte. *Es war ja meine Idee gewesen.* »Aber zu dieser unchristlichen Stunde?« Sie sah auf ihre Uhr. »Sonst fangen Sie nie vor neun an.«

Angel zuckte mit den Schultern. »Es gibt viel zu tun vor dem Jahrmarkt, Mrs Allsbrook. Viele Hände machen bald ein Ende …«

»Na, das stimmt wohl«, antwortete Pippa.

Die junge Frau trug noch nicht ihre Uniform, sondern die eigene Kleidung. Einen schlabbrigen khaki-grünen Overall, einer RAF-Uniform nicht unähnlich, so, als wollte sie jeden Moment aus einem Flugzeug springen.

»Sie werden das aber auf Ihrem Stundenzettel eintragen, ja?«, fuhr sie fort. »Vergewissern Sie sich, dass Sie für Ihre Überstunden bezahlt werden.«

Angel nickte dankbar, Pippa erwiderte es mit einem Lächeln.

Sie konnten sich das in der gegenwärtigen Situation kaum leisten, aber sie sah es nur äußerst ungern, wenn Angel für ihre Arbeit nicht angemessen entlohnt wurde. Dann trat sie zu Hector, der hinter einer großer Leinwand stand, unter der sich ein Papierkorb mit einem riesigen Berg an Puzzleteilen befand.

»Ist es das?«, fragte sie.

Hector nickte. Seine Augen funkelten.

»Großartig.« Pippa war begeistert.

Meisterwerke meines Herzens war als Publikumshit für den Jahrmarkt vorgesehen.

Das als limitierte Sonderedition herausgegebene Mega-Puzzle setzte sich aus Hectors Lieblingsmotiven seiner vergangenen Werke zusammen und würde das größte kommerziell vertriebene Puzzle der Welt sein.

»Alle fünfundvierzigtausend Teile«, sagte Hector, bückte sich, nahm sich eine Handvoll Teile und ließ sie zurück in den Eimer rieseln.

Pippa strahlte ihn an.

Wegen der hohen Produktionskosten dieses einzigartigen Puzzles und dem sehr begrenzten Markt hatten sie sich darauf verständigt, lediglich eine Sonderauflage für den treuesten Kundenstamm herauszubringen. Mit einigem Glück könnte es auf dem Jahrmarkt zu einem Höchstpreis versteigert werden.

»Du bist bereit für die Ausstellung?«, fragte sie. »Es sind nur noch fünf Tage bis dahin.«

»Ich tue mein Bestes.«

»Ich weiß, ihr *beide* tut euer Bestes«, korrigierte sie ihn und warf erst Hector, dann Angel einen Blick zu. »Daran hab ich nie gezweifelt.« Sie lächelte der Haushälterin zu, damit sie sich nicht zurückgesetzt fühlte. »Wir sind euch beiden sehr dankbar. Wirklich.«

Es war nett, Angel zur Abwechslung auch mal ein Kompliment auszusprechen, statt sie immer nur zurechtzuweisen.

Sie wollte schon gehen, drehte sich an der Tür aber noch einmal um und schnalzte mit den Fingern. »Ah, das hätte ich jetzt fast vergessen.«

»Ja?«, fragte Hector.

»Guinness World Records … sie haben bestätigt, sie werden zum Jahrmarkt kommen.«

»Oh«, sagte er nur und riss die Augen auf.

»Wir werden also mindestens einen Gast haben.«

»Dann kommt also auch ein Rekordrichter?«, fragte er. »Es ist alles bestätigt?«

Sie nickte. »Und mit einigem Glück kommst du ins Guinness-Buch der Rekorde. Wie klingt das?«

Mit Pippas guter Laune hatte es ein abruptes Ende, als sie ins Haus zurückkehrte.

In der Eingangshalle hatte sich eine Gruppe versammelt. Alle waren aufgelöst, um nicht zu sagen am Rand der Panik.

»Da bist du ja!«, kam es von Earl, noch in seinem Morgenmantel. »Weißt du davon?«

Pippa verschränkte die Arme. »Wovon?«, fragte sie. »Was ist hier los?«

»Nancy.« Earl schien den Tränen nahe. »Sie ist in der Nacht verschwunden, Pip, bevor einer von uns sie noch hätte aufhalten können.«

»Wovon redest du?«

Earl umfasste ihren Arm. »Nancy hat ihre Sachen gepackt und ist nach London zurück, Pip. Wir haben gerade diese Briefe gefunden.«

Pippa erstarrte zu Eis.

Nancy war fort? Ohne sich zu verabschieden? Sie streckte ihm den Arm entgegen, nahm den Brief, auf dem ihr Name stand, und hoffte, dass ihre Freundin eine gute Entschuldigung hatte.

42

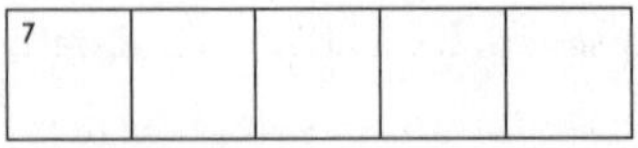

Aus sich heraus______ (5)

Clayton trug einen von Neils Pyjamas. Flauschige Baumwolle, unglaublich weich. Er konnte sich nicht erinnern, wann er das letzte Mal so spät noch auf war. Es war Viertel vor drei Uhr morgens.

Sie hatten sich an Bord der *Serendipity* unterhalten, ruhig, offen, begleitet vom Knistern des wärmenden Kamins. Clayton hatte erfahren, dass Neil in Trin in Hertfordshire aufgewachsen, dass seine Mutter, als er noch klein war, überraschend gestorben war und er vom siebten bis zum neunzehnten Lebensjahr bei seiner Großmutter Maureen gelebt hatte, bis auch diese starb. Hin und wieder sagte er »ich sollte dich schlafen lassen« oder »du musst müde sein«, aber dann redete er doch weiter, und Clayton wäre, obwohl er tatsächlich erschöpft war, liebend gern die ganze Nacht wach geblieben, wenn Neil es so wollte.

Hinter den Bullaugen lag pechschwarze Nacht, was den Eindruck erzeugte, sie könnten überall sein. Nur gelegentlich erinnerte ihn der Lärm der auf dem Treidelpfad entlangtorkelnden Nachtschwärmer daran, wo er sich befand. Auf dem Grand Union Canal, in der tollsten Stadt der Welt, fünfzig Meilen von der Gemeinschaft entfernt. Er verbrachte die Nacht an Bord eines Bootes, das einem Mann gehörte, den er kaum kannte, den er aber mehr und mehr mochte.

Sie sprachen über ihre Hobbys. Neil offenbarte eine Leidenschaft für Computerspiele, vor allem für *Gears of War 4* für die Xbox. Sie sprachen über ihre Liebe zu klassischen Kinofilmen. Und während Clayton sich dazu bekannte, ein ausgesprochener Feinschmecker zu sein, bezeichnete sich Neil als hoffnungslosen Koch, der beim Essen allerdings unglaublich heikel war. Diese Eingeständnisse wurden beflügelt, vielleicht sogar ausgelöst durch eine Flasche Madeira. Beide teilten eine Vorliebe für schwere Likörweine.

»Also, noch mal.« Neil stellte sein Glas ab und griff nach Claytons Handy. »Das Kryptogitter hat dich zu diesem Gemälde bei Harrods geführt? Von einem Jungen, den du nicht kennst, der aber so aussieht wie du? Und jetzt steckst du in einer Sackgasse?«

»Genau.«

Sie saßen sich am kleinen Esstisch des Bootes gegenüber, Neil auf der Polsterbank, Clayton auf dem Liegesessel, der, nach hinten gekippt, zu seinem Bett werden würde. Das Gespräch war auf seine Suche und die Rätselspur gekommen.

Neil vergrößerte das Foto. »Steht irgendwas auf der Rückseite?«

»Der Rückseite?«

»Des Gemäldes. Auf dem Rahmen oder der Leinwand?«

»Hmm …«

Clayton wusste es nicht. Der Blick des kleinen Jungen und dessen Ähnlichkeit mit ihm hatten ihn so sehr aus der Fassung gebracht, dass er sich nicht erinnerte.

»Ich kann es dir nicht sagen. Ich muss nachsehen, wenn ich wieder im Hotel bin.«

Neil gab ihm sein Handy zurück. »Ist ja nur so eine Idee.«

Knarrend schwankte das Boot.

»Wer ist das?«

Auf dem Sims hinter Neils Kopf war Clayton ein gerahmtes Foto aufgefallen – er hatte das gesamte Boot nach Fotos abgesucht, nach Hinweisen auf eine Freundin … oder einen Freund. Auf dem besagten Bild stand Neil inmitten einer Gruppe von jungen Frauen auf einer Party. Freunde? Freundinnen?

»Oh … nichts.«

»Los«, drängte Clayton. »Wer sind die?«

Neil drehte sich um, nahm das Bild und versteckte es in seinem Schoß. »Mach dir mal keine Gedanken.«

»Sind das Freundinnen von dir?«

»Irgendwie … nein, eigentlich nicht.«

Verlegen reichte Clayton das Bild.

Auf dem Bild stand Neil inmitten von jungen Frauen in hautengen Tops, denen er den Arm um die Schultern gelegt hatte. Als er aufsah, errötete Neil.

»Sag jetzt nichts, okay? Aber … ich bin ein großer Fan von ihnen.«

»Oh …«, erwiderte Clayton und sah sich erneut das Bild an. Dann waren sie also berühmt? Popstars? »Ich sollte sie kennen?«

Neil reagierte entsetzt. »Du kennst Girls Aloud nicht?«

»Bei dem Namen klingelt es«, log er.

»Alexa!«, rief Neil, sodass Clayton zusammenfuhr.

»Wer ist Alexa …?«

Neil hob die Hand und brachte ihn zum Schweigen. »Spiel meine Favoriten.«

Augenblicklich erklangen aus irgendeinem unsichtbaren Lautsprecher die Eröffnungstakte eines Songs, die Töne einer Gitarre, das Dröhnen von Drums.

»Alexa«, rief Neil erneut. »Lauter!«

Plötzlich sprang er auf und riss Clayton mit auf die Beine, und sobald Clayton stand, merkte er, wie betrunken er war und wie betrunken auch Neil war, der nun beide Arme in die Höhe reckte und mit ihnen herumfuchtelte, als wäre er am Ertrinken.

*Aus sich heraus**gehen**.* Sieben waagrecht.

Clayton wusste nicht, ob er das ebenfalls hinbekam, aber gleich darauf hatte auch er, Neils Beispiel folgend, die Arme in die Höhe gestreckt, und beide wirbelten und tanzten umeinander herum, stießen wie zwei Kreisel immer wieder gegeneinander, und das auf einer Fläche, die kaum größer war als die Telefonzelle zu Hause.

Der Song war so eingängig. Je länger er dauerte, desto besser gefiel er Clayton. Er spürte, wie ihm der Schweiß auf die Stirn trat, aber das war ihm egal, Neils Stirn glänzte ebenso.

Und dann, während Clayton auf dem reizenden Boot mit diesem attraktiven Mann zu dieser absurden Stunde tanzte, überkam ihn ein Gefühl, das er nicht kannte, eine Wärme durchströmte ihn. Und das lag nicht nur an dem Madeira.

»Alexa … stopp!«

Mit einem Mal herrschte Stille, Neil ließ sich auf die Polsterbank im Essbereich fallen. »Ich bin völlig platt.« Er seufzte. »Ich sollte schlafen. In fünf Stunden … muss ich zur Arbeit.«

Noch nicht, dachte sich Clayton. *Zumindest noch ein Schlummertrunk.*

»Ja«, antwortete er, die Vernunft selbst. »Ja, es ist für mich wohl auch das Beste.« Clayton fiel auf den Liegesessel, betätigte den Hebel und neigte ihn nach hinten. »Sonst liege ich zu der Stunde ja längst im Bett.«

Neil kam zu ihm, drückte ihm die Schulter, dann torkelte er zum hinteren Teil des Boots und winkte ihm noch betrunken zu.

»Nacht, Clayton.«

»Nacht, Neil.«

Nach gefühlt viel zu wenig Stunden wachte Clayton mit einem schrecklichen Schädel auf. Er hatte stechende Kopfschmerzen, vor den Augen verschwamm ihm alles, sodass er einen Moment brauchte, bis er sich überhaupt erinnerte, wo er war. Irgendwann in der Nacht war Neils Katze Muriel aufgetaucht und hatte sich neben ihm zusammengerollt, genau wie Klotski früher, als ihr das Treppensteigen noch keine Probleme bereitet hatte.

Zum ersten Mal seit seiner Ankunft in London hatte er tief und fest durchgeschlafen.

Er rieb sich die Augen.

Durch das Bullauge war dichter Nebel auf dem Wasser zu erkennen, auf dem Laub der über den Kanal ragenden Bäume und den Blumen und dem Gras der Böschung glänzte der Regen der vergangenen Nacht.

Er erhob sich aus dem Liegesessel, faltete ordentlich die Decke zusammen und legte sie über die Armlehne.

Auf dem Weg in die Kombüse sah er die Gläser von vergangener Nacht bereits auf der Ablage trocknen. Die leere Madeira-Flasche ragte aus dem Mülleimer.

Er hatte versprochen, das Frühstück zu machen, jetzt überlegte er, ob Neil Eier hatte und wie er sie mochte – angeblich war er ja besonders heikel, was das Essen anging.

Erst als er bereits einen der Küchenschränke durchging, fiel ihm der Zettel auf der Arbeitsfläche auf.

Morgen, Clayton,
bin schon zur Arbeit. Nimm dir, was du zum Frühstück brauchst. Wenn du gehst, zieh einfach die Tür hinter dir zu. Viel Glück bei deinem Rätsel. Ich hoffe, du findest, was du suchst.
Neil x

Clayton war enttäuscht.

Laut der blinkenden Uhrzeit am Herd war es bereits Viertel nach elf. Er hatte verschlafen und die Gelegenheit verpasst, sich bei Neil zu bedanken und sich von ihm zu verabschieden. Oder ihn vielleicht zu fragen, ob er mit ihm irgendwo was trinken mochte. Ob er mit ihm ins Kino gehen mochte. Oder zu einem Konzert von Girls Aloud, falls sie noch auf Tour gingen.

Clayton zog seine noch feuchte Kleidung an, die Neil notdürftig gewaschen hatte, und sammelte seine Sachen ein, legte den geborgten Pyjama zusammen, streichelte noch mal die Katze und ging von Bord.

Im Hotel lag er dann sinnierend auf dem Bett.

Ihm ging eine Menge durch den Kopf: die Begegnung mit den Straßenräubern; sie beide, wie sie an Bord alles um sich herum vergessen hatten, wie sie aus sich herausgegangen waren; wie Neil ihm zum Abschied die Schulter gedrückt hatte; und der Kuss am Ende seiner Notiz. Aber dem sollte er nicht zu viel Bedeutung beimessen. Vermutlich fügte heutzutage jeder seiner Nachricht einen Kuss an.

Aber da war noch etwas, woran er zu kauen hatte.

Neils Intuition hatte ihn nicht getrogen. Es fand sich wirklich etwas an der Rückseite des Porträts. Sofort nach der Rückkehr hatte er das Bildnis des kleinen Jungen aus dem Badezimmer geholt und auf der Rückseite etwas entdeckt: einen Aufkleber in der unteren rechten Ecke mit einem Namen, den er nie zuvor gehört hatte, und einer Adresse, die ihm nichts sagte.

Clayton,

es ist nie zu spät, sich selbst zu finden,

in Liebe, Pippa.

Mr Jonty Entwistle,
Pflegeheim Wilde House
Vauxhall Pleasure Garden
London
SE 11 5HL

Der Anblick des Pflegeheims beruhigte Clayton, als er einige Stunden später in einem Taxi an der Adresse vorfuhr.

Ja, es war ein Pflegeheim, aber nicht so, wie er es befürchtet hatte. Er hatte angenommen, Pflegeheime würden immer gleich aussehen: trostlose, eintönige Anstalten mit Betonrampen für die Rollstühle, mit hässlichen Geländern und nicht zu öffnenden Fenstern, hier allerdings prangte eine violette Markise über dem Eingang, fröhliche Blumenkästen standen vor den Fenstern, und der von einem Eisengeländer und einer Ligusterhecke eingefasste Rasen wirkte gepflegt. Die Rampe zum Eingang war mit einem roten Teppich belegt. Auf den ersten Blick glich es eher einem Boutique-Hotel.

Clayton stieg aus und bezahlte den Fahrer. Er hatte sich zwar wieder gefangen, seine Beine aber fühlten sich immer noch wacklig an. Auf der teppichbelegten Rampe musste er sich am Messinghandlauf festhalten.

Über Lautsprecher meldete sich eine Frauenstimme. »Hallo?«

»Guten Tag«, krächzte er. »Ich möchte einen … Mr Entwistle besuchen. Jonty Entwistle?«

Ein Summen ertönte, die Tür ging auf.

Drinnen wurde er von der gesamten Regenbogenpalette an Farben empfangen: gelber Kachelboden, orangene Ledersessel und ein ganzer Wald üppiger grüner Farne vor indigoblauen Wänden.

Links von Clayton, an der Rezeption hinter einer Glasscheibe, drehte eine junge, höchst gelangweilte junge Frau ihre pinken Haare auf einem Kugelschreiber auf.

»Erwartet er Sie? Sind Sie auf der Besucherliste?«

»Hmm … möglich.«

»Sind Sie mit ihm verwandt?«

»Das weiß ich nicht, um ehrlich zu sein.«

»Was soll das heißen, das wissen Sie nicht?«

»Na ja … ich …«

»Kennt er Sie?«

»Ich denke doch«, antwortete Clayton. »Ja, ich würde sagen, die Wahrscheinlichkeit dafür ist sehr hoch.«

Die Frau beäugte ihn argwöhnisch. »Tragen Sie sich hier ein. Ich suche in unseren Aufzeichnungen dann mal Ihren Namen.«

Clayton trug sich in dem Buch ein und setzte sich in den Wartebereich, während die Frau ihre Unterlagen durchging.

Er nahm sich eine Zeitschrift vom roten Resopaltisch und wurde kurz von zwei ältlichen Damen abgelenkt, die sich, als sie an ihm vorübergingen, aneinander festhielten, als hinge ihr Leben davon ab.

Clayton hatte kein gutes Gefühl.

Natürlich konnte er nicht einfach in einem Pflegeheim aufkreuzen und erwarten, dass er einen der Bewohner ohne dessen Einverständnis besuchen könnte. Schließlich konnte er jeder x-Beliebige sein. Aber noch während er das *Saga Magazine* durchblätterte, erschien vor ihm die lächelnde Rezeptionistin.

»Sie sind auf der Besucherliste«, sagte sie. »Sieht so aus, als wären Sie in diesem Jahr eingetragen worden. Wenn Sie mir folgen wollen?«

Auf dem Weg zum Aufzug staunte Clayton erneut über Pippas akribische Planung, die Art und Weise, wie sie alles für ihn arrangiert hatte.

Er folgte der jungen Frau zu einem Apartment am Ende des Gangs im zweiten Stock.

Sie klopfte laut an, trat zur Seite, und fast eine ganze Minute später war eine rasselnde Kette zu hören, der Riegel klickte, und die Tür ging auf.

Clayton sah in die Augen eines dürren, runzeligen Mannes in einem braunen Tweed-Anzug mit einer elegant gebundenen silbernen Krawatte.

»Hallo.« Er schluckte. »Ich bin Clayton. Liege ich richtig in der Annahme, dass Sie mich erwarten?«

Eine kurze Pause, bevor sich ein strahlendes Lächeln im Gesicht des Mannes abzeichnete und dieser ihn, ohne ein Wort zu sagen, hereinwinkte.

43

Die Gemeinschaft der Rätselmacher
Der Morgen vor dem Jahrmarkt

In weniger als vierundzwanzig Stunden würden sich die Tore von Creighton Hall der gesamten Rätselgemeinde öffnen. Wie nicht anders zu erwarten, war Regen vorhergesagt, sodass die Gefahr bestand, dass der wichtigste Tag in der Geschichte der Gemeinschaft buchstäblich ins Wasser fiel.

Die letzten Vorbereitungen liefen, Unruhe herrschte im gesamten Haus und auf dem Gelände, wo alle damit beschäftigt waren, ihre Rätsel für die Öffentlichkeit fertigzustellen.

Überall herrschte hektische Betriebsamkeit, aber Pippa fiel es schwer, sich daran zu beteiligen.

Sie war allein in der nun verwaisten Trivia-Suite, durchwühlte die verbliebenen Sachen ihrer Freundin und wusste eigentlich nicht, was sie mit sich anstellen sollte.

Nancy hatte einige alte Pullover, zwei Hüte und – wenig überraschend – Jontys Freundschaftsring zurückgelassen. Pippa packte ihn in einen Umschlag und würde ihn in ihrem Nachttisch verwahren, falls Nancy ihn jemals zurückhaben wollte.

Die diversen Abschiedsbriefe an die jeweiligen Bewohner erklärten nur unzureichend ihre überstürzte Entscheidung – sie habe diese erst vor Kurzem getroffen, man solle sich keine Sorgen machen, sie werde wohl für eine Weile jeden Kontakt meiden, bis sie sich niedergelassen habe und nicht mehr versucht sei, zurückzukehren.

Pippa machte sich fürchterliche Sorgen und hätte sie am liebsten angerufen, damit sie wenigstens wusste, dass es Nancy gut ging, dass sie es sich vielleicht anders überlegt hatte und wieder heimkam.

»Oh, Nance«, flüsterte sie und ließ sich mit hängenden Schultern auf dem Bett ihrer Freundin nieder.

Sie zog den zerknitterten Brief aus der Tasche ihrer Strickjacke und überflog ihn ein weiteres Mal – vielleicht hatte sie ja etwas übersehen.

Liebe Pip,

ich gehe nur ungern auf diese Weise, aber mir bleibt kaum etwas anderes übrig.

Hätte ich mit dir darüber gesprochen, hättest du mich überzeugt zu bleiben. Darin bist du sehr gut. Ich hoffe, dass du mir eines Tages verzeihst und auch verstehst, warum ich gehen musste. Ich tue es für mich – dazu hast du mich ja immer ermutigt.

Ich wünsche euch das Beste für den Jahrmarkt und hoffe von ganzem Herzen, dass er die Zukunft von Creighton sichert. Ich lege einen Scheck mit den Einnahmen meines letzten Quizabends bei. Bitte gib ihn in den Pott.

»Ich kam, ich sah, ich löste.«

In Liebe,
deine Freundin
Nancy xx

Pippa faltete den Brief doppelt zusammen und wischte sich mit einem Taschentuch über die Augen.

Nancy hatte recht. Sie hätte versucht, sie zum Bleiben zu überreden. Was von ihrer Seite vielleicht egoistisch gewesen wäre. Vielleicht war sie manchmal egoistisch, vielleicht wollte sie immer nur, was für sie selbst am besten war, aber nicht unbedingt für die anderen. Und vielleicht war es für Nancy jetzt das Beste, sich draußen ein neues Leben aufzubauen, einen Partner zu finden, jemanden, mit dem sie den Rest ihres Lebens verbringen konnte.

Aber was, wenn es noch um etwas ganz anderes ging? Um mehr als nur eine Frau, die sich nicht verabschieden wollte, weil sie fürchtete, in ihrem Entschluss umgestimmt zu werden, oder weil sie dann sehen würde, wie sehr sie die von ihr zurückgelassenen Menschen mit diesem Schritt verletzte. Nachts war Pippa alle möglichen Szenarien durchgegangen, unter anderem auch eines, bei dem es ihr ganz kalt wurde.

Was, wenn Nancy schwanger war? Es war noch nicht so lange her, dass sie ihr etwas sehr Seltsames gesagt hatte – dass sie, wenn sie ein Kind hätte, es ihr geben wolle.

Aber wenn sie schwanger war und Jonty der mutmaßliche Vater wäre, dann müsste – laut dem Bericht ihrer Freundin – dieses Ereignis nicht nur als eine wunderbare, sondern als eine nahezu unbefleckte Empfängnis bezeichnet werden. Dennoch, sie konnte es nicht ausschließen.

Pippa versuchte den Gedanken zu verdrängen.

In den nächsten Minuten ging sie die kleinen Dinge ihrer Freundin durch, die wertgeschätzten Erinnerungen an ihre gemeinsame Zeit. In einer Ecke von Nancys Schrank fand sie eine verbeulte sechseckige Lederschachtel mit Goldnieten am Deckelrand.

Eine Hutschachtel.

Es handelte sich um eine von mehreren ähnlich großen Schachteln, mit denen Nancy vor Jahren hier eingezogen war. Hutschachteln eigneten sich hervorragend zur Aufbewahrung von allem Möglichen, hatte ihre Freundin ihr immer gesagt, und aufgrund des familieneigenen Hutgeschäfts war sie im Besitz einer umfangreichen Sammlung.

Pippa öffnete den Deckel.

Die Schachtel war bis obenhin mit alten Kissen und Decken gefüllt. Ohne zu wissen, was sie damit machen sollte, nahm sie alles heraus, eines nach dem anderen, schlug die Decken auf, legte sie wieder zusammen und packte sie auf einen Stapel neben sich am Boden. Ganz unten fand sich eine senfgelbe Chenille-Decke. Sie erinnerte sich sofort daran. Sie wickelte sie sich um die Schultern und atmete tief den Geruch ein. Nancy hatte im Bus auf der Fahrt nach Creighton mit der Arbeit daran begonnen, und später, nach ihrem Einzug, hatte sie an den Abenden daran weitergestrickt. Jeden Abend war die Decke länger und länger geworden und hatte letztlich allen Platz auf dem Chesterfield eingenommen, sodass sich niemand mehr neben sie hatte setzen können.

Pippa beschloss, die Hutschachtel und die Decken Hector zu geben, der sich immer beschwerte, dass es in seinem Atelier zu kalt sei.

Sie trat ans Fenster und zog die Vorhänge zurück. Mit einem Ohr lauschte sie immer zur Telefonzelle draußen, weil sie hoffte, ihre Freundin könnte anrufen. Das Problem war nur, seit Nancys Abreise war die Zelle ständig besetzt. Jonty Entwistle war nahezu ununterbrochen am Apparat.

Auch jetzt war er draußen, eingezwängt in die rote Zelle mit dem Hörer fest am Ohr. Vielleicht hatte Nancy ihm eine Nummer gegeben? Vielleicht wusste er, wo sie sich aufhielt, sagte es ihnen aber nicht, vielleicht weil er es Nancy hatte versprechen müssen.

Pippa glaubte zu ahnen, dass etwas vor sich ging, und war entschlossen, es herauszufinden. Sie würde ihn zur Rede stellen.

Auf dem Weg nach unten wappnete sich Pippa innerlich für das anstehende Gespräch.

Die letzten Wochen hatten ihr einen Dämpfer verpasst. Den anderen gegenüber einzugestehen, dass sie sie im Stich gelassen, dass sie sie belogen hatte, und am schlimmsten: zuzugeben, dass sie versagt hatte – das alles hatte ihr schwer zugesetzt.

Sie eilte durch die Eingangshalle, ging um den abgesperrten Bereich herum, wo der Kronleuchter heruntergekracht war, und stieß an der Garderobe auf Angel.

»Sie wollen wohin?«, fragte sie.

Angel hüllte sich in einen schwarzen Schal.

»Nur in die Stadt. Dauert nicht lange.«

»Oh?«

Pippa sah auf ihre Uhr. Wenn sie sich nicht irrte, war das heute ein ganz normaler Arbeitstag. Noch dazu würde am folgenden Morgen ein recht wichtiges Ereignis anstehen, falls ihr das entgangen sein sollte.

»Schamanisches Klangbad«, erwiderte Angel heiter, als wäre es die perfekte Entschuldigung.

»Verstehe.«

»Ich lasse mir Herz und Seele neu zentrieren.«

»Genau.«

Aber die Zimmer mussten vorbereitet werden, dachte sich Pippa. Die Fenster mussten geputzt, die Böden gewischt werden. Sie würde sich wieder selbst die Schürze umbinden und Hand anlegen müssen.

»Na, dann viel Glück dabei. Ich hoffe, die Schamanen sind … auf Ihrer Seite.«

Angel sah sie ungerührt an.

»Und der Kosmos schenkt Ihnen alles, was Sie brauchen.« Pippa war zwar nicht mit den jeweiligen Praktiken vertraut, aber sie wollte positiv, aufmunternd klingen.

Angel sah sie allerdings nur entgeistert an, als wäre *sie* verrückt geworden, dann eilte sie zur Tür und knallte sie hinter sich zu.

Pippa stierte vor sich hin, ohne dass ihr irgendetwas Konkretes durch den Kopf ging.

Nicht zum ersten Mal setzte sich ihre Haushälterin in dieser Woche ab, damit sie spirituelle Energie aufnehmen konnte.

Am Dienstagmorgen, wenn normalerweise im ganzen Haus die Bettwäsche gewechselt wurde, hatte sie sich bereits in Newport Pagnell die Chakren neu ausrichten lassen. Und am Donnerstag war ein schweres Paket für sie eingetroffen, ein Kilo Quarzkristalle, direkt aus Guatemala. Weiß Gott, was die junge Frau vorhatte, im Moment aber hatte Pippa keine Kraft, sich darüber Gedanken zu machen.

Eine gewaltige dunkle Wolke hing über Creighton, als sie über den Rasen stapfte, dazu fuhren heftige Windböen durch die raschelnden Bäume, die Temperatur war gesunken, sodass es ihr ein Frösteln über die Arme und den Nacken jagte.

Wie von Zauberhand war am rückwärtigen Teil des Geländes ein großes Zelt aufgetaucht. Die weißen Planen, die seitliche Verkleidung des temporären Veranstaltungsorts, schlugen gegen die Metallpfeiler, während Hector seine Leinwände vom Atelier zu seiner ersten Puzzle-Ausstellung hierherschaffte.

Als sie sich der Telefonzelle näherte, hörte sie Jontys gedämpfte Stimme – er befand sich vermutlich inmitten einer seiner üblichen weitschweifigen Ausführungen. Sie blieb stehen und versuchte zu lauschen. Es hörte sich an, als würde er Shakespeare-Verse intonieren. Aber seine Stimme war zu leise, und der Wind machte es unmöglich, irgendetwas zu verstehen. Also ging sie vorn herum und winkte ihm zu.

»Hast du mal kurz Zeit?«, gab sie ihm stumm zu verstehen.

Jonty deutete auf den Hörer in der Hand, fast so, als hätte sie nicht bemerkt, dass er telefonierte.

Schließlich, als ihm klar wurde, dass Pippa nicht gehen würde, murmelte er eine Entschuldigung in den Hörer, legte auf und kam heraus.

»Wie kann ich dir helfen?«

»Antworte mir«, platzte Pippa heraus. »Wo ist sie?«

Er neigte den Kopf. »Nancy?«

»Ja.«

»Ich kann dir versichern, Pippa, ich habe nicht die leiseste Ahnung. Ich bewundere die Frau, wirklich, aber offensichtlich nicht so, wie sie sich das gewünscht … oder es verdient hätte.«

»*Ist sie schwanger?*«

Er zuckte zusammen. »Wie bitte?«

»Ich weiß, ihr beide seid miteinander … *intim* geworden«, sagte Pippa. »Und ich dachte mir, das könnte ein Grund für ihr Verschwinden sein. Weil sie ein Kind in sich trägt, das sie nicht wollte.«

Jonty, das Gesicht blass vor Entsetzen, machte einen Schritt zurück.

»Ich bin ihre beste Freundin, Jonty. Ich tue alles für sie.«

Das Schweigen zwischen ihnen zog sich scheinbar endlos in die Länge, seine Mundwinkel zuckten, als stünde er kurz davor, etwas Wichtiges auszusprechen.

»Ich bin fest davon überzeugt«, verkündete er schließlich, »dass Nancy einfach nur eine klare Trennung wollte. Sie wird uns sicherlich Bescheid geben, wenn sie bereit ist zu reden, wenn sie weiß, dass du dich … beruhigt hast. Und wenn sie weniger wütend ist auf mich nach unserem Tête-à-Tête.«

»Welches Tête-à-Tête? Wovon sprichst du?«

»Na ja«, begann Jonty und klang bedauernd, »ich fürchte, ich habe sie beschissen.«

»Beschissen?«

Es kam nicht oft vor, dass irgendein Ausdruck Pippa in Erstaunen versetzte.

»Betrogen«, erläuterte er. »Beschwindelt. Düpiert.«

»Erzähl.«

Er verlagerte das Gewicht aufs andere Bein.

»Ich habe ihr Hinweise zukommen lassen, Philippa … den Ring zum Beispiel, aber nichts schien zu fruchten. Und selbst als ich mich dazu überwunden habe, konnte ich sie nicht so lieben, wie sie das gern gewollt hätte. Es ging einfach nicht.«

Erneut dämmerte ihr, was ihr schon vor Wochen durch den Kopf gegangen war, dass Jontys Zuneigung zu den Damen des Hauses, sein oftmals so exaltiertes Benehmen, sein erstklassiger Geschmack in Stilfragen vielleicht doch Hinweise auf seine unterdrückten sexuellen Präferenzen waren. Sie hatte ihn ursprünglich als Frauenheld eingeschätzt, sich darin aber wohl grundlegend getäuscht. Genau wie offensichtlich auch Nancy.

Pippa schüttelte nur traurig den Kopf.

»Das Leben ist kurz, und die Zeit rast dahin«, erklärte Jonty. »Es gibt niemanden, der das besser veranschaulicht als du.«

Pippa runzelte die Stirn.

»So wie du die Dinge angehst, meine ich.«

Sie verschränkte die Arme.

Der Pflegekindantrag, dachte sie. Das hatte die anderen vermutlich dazu gebracht, darüber nachzudenken, was sie in ihrem Leben wollten, was ihnen in ihrem Leben fehlte.

»Es ist nie zu spät, nicht wahr«, sagte Jonty. »Sich selbst zu finden.«

Pippa bedachte ihn mit einem schwachen, aber wohlmeinenden Lächeln, machte auf dem Absatz kehrt und ging zum Haus zurück. Jonty rief ihr nach.

Langsam drehte sie sich um.

»Ich habe soeben mit meinem … Freund … gesprochen, Edwin. Dem Kunsthändler, den ich dir vorgestellt habe, du erinnerst dich?«

Sie nickte.

»Hast du was dagegen, wenn er morgen ebenfalls kommt? Ich habe nämlich beschlossen: Von nun an … sei dir selber treu!«

Nach einer kurzen Pause wurde Pippa bewusst, dass er aus *Hamlet* zitierte. Ein warmes Gefühl überkam sie bei der Vorstellung, dass dieser Mann endlich herausgefunden hatte, wo im Kreuzworträtsel des Lebens er hingehörte. Sie hoffte, die beiden würden miteinander glücklich werden.

»Natürlich«, antwortete sie. »Jeder ist willkommen.«

44

12					

dunkles Vorgefühl,
keinesfalls zu ignorieren (6)

Der Tee mit Mr Entwistle erwies sich als eine Art Prophezeiung.

Zumindest kam es Clayton so vor, der im Wohnzimmer des Mannes Earl Grey trank, bis ihm nach etwa zehn Minuten in den Sinn kam, sein Heft herauszuholen und sich Notizen zu machen.

Er saß in der Ecke des Raums in einem sehr niedrigen Weidensessel. Im Fernsehen lief Snooker, zu hören waren das leise Klacken der aneinanderstoßenden Kugeln und die monotone Stimme des Kommentators. Sein Gastgeber thronte kerzengerade in einem luxuriösen roten Armsessel und hatte die Füße in einem blubbernden Fußbad. Immer wenn er etwas sagte, schossen seine Füße aus dem Wasser und verursachten auf dem Boden eine arge Sauerei.

»Das ist ein weises Kind, das seinen eignen Vater kennt«, bellte Jonty. »Führwahr ein weises Kind.«

»Mein Vater?«, fragte Clayton gespannt. »Wissen Sie denn, wer es ist, Mr Entwistle? Kennen Sie meinen Vater? Meine Mutter?« Die Worte rutschten ihm einfach so heraus. »Ich versuche herauszufinden, warum ich hier bin, Mr Entwistle. Ich nehme an, weil Sie etwas wissen, was mir weiterhelfen könnte.«

Jontys Blick schweifte ins Leere. Clayton fragte sich schon, ob der Mann ihn nicht gehört hatte oder die Frage einfach ignorierte.

Nach einer kurzen Stille war aus dem Flur ein rhythmisches Tappen zu hören.

Er sah sich um. En weiterer älterer Mann betrat das Zimmer.

Der Gentleman war etwa so alt wie Jonty, stützte sich auf einen goldbeschlagenen Spazierstock und bewegte sich so wacklig durch den Raum, dass Clayton sich bemüßigt sah, aufzustehen.

»Soll ich Ihnen helfen?«, fragte er und bot ihm seinen Arm an.

Der Gentleman verdrehte den Hals, schüttelte den Kopf, schlurfte weiter und ließ sich neben Jonty in einen weiteren Armsessel plumpsen.

Erst als Clayton wieder Platz nehmen wollte, bemerkte er das riesige gerahmte Porträt hinter seinem Sessel.

Überhaupt war die gesamte Wohnung – an jeder verfügbaren Stelle – mit Kunstwerken vollgehängt. Das Bildnis von Jonty, das zumindest für sein unbedarftes Auge in seiner Ausführung definitiv Ähnlichkeiten mit dem aufwies, das Pippa ihm bei Harrods hinterlassen hatte, war ihm allerdings bislang nicht aufgefallen.

In beiden Bildern dominierten gedämpfte Farben, der getupfte Farbauftrag und die Pinselführung ließen stark vermuten, dass sie vom selben Künstler stammten.

Clayton nahm wieder seinen Stift zur Hand und sah auf seine Notizen. »Entschuldigung … haben sie ›weises Kind‹ oder ›weißes Kind‹ gesagt?«

Jonty lachte schrill auf. »Stell mir keine Fragen … Ich erzähle keine Lügen.«

»Nein, tut mir leid, Mr Entwistle. Ich weiß nur nicht, was es zu bedeuten hat«, erwiderte er und versuchte sich seine Enttäuschung nicht anmerken zu lassen. »Können Sie es bitte wiederholen?«

»Rück näher heran, mein lieber Junge!«, bellte Jonty und winkte ihn näher. »Ich beiße nicht.«

Clayton lächelte verkrampft und schob den Sessel näher. Er war mit der ursprünglichen Entfernung eigentlich recht zufrieden gewesen. Denn aus der Nähe sah Jonty nichts weniger als furchterregend aus. Er hatte riesige, tief liegende Augen, die etwas Durchtriebenes ausstrahlten, hohle, blasse Wangen, und seine Hängebacken waren großzügig mit Bartstoppeln bedeckt. Außerdem zerrten seine donnernde Stimme und die kryptischen Sätze an den Nerven.

Clayton fürchtete bereits, dass alles, was Jonty sagte, nichts als Geschwurbel war. Oder der Mann litt an Demenz. Bislang hatte sich Clayton notiert:

Es bedarf eines ganzen Dorfes, um ein Kind großzuziehen.

Drei mögen ein Geheimnis wahren.

Walnuss- und Birnbäume pflanzt du für die Erben.

Das weise Kind kennt seinen eigenen Vater.

Der andere Herr im Raum hatte für ihn bislang nichts als ein freundliches Lächeln übrig. Clayton wusste nicht, wer er war. Es sah so aus, als würde er hier nicht weiterkommen.

»Was ich wohl sagen möchte, Mr Entwistle und … Mr …«

»Dankworth«, antwortete der andere. »Edwin Dankworth.«

Clayton lächelte. »Weiß einer von Ihnen vielleicht, woher ich stamme? Können Sie mir überhaupt in irgendeiner Weise helfen?«

Er sah erst zu Jonty, der mit einem Mal seine Hand in einer Eclair-Packung von Cadbury hatte, dann zu Edwin, der an seinen Manschetten herumfummelte und Claytons Blick auswich.

Eine Weile herrschte Stille, abgesehen vom Plätschern des Wassers zwischen Jontys Füßen und dem Rascheln des Schokoladenpapiers.

Er musste es anders versuchen. »Erzählen Sie mir, woher Sie Pippa kannten. Liege ich richtig, wenn ich annehme, dass Sie Mitglied der Gemeinschaft waren?«

Clayton beugte sich vor und bemerkte jetzt Jontys lange, ungewöhnlich dunkle Wimpern, die sich von seinem blassen Gesicht abhoben.

»Oberster Lexikograf«, antwortete Jonty.

Clayton lächelte erfreut. Endlich eine vernünftige Antwort. Er war also ein Wortschmied. Das erklärte zumindest seine gedrechselten Antworten.

»Und was ist Ihr Lieblingswort?«

»Pragma.«

»*Pragma?*«, fragte Clayton. »Tut mir leid, aber ich weiß nicht, was dieses Wort bedeutet.«

Jonty hatte die Augen geschlossen. Für den Bruchteil einer Sekunde fürchtete Clayton, der alte Mann wäre vor seinen Augen verschieden, aber dann gab er ein pfeifendes Atemgeräusch von sich, und Clayton begriff, dass er einfach nur eingeschlafen war.

Edwin lächelte mitfühlend.

»Ich bin nicht sehr klug, schon klar«, sagte Clayton.

»Nein, nein«, erwiderte Edwin. »Es ist ja auch … ein altgriechisches Wort.«

»Oh.« Clayton spürte ein Prickeln im Nacken. Ein altgriechisches Wort wie das an der Innenseite des Rings.

»Es steht unter anderem für die Liebe«, erklärte Edwin. »Für eine besondere Form der Liebe.«

Clayton umfasste angespannt die Lehnen seines Sessels. Mittlerweile wusste er, dass die alten Griechen verschiedene Konzepte von Liebe hatten: *philía*, die sich auf die Freundschaft bezog, *storgē*, die für die Liebe der Eltern zu ihren Kindern stand, und jetzt *pragma*, was vermutlich …

Er sah, wie Edwin Jonty die Hand auf den Arm legte. Sie waren also nicht nur Freunde, sondern Geliebte.

»Nichts, was es wert ist, gelöst zu werden, ist leicht«, sagte Edwin.

Clayton nickte. Obwohl Jonty allem Anschein nach tief und fest schlief, hätte Clayton schwören können, dass sich dessen Lippen zu einem feinsinnigen Lächeln verzogen.

Kurz darauf erhob sich Edwin aus seinem Sessel und bat Clayton, ihm zu folgen.

»Wir wurden gebeten, dir etwas zu geben«, sagte er auf dem Weg in den Flur. »Etwas, das mit der Post eingetroffen ist.«

Clayton zitterte vor Anspannung.

Ein weiteres Paket von Pippa, dachte er. Das letzte, bestimmt.

Bevor er hinter Edwin das Zimmer verließ, warf er einen letzten Blick auf Jontys Porträt, das hinter ihm hing. Kurzentschlossen kehrte er um, trat um Jontys Sessel herum und betrachtete das Bild.

Wenn es ein *dunkles Vorgefühl* gab, das man *keinesfalls ignorieren* durfte, dann dieses. Er hatte Zwölf waagrecht bereits gelöst und war entschlossen gewesen, heute immer der Nase nachzugehen, jeder **Ahnung** zu folgen, die sich ihm zufällig aufdrängte. Als er das Gemälde nach Hinweisen absuchte, fiel sein Blick schließlich unten in der linken Ecke der Leinwand auf die Signatur des

Künstlers. Ein kaum zu entziffernder Name, in weißer Farbe hingekritzelt. Bert E. Wangles.

Der Name sagte Clayton rein gar nichts, dennoch eilte er irgendwie beschwingt aus dem Zimmer.

Edwin wartete auf ihn vor einem Mid-Century-Sideboard, in dem er herumkramte.

»Wir haben etwas für dich aufgehoben«, sagte er und zog ein etwa dreißig Zentimeter langes, rechteckiges, in braunes Packpapier geschlagenes Päckchen heraus. »Ich hoffe, das ist das, wonach du suchst. Wir haben es nicht geöffnet, natürlich nicht, aber oben ist eine Notiz von jemandem, den du wohl kennst.«

Clayton sah nervös auf das Päckchen.

Liebster Clayton. Vergiss nie … Rätsel bringen Menschen zusammen. In Liebe, immer, Pip x

»Danke«, sagte er leise und klemmte sich das Päckchen unter den Arm. Allein aufgrund der Größe glaubte er zu wissen, worum es sich handelte. »Wollen Sie Jonty meine herzlichsten Grüße ausrichten?«

»Das tue ich«, antwortete Edwin und begleitete ihn zur Tür. »Und du weißt, wo wir sind, falls du uns brauchst.«

Clayton schüttelte ihm die Hand. Trotz der offensichtlichen Gleichgewichtsprobleme war Edwins Griff überraschend fest und kräftig. Und als Clayton die Wohnung verließ, sagte er den Namen des Künstlers unaufhörlich vor sich hin.

Bert E. Wangles.

Bert E. Wangles.

Bert E. Wangles.

45

Die Gemeinschaft der Rätselmacher
Morgen, Frühlingsjahrmarkt

Pippas Magen fühlte sich an wie ein gordischer Knoten.

Heute kam es darauf an. Alles war vorbereitet. In vierzig Minuten würden sich die Tore öffnen.

Es war kein Zufall, dass sie sich am Morgen für eine Baumwolljacke von Mansfield mit extravaganten Schulterpolstern entschieden hatte. Sie wusste, sie sah darin möglicherweise etwas lächerlich aus, aber vielleicht kaschierte die Jacke ja ein wenig die Last, die sie zu tragen hatte. Den Druck, unter dem sie litt.

Sie war mit Earl im Wintergarten, sah zu, wie die letzten Bewohner zwischen Haus und Zelt hin und her eilten und allerletzte Vorbereitungen trafen. Wunderbarerweise hatte es aufgeklart, sogar Sonnenschein war vorhergesagt; also eine Sorge weniger.

»Dieser ganze Bohei, der macht mich noch ganz kirre«, bemerkte sie.

Verdutzt sah Earl sie an.

»Lampenfieber?«

Bis eben hatte sie Jean – der ersten Trivialistin der Gemeinschaft – noch dabei geholfen, am Eingang den Einlasstisch aufzustellen. Sie hatten eine ganze Menge an festen Zusagen, für die Öffentlichkeit aber wurden Tickets verkauft. Sie hatte Jean eine Blechdose sowie fünfzig Pfund in Münzen gegeben, was erst einmal ausreichen sollte.

In der Ferne erkannte sie Hector und Angel, die einen ganzen Eimer mit Puzzleteilen ins Zelt brachten, wo eine besondere

Ecke eingerichtet war. Dort fand die Puzzle-Ausstellung statt, und dort würde auch das weltgrößte Puzzle entstehen. Auf acht zusammengeschobenen Tapeziertischen sollte unter tätiger Mithilfe des Publikums das gewaltige Teil zusammengebaut werden. Die Tische hatte man absichtlich neben die Teemaschine gestellt. Hector war überzeugt, dass sich viele, wenn sie sich eine Tasse holten, zur Mitarbeit hinreißen ließen, sodass das Puzzle fertiggestellt und vom Guinness-Rekordrichter offiziell beglaubigt würde, bevor um sechs Earls Labyrinth freigegeben wurde und jeder herzlich dazu eingeladen war, sich zum Sonnenuntergang darin zu verirren.

Zwischen diesen beiden Großevents wollte Geoff Stirrup – oberster Arithmetiker – im großen Zelt als Gastgeber einer Reihe von Zahlenrätseln auftreten (er hatte sich für sein Mathematikturnier absolute Ruhe ausbedungen, weshalb der Jigsum-athon in einem kleineren Zelt an der Rückseite des Anwesens stattfand), während Jonty, ebenfalls im großen Zelt, eine Rätselraten-Meisterklasse abhielt.

Im Gebäude selbst gab es unter Aufsicht von Angel Führungen durch die Gemeinschaftsräume, während Pippa in der Bibliothek zwei Kreuzworträtselturniere beaufsichtigte. Einfache Kreuzworträtsel um vierzehn Uhr, um die Ecke gedachte um sechzehn Uhr.

Sie kippte ihren Kaffee – den dritten an diesem Morgen – und wandte sich an den Labyrinthbauer. »Kann ich dir was anvertrauen?«

Er lächelte sie aufmunternd an. »Natürlich.«

»Es frisst mich auf, dass ich für all das verantwortlich bin, Earl.«

Earl schüttelte den Kopf. »Natürlich, du bist dafür ja auch verantwortlich, Pip, aber du solltest deswegen kein schlechtes Gewissen haben.«

»Was meinst du?«

»Schau, was du dadurch geschaffen hast. Du solltest stolz darauf sein.«

Geoff, Jonty, Eric und Martin hatten sich vor dem Zelt versammelt und öffneten eine Sektflasche. Bei ihrem Anblick fühlte sie sich an die allererste Sitzung vor so vielen Jahren erinnert.

Sie hatte sich in letzter Zeit häufig Gedanken über die Gründung der Gemeinschaft gemacht. Was als Rätselclub angefangen hatte, war mittlerweile zu so viel mehr geworden.

»Gemeinschaft«, sagte Earl und deutete mit dem Kopf in Richtung Zelt, wo die Gruppe sich zuprostete. »Du wirst diesen Ort nie allein retten können, Pip. Aber zusammen schaffen wir es. Wart's nur ab.«

Pippa schluckte. Earl fand immer genau die richtigen Worte.

Eine Viertelstunde später war sie am Tisch mit den Erfrischungen, füllte die Teemaschine auf und holte die blassgrünen Teetassen aus den Kartons, die sie sich von der örtlichen Kirchengemeinde ausgeliehen hatten, als Earl völlig aufgelöst ins Zelt gestürmt kam.

»Pipster! Komm mit und schau dir das an. Schnell!«

Bevor sie sich versah, hatte er sie an der Hand gepackt und aus dem Zelt gezogen; zusammen liefen sie über das Anwesen.

»Earl, was zum Teufel ist in dich gefahren?«

An der Terrasse führte er sie zu dem Weg, der seitlich am Haus vorbeilief, und deutete in die Ferne. »Schau dir das an!« Er war ganz außer Atem. »Schau dir das an, Pipster!«

Pippa griff sich an die Brust, als ihr Blick zum Eingangstor ging. Sie wollte ihren Augen nicht trauen. Hinter Jeans Einlasstisch mit der Spitzendecke stand eine Schlange von Besuchern, wie sie sie seit dem vergangenen Januar-Schlussverkauf bei Harrods nicht mehr gesehen hatte. Sie schien kein Ende zu nehmen.

»Rätsel«, rief er und umarmte sie. »Hast du das nicht immer gesagt, Pip? Sie führen die Menschen zusammen.«

Sie umarmten sich, wie sie es am Valentinstag getan hatten, und Pippa, die es sich gestattete, den Kopf auf Earls Schulter zu legen, überkam ein seltenes Gefühl der Euphorie.

Jean wird mehr Kleingeld brauchen, ging ihr durch den Kopf.

Die folgenden vierzig Minuten brachte Pippa am Eingang des Zelts zu, wo sie die lange Besucherreihe begrüßte und dabei über den Teppich schritt, als wäre sie die Queen.

Unter den gefeierten Gästen waren sämtliche Kreuzworträtselredakteure der großen Zeitungen sowie des Boulevards; mehrere Journalisten lokaler und überregionaler Blätter, die dafür Interesse zeigten; mehrere legendäre Schachgroßmeister sowie, nach Pippas Schätzung, mindestens zweihundertfünfzig Laien mit einem Faible für Kreuzworträtsel. Allein mit dem Ticketverkauf hatten sie mehrere Tausend Pfund eingenommen.

Der Nächste in der Schlange war der geschätzte Kunsthändler Edwin Dankworth, ein attraktiver, tadellos gekleideter Mann, der so ziemlich dem Bild entsprach, das sich Pippa von ihm gemacht hatte.

»Es ist mir eine Freude, Sie endlich persönlich kennenzulernen«, begrüßte sie ihn und streckte ihm die Hand hin.

»Die berühmte Philippa Allsbrook«, entgegnete Edwin. »Oder wollen Sie lieber mit Ihrem Nom de Guerre angesprochen werden, Squire?«

»Pippa reicht völlig.«

Es war schon eine Weile her, dass jemand ihr Pseudonym benutzt hatte.

»Ich denke, ich muss mich bei Ihnen entschuldigen, Edwin«,

sagte sie. »Weil ich mit dem Porträt, das ich Ihnen geschickt habe, Ihre Zeit verschwendet habe …«

»Ganz und gar nicht, Miss Allsbrook. Ich wünschte nur, ich hätte Ihnen bessere Neuigkeiten mitteilen können. Aber etwas sagte mir, dass das Bild wohl eher von sentimentalem Wert ist.«

Pippa lächelte zustimmend. Statt das Bild ihrer Mutter wieder in den Safe bei Harrods zurückzulegen, hatte sie beschlossen, es in ihrem Schlafzimmer aufzuhängen.

»Ich dachte mir eben, es wäre ein klein bisschen was wert«, sagte sie und schüttelte den Kopf. »Das zeigt nur, wie wenig ich davon verstehe. Trotzdem, wir haben hier unsere eigene Puzzle-Ausstellung, die Sie vielleicht interessieren könnte. Und versäumen Sie auf keinen Fall, mit unserem Künstler zu sprechen. Hector. Er ist fürchterlich talentiert.«

Edwin sah über seine Schulter, dann beugte er sich zu ihr. »Eigentlich«, murmelte er, »wollte ich ein Porträt von jemandem in Auftrag geben … der mir einiges bedeutet.«

»Oh?«, sagte Pippa.

Jonty, der Edwins letzte Worte gehört hatte, lief dunkelrot an. Er würde im Sommer fünfundsechzig werden, wie auf dem Geburtstagskalender der Gemeinschaft verzeichnet war.

»Ich hoffe sehr, dass Hector Auftragsarbeiten annimmt.«

Pippa hatte keine Ahnung, aber der Mann schien durchaus begütert, und wenn ihm der Sinn danach stand, sein Geld auszugeben …

»Oh, da bin ich mir ziemlich sicher«, antwortete sie. »Wenn der Jahrmarkt erst mal vorüber ist, hat er alle Zeit der Welt. Fragen Sie ihn doch einfach.«

Edwin versprach, das zu tun, drückte Pippa links und rechts einen Kuss auf die Wange und ging seines Wegs. Jonty folgte ihm auf dem Fuß.

Eine Viertelstunde später traf Pippa auf eine mittelältliche Dame, die sich energisch ein Klemmbrett an die Brust drückte.

»Valerie Keeling, guten Tag«, begrüßte sie Pippa. »Guinness World Records.«

»Oh!«, antwortete Pippa, erfreut, dass die Dame es geschafft hatte, aber auch überrascht, sie schon so früh zu sehen.

Sie gab ihr die Hand. »Sie sind also die Rekordrichterin?«

Valerie nickte. »Und Sie haben das größte Puzzle der Welt, das ich begutachten soll?«

»Ähm … Ich denke, das wird noch ein *bisschen* dauern.«

»Oh?«

Pippa holte Luft und versuchte sich ihre Panik nicht anmerken zu lassen. Sie hatte vergessen, der Dame einen genauen Zeitpunkt zu nennen. Es war ganz ihre Schuld. »Aber vielleicht wollen Sie erst mal eine Tasse Tee, Valerie. Und es gibt eine Menge Kuchen und Kekse.«

»Ich leide an Zöliakie.«

»Oh. Nun, hoffentlich bekommt Ihnen dann ein starker Tee. Die meisten sind ja zu dünn, nicht wahr?«

Sie dankte der Dame für ihr Erscheinen, sah sich im Zelt nach Hector um und stürzte nach draußen.

Wenn Hector einen Eintrag im Guinness-Buch der Rekorde haben und die Gemeinschaft von der damit einhergehenden Publicity profitieren wollte, würden sie sich etwas beeilen müssen. Noch gab es vierundvierzigtausend Teile, die ihren Platz im Bild finden mussten.

46

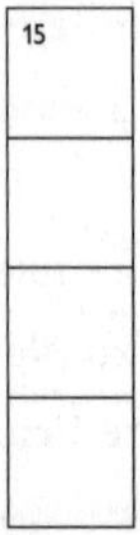

Verlangen, Freude (4)

Clayton saß in einem Taxi, hatte Pippas neuestes Päckchen auf dem Schoß und ließ sich durch irgendwelche Seitenstraßen in Paddington chauffieren.

Eine Viertelstunde zuvor hatte er Jonty und Edwin verlassen und beschlossen, nicht ins Hotel zurückzukehren, sondern ein anderes Ziel anzusteuern. Wie es schon in der Nachricht am Päckchen stand: Rätsel brachten Menschen zusammen. Er wusste, es würde sehr viel mehr Spaß machen, wenn er dieses Rätsel zusammen mit einem anderen löste.

Das Taxi schoss an der Paddington Station vorbei.

»Irgendwo in der Nähe von Little Venice genügt«, rief er dem Fahrer zu. »Ich finde dann den Weg zum Kanal schon.«

Die Sonne war bereits untergegangen, als er aus dem Wagen stieg.

Er hatte sich Pippas Päckchen, das wie das Porträt bei Harrods nach wie vor in braunes Packpapier gewickelt war, unter den

Arm geklemmt, die Geräusche aber, die es von sich gab, verrieten den Inhalt.

Bei jedem Schlagloch, bei jeder Erhebung, über die das Taxi rumpelte, drang ein gedämpftes Klappern heraus. Das unzweideutige Geräusch von ineinandergreifenden Pappkartonteilen, wahrscheinlich von tausend Stück oder noch mehr.

Ein Puzzle.

Auf dem Treidelpfad war zu dieser Stunde wenig los. Er stieg aus, machte sich auf den Weg zu Neils schwimmendem Zuhause und spürte wieder das vertraute Prickeln, das Flirren im Magen.

Aber sobald er die *Serendipity* vor sich erblickte, blieb er wie angewurzelt stehen. War das wirklich eine so gute Idee?

Es war sieben Uhr abends.

Die Bullaugen von Neils Boot waren beleuchtet. Was, wenn er gerade beim Essen saß oder Besuch hatte? Auf dem steilen Pflasterweg hinunter zum Wasser wurde ihm aber klar, dass er jetzt kaum noch umkehren konnte.

In einem Eckladen bei Jontys und Edwins Pflegeheim hatte er eine Flasche Port und einige Chips besorgt, nun überlegte er, wo er anklopfen konnte.

Neil – und darum ging es doch – hatte seine Karten offen auf den Tisch gelegt. Er hatte ihn zu sich aufs Boot eingeladen und ihm angeboten, die Nacht bei ihm zu verbringen, er hatte sich nach dem Überfall auf dem Treidelpfad um ihn gekümmert und ihm deutlich zu verstehen gegeben, dass er ihn mochte. Jetzt war es an Clayton, ihm zu zeigen, dass er ihm ebensolche Gefühle entgegenbrachte.

»Neil?«

Er klopfte sacht gegen eines der Bullaugen, um seinen Freund nicht zu Tode zu erschrecken.

»Neil, ich bin's, Clayton. Tut mir leid, wenn ich so überraschend auftauche.«

Er wusste nicht, wohin mit den Händen – er strich sich über die Bartstoppel, dann durch die Haare, bevor er die Hände in die Hosentasche steckte, nur um sie gleich wieder herauszuziehen.

Dann balancierte er auf der Kaimauer Richtung Heck und klopfte gegen die Planken.

Kurz darauf öffnete sich eine Tür, und Neil steckte den Kopf heraus. Er trug nichts als einen blauen Fleece-Morgenmantel und sah überrascht aus.

»Oh … hey.«

»Hallo.« Clayton schluckte. »Sorry, dass ich so reinplatze.«

»Schon gut.« Neil richtete sich den Morgenmantel, wobei sein nackter Oberkörper kurz hervorspitzte. »Alles okay?«

»Ja, ja … Ja, es geht mir sogar ziemlich gut.«

Neil grinste. »Gut. Freut mich zu hören.«

Die beiden Männer sahen sich an.

Hinter ihnen durchbrach ein Blesshuhn die Stille, als es mit den Schwingen schlug und nur wenige Zentimeter über dem Wasser den Kanal entlangglitt, wobei seine Flügelspitzen kleine Wellen auf der braunen Suppe hinterließen.

Clayton hielt seine Tüte hoch. »Ich hab was mitgebracht. Und ein Puzzle!«

»Oh … Möchtest du reinkommen?«

Clayton ließ sich das nicht zweimal sagen. Er hatte schon einen Fuß an Bord des Bootes.

»Alexa!«, rief Neil, nachdem sie sich gegenüber dem kleinen Essbereich niedergelassen hatten. »Spiel meine Favoriten.«

Die Musik ließ Claytons Herz höher schlagen. Er hatte sich auf seinem Handy Girls Aloud angehört, und nach nur wenigen

Takten des jetzigen Songs – »Something Kinda Ooooh« – wippte er dazu mit.

Er entfernte das Packpapier und bemerkte, dass Neil seine Füße musterte.

»Trägst du immer Brogues?«

Clayton zog die Füße unter die Bank. Er hatte auf den Boden geklopft, ohne dass es ihm bewusst gewesen wäre. Es sind keine Brogues, dachte er sich. Sondern Oxfords.

»Ähm … warum?«

Neil zuckte mit den Schultern. »Nur so. Aus Neugier. Sie sind irgendwie gut. Ich mag sie.« Ein kleines wissendes Schmunzeln stahl sich in sein Gesicht.

Clayton verspürte ein leises Schlingern im Bauch und legte die Hand darauf, um sich zu beruhigen.

Als schließlich das braune Papier entfernt war und der Puzzlekarton zum Vorschein kam, klappte ihnen beiden der Mund auf.

»Da ist ja gar nichts drauf«, meinte Neil mit Blick auf den Kartondeckel.

Clayton holte tief Luft.

»Das heißt dann vielleicht …« Er hob den Deckel ab. »Es ist ein blindes Puzzle.« Er griff sich eine Handvoll Teile. »Es gibt keine Vorlage, nach der man sich beim Legen richten kann. Es ist das schwierigste Puzzle überhaupt.«

»Wie viele Teile hat es denn?«

Clayton biss sich auf die Unterlippe und besah sich den Karton.

Schon auf den ersten Blick schätzte er, dass es wesentlich mehr sein mussten als die üblichen tausend; eher waren es zwei-, vielleicht sogar dreitausend oder noch mehr Teile.

»Oh, keine Ahnung, tausend oder so.«

Neil schüttelte den Kopf. »Ich glaube, es sind viel mehr, und das weißt du auch.«

Clayton grinste. »Sollen wir es zusammen machen?«, fragte er und konnte es kaum erwarten, loszulegen. »Ich kann dir ein paar Tricks zeigen, wenn du willst. Es sollte nicht allzu lange dauern, schon gar nicht, wenn wir uns zusammentun.«

Neil lächelte, zog den Morgenmantel enger und ließ erneut seine Brust aufblitzen.

Clayton versuchte nicht hinzusehen. »Fangen wir doch mit dem hier an«, sagte er und nahm sich bereits einige graue Teile, die er im Haufen erblickt hatte. »Das sieht mir nach einem Mond aus. Und halt Ausschau nach Stücken mit geraden Kanten …«

Neil nickte und schickte ein Lächeln hinterher.

Als sie sich also an das Puzzle machten – und dabei zu den größten Hits der Girls Aloud im Takt wippten –, erkannte Clayton, dass Pippa genau das gemeint hatte, wenn sie davon sprach, man müsse das Leben genießen. Puzzles oder Popmusik, alles, bei dem einem das Herz schneller schlug. *Verlangen, Freude, Fünfzehn senkrecht.* Es war die **Lust** aufs Leben, die er finden sollte.

»Alexa!«, rief er. »Lauter!«

47

Die Gemeinschaft der Rätselmacher
Nachmittag, Frühlingsjahrmarkt

»Ich darf Ihnen den neuesten Prototypen der Gemeinschaft vorstellen«, verkündete Eric Stoppard am Demonstrationsstand im Zelt. Er sprach mit ungewöhnlich lauter, selbstsicherer Stimme. »Die Sphäre.«

Der sonst so schüchterne Handwerker griff in seine Jacketttasche und zog mit großer Geste eine auf Hochglanz polierte Holzkugel in der Größe einer Grapefruit heraus, an der er seit Monaten arbeitete. Von ihrem Standpunkt aus konnte Pippa gerade mal so die feinen Linien erkennen, die sich über das Holz zogen und die die Einzelsegmente voneinander trennten.

Er hob die Kugel über den Kopf, drehte sie vor dem versammelten Publikum hin und her, worauf sie wie ein Himmelskörper in seiner Hand schimmerte.

Alle im Publikum hielten den Atem an, und Pippa entfernte sich zur Puzzle-Abteilung, wo erneut Puzzle-Begeisterte ins Schwärmen gerieten. Die Ausstellung war ein voller Erfolg, sämtliche in limitierter Auflage erstellten Werke von Hector waren bereits verkauft. Was die Leute aber gefangen nahm, das war das Mega-Puzzle, das noch zusammengesetzt werden musste.

Es war *das* Gesprächsthema. Seitdem bekannt wurde, dass jemand vom Guinness-Buch der Rekorde anwesend war, strömten Leute allen Alters hinzu und boten ihre Mitarbeit an, nahmen sich eine Handvoll Teile aus dem Eimer und suchten sich einen Platz an dem riesigen Tisch. Es war auch ein Ort, an dem die Besucher eine Tasse Tee trinken, Kuchen essen und sich mit alten Freunden austauschen konnten, während sie an einem einzigartigen Ereignis der internationalen Puzzle-Geschichte mitwirkten.

Es konnte nicht mehr lange dauern, dann war das weltgrößte Puzzle geschafft. Das Bild – ein Potpourri von Hectors beliebtesten Motiven, meistens Szenen mit urbritischen Themen – war im Lauf des Nachmittags auf den Tapeziertischen entstanden. Man war nur noch wenige Hundert Teile von der Vollendung entfernt. Es galt lediglich, die Regale eines traditionellen Süßwarenladens zu vollenden. Rhubarb-and-Custard-Fruchtgummis. Coladosen. Milchflaschen.

Pippa stellte sich neben den Mann, der für alles hier verantwortlich war und die Tätigkeiten mit seinem üblichen militärischen Blick überwachte.

»Nun, Hector«, sagte sie. »Ist es zu glauben …«

Er sah auf seine Uhr. »Keine fünfzig Teile mehr, Philippa. Genau im Zeitplan.«

Sie freute sich so sehr für ihn.

Das gesamte Ereignis war seine Idee gewesen, und wenn sie sich die Einnahmen betrachtete, die während des Tages an den einzelnen Verkaufstischen erzielt worden waren, würden sie die Gemeinschaft vor ihrem Ende bewahren. Oder ihnen zumindest so viel Zeit verschaffen, damit sie ihre Finanzen wieder in Ordnung kriegen konnten. Dafür würde sie Hector nie genug danken können.

Pippa verschränkte die Arme; sie fröstelte. Die Sonne würde bald untergehen, die Temperatur war merklich gefallen.

Zum Glück war die Rekordrichterin Valerie noch da, bereit, den Rekord offiziell zu bestätigen. Allerdings hatte sie schon ihren Mantel an und die Handtasche über der Schulter; sie schien die einzige Person im Zelt zu sein, die nicht ihren Spaß gehabt hatte.

Von der anderen Zeltseite ertönte Applaus. Eric musste seine Kugel so oft hin und her gedreht haben, dass sie auseinandergefallen war und nun darauf wartete, wieder zusammengesetzt zu werden.

»Wird nicht mehr lange dauern, Valerie«, rief Pippa der Frau mit ihrem Klemmbrett zu, die sie allerdings nur mit einem griesgrämigen Blick bedachte.

»Mein Gott, warum ist die bloß so schlecht drauf«, murmelte Pippa.

Hector rollte mit den Augen. »Manche können es sich einfach nicht gut gehen lassen«, erwiderte er.

Pippa schüttelte nur den Kopf und nahm sich noch einen Keks vom Tisch. »Wo warst du vorhin eigentlich?«, fragte sie.

Hector sah sie an. »Was meinst du?«

»Als Valerie eintraf, warst du nirgends zu finden.« Sie musste erst zu Ende kauen und schlucken. »Du warst über eine Stunde nicht da.«

»Ach, ich hab mich nur mit jemandem über was unterhalten«, erwiderte er mit einer vagen Handbewegung.

Pippa verzog das Gesicht. »Das klingt jetzt sehr *mysteriös.*«

»Na ja, es ist eine Privatsache. Etwas … Persönliches.«

Sie sah ihn entgeistert an. Seit wann hatte ihr Stellvertreter solche Geheimnisse?

»Mit wem hast du gesprochen?«

Hector stieß ein ungeduldiges Seufzen aus. »Mit Jontys … Gefährten, wenn du es unbedingt wissen willst. Edwin. Er möchte ein Gemälde, das ist alles.«

»Oh.« Pippa war enttäuscht. Sie hatte sich Interessanteres erhofft. »Das wusste ich bereits.«

Sie richtete den Blick wieder auf den Puzzle-Tisch, wunderte sich aber trotzdem, warum Hector aus der Sache ein so großes Geheimnis machte und warum das Gespräch nicht im Zelt, sondern draußen, in aller Vertraulichkeit stattgefunden hatte. Sie wollte ihn schon fragen, da aber kam Bewegung in die Umstehenden am Tisch.

»Was ist da los?«, rief sie.

Plötzlich begannen einige ganz hektisch die Umgebung abzusuchen, gleich darauf war die ängstliche Stimme eines Mannes am Tisch zu hören, der auf das fast fertige Puzzle zeigte.

»Wir haben ein Loch«, sagte er. »Ein Teil fehlt.«

Damit nahmen die Ereignisse um den Puzzle-Tisch eine höchst dramatische Wendung. Sogar Valerie wurde etwas munterer.

»Keiner bewegt sich!«, rief Pippa filmreif, als ginge es hier um einen Banküberfall.

Mit weiten, vorsichtigen Schritten – sie wollte unter allen Umständen vermeiden, dass sie auf das Teil trat – näherte sie sich dem Tisch.

Nachdem die unmittelbare Umgebung des Tisches abgesucht war, wusste sie nicht, was sie sonst tun sollte. Das fehlende Teil – der Deckel einer Dose mit Kirschbonbons – hatte nicht von allein das Zelt verlassen. Es musste sich irgendwo in den Falten eines Kleidungsstücks versteckt halten, entschied sie.

»Meine Herren, ich werde Sie jetzt alle abtasten. Ich will nicht, dass Sie sich irgendwas dabei denken, ja?«

Eine Viertelstunde später, als das Teil immer noch nicht aufgetaucht war, wusste Pippa nicht mehr weiter.

»Ich fürchte, ich muss jetzt los«, sagte Valerie und drückte sich erneut ihr Klemmbrett an die Brust.

»Aber …«

»Wenn Sie sich für ein späteres Datum noch mal bewerben wollen, Miss Allsbrook, dann kontaktieren Sie bitte unser Büro.«

Bevor Pippa sie aufhalten konnte, stapfte die Rekordrichterin bereits aus dem Zelt. Pippa drehte sich zu Hector um, der mit den Nerven völlig am Ende war. Er tat ihr unendlich leid.

Aber sie hatten keine Zeit mehr zu verlieren, schließlich würde es nicht mehr lange dauern, bis die Sonne unterging.

»Beim Labyrinth ist alles bereit?«, fragte Pippa Earl. »Du hast nichts vergessen?«

Earl schüttelte den Kopf und nahm einen Schluck Sekt aus seiner Teetasse. Ein Dutzend Flaschen machte die Runde, aber da sie nicht genug entsprechende Gläser hatten, mussten sie auf die kircheneigenen Teetassen zurückgreifen.

»Und du bist dir sicher, dass es auch einen Weg zum Ziel gibt?«

Er lachte.

»Die Leute verlaufen sich nicht einfach darin? Ich sehe schon, dass ich die Feuerwehr rufen muss …«

Es gefiel ihr immer, wenn er schallend loslachte – und sie spürte, wie sie sich nach dem Stress der vergangenen Stunde entspannte.

Natürlich würde Earls Labyrinth ein großer Erfolg sein. Das war ihr lange vor ihm klar gewesen.

Es war sein bislang aufwendigster Entwurf mit mehreren Hundert Quadratmetern Fläche und einem Weg, der ein einzelnes Wort ausbuchstabierte. Niemand wusste bislang, welches Wort es war, da Earl noch keinen hineingelassen hatte.

Earl trat vor die Menge und das vor dem Eingang zum Labyrinth gespannte Band. Die Gartenschere in seiner Hand schimmerte im tief stehenden Abendlicht.

»Bevor ich das Labyrinth offiziell für eröffnet erkläre, ist ein Toast angebracht.«

Er hob seine Tasse, um allen zuzuprosten, und wollte – wie Pippa spürte – dem geknickten Hector zu seinem sagenhaften Puzzle gratulieren, aber bevor er auch nur ein Wort über die Lippen brachte, kam von den vor ihm Stehenden ein kollektiver Aufschrei.

»Das fehlende Teil. Da ist es!«

»Es klebt unter der Tasse«, rief Jonty.

Pippa schob sich nach vorn. »*Was?*«

Unter Earls grüner, hoch erhobener Teetasse befand sich das verlorene Puzzleteil. Das Teil mit dem Deckel zur Dose mit den Kirschbonbons.

Earls Augen weiteten sich.

Schnell kippte er seinen Sekt, dann löste er das Puzzleteil von der Tasse.

Mit allen anderen machte Pippa auf dem Absatz kehrt und hielt Ausschau nach der Rekordrichterin.

»Valerie!«, schrien sie alle zusammen.

Und dann lüpfte Pippa ihr Kleid und rannte auch schon über den Rasen, gefolgt von mehreren anderen, eine einzige, entfesselte Schlachtreihe, die auf die arme Frau zustürmte.

»VALLLERRRIIIIEEEE!«

Sie erreichten sie gerade noch rechtzeitig.

»Bitte, Valerie«, flehte Pippa die Frau durch die Windschutzscheibe an, die bereits in ihrem Fiat Panda saß. Pippa hatte sich im letzten Moment auf die Motorhaube geworfen, als die Rekordrichterin rückwärts aus der Einfahrt stoßen wollte. »Es dauert doch nicht mehr lange.«

Kurz darauf war das größte Puzzle der Welt fertiggestellt. Hector war damit Weltrekordinhaber, und die Gemeinschaft hatte ihre Stellung in der Geschichte der Rätsel gefestigt. In der folgenden Woche würde landesweit in den Zeitungen über sie berichtet werden.

48

etwas riskieren oder mutig sein (5)

Clayton konnte sich nicht erinnern, dass die Zeit jemals so schnell vergangen wäre.

Der leichte Regen, der an die Bullaugen der *Serendipity* klopfte, erinnerte ihn an das kochende Wasser in einem Teekessel, und im Lauf der Stunden hatte sich der einschüchternde Berg an Puzzleteilen zu einem überschaubaren Hügel reduziert, der darauf wartete, noch ins Bild eingefügt zu werden.

»Das sind Teile der Brücke, Neil, sie gehören nicht zum Mond. Lass dich von der Struktur leiten. Du kannst nicht nur auf die Farbe achten.«

»Ja«, erwiderte Neil, richtete sich etwas auf und warf einige eintönig graue Teile zurück in den Karton. »Du bist dir sicher, dass hier eine Brücke ist?«

Clayton zeigte auf einige Teile, die er vor sich liegen hatte und auf denen Pflastersteine zu erkennen waren. »Entweder eine Brücke oder eine schmale Straße. Für mich sieht das nach Kontinentaleuropa aus, was meinst du? Jedenfalls fühlt es sich so an. Ich tippe auf Venedig oder Paris. Jedenfalls hab ich das Bild definitiv noch nie gesehen.«

Clayton kannte das Puzzle-Portfolio der Gemeinschaft in- und auswendig. Zumindest in einem war er sich sicher: Dieses Motiv stammte nicht von Hector Haywood. Es war überhaupt nicht sein Stil.

Er hatte keine Ahnung, worauf Pippa abzielte, wohin sie ihn schicken wollte, aber er erinnerte sich, dass sie ihn gebeten hatte, den Pass nicht zu vergessen. Er hatte ihn bei Harrods gebraucht, um seine Identität zu bestätigen. Vielleicht gab es noch einen weiteren Grund, warum er ihn mitbringen sollte.

Clayton stellte den Gedanken zurück, im Moment wollte er nirgends anders sein als hier. Kurz darauf verschwand Neil in der Kombüse und kehrte mit einer Flasche Cognac und zwei Gläsern zurück. Er setzte sich wieder und wühlte erneut im Karton, schob Teile, auf denen der gelbe Schein von Straßenlaternen zu erkennen war, zu der einen Seite und zur anderen jene, die anscheinend glänzendes Wasser zeigten – einen See oder einen Fluss vielleicht.

Sie hatten bereits den Großteil des nächtlichen Himmels fertig und arbeiteten sich von der Sternenlandschaft zu den bunten Hausdächern voran, die den Horizont bildeten.

Sie befanden sich in vollkommener Harmonie miteinander, ganz versunken in ihre Aufgabe und die Musik von Girls Aloud. Die Leselampe tauchte Neil in einen weichen Lichtschein, der es Clayton schwermachte, ihn nicht dauernd anzustarren.

Einige Male nahm er absichtlich ein Teil aus dem Bereich, an dem Neil arbeitete, nur damit er den Kopf heben und ihn verstohlen betrachten konnte.

»Ich werde morgen das Boot verlegen«, verkündete Neil. Clayton sah erschrocken auf. »Ich muss alle paar Wochen eine neue Anlegestelle finden, damit ich keine Liegegebühr zahlen muss.«

»Aha.«

»Wenn du willst, kannst du mir helfen. Ich zeig dir, wie du mit den Leinen umgehen musst. Um zwei Uhr lege ich ab. Komm, wenn du Lust hast. Du kannst die *Serendipity* dann selbst mal steuern.«

»Ich komme«, erwiderte Clayton strahlend. »Ich komme auf jeden Fall.«

Für ihn klang es wie ein Date.

Eine Stunde später – nur noch eine Handvoll Teile war übrig – hatte vor ihnen eine romantische Stadtansicht Gestalt angenommen, und zwar von Amsterdam, wie sie meinten.

Clayton wusste nicht, was er davon halten sollte.

Es waren die Häuser, auf die als Erstes sein Blick fiel, ihre eleganten Fassaden, die reich geschmückten Giebel, die steilen Treppen und die Fenster mit ihren Fensterläden.

In der Mitte des Bildes aber hob sich ein Gebäude von den anderen ab.

Ein rosarotes Haus mit einem beeindruckenden Ziffernblatt oben am Giebel. Der lange Zeiger stand kurz vor Mitternacht. Das Gebäude war nicht nur größer und prachtvoller als die umliegenden, auch die Darstellung des Künstlers – das Bauwerk war exakt in die Bildmitte platziert, die Farben waren satter als die der übrigen – ließ darauf schließen, dass es aus einem ganz bestimmten Grund hervorgehoben wurde.

Nur vier Teile waren noch übrig. Clayton schob sie Neil hin, damit er das Puzzle vollenden konnte, während er über das Bild sinnierte.

Neil legte die letzten vier Teile, dann sahen sie beide auf das Bild, in dem sich eine kleine, klaffende Lücke auftat.

Das Haus in der Mitte – das mit dem großen Ziffernblatt – war unvollständig.

»Das soll jetzt ein Scherz sein, oder?«, sagte Neil, klopfte hektisch seinen Schoß ab und fuhr mit der Hand über den Tisch.

Clayton betrachtete das Puzzle. Die Lücke lag exakt dort, wo der Eingang zum rosaroten Haus war. Ein fehlendes Teil.

Neil kroch auf allen vieren auf dem Boden herum und suchte dort alles ab.

»Es muss doch irgendwo sein.«

Clayton beteiligte sich nicht.

Stattdessen blieb er sitzen und betastete die auffällige Lücke. Von den vier- oder fünftausend Teilen fehlte ausgerechnet dasjenige, das den Eingang zum zentralen Gebäude im Bild markierte – zum rosaroten Haus, zu dem Clayton hingeführt wurde.

Es war ein Hinweis.

Pippa führte ihn zum Haus in dem Bild. Nach Amsterdam. Das fehlende Teil war absichtlich nicht in den Karton gelegt worden. Er war sich dessen nahezu sicher.

»Es ist nur ein weiterer Hinweis«, sagte Clayton.

Neil stieß sich den Kopf am Tisch an, als er aufblickte. »Was?«

»Das fehlende Teil ist *der Hinweis*«, wiederholte Clayton, nun völlig überzeugt.

Später, als sie nebeneinander am Tisch saßen, als sich ihre Knie berührten und ihre Gesichter nur Zentimeter voneinander entfernt waren, **wagte** Clayton etwas, was er noch nie zuvor getan hatte.

Er beugte sich zu Neil hin und legte ihm die Hand an den Nacken, bis ihre Köpfe zusammenkamen und ihre Lippen sich berührten.

Als sie sich endlich lösten, ließ Neil den Blick sinken, und Clayton errötete und fragte sich schon, ob er etwas Falsches getan hatte, fragte sich, wie etwas, was sich so richtig anfühlte, falsch sein konnte, bis er Neils Finger am Kinn spürte, das daraufhin angehoben wurde, und sich ihre Lippen erneut berührten.

So blieben sie sehr lange.

49

Die Gemeinschaft der Rätselmacher
Der Morgen nach dem Jahrmarkt

Pippa konnte sich nicht erinnern, wann sie das letzte Mal die Nacht durchgemacht hatte.

Was immer sie sich vorgestellt hatte, wie der Jahrmarkt enden würde, sicherlich hatte dazu nicht gehört, um vier Uhr morgens einem erwachsenen Mann dabei zuzusehen, wie er auf allen vieren kauernd einen Marienkäfer rettete.

»Komm schon«, sagte Earl.

Sie befanden sich mitten im Labyrinth und wurden allmählich wieder nüchtern. Wobei Earl ihr vielleicht ein bis zwei Stunden hinterherhinkte.

»Was um alles in der Welt machst du da, Earl?«

»Der kleine Kerl hier …« Er hatte ihn jetzt auf seiner Fingerspitze. »Er wird noch zertreten, wenn er nicht aufpasst.«

Sie lächelte und fand es rührend, wie sanft er das kleine Wesen mit einem Stups des Zeigefingers seines Weges schickte.

Schließlich setzte Earl sich wieder zu ihr auf die Bank.

»Ich freue mich sehr für Hector.«

Er nickte. »Wenn es jemand verdient hat …«

Sie stimmte ihm zu. »Aber glaubst du, dass er … glücklich ist?«

Earl neigte den Kopf. »Schwer zu sagen.« Er verlässt ja kaum sein Atelier. Hast du mitbekommen, wie viel Zeit er darin verbringt?«

»Er war schon immer ein Workaholic«, antwortete sie. »Er hat sich eben sehr auf den Jahrmarkt vorbereitet.«

Earl schüttelte den Kopf. »Nein, es ist was anderes. In letzter Zeit … war es was anderes. Meinst du nicht auch?«

Pippa blinzelte in den Himmel. Vermutlich war sie so sehr mit ihren eigenen Problemen beschäftigt gewesen, dass sie alles andere um sich nicht mehr wahrgenommen hatte. Jetzt aber, wenn sie darüber nachdachte, kam sie ebenfalls zu dem Schluss, dass Hector sich in den letzten Monaten sehr viel seltener hatte blicken lassen. Sie konnte noch nicht einmal sagen, wann sie zum letzten Mal ihre Frühstückseier zusammen gegessen hatten. Früher war das für sie beide ein tägliches Ritual gewesen.

»Ich werde den Eindruck nicht los, dass er etwas zu verbergen hat«, fuhr Earl fort. »Irgendeine dunkle Geschichte aus seiner Vergangenheit …«

Pippa bekam eine Gänsehaut und rieb sich über die Arme. »Was meinst du?«

Earl zuckte mit den Schultern. »Ich weiß nicht … irgendeine Tragödie. Vielleicht hat er jemanden verloren. Vielleicht gibt es etwas, worüber er nicht reden kann oder will.«

Pippa musste an Hectors Reaktion denken, damals an der Bar, als Creighton noch ein Hotel gewesen war, nachdem Earl von der Erkrankung seiner Frau erzählt hatte. Er hatte damals nicht nur sein aufrichtiges Mitgefühl zum Ausdruck gebracht – in seinem Verhalten hatte etwas mitgeschwungen, das sehr viel tiefer ging. Sie hatte es nie vergessen.

Und dann war da noch, Jahre davor, der Vorfall mit dem Campingbus. Hector war für eine Weile wohnungslos gewesen. Obwohl sie ihm anschließend ihr freies Zimmer angeboten hatte und er für eine gewisse Zeit ihr Mieter wurde, hatte sie nie von ihm erfahren, wie es zu dieser Wohnungslosigkeit gekommen war. Auch sie hatte nie jemandem davon erzählt.

»Ich habe das komische Gefühl, dass es eines Tages herauskommen wird«, sagte Earl. »Er ist mit dem Kopf woanders, weil er mit dem Herzen woanders ist. Wenn jemand so etwas wissen muss, dann ich. Eines Tages wird er dazu bereit sein, eines Tages, bin ich mir sicher, wird er es uns erzählen.«

Damit sank Earl schwer an ihre Schulter. Im nächsten Augenblick war er eingenickt.

Sie schüttelte den Kopf und schloss die Augen, brachte damit das Lärmen in ihrem Kopf zum Verstummen und konzentrierte sich auf den morgendlichen Gesang der Vögel.

Der Jahrmarkt war sehr viel erfolgreicher verlaufen, als sie zu hoffen gewagt hatte. Am Morgen würden sie die Einnahmen zählen, aber sie war überzeugt, dass sie ihr Ziel übertroffen hatten. Es würde für die Reparaturen reichen, vielleicht könnten sie sogar etwas zur Seite legen. Außerdem hatten sie sich bereits darauf verständigt, dass sich von nun an Geoff um die Finanzen der Gemeinschaft kümmern sollte. Überrascht musste Pippa feststellen, wie erleichtert sie darüber war.

»Ich weiß ja nicht, wie es dir geht«, sagte sie und unterdrückte ein Gähnen. »Aber ich bin ziemlich fertig.«

»Sturzbetrunken«, murmelte Earl neben ihr und rieb sich die Stirn. »Und mein Schädel platzt gleich.«

Eine Weile lang schwiegen sie, was für Pippa in Ordnung war. Sie sah zu den grünen Wänden, die sie umgaben, empfand ein seltenes Gefühl der Ruhe und Zufriedenheit und lehnte sich nun ihrerseits an Earls Schulter. Zuvor an dem Abend hatten sie sich darauf geeinigt, in der Mitte des Labyrinths, direkt hinter der Bank, einen Baum zu pflanzen. Eine Trauerweide wäre schön, dachte Pippa. Deren herabhängende Zweige würden etwas Schutz vor Sonne und Regen bieten.

»Es ist ganz wunderbar, dieses Labyrinth«, sagte sie. »Das weißt du, nicht wahr? Du hast dich selbst übertroffen.«

»Danke.«

»Doch, doch, im Ernst.«

»Ja. Ich meine, danke, dass du mich überredet, dass du mich ermutigt hast, hier einzuziehen …«

Sie sahen sich an, ihre Gesichter waren nur wenige Zentimeter voneinander entfernt. »Du kannst sehr überzeugend sein, wenn du willst. Ohne dich wäre ich jetzt nie und nimmer hier.«

Pippa strahlte. »Sag mir, Earl, glaubst du ans Schicksal?«

»Meinst du bezogen auf die Liebe?«

Sie dachte darüber nach. »Vielleicht.«

»Dann nein.«

»Nein?« Sie war enttäuscht. »Dann glaubst du also nicht, dass es jemanden gibt, der für uns bestimmt ist? Dass jeder Aspekt des Lebens … vorherbestimmt ist?«

Earl schüttelte den Kopf.

»Schon komisch, aber manchmal frage ich mich, ob das Universum … eine Idee verfolgt. Ich weiß, das klingt verrückt.«

Sie dachte an Nancy, an ihre zufällige Begegnung an der Westminster Bridge.

»Labyrinthe, Pipster, haben mich eines gelehrt: Im Leben gibt es häufig mehr als einen Weg zum Ziel.«

»Dann gibt es also nicht den einen Weg zum Glück?«

»Natürlich nicht«, antwortete er. »Dafür sind Labyrinthe da.«

Pippa seufzte.

»Im wirklichen Leben musst du vor- und zurückgehen, manchmal vielleicht auch zur Seite. Was dir eben gerade als richtig erscheint. Und irgendwann wirst du finden, was du suchst.«

Pippa lächelte zufrieden über diese angenehme Vorstellung.

Eine Minute später tippte ihr Earl auf die Schulter und flüsterte ihr ins Ohr. »Hast du das Wort herausgekriegt?«

»Hmm?«

»Das Wort, das im Labyrinth versteckt ist?«

»Oh.« Sie rieb sich die Augen und richtete sich auf. Das hatte sie ganz vergessen. »Earl, ich mache Kreuzworträtsel. Mit Labyrinthen kenne ich mich nicht aus.«

»Versuch es.«

Sie schüttelte den Kopf. »Ich bin zu müde, Earl.«

»Dann gib mir deine Hand.«

Earls Hände waren kalt. Er nahm Pippas Zeigefinger, als wäre er ein Stift, und begann auf ihrem Knie den Weg aufzuzeichnen, den sie genommen hatten.

Pippa konzentrierte sich, so weit es ihr möglich war. *Geradeaus, links, rechts, geradeaus, links, geradeaus, links …*

Als er am Ende angelangt war, sah sie die Umrisse des Worts auf ihrem Bein vor sich. Ihr ging das Herz über, so sehr, dass sie beinahe von der Bank aufgesprungen wäre.

»Darauf ist dieser Ort hier gebaut …«, sagte Earl. »Deshalb sind wir alle hier.«

Bevor er ausreden konnte, umfasste Pippa seine Wangen, beugte sich zu ihm hin, und dann standen sie beide kurz davor, sich zum ersten Mal überhaupt zu küssen.

»Das hat ganz schön gedauert«, sagte er und schloss die Augen.

Pippa lachte und wusste nicht recht, in welche Richtung sie den Kopf neigen sollte. »Das sagst du mir …«

50

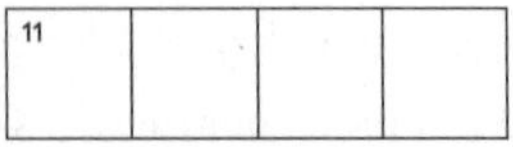

Null in Wimbledon (4)

Noch nie hatte sich Clayton so gefühlt. Am Morgen nach dem Kuss lag er erschöpft auf seinem Hotelbett und schwankte wild hin und her zwischen Schwindelgefühlen, Überspanntheit und blinder Euphorie.

In der vergangenen Stunde war er am internationalen Bahnhof St. Pancras gewesen und hatte dort nicht ein, sondern zwei Tickets nach Amsterdam am Eurostar-Terminal gekauft. Sie kosteten nur neununddreißig Pfund. Morgen früh wäre Abfahrt. Er hoffte, Neil würde es sich zumindest überlegen, ihn zu begleiten.

Er hatte kaum geschlafen, starrte an die Decke, dachte über den Abend nach, den er vor seinem geistigen Auge noch einmal Revue passieren ließ, versuchte sich zu erinnern, wann ihr Kuss angefangen, wie lange er gedauert hatte. Jedenfalls war es beileibe kein flüchtiger Schmatz. Sie waren einige Minuten zugange gewesen.

Clayton sah auf seine Uhr.

Er zählte die Stunden, bis er Neil wiedersehen konnte. Noch zwei ein Viertel Stunden, bevor sie auf der *Serendipity* erneut zusammentreffen würden.

Er hoffte, Neil würde nach Amsterdam mitkommen. Wenn die letzten Tage ihn eines gelehrt hatten, dann, dass es sich lohnte, wenn man ein wenig aus sich herausging. Man bekam vom Leben so viel mehr zurück, wenn man andere Menschen hereinließ.

Zum Glück blieb ihm noch etwas Zeit für ein Nickerchen.

Clayton kuschelte sich wieder unter die Decke und achtete darauf, nicht die sauber gebügelten Sachen zu verknittern, die er bereits neben dem Bett bereitgelegt hatte. Graue Cordhose, marineblaues Freizeithemd, Jacke mit Reißverschluss.

Er griff zu seinem Handy, das auf dem Nachttisch aufgeladen wurde, und stellte den Wecker. Vierzig Minuten würden reichen. Wenn er aufwachte, würde er sich wie ein neuer Mensch fühlen.

Er ließ den Kopf auf das weichste Kissen der Welt fallen und war innerhalb von dreißig Sekunden tief und fest eingeschlafen.

Als er aufwachte, lag das nicht am Wecker des Handys – den er, wie er nun merkte, nicht auf *a.m.*, sondern auf *p.m.* gestellt hatte –, sondern daran, dass eine Angestellte für den Wohlfühlservice an die Tür geklopft hatte.

Panik überkam ihn.

Clayton rappelte sich hoch, sagte der Angestellten, dass er nichts benötige, vielen Dank auch. Und noch bevor er wirklich sehen konnte, wie spät es war, wusste er, dass sich etwas sehr Bedauerliches ereignet hatte.

Er hatte viereinhalb Stunden geschlafen. Und, schlimmer noch: Er hatte noch nicht mal Neils Handynummer, damit er ihm mitteilen konnte, dass er sich verspäten würde.

Zwanzig Minuten später näherte sich Clayton, völlig außer Atem, dem vertrauten Kanalabschnitt in Little Venice, der Stelle, an der er sich drei Stunden zuvor hätte einfinden sollen. Aufgeregt lief er die gepflasterte Böschung neben der Brücke hinunter.

Aber seine Aufregung hielt nicht lange an, denn in der Sekunde, in der er das trübe Wasser vor sich erblickte, blieb ihm fast das Herz stehen.

Zwischen der *M'Darlin* und *Happy Daze*, dort, wo Neils Boot festgemacht hatte, befand sich eine dreizehn Meter lange Lücke. Neil musste sich gedacht haben, dass er versetzt worden war.

Die *Serendipity* war fort.

Am folgenden Morgen – die Tickets waren bereits bezahlt, und Clayton sah keine Möglichkeit, Neil zu kontaktieren – blieb ihm nichts anderes übrig, als allein nach Amsterdam aufzubrechen.

Er packte seine Sachen, checkte aus dem Hotel aus und nahm sich eine Postkarte an der Rezeption und schrieb:

Lieber Neil,
tut mir leid wegen gestern. Ich kann alles erklären. Ich hab was Blödes getan, das ist alles. Wohin bist du unterwegs? Ich werde bald wieder hier sein, ich muss nur vorher noch wohin. Ich hoffe, wir treffen uns wieder!! Noch mal Entschuldigung. Pass auf dich auf.
Clayton x

Er bedauerte die doppelten Ausrufezeichen, wollte sie aber nicht mehr durchstreichen. Stattdessen fügte er einen zweiten Kuss an, dann zur Sicherheit noch einen dritten, bevor er unten auf der Karte groß seine Handynummer hinkritzelte.

Die Rezeptionistin sah jedes Wort, das er schrieb, aber es war ihm egal.

Er adressierte die Karte an Nancy Stone – sie war die einzige Möglichkeit, die ihm einfiel, um Neil, jemanden ohne feste Adresse, zu erreichen. *31 Cheviot Street* war seinem Gehirn eingeprägt wie das Wachssiegel auf Pippas Briefen.

»Ich kann das für Sie aufgeben, wenn Sie wollen«, bot die Rezeptionistin an.

»Ja?«

»Natürlich, Mr Stumper«, erwiderte sie mit einem freundlichen Lächeln. »Es scheint mir wichtig zu sein.«

Er errötete. »Danke. Ja, es ist wichtig.«

Mit dem Taxi fuhr er zum Bahnhof St. Pancras. An jedem Wasserabschnitt, an dem sie vorbeikamen, hielt er nach Neil Ausschau.

Es war nicht so, dass er nicht versucht hatte, ihn zu finden. Eine ganze Stunde hatte er die *Serendipity* gesucht, hatte immer wieder die Orientierung verloren und war auf dem Treidelpfad zwielichtigen Gestalten begegnet, die wie die Typen, die ihn wenige Tage zuvor überfallen hatten, scheinbar aus dem Nichts auftauchten. Letztlich war er in Panik geraten, hatte sich einsamer gefühlt als jemals zuvor in seinem Leben und war zum Hotel zurückgerannt, wo er – ein schicksalhafter Zufall, vielleicht sogar ein Augenblick von »Serendipity« – einen Anruf von Cilla Millington erhielt.

Sie wolle nicht stören, aber sie habe seit Tagen mit keiner Menschenseele gesprochen, deshalb wolle sie mit ihm kurz plauschen, bevor sie ins Bett gehe. Sie freue sich sehr, dass er seine Nummer auf ihrer Geburtstagskarte vermerkt habe. Sie wisse doch nicht, wen sie sonst anrufen könne.

Clayton war auf den Boden seines Hotelzimmers gesunken und hatte seine Tränen hinuntergeschluckt. Natürlich hatte sie nicht wissen können, dass er in diesem Augenblick dieses Gespräch ebenso sehr nötig hatte wie sie selbst.

Fünf Stunden nach seiner Abreise aus London trat Clayton im Bahnhof Amsterdam Centraal in die helle Nachmittagssonne. Er fühlte sich seltsam beschwingt.

Im Zug hatte er über seine Suche nachgedacht, die ihm Einblicke in seine Vergangenheit verschaffen sollte, ihm bislang aber ausschließlich Dinge für die Zukunft gelehrt hatte.

Durch Cilla war er an die Bedeutung von zwischenmenschlichen Beziehungen erinnert worden und daran, dass ein einziges Gespräch mit einem Fremden oftmals alles verändern konnte. Durch Nancy hatte er gelernt, dass Freundschaft, mochte sie noch so wichtig sein, manchmal nicht ausreichte für ein erfülltes Leben und es daher in Ordnung war, nach etwas anderem Ausschau zu halten. Neil hatte ihm die Hoffnung gegeben, dass eines Tages auch er diese Erfahrung machen könnte, während sein Gespräch mit Jonty ihm nichts als Kopfschmerzen eingetragen hatte – auch wenn dessen Beziehung zu Edwin ihn dazu angeregt hatte, seinem Herzen zu folgen und sich letztlich einer glücklichen Fügung zu ergeben.

Wenn Elf waagrecht etwas war, was er nach Pippa außerhalb der Gemeinschaft erfahren sollte, dann hatten sie alle – auf ihre Art – zu diesem Hinweis beigetragen.

Love.

Freundschaft, Gemeinschaft und Liebe – in den letzten Tagen hatte Clayton all das erlebt.

In der Herengracht hielt er sein Handy mit dem Bild des nicht ganz fertiggestellten Puzzles neben eine Reihe von ähnlichen Ansichten auf der anderen Kanalseite.

Er hatte beschlossen, hier mit seiner Suche zu beginnen, im Südosten der Stadt, wo laut dem Stadtführer, den er im Bahnhof erstanden hatte, die reichsten Händler und einflussreichsten Bürger und Bürgermeister der Stadt gewohnt hatten.

Die idyllischen Gassen, die Häuser an den Grachten, die alle aussahen wie auf einem Gemälde aus dem Goldenen Zeitalter der Niederlande, verströmten unzweifelhaften Charme. Er verstand, was den Reiz der Stadt ausmachte.

Das Problem war nur: Kaum hatte er eine pittoreske Straße hinter sich, befand er sich bereits in der nächsten. Die Giebelhäuser sahen alle gleich aus, ebenso galt das für die endlosen Grachten, die alle ähnlich braun waren und denen markante, charakteristische Eigenheiten fehlten.

Als zwischendurch der Himmel seine Schleusen öffnete, wurde ihm klar, dass er, der über seinem dünnen Pullover nur eine dünne Regenjacke trug, die völlig falsche Kleidung bei sich hatte. Amsterdam war ungewöhnlich kühl, und in der Nähe der Grachten wurde es richtig kalt.

Er überlegte, ob er sich nicht in ein Café setzen sollte, bis es wieder aufklarte, aber dann beschloss er, seine Suche fortzusetzen. Er zog die Kapuze hoch und ließ den Blick über die Gebäude vor sich schweifen, checkte aber zwischendurch immer wieder sein Handy.

Auf dem Weg von der Herengracht zur Keizersgracht erkannte Clayton schließlich, welche enorme Aufgabe er vor sich hatte.

Erneut erstreckte sich vor ihm eine scheinbar endlose Gracht mit unzähligen Häusern zu beiden Seiten. Aber er wollte sich nicht entmutigen lassen, und als er nach wenigen Hundert Metern zu einer Brücke kam, besserte sich seine Stimmung augenblicklich.

Da – keine hundert Meter vor ihm – stand ein imposantes Gebäude mit einer rosaroten Fassade, die mehr als nur eine vage Ähnlichkeit mit dem Haus auf dem Puzzle hatte. Es war der exakt gleiche Rosaton.

Clayton wurde leicht schwindlig.

Ohne sich umzublicken, überquerte er die Brücke, konnte nur knapp einem Radfahrer ausweichen, der ihn anklingelte und ihm wüste Beschimpfungen zurief.

Kurz darauf näherte sich Clayton mit klopfendem Herzen den Eingangsstufen und sah noch einmal an der Fassade empor.

Mit einem Mal verharrte er, seine Beine wurden schwer, als wollten sie ihn nicht weitertragen. Das, was hier vor ihm lag, schien ihn plötzlich zu überwältigen.

Er atmete einige Male durch und versuchte seinen Puls zu beruhigen, dann ging er die Stufen hinauf.

Dann, als er direkt davor stand, schlug er sacht gegen die Tür, bevor er es sich noch mal anders überlegen konnte.

Nach einigen Sekunden wurde vorsichtig die Tür geöffnet, und eine verrunzelte Dame weit fortgeschrittenen Alters sah ihn finster an.

Maak dat je wegkomt!, blaffte sie nur.

Sie hatte einen irren Blick und einen Besenstiel in der Hand, mit dem sie Clayton drohte.

»Verschwinden Sie, junger Mann! Das ist Privateigentum!«

Entschuldigend hob Clayton die Hand, stolperte die Stufen hinab und verzog sich in eine feuchte Sackgasse seitlich vom Haus. Dort lehnte er sich mit dem Rücken gegen die kalten Backsteine und atmete tief durch.

Das alles war ein Fehler, ging ihm durch den Kopf. Nicht nur ein Fehler, sondern eine völlige Schwachsinnsidee – dass er allein hierhergereist war, um ein Haus zu finden, von dem er glaubte, es habe etwas mit seiner Vergangenheit zu tun, nur weil ein fehlendes Teil in einem Puzzle, das er von einem dementen Mann geschenkt bekommen hatte, ihm das anscheinend einflüsterte. Bei näherer

Betrachtung erkannte er nun, dass das Haus keinesfalls dem auf dem Puzzle glich. Es hatte vielleicht die gleiche Farbe, aber dieses hatte sechs Fenster, nicht acht wie jenes, das er zu finden hoffte.

Er würde sich ein einfaches Hotel für die Nacht suchen und Earl eine Nachricht schreiben, um allen Bescheid zu geben, dass er auf seiner Mission gescheitert sei, dass er das ganze Debakel nun hinter sich lassen würde. Wohin Pippa ihn auch lotsen wollte, wo immer das Ziel seiner Suche liegen mochte, er würde es erst einmal zurückstellen müssen.

Natürlich würde das nicht geschehen, wie Clayton nur allzu gut wusste, als er aus der Gasse trat.

Blinzelnd sah er ins trübe Nachmittagslicht und schlug die Richtung zum Bahnhof ein, geriet an der Bordsteinkante ins Straucheln und trat bis zum Knöchel in eine Pfütze.

Eine Straßenbahn näherte sich. Clayton suchte die nächste Haltestelle auf, wo er sein Hosenbein ausschüttelte. Wenigstens würde er nicht zu Fuß gehen müssen. Seine Brogues, die bei jedem Schritt quietschten, begannen nun auch an den Fersen zu scheuern – er spürte schon, wie sich eine Blase bildete.

Neben ihm an der Haltestelle war eine junge Frau über einen Buggy gebeugt, schnitt Grimassen und beruhigte das Baby mit einem Kinderlied. Ein völlig alltäglicher Anblick, dennoch musste Clayton sich abwenden. Er hatte das Gefühl, die ganze Welt machte sich über ihn lustig.

Zischend kam die Straßenbahn zum Stehen. Er zog sein Tagesticket aus der Geldbörse.

Die meisten Plätze waren belegt, aber Clayton fand einen freien Sitzplatz in der Mitte des Waggons, genau gegenüber dem Schaffner, der hinter einem futuristischen Informationsschalter saß – wie Spock auf der *Enterprise*. Er hatte sogar eine ähnliche Frisur.

Und Clayton stellte fest, dass der Schaffner ihn beobachtete – er hatte fragend den Kopf geneigt und lächelte, so, als würden sie sich beide kennen.

Schon aus Höflichkeit erwiderte Clayton das Lächeln, dann sah er müßig aus dem Fenster zu der an ihm vorbeiziehenden Stadt.

Überall waren Radfahrer zu sehen, die sich so locker und leicht in den Verkehr einfädelten, als würden sie einen Spaziergang im Park unternehmen.

Es dauerte nicht lange und Clayton spürte erneut den Blick des Schaffners auf sich.

»*Ben je verdwaald?*«, sprach der Mann ihn an.

Clayton sah über die Schulter. Sprach der Mann mit jemand anderem?

»Sie gehen im Kreis, was?«, sagte der andere, nachdem ihm klar geworden war, dass er einen Engländer vor sich hatte. »Haben Sie sich verirrt?«

»Nein, nein. Ich versuch mich nur zu orientieren, mehr nicht.«

»Aber ich hab Sie mindestens sechsmal die Herengracht auf und ab laufen sehen.«

Clayton wurde rot bei der Vorstellung, dass er den gesamten Nachmittag beobachtet wurde. »Ich kenne mich in der Stadt nicht aus, das ist alles. Und ich habe einen fürchterlich schlechten Orientierungssinn. Ich würde noch nicht mal aus einer Papiertüte herausfinden.« Er lachte kurz auf, drehte sich dann aber wieder zum Fenster hin und wünschte, der andere würde ihn in Ruhe lassen.

»Wirklich?«, fragte der Schaffner. »Ich mach diesen Job schon seit fast zehn Jahren. Ich kenne die Stadt in- und auswendig.«

Clayton, von der Offenheit des anderen überrumpelt, musterte ihn erneut.

Kurz danach zog er sein Handy aus der Tasche und rief das Foto des auf Neils Esstisch fertiggestellten Puzzles auf. Er zentrierte das Bild auf das fehlende Teil in der Mitte, erhob sich von seinem Sitz und ging zum Schaffner.

»Kommt Ihnen dieses Haus bekannt vor?«, fragte er und reichte ihm das Gerät. »Das große Haus in der Mitte. Das rosafarbene. Das suche ich nämlich.«

Der Schaffner betrachtete das Bild, neigte das Handy hin und her und runzelte die Stirn. »Hmm.« Er zupfte sich am Ohrläppchen. »Ist das die Wittineburg?«

Clayton zuckte mit den Schultern. »Ich habe nicht den leisesten Schimmer. Ich würde es nur gern finden. Was ist die Wittineburg überhaupt?«

Der Schaffner tastete in der Innentasche nach einem Stift.

»Nein, nein, das ist es nicht. Ich sag Ihnen, was das ist. Es ist das alte Salmon-Haus. Ich bin mir ziemlich sicher. Das erkennt man an den Bäumen und wie sie sich neigen. Wie nennt sich das jetzt?«

Er klopfte mit den Fingern auf seinen Informationsschalter, dann fiel es ihm ein.

Clayton sah, wie er etwas auf die Rückseite einer Fahrkarte notierte. Er gab sie ihm.

Het Kunsthuis
Oostenburgergracht 73

»Steigen Sie an der nächsten Haltestelle aus und nehmen Sie die C12 Richtung Osten«, erklärte er. »Sie fahren bis zur Haltestelle Kadijken. Die Oostenburgergracht ist dann zwei Straßen weiter rechts. An der Ecke gibt es einen Flohmarkt. Können Sie gar nicht verfehlen.«

Clayton nahm den Zettel in Empfang. »Danke«, sagte er, ganz gerührt von der Freundlichkeit des Schaffners. »Und was heißt das?«, fragte er und fuhr mit dem Finger über die Adresse. »Der Name, meine ich.«

»Het Kunsthuis? Das Kunsthaus. Es ist ein Boutique-Hotel – recht nett, aber ich glaube, es bekommt keine tollen Bewertungen. Die Frau, die es leitet, hat anscheinend … na, wir sagen dazu … *heeft haar hoofd in de wolken.*«

Verwirrt sah Clayton ihn an.

»Na, sie hat den Kopf in den Wolken. Sie ist etwas abgedreht …«

Clayton ging an den Flohmarktständen am Waterlooplein vorbei, ohne irgendwo anzuhalten. Unentwegt murmelte er den Namen des Kanals vor sich hin, den das rosarote Haus überblickte – die *Oostenburgergracht* –, und hoffte, er wäre so reizend, wie das Wort es andeutete.

Er überquerte eine steile Pflastersteinbrücke, auf der eine Frau Tulpen im Dutzend und in allen möglichen Farben verkaufte, dann eine weitere, an der schimmernde Vorhängeschlösser befestigt waren, auf die das Sonnenlicht fiel. Liebesschlösser wurden sie genannt. Er hatte mal einen Artikel darüber im *Telegraph* gelesen. Eingraviert waren die Namen der Liebenden, als Bekräftigung ihrer nie endenden Zuneigung; auf einem Schloss, das er sich näher betrachtete, entdeckte er die Notiz eines Paars, das sich vermutlich auf einer Jubiläumsreise befand: *Ann & Andy – 40 Jahre zusammen. Auf die nächsten 40!* Kurz blieb er stehen und besah sich die holländischen Boote, die in der Gracht festgemacht hatten. Die Namen waren meistens kaum leserlich, die Farben aber waren schön anzusehen und glichen denen der Boote auf dem Grand Union. Sofort wurde er an das sanfte Auf und Ab an Bord der *Serendipity* erinnert. An Neil. Er versuchte an etwas anderes zu denken und ging rasch weiter.

Dann aber, auf dem Weg zu der Straße, die er den ganzen Tag schon gesucht hatte, wurden seine Schritte unbewusst wieder langsamer. Clayton fühlte sich, als würde er durch Schlamm waten.

Das alles überforderte ihn: Hier zu sein, allein auf sich gestellt und kurz davor, etwas herauszufinden, was wesentlich für seine Existenz auf dieser Erde war – oder vielleicht auch gar nichts zu finden. In einer Sackgasse zu landen. Er wusste nicht, was schlimmer wäre.

Die Straße, in der sich das Kunsthuis befand, war lang und breit und zu beiden Seiten von hohen Ulmen gesäumt. Clayton schlenderte von einem Baum zum nächsten, er kam an einem Coffee Shop namens High-Drated vorbei, der *The best coffee in Amsterdam* sowie *Very special Brownies* verkaufte.

Erst als er seine Aufmerksamkeit auf die gegenüberliegende Straßenseite richtete, entdeckte er es: das leuchtende Rosa, das er gesucht hatte.

HET KUNSTHUIS, BOUTIQUE-HOTEL
5-STERNE-LUXUS, WELTKLASSE
AUSSTELLUNGEN ZEITGENÖSSISCHER KUNST
MALKURSE UND WORKSHOPS

Die Stufen waren mit einem makellosen schwarzen Teppich belegt, das goldene Geländer war auf Hochglanz poliert.

Clayton schloss für einen Moment die Augen, wappnete sich, dann ging er die Stufen hinauf und öffnete die schwere Tür.

Eine Klingel kündigte sein Kommen an, drinnen aber war niemand, um ihn zu begrüßen. Kurz darauf ertönte die schrille Stimme einer Frau.

»Aufpassen!«

Clayton erstarrte an Ort und Stelle. Er sah sich in der Lobby um, konnte aber niemanden sehen.

»Ich hab gerade den Boden gewienert.«

Er machte einen vorsichtigen Schritt. Der Boden war nicht nur gewienert, sondern so kräftig gewachst, dass er sich wie eine Schlittschuhbahn anfühlte. Mit zwei langen Bewegungen schlitterte er in seinen Ledersohlen zur Rezeption.

»Hallo?«, rief er. Seine Stimme hallte von den Wänden wider. »Ist hier jemand?«

Links von ihm stand eine Vitrine mit hoteleigenen Merchandising-Produkten, die man erwerben konnte: »Kunsthuis«-Skizzenbücher, Dosen mit »Kunsthuis«-Lakritze, »Kunsthuis«-Aquarellfarben, Stifte und Pinsel und dahinter zu Claytons Überraschung ein Puzzle-Karton, der ihm bekannt vorkam, nur hatte dieser das vollständige Bild auf dem Kartondeckel und dazu den Namen. *Das Kunsthuis-Hotel.*

Schließlich tauchte eine Frau vor ihm auf. »Was wollen Sie? Ein Zimmer?«

Sie hatte unnatürlich dunkle, kurz geschnittene Haare, einen starren, eindringlichen Blick und eine beunruhigend blasse Hautfarbe.

»Ähm …«

»Eine Nacht? Zwei Nächte? Einzelzimmer, Doppelzimmer oder Suite?«

»Ich … eigentlich … hmm …«, stotterte er. Er wusste nicht recht, was er wollte.

»Karte oder bar? Wie wollen Sie zahlen?«

Er fummelte nach seiner Debitkarte in der Brieftasche. »Ein Einzelzimmer, eine Nacht«, hörte er sich sagen. »Und ich zahle mit Karte.«

»Name?«

»Stumper«, antwortete er. »Clayton Stumper.«

Die Miene der Frau änderte sich schlagartig, ihre Blicke trafen sich, keiner von ihnen sprach ein Wort, denn aus welchem Grund auch immer wusste Clayton genau, wer diese Frau war.

Bevor er irgendetwas tun konnte, ließ sie einen Schlüssel auf die Rezeption fallen und schob ihm einen Umschlag über den Tresen, bevor sie sich umdrehte und davonstürmte.

Clayton fühlte sich, als hätte er einen Schlag gegen die Brust bekommen.

Die Frau hatte ihn also erwartet? Der Brief war im Voraus zurechtgelegt worden, damit er für seine Ankunft bereit war.

Er griff nach dem Umschlag. Wie alle Briefe, die er in den vergangenen Tagen erhalten hatte, stand vorn sein Name – der in diesem Fall allerdings eindeutig nicht von Pippa geschrieben worden war. Das sah er an der Handschrift. Und am Umschlag. Diesen Brief hatte nicht sie verfasst. Dessen war er sich so sicher wie der Bedeutung dieser Frau, die ihn soeben in diesem Hotel eingecheckt hatte.

Sie war seine Mutter. Er war ihr Sohn.

51

Die Gemeinschaft der Rätselmacher
Donnerstag, 18. April 1991

Etwas mehr als eine Woche war vergangen seit dem Jahrmarkt. Obwohl in Creighton langsam Ruhe einkehrte und auch die finanzielle Situation sich allmählich stabilisierte – dank der Rekordverkäufe beim Jahrmarkt, der neu gewonnenen Verträge sowie Geoffs Expertise als Rechnungsprüfer –, war Pippa seit einer halben Stunde verzweifelt und zunehmend aufgelöst von Raum zu Raum gestürzt.

Sie hatte nämlich festgestellt, dass Angel genau wie Nancy ihre Sachen gepackt hatte und während der Nacht verschwunden war.

Draußen lief sie über den Rasen zum Puzzle-Atelier, zu der einzigen anderen Person, von der sie wusste, dass sie zu dieser Stunde wach sein würde. Es war noch nicht mal sieben Uhr morgens.

»Angel hat gekündigt«, rief sie ihrem Stellvertreter zu.

Hector drehte sich auf den Stufen zu ihr um und richtete eine Wasserpistole auf sie. Er hatte wieder auf die Tauben auf dem Dach geschossen.

»Was soll das heißen?«

»Sie ist fort, Hector! Sie hat uns verlassen! Desertiert! Noch eine, die sich einfach so auf- und davongemacht hat.«

Pippa war sichtlich erregt; sie wusste nur nicht, ob sie einen Wutanfall bekommen oder in Tränen ausbrechen sollte.

»Ja«, sagte Hector und kratzte sich am Kopf. »Verstehe. Ist ja ein Ding.«

Pippa dachte, sich verhört zu haben.

Sie teilte ihrem Stellvertreter mit, dass die Frau, die länger in Creighton war als jeder andere von ihnen und die sie alle regelmäßig in den Wahnsinn getrieben hatte, kommentarlos verschwunden sei, und seine Reaktion darauf war … so verhalten. Als hätte sie ihm mitgeteilt, dass sie keine Milch mehr hätten.

»Interessiert dich das überhaupt nicht?«

»Natürlich interessiert es mich, verdammt noch mal!«, blaffte er zurück. »Mein Gott, Pippa, glaub mir, und wie mich das interessiert.«

Sie erstarrte.

Er schleuderte ihr die Wasserpistole vor die Füße, dann verschwand er in seinem Atelier und knallte die Tür so heftig hinter sich zu, dass das gesamte Gebäude erzitterte.

Pippa stand fassungslos da.

In all den Jahren, die sie sich nun schon kannten, hatte sie Hector niemals auch nur die Stimme erheben gehört.

Sie überlegte noch, wie sie darauf reagieren sollte, während sie bereits die Stufen hinaufstieg, die Tür öffnete und eintrat.

Angesichts dessen, was sie dort sah, hielt sie erschrocken inne.

Hector kauerte auf einem Hocker, hatte den Kopf in beiden Händen, und die ganze Haltung – seine eingefallenen, bebenden Schultern – machte deutlich, dass er weinte.

Pippa fasste sich an die Brust.

Aber nicht nur der Anblick des offensichtlich aufgelösten Hectors tat Pippa in der Seele weh. Sondern auch das Gemälde, vor dem er saß, ein Bild, das keines seiner üblichen Puzzlemotive war, sondern ein Porträt.

Das Porträt eines kleinen Jungen.

Sie wandte den Blick ab, denn sie hatte das Gefühl, sie würde in Hectors Privatsphäre eindringen.

Schließlich näherte sie sich ihm vorsichtig und senkte die Stimme zu einem Flüstern. »Hast du's gewusst, Hector?« Die Dielen knarrten unter ihren Seidenpantoffeln. »Hast du gewusst, dass sie geht?«

Ohne aufzusehen, bat er sie mit einer Handbewegung zu schweigen.

Sie ging vor ihm in die Hocke. Schließlich sah er sie an.

»Woher stammt dieses Bild, Hector?«

»Angel hat es gemalt.«

Pippa versuchte, sich ihre Überraschung nicht anmerken zu lassen. »Verstehe«, sagte sie so ruhig wie möglich.

»Sie hat Talent, Pippa. Ein seltenes Talent, und ich habe sie dazu ermutigt, es nicht ungenutzt zu lassen. Deswegen ist sie gegangen.«

Schweigen hing in dem Raum mit seinen Farbausdünstungen; sie beide sahen sich nur an.

»Kommt sie noch mal zurück, um ihre Sachen abzuholen?«, hörte Pippa sich fragen.

Hector schüttelte den Kopf. »Anscheinend hat sie alles, was sie braucht. Sie will ganz von vorn anfangen.«

»Aber …«

»Sie hat eine Hutschachtel mitgenommen«, erklärte er. »Sie hat keinen Koffer.«

»Eine Hutschachtel?«

»Die, die du mir mal gebracht hast. Die von Nancy. Die mit der Decke. Das war alles, was sie wollte.«

»Wo ist sie hin?«

»Auf Reisen«, sagte er. »Sie war noch nie im Ausland, Philippa. Wie hätte ich sie aufhalten können? Sie ist vierunddreißig und war noch nie woanders. Sie will Europa sehen. Auf die Kunstakademie gehen. Herausfinden, ob sie sich als Künstlerin durchsetzen kann.«

Einerseits tröstete Pippa die Vorstellung, dass Angel ihrer Berufung folgte, andererseits wurde ihr mulmig, wenn sie daran dachte, dass die junge Frau nun ganz allein auf sich gestellt war.

Egal, wo sie landen würde, Pippa hoffte, dass sie ihr Glück fand und eines Tages vielleicht zu ihnen zurückkehrte, und sei es auch nur für einen kurzen Besuch.

Sie sah wieder zum Porträt des Kindes. Mit wachsender Besorgnis – und zunehmender Gewissheit – fragte sie sich, ob der Junge zu Hector gehörte. War das die Tragödie in seiner Vergangenheit, die für so vieles verantwortlich gewesen war?

52

13		

gefährliche Empfindung (3)

Clayton hatte sein Zimmer im ersten Stock des Kunsthuis-Hotels gefunden, nun saß er am Fußende des Bettes und hielt seine Knie fest, damit sie nicht so zitterten. Er zog den Brief aus dem Umschlag.

Lieber Clayton,

ich bin's, Hector. Ich nehme an, du hast genug von den Fragen. Jetzt willst du Antworten. Ich werde versuchen, dir ein paar zu geben. Du hast sie verdient, natürlich hast du das.

Clayton hielt inne; seine Kehle war wie zugeschnürt. Hector Haywood?

Es beginnt mit dem Kind auf dem beigelegten Foto. Sein Name war Lucas. Er war mein Sohn. Er war ein stiller, sensibler Junge von größter Freundlichkeit, so ähnlich wie du. Er hatte ein ausgezeichnetes Ohr für Musik und liebte seinen Klavierunterricht. Als er sechs Jahre alt war, verlor ich ihn zusammen mit meiner geliebten Frau Elizabeth bei einem Verkehrsunfall.

Damals glaubte ich, ich würde den Schmerz nicht überstehen. Mein Leben geriet völlig aus der Bahn, eine Zeit lang lebte ich sogar in meinem Campingbus. Da trat der Rätselclub in mein Leben. Die Gemeinschaft rettete mich. Durch sie fand ich eine neue Familie.

Ich gelobte mir, nie mehr jemanden so zu lieben, wie ich meine Frau und meinen Sohn geliebt habe. Und es ist mir, muss ich gestehen, gelungen. Zumindest fast. Aber mir widerfuhr etwas Ähnliches, als ich im Atelier eine Assistentin gewann. Eigentlich war sie unsere Haushälterin, aber sie zeigte echtes Interesse an der Kunst und schuf bald selbst beeindruckende Werke, völlig unabhängig von meinen. Wir entwickelten eine gewisse Beziehung, die sich in etwas ganz anderes verwandelte.

Du musst dich sicherlich hintergangen fühlen, Clayton. Verraten, vielleicht bist du sogar wütend. Ich hoffe, dass du mir mit deinem großen Herzen eines Tages verzeihen kannst.

Wenn du dazu bereit bist, dann wähle einfach die 0 für die Rezeption unten.

In großer Bewunderung und Liebe,
Hector Haywood

Eine halbe Stunde später wurde zaghaft an seine Zimmertür geklopft.

So lange hatte er gebraucht, um seine Beine wieder zu spüren, sich zu sammeln und den Mut zu finden, die 0 auf dem Telefon neben dem Bett zu wählen.

Er öffnete die Tür. Vor ihm stand die Rezeptionistin, die ihn unten begrüßt hatte, *seine Mutter.* Er wurde von Gefühlen überschwemmt, als sie sich wieder in die Augen sahen.

»Komm mit«, murmelte sie.

Clayton nickte, dann folgte er der Frau durch die Gänge, und es kam ihm so vor, als würde er schweben, fast wie in einem Traum. In ihm aber loderte eine ungewöhnliche Empfindung, ein Feuer, von dem er nicht wusste, wie er damit umgehen sollte und das er zu unterdrücken versuchte.

Wut.

Natürlich, er hätte es sich denken können, dass dieser Weg im Kummer enden würde. Dafür ging es um zu viel.

Die Frau führte ihn zu einer gusseisernen, scheinbar unendlich nach oben führenden Wendeltreppe im Mittelbereich des Hotels. Dann dröhnten ihre Sandalen auch schon auf den Metallstufen. Hinauf ging es, immer höher, die Treppe schien kein Ende zu nehmen.

Sie kamen an einem Schild vorbei: *Hemel Salon – Hierheen* ↑. Vielleicht stand Clayton immer noch unter Schock, aber beim Aufstieg zum Himmelssalon überkam ihn ein seltsames Gefühl der Ruhe.

Keine Spielchen mehr. Alles, was er noch tun musste, war, Fragen zu stellen. Es war Zeit für die Antworten.

Im Lauf der Jahre hatte er zahllose Geschichten über die frühere Haushälterin in Creighton Hall gehört, *Angel Webster.* Selbst nach den Maßstäben der Gemeinschaft galt sie als exzentrisch, dennoch wurde ihr immer stille Bewunderung entgegengebracht. Es klang, als hätte sie auf ihre Art den Laden zusammengehalten. So wie er es getan hatte. Sie hatte sich um alle gekümmert, ohne groß Aufhebens darum zu machen.

Die Bewohner sprachen oft von ihrem bevormundenden Benehmen, ihrer eindrucksvollen Arbeitsethik, ihrer Spiritualität und ihrer einzigartigen Fähigkeit, einfache Aufgaben zu etwas sehr Kompliziertem zu machen. Kurz gesagt: Angel war ein Albtraum. Das Zudrehen eines undichten Heizkörpers endete in einer ausgewachsenen Katastrophe, die nur ein Klempner wieder in den Griff bekam, beim Porzellanpolieren ging unweigerlich etwas zu Bruch, und einmal, als sie aufs Dach steigen wollte, um einige Dachziegel zu ersetzen, stürzte sie von der Leiter, noch bevor sie die oberste Sprosse erreicht hatte. Sie kugelte sich die Kniescheibe aus und riss sich ein Band im Knöchel. Wochenlang gab es daraufhin keine frische Bettwäsche.

»In Kürze fängt hier eine Aktklasse an«, erklärte Angel, als sie oben waren. »Aber einer der Räume sollte frei sein.«

Der Himmelssalon auf dem Dachboden des Gebäudes bestand aus mehreren Ateliers, die lediglich durch blaue Samtvorhänge voneinander getrennt waren.

Angel zog einen der Vorhänge beiseite, worauf sie vom nackten Hintern eines Mannes begrüßt wurden, der seinen spektakulär ausgestatteten Körper gerade mit Öl einrieb.

»Entschuldige, Klaas.«

Angel eilte sichtlich verlegen weiter, sodass Clayton nur noch einen letzten verstohlenen Blick zurückwerfen konnte.

Daraufhin befanden sie sich in einem hellen, von Farbspritzern bedeckten Raum. Zahlreiche Staffeleien waren halbkreisförmig aufgestellt. Mehr als ein Dutzend Porträts hingen – allesamt leicht schief – an der Rückwand, alle in aufwendigen vergoldeten Rahmen, genau wie das Bildnis von Hectors Sohn.

Clayton trat näher und betrachtete sie. Einige waren mit einem ihm vertrauten Namen signiert: Bert E. Wangles. Der rätselhafte Name war nicht nur das Pseudonym der Frau, sondern auch ein Anagramm ihres Namens. Bert E. Wangles war Angel Webster.

»Warum hast du ein Pseudonym benutzt?«

»Das war nur am Anfang«, erklärte sie und trat an seine Seite. »Ich hab mich in der Kunstwelt als Mann ausgegeben. Das öffnet dir alle möglichen Türen. Bert E. Wangles – ich hielt das für ziemlich gut, oder?«

Clayton musste lächeln. Pippa hatte etwas Ähnliches gemacht, als sie mit dem Erstellen von Kreuzworträtseln begonnen hatte – zumindest hatte sie sich einen Namen zugelegt, den alle für den eines Mannes gehalten hatten.

»Ich hab den Namen gegoogelt«, sagte er. »Aber nichts gefunden.«

Angel grinste zufrieden. »Ich hab jemanden bezahlt, um den Namen zu löschen. Ich benutze jetzt meinen eigenen Namen.« Sie deutete auf die Bilder rechts, die, wie Clayton vermutete, neueren Datums waren. Sie waren alle mit *Angel Webster* signiert.

Angel bat ihn an einen Tisch in der Mitte des Raums. »Setz dich.«

Clayton zog einen Stuhl heraus, der nicht direkt gegenüber der Frau war.

»Ich wette, du hast eine Menge Fragen.«

Er verzog das Gesicht.

Das Licht, das durch das riesige Dachfenster fiel, ließ ihn blinzeln. Die Kondensstreifen von zwei Flugzeugen zogen sich über den wieder wolkenlosen blauen Himmel.

»Hattest du jemals vor, mich zu behalten? Mich großzuziehen …?«

»Nein«, antwortete sie entschieden. »Nein, aber ich wusste ganz genau, wo ich dich hinbringen wollte. Ich war mir absolut sicher, wo du hingehörst.«

Ihre direkte, schnelle Antwort entsetzte Clayton. »Warum wolltest du mich nicht behalten?«

Diesmal lehnte sich Angel auf ihrem Stuhl zurück und seufzte leise. »Ich wusste, dass du es woanders besser hast.«

Clayton schüttelte den Kopf.

»Das klingt banal, ich weiß, aber so war es. Ich wusste, sie würden dich sehr viel mehr lieben, als ich es jemals gekonnt hätte.«

»Wir sind *alle* zur Liebe fähig«, sagte er. »Alle.«

»Ja, aber …« Sie sah ihn jetzt anders an. »Aber jeder liebt anders, jeder liebt auf seine Art.«

Sechs Arten, dachte Clayton. Jedenfalls laut den alten Griechen.

»Die mütterliche, elterliche Empfindung …«

»*Storgē*«, sagte er.

»Wie bitte?«

»So nennt man diese Art der Liebe. Habe ich vor Kurzem gelernt. Die alten Griechen nannten sie *storgē*.«

»Gut … na ja, das ist etwas, was ich nie in mir hatte. Oder noch nicht mal angestrebt habe. Außerdem wollte ich in Europa ein neues Leben anfangen. Ich hatte eine Gabe, etwas, worin ich sehr gut war, und ich wusste, das Universum rief mich dazu auf, mich einzubringen, mein Talent zu gebrauchen, um mir ein neues Leben zu schaffen …« Plötzlich beugte sich Angel vor, ihr Gesicht war nur noch wenige Zentimeter von dem von Clayton entfernt. »Nicht bewegen!«

»Was ist?«, fragte er.

»Das *Licht.*«

Sie zeigte auf das Licht, das durch das über ihnen gelegene Fenster hereinfiel. Clayton sah hoch, aber Angel packte seinen Kopf und schob ihn wieder in seine ursprüngliche Stellung zurück.

»Ich werde dich fotografieren, okay?«, sagte sie, was aber mehr Feststellung als Frage war. »Und eines Tages werde ich dich malen.«

Bevor Clayton wusste, wie ihm geschah, zog sie bereits eine altmodische analoge Kamera aus ihrer Kleidtasche und richtete sie auf ihn.

»Bleib *genau so.*«

Clayton rührte sich nicht mehr. Ohne nach unten zu blicken, hielt er sich seine Regenjacke zu. »Sehen meine Haare gut aus?«

Angel verzog nur das Gesicht, kam näher, schleckte sich über die Handfläche und klatschte ihm diese mit einiger Wucht auf den Kopf, um einen Wirbel zu glätten.

»So ist es besser.«

Nachdem sie ein einziges Foto gemacht und die Kamera in ihrem Kleid verstaut hatte, nahm sie wieder ihren Platz ihm gegenüber ein.

»Beschäftigst du dich mit Astrologie, Clayton?«

Er schüttele den Kopf.

»Dann entgeht dir was.«

»Tatsächlich?«

»Die Sterne sind für uns alle da. An dem Tag, an dem ich die Gemeinschaft verlassen habe, sagte mir das Universum, was ich zu tun habe …«

Aus der Nähe fiel ihm auf, dass sie beide exakt die gleiche Erhöhung auf dem Nasenrücken hatten.

»Und ein paar Wochen später bemerkte ich, dass ich schwanger war.«

»Und zwar mit mir.« Clayton konnte sich die Bemerkung nicht verkneifen. »Hast du jemals mein Horoskop erstellt?«, fragte er. »Hast du dich jemals gefragt, wie es mir geht?«

»Manchmal«, antwortete Angel, beugte sich vor und betrachtete ihn sehr eindringlich. »Im Moment, Clayton, weiß ich nur, dass der Mars im Steinbock in deinem neunten Haus steht, du wirst also Antworten finden und mithilfe von Entdeckungen und Abenteuern dein Leben selbst in die Hand nehmen.«

Clayton setzte sich etwas aufrechter hin.

»Liege ich damit falsch?«

Er zuckte mit den Schultern, fühlte sich aber unangenehm ertappt.

»Und in den nächsten Tagen, mit Neumond im Krebs, wirst du einen persönlichen und spirituellen Durchbruch erfahren – du wirst dich neu besinnen, wer du bist.«

Claytons Magen kribbelte.

»Außerdem steht die Liebe in deinen Karten. Es sieht so aus, als würde dir jemand eine zweite Chance gewähren. Bist du im Moment mit jemandem liiert?«

Er schüttelte den Kopf und griff sich an den Bauch, der mit einem Mal Purzelbäume schlug.

»Nun, das wird sich bald ändern«, fuhr sie fort. »Vorausgesetzt, du willst es.«

Clayton rutschte ungemütlich auf seinem Stuhl herum und wusste nicht, wie er damit umgehen sollte.

»Du hast noch mehr als genug Zeit, junger Mann. Um das vom Leben zu bekommen, was du willst. Um zu dir selbst zu finden.«

Clayton nickte. Das war genau die Einstellung, die alle auf dieser seltsamen Suche vereinte.

Nancy hatte zu sich selbst gefunden durch die Liebe, die sie ihrem Mann und dem Taxifahren entgegenbrachte. Jonty hatte zu sich selbst gefunden durch Edwin und Hector durch die Gemeinschaft – einen Ort, der ihn gerettet und seinem Leben wieder einen Sinn gegeben hatte. Und dann war da noch Pippa. Sie hatte zu sich selbst gefunden durch die Familie, die sie vor so vielen Jahren in dem Raum über dem Pub gegründet, und durch den Sohn, den sie großgezogen hatte.

»Hector ist unterwegs hierher …«, verkündete Angel und stand auf. »Er will mit dir reden. Und sich erklären. Natürlich nur, wenn du willst.«

53

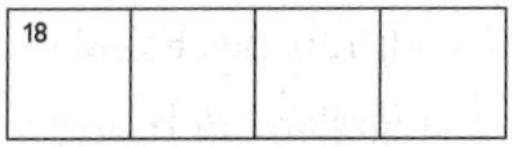

Gewissensbisse (4)

Am Morgen danach, in der Openair-Bühne des Vondelpark, schüttelte Clayton Hector Haywood die Hand – einem Mann, der ihm plötzlich nicht mehr in die Augen schauen konnte.

»Hallo, Clayton.«

»Hallo, sollen wir …« Er deutete mit dem Kopf zur weiten Rasenfläche hinter ihnen, in der Hoffnung, sie könnten dort spazieren gehen.

»Ja«, beeilte sich Hector zu antworten. »Ja, das ist eine gute Idee.«

Clayton musste lächeln. Es war seltsam – als würden sie sich zum ersten Mal begegnen.

Auf ihrem Weg, vorbei an Leuten, die Hunde ausführten, Kinderwagen schoben, vorbei an Skatern und Fahrradfahrern, fragte er sich, ob man es ihnen ansah. Zwei Männer, die nebeneinander hergingen. Mehr als fünfzig Jahre Altersunterschied lag zwischen ihnen. Beide in wasserdichten Regenjacken. Vater und Sohn.

»Hast du nichts Wärmeres?«

»Nein«, antwortete Hector und stopfte die Hände in die Taschen. »Ich hab nicht gedacht, dass es so kalt sein würde.«

»Ich auch nicht«, sagte Clayton. »Wenn du willst, setzen wir uns irgendwo rein. Ich glaube, da drüben ist ein Café …«

Hector schüttelte den Kopf. »Ich denke, es ist gut, wenn wir uns bewegen. Wenn wir gehen … und reden.«

Clayton nickte.

Sie gingen weiter, aber keiner schien bereit zum Reden. Clayton war nicht danach, das Schweigen zu brechen.

Seine Gedanken schweiften ab, er fragte sich, wo Neil mit der *Serendipity* angelegt und ob Nancy seine Postkarte weitergegeben hatte. Ob sich die Gelegenheit ergeben würde, dass sie sich wiedersahen, wie Angel es am Vortag mit so großer Gewissheit vorhergesagt hatte.

Hector verschränkte die Hände auf dem Rücken und sog die kalte Luft ein.

»Wie geht's dir?«, fragte er. »Wenn diese Frage nicht zu platt ist.«

Clayton zuckte mit den Schultern. »Das weiß ich noch nicht«, log er. »Ich bin noch dabei … es herauszufinden.«

In Wahrheit drängten sich ihm so viele Gefühle auf, dass er nicht wusste, welchem er sich als Erstes zuwenden sollte.

Er war wütend, weil man ihn so lange im Dunkeln gelassen hatte, und er war gekränkt, belogen worden zu sein; er war froh, nun endlich die Wahrheit zu kennen, und traurig wegen der vielen verschwendeten Zeit. Und er war stolz. Stolz, das alles herausgefunden zu haben – mit ein wenig Hilfe von einigen neuen Freunden.

»Ich denke, meine erste Frage lautet … *warum?*«

Die Worte fielen ihm schwer, am liebsten hätte er geweint. Er biss sich auf die Lippen. »*Warum* hast du es mir nicht sagen können, Hector? *Warum* hat es so lange gedauert?«

Der Puzzle-Künstler atmete tief durch und schloss die Augen, als wäre ihm alles eine schreckliche **Pein**.

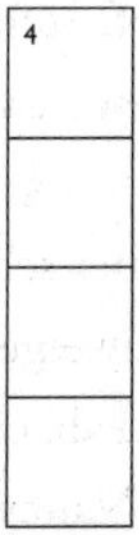

körperliches und seelisches Unbehagen (4)

»Darauf gibt es keine leichte Antwort … die Wahrheit aber ist, an dem Tag, an dem du zu uns gekommen bist, war das für mich ein ebenso großer Schock wie für alle anderen.«

Clayton sah ihn an. Wie hatte das sein können?

»Du hast also nicht gewusst, dass Angel schwanger war? Du hattest keine Ahnung … bis ich vor der Tür lag?«

Hector schüttelte den Kopf. »Und selbst dann versuchte ich mir einzureden, dass ich dich unmöglich gezeugt haben konnte. Du musstest das Kind von einem anderen sein. Aber es hat dann nicht lange gedauert, bis es offensichtlich wurde. Für mich jedenfalls.«

»Wie?«

»Du hast genauso ausgesehen«, antwortete Hector mit brüchiger Stimme. »Du hast genau wie Lucas ausgesehen … als er klein war.«

Schweigend setzten sie ihren Weg fort, Claytons Finger umfassten den verschnörkelten Schlüssel in seiner Tasche, der ihm Trost spendete.

»Warum hast du nicht zugegeben, dass du mein Vater bist?«, fragte er schließlich. »So viele Jahre haben wir unter einem Dach gelebt …«

»Sie haben dich geliebt, vom ersten Augenblick an. Das hätte sich alles geändert, wenn ich dich als meinen Sohn beansprucht hätte.«

Das konnte Clayton sehr gut nachvollziehen.

Wenn die Gemeinschaft seine erweiterte Familie war, so waren doch immer Pip und Earl diejenigen gewesen, die er als seine Eltern angesehen hatte. Das würden sie auch immer bleiben, trotz allem, was er nun herausgefunden hatte.

»Ich weiß, wie das ist«, sagte Hector, »ein Kind zu lieben, so wie sie dich geliebt haben. Ich wollte es ihnen nicht kaputtmachen. Niemals.«

Clayton schluckte. Sie überquerten nun eine Brücke zu einer Insel in einem Teich, auf der ein von Tulpen umgebener Pavillon stand.

»Und so«, fuhr Hector fort, »haben wir einen Pakt geschlossen. Pippa würde dich wie einen eigenen Sohn aufziehen, und wir beide würden das Geheimnis für uns behalten. Dann, wenn die Zeit reif war, würde ich dir alle Antworten liefern. Aber ich wollte auf keinen Fall, dass das irgendwelche Auswirkungen auf unsere Beziehung hat …«

»Also hast du beschlossen, zu warten …«, sagte Clayton.

Sie setzten sich auf eine Bank unter dem Pavillon. Hector nickte. »Bis einer von uns sterben würde. Sobald es mit Pippa bergab ging, legten wir die Spuren aus. Sie schrieb die Briefe. Ich kümmerte mich um alles andere. Wir waren der Meinung, dass du ein eigenes Abenteuer verdient hast.«

Wenn Pippa gewollt hatte, dass Hector *Gewissensbisse* empfand oder zumindest über sein Verhalten nachdachte, dann war ihr das damit gelungen.

Reue.

Hier war jemand, den er sein gesamtes Leben lang gekannt und eigentlich überhaupt nicht gekannt hatte. Wenn Hectors größter Fehler darin bestand, ihn unehelich gezeugt zu haben, ohne dass er diese Tatsache bis jetzt zugegeben hatte, dann war die Strafe dafür schlimmer als das Vergehen. Aus Loyalität zu Pippa und zur Gemeinschaft – der er sich immer verpflichtet gefühlt hatte – war er geblieben, während Clayton vor seinen Augen aufgewachsen war und genau so aussah wie der Sohn, den er verloren hatte.

Deshalb hatte immer eine gewisse Spannung zwischen ihnen gelegen. Jedes Mal, wenn Hector ihn ansah, hatte er ihn an Lucas erinnert. Bei dem Gedanken daran wurde Clayton ganz flau im Magen.

»Es tut mir sehr leid … der Unfall«, sagte er. »Das ist etwas, was ich mir noch nicht einmal vorstellen kann.«

»Danke.«

Darauf sahen sie sich beide in die Augen, und Clayton erkannte wieder den versteinerten Blick, den er immer für Abneigung gehalten hatte, der aber, wie ihm nun klar wurde, etwas ganz anderes war. In Hectors Augen war jegliches Licht erloschen. Er trauerte noch immer.

Sie verabredeten sich am Morgen zum Kaffee, bevor sie gemeinsam mit dem Zug zurückfahren wollten.

Als sie auf der Brücke zurückgingen, kam eine seltsame Leichtigkeit über Clayton. Regen setzte ein, aber das war ihm egal; es nieselte nur, und bald würde es wieder aufklaren. Sein Handy in der Tasche vibrierte, und noch bevor er es zu fassen bekam, glaubte er zu wissen, wer es war.

Hey, Clayton. Ich bin's, Neil. Danke, dass du mir deine Nummer gegeben hast. Ich hab mich schon gefragt, wo du dich rumtreibst. Xx

54

Die Gemeinschaft der Rätselmacher
Drei Monate nach dem Jahrmarkt

Gedankenverloren rührte Pippa den Zucker in ihrem Tee um. Es war ein klarer, heiterer Sommertag, in ihrem Kopf aber war nur Nebel, so, als betrachtete sie alles durch eine Milchglasscheibe.

Ihr ging das Gespräch mit Hector nicht mehr aus dem Kopf, sein Kummer, den er immer für sich behalten hatte, die tragischen Geschehnisse in seiner Vergangenheit, und gleichzeitig sorgte sie sich um Angel, wo immer in Europa sie gerade sein mochte. Sie hatten immer noch nichts von ihr gehört.

Bei jenem aufschlussreichen Gespräch im Puzzle-Atelier hatte sie erfahren, dass Hectors Trauma von einer Katastrophe herrührte, die sich eineinhalb Jahre vor ihrem ersten Treffen im Pub ereignet hatte. Das war der Auslöser für die Abwärtsspirale in seinem Leben gewesen, die darin geendet hatte, dass er in seinem Campingbus lebte.

»Was ist passiert?«

»Ein Autounfall …«, hatte er leise gesagt. »Wir drei waren im Urlaub in Devon. Bei der Rückfahrt von einem Abendessen. Elizabeth und ich hatten kurz zuvor beschlossen, es mit einem zweiten zu versuchen … einem zweiten Kind, verstehst du?«

Pippa war erschüttert.

»Ich kann mich nicht erinnern, jemals so glücklich gewesen zu sein wie damals, Philippa, wirklich. Ich kann mich nicht erinnern. Ich trommelte mit den Fingern aufs Lenkrad und kam mir so … gesegnet vor.«

Pippa brach das Herz. Was für ein Albtraum.

»Minuten danach lagen wir alle im Straßengraben. Es waren wirklich nur Minuten. Ein Typ in einem Mercedes war schuld. Er war doppelt so schnell dran wie erlaubt. Aber sie hatten nicht zu leiden. Sie waren sofort tot. Beim Aufprall.«

Fassungslos schloss Pippa die Augen. »Und was war mit dir?«, fragte sie. »Warst du nicht verletzt?«

»Unversehrt«, antwortete er mit unterdrücktem Zorn. »Nur ein paar Kratzer. Die Ärzte meinten, ein Wunder.« Er stieß ein Lachen aus. »Deshalb trinke ich nicht mehr. Ich habe seitdem keinen Tropfen mehr angerührt. Aus Respekt vor ihnen.«

Mit einem Ruck riss sich Pippa zurück in die Gegenwart und widmete sich wieder ihrem Morgentee.

»Die Milch ist am Umkippen«, murmelte sie halblaut vor sich hin und roch an der Glasflasche. Sie gab einen Tropfen in die Tasse und nahm sich zum Ausgleichen einen zweiten Zuckerwürfel. »Wird mich schon nicht umbringen, oder?«

Zwischen ihren Selbstgesprächen summte sie die Titelmelodie der *Archers*, dann öffnete sie den Kühlschrank und stellte die saure Milch und die Butterdose zurück.

Sie wollte gerade die Teemaschine auffüllen, als Hector eintrat. Er trug sein übliches Hemd, das er zum Malen verwendete, sowie eine Latzhose und war anscheinend auf dem Weg in sein Atelier.

»Ich hab nachgedacht«, sagte er und füllte seine Tasse nach. »Wenn du nichts dagegen hast … Alles, was ich dir erzählt habe … über Lucas und Elizabeth … und Angel … das bleibt unter uns? Kann das unser Geheimnis bleiben?«

Pippa legte die Hand aufs Herz. »Aber natürlich, Hector.«

Sie hatte gehofft, dies müsste nicht ausdrücklich erwähnt werden. Auch in einer Kommune musste man nicht alles teilen.

Hector schlürfte seinen Tee, dann sahen beide aus dem Fenster.

»Lasst euch nicht stören!«, ertönte es hinter ihnen.

Earl kam ins Zimmer gehumpelt, hielt sich das Kreuz und blies die Backen auf, als hätte er gerade einen Marathon hinter sich gebracht.

Er war soeben aus Mawdley Castle zurückgekehrt, einem Anwesen des National Trust in Shropshire. Die vergangene Woche hatte er dort die Anlage nicht eines Heckenlabyrinths überwacht, sondern von vieren, die auf dem großzügigen Gelände Teil einer Schatzsuche für Familien werden sollten. Nach einer Woche schwerer Schufterei hatte er sich den Rücken verrenkt und ließ nun keine Gelegenheit aus, andere auf seine Schmerzen hinzuweisen.

»Ich bin dann mal auf dem Weg ins Atelier«, sagte Hector, der offensichtlich keine Lust hatte, sich das anzuhören.

»Heute ist es wieder schlimmer«, jammerte Earl. »Scharfe, stechende Schmerzen, die sich bis runter ins Bein ziehen. Ich werde später ein heißes Bad nehmen.«

Pippa murmelte vage zustimmende Worte, während sie durch das Fenster Hector hinterhersah, der über den Rasen stapfte.

Es war kalt, ansonsten aber ein wunderbarer klarer Tag. Der tiefblaue Himmel ließ alles schärfer, lebendiger erscheinen.

Earl schenkte sich Tee ein und blies auf die heiße Flüssigkeit. »Übrigens, es liegt was vor der Tür.«

»Was?«

Er zuckte mit den Schultern. »Ein großer Karton. Ich konnte ihn nicht aufheben. Wegen meines Rückens. Erwartest du eine Lieferung?«

»Nein«, erwiderte sie und fragte sich, was es sein konnte. Sie bekamen am Samstag üblicherweise keine Lieferungen. »Wahrscheinlich wieder nur Leinwände für Hector, vielleicht auch ein Toner für die Drucker oder …« Sie verstummte – die Aufzählung langweilte sie selbst.

Er legte ihr die Hand um den Ärmel ihrer Strickweste. »Du bist doch in Gedanken ganz woanders. Ist alles in Ordnung?«

Nach ihrem Kuss im Labyrinth hatten sie mehr Zeit zusammen verbracht, auch suchte Earl seitdem ein wenig mehr Körperkontakt, vor allem, wenn sie allein waren.

Sie nickte und zwang sich zu einem Lächeln. »Doch, doch, alles ist gut. Ich schlafe nur im Augenblick nicht gut, das ist alles. Ich war schon beim Arzt und hab Tabletten bekommen. In ein paar Tagen sollte alles wieder vorbei sein.«

Earl sah sie besorgt an, sagte aber nichts.

»Shhh. Hörst du das?«, fragte Pippa kurz danach.

Earl hielte inne und lauschte in die Richtung, in die sie zeigte. »Nein. Was ist es?«

»Hör doch. Als würde ein Wecker schrillen. Ein durchdringendes Geräusch. Es treibt mich schon den ganzen Morgen in den Wahnsinn.«

»Ich höre nichts. Pip, du hast ein besseres Gehör als ich.«

»Es kommt und geht«, sagte sie.

»Du bist dir sicher, dass es kein Tinnitus ist?«

»Spar's dir.«

Earl sammelte die Teller ein und brachte sie zum Ausguss, während Pippa zur Tür ging.

»Vergiss diese Lieferung nicht!«, rief er ihr nach.

»Was?«

»Die Schachtel vor der Tür«, erinnerte er sie.

Pippa stieß ein Seufzen aus. »Keine Sorge. Ich hol sie.«

Fünf Minuten später, als Pippa auf den Eingangsstufen stand

und die Tür hinter sich geschlossen hatte, schlug ihr das Herz bis zum Hals.

Sie hob die Hutschachtel samt Inhalt hoch und trug sie ins Haus.

55

20		

frisch und unverbraucht (3)

Auf ein Neues lautete das Motto des fünfundzwanzigsten Rätsel-Jahrmarkts der Gemeinschaft.

Clayton hatte im Lauf seines Lebens an zahllosen Jahrmärkten teilgenommen, dieser aber fühlte sich anders an, und nicht nur, weil er im Herbst stattfand und nicht wie sonst im Frühling.

Es war ein kühler, sonniger, leicht windiger Tag, immer wieder wehten Böen in der Mitte des Heckenlabyrinths das Laub von den Zweigen. Die feinen, länglich zugespitzten, rot bis rostfarbigen Blätter schwebten wie Papierstreifen zu Boden.

Der Baum, den Clayton dort hatte wachsen sehen – eine mittlerweile hoch aufgeschossene Trauerweide –, war vor Kurzem mit einer silbernen Gedenkplakette versehen worden.

Darauf stand:

In liebender Erinnerung
an Elizabeth und Lucas Haywood,
die viel zu früh verschieden sind.

Seit Clayton mit Hector aus Amsterdam zurückgekehrt war, fühlte sich vieles anders an. Er würde zwar nicht so weit gehen und – angesichts der persönlichen Tragödien – von einem Happy

End sprechen, aber er sah es doch eher als einen hoffnungsvollen Neuanfang.

Er wollte erst einmal die Welt und auch sich selbst ganz **neu** sehen.

Er selbst war, hatte er beschlossen, weniger ein Rätsel, sondern jemand, in dem viel Widersprüchliches zusammenkam. Ein lebendes Paradox.

Er war ein junger Mann, der gern Brandy trank und altmodische Brogues trug, mittlerweile spielte er aber auch gern Echtzeit-Strategiespiele auf der Xbox und hörte die Girls Aloud.

Clayton wandte sich an ihren besonderen Gast, die Frau, die im Zelt ihr berühmtes Pub-Quiz abgehalten hatte.

»Ich kann es immer noch nicht glauben«, sagte Nancy. »Ich bin wieder da.«

Es war das erste Mal nach ihrem Abschied vor fünfundzwanzig Jahren, dass Mrs Stone die Gemeinschaft besuchte. Die Veranstaltung war ausverkauft gewesen und einer der größten Erfolge, die sie jemals auf ihren Jahrmärkten hatten.

Sie saß neben ihrem alten Freund Earl und dem Puzzlemaler Hector.

»Dir ist nicht kalt?«, fragte er. »Sonst können wir auch reingehen.«

»Ich bekomme kaum Luft, so warm ist mir!« Sie löste den Wollschal, den Clayton ihr aufgedrängt hatte.

»Wisst ihr was«, sagte Earl, »mir ist ebenfalls zu warm in diesem Ding.«

Hector half ihm, den Reißverschluss seiner alten Schaffelljacke zu öffnen, auf die Clayton ebenfalls bestanden hatte.

»Ich will nur nicht, dass irgendeiner von euch krank wird«, erklärte er.

»Ich geh rein«, verkündete Hector. »Und mach schon mal Kassensturz. Es war doch einiges los heute, was?«

Kurz drückte er Clayton die Schulter, bevor er im Gang des Labyrinths verschwand. Es hatte sich zwischen ihnen so eingebürgert. Hector war keiner, der jemanden in den Arm nahm, so wie Nancy das tat, aber Clayton wusste, dass er seine Zuneigung durch kleine Gesten zum Ausdruck brachte.

»Wir sind hier an der wärmsten Stelle im Garten«, sagte Earl, nachdem Hector fort war. »Innerhalb dieser grünen Wände.«

Er hatte recht. Es war eine Festung, dachte Clayton. Hier waren sie von der Außenwelt abgeschirmt, deshalb hatte er sich auch immer so gern hier aufgehalten.

Nancy griff in ihre Handtasche, zündete sich eine Zigarette an und blies einen perfekten Rauchkringel in die Luft. »Wir müssen dir dafür danken, Clayton. Dass du die alte Bande wieder zusammengebracht hast.«

Clayton lächelte. Im Gebäude, zwischen den hundert anderen Gästen, machten sich Jonty und Edwin wieder mit den anderen vertraut. Selbst seine Freundin Cilla Millington war angereist.

Earl strahlte ihn an. »Der Mann, der sein eigenes Rätsel gelöst hat.«

Clayton schüttelte den Kopf. »Hör auf damit.«

»Ich fasse es immer noch nicht«, sagte Nancy. »Dass du und Hector die ganze Zeit …«

»Dieser Ort hier gründet auf Überraschungen«, sagte Earl.

»Und auf Geheimnissen«, fügte Clayton hinzu. »Die Frage ist nur, ob es noch mehr gibt.«

»Nein«, sagte Nancy. »Es ging nie um Geheimnisse, niemals. Sondern immer um die Gemeinschaft. Und ums Feiern. Wir hatten viel Spaß miteinander.«

Clayton lächelte und sah zu Earl, der ihn mit einem ganz seltsamen Blick musterte und irgendwas vor sich hin murmelte.

»Was ist, Earl?«

»*So viele außergewöhnliche Köpfe.* Das hat Pippa während unserer ersten Sitzung gesagt, damals vor langer Zeit über dem Pub. *So viele außergewöhnliche Köpfe. Stellt euch vor, was wir zusammen alles erreichen könnten.*«

»Das hat sie gesagt?«

Er nickte. Kurz sahen sie sich an.

»Du bist das Beste, was wir jemals zuwege gebracht haben. Das weißt du, Junge, ja?«

Clayton wurde ganz warm ums Herz, gerade als Earl sich an die Brust griff.

»Was ist? Doch nicht wieder deine Angina, oder?«

»Nein«, lachte Earl, nahm Claytons Hand und drückte sie sich an seinen Wollpullover, an die Stelle, wo sein Brustbein herausstand.

»Spürst du das?«

Clayton schüttelte den Kopf.

»Das ist Stolz, mein Junge. Ich platze fast vor Stolz.«

Ein paar Minuten später waren knirschende Schritte zu hören. Clayton lauschte, er wusste ganz genau, wer gleich kommen würde. Er hatte das vertraute Prickeln im Magen, das, was auf etwas Neues und Schönes in seinem Leben schließen ließ.

»Brauchst du Hilfe?«, rief er und bemühte sich, sein Lachen zu unterdrücken. Er stupste Earl an, der leise schnarchte. Nancy hatte den Finger an die Lippen gepresst und strahlte ihn an.

Kurz darauf waren erneut Schritte zu hören, die gleich darauf wieder verstummten.

»Soll ich dich holen kommen?«, rief er. »Du hast dich verlaufen, stimmt's?«

»Wage es ja nicht«, rief Neil empört zurück. »Ich finde es schon selbst heraus, mach dir mal keine Sorgen. Ich schaffe das schon.«

Es dauerte einige weitere Minuten, bis Neil schließlich erschien. Er wirkte völlig geschafft, als hätte er gerade die Enigma entschlüsselt.

Clayton erhob sich von der Bank und legte ihm den Arm um die Schultern.

»Perfektes Timing«, sagte er.

»Wieso?«

»Weil wir jetzt alle reingehen. Ich hab meinen Mantel vergessen, und mir ist verdammt kalt.«

»Gehst du voran, Clay?«, fragte Earl.

»Natürlich«, erwiderte er. »Sonst verlaufen wir uns doch nur.«

»Frecher Bengel«, sagte Nancy, worauf sie alle lachten.

»Alle mir nach. Hier entlang.«

DEEN

Antworten

	[1]V			[2]A	U	[3]F	D	E	C	K	E	N				
	E					U							[4]P			
[5]E	R	F	A	H	R	E	N		[6]A			[7]G	E	H	E	N
	L					L			B		[8]P		I			
[9]W	A	G	[10]E	N		[11]L	O	V	E		[12]A	H	N	U	N	G
	N		I			E			N		R					
	G		E				[13]W	U	T		T			[14]A		
	E		R		[15]L				[16]E	I	N	D	R	U	C	K
	N				U				U		E			G		
					[17]S	O	N	D	E		[18]R	E	U	E		
	[19]K	R	A	F	T				R					[20]N	E	U

Danksagung

Werde ich gefragt, wann ich mit dem Schreiben an diesem Buch begonnen habe, sage ich immer: vor drei Jahren. Im Grunde bin ich aber bereits mein ganzes Leben damit beschäftigt. Es gibt viele, denen ich zutiefst zu Dank verpflichtet bin.

Während meiner Zeit beim Fernsehen hatte ich das Glück, mit einigen hervorragenden Geschichtenerzählern zusammenzuarbeiten. Danken möchte ich Jim Allen, Nick Hornby, Tina Flintoff, Beth Morrey, Jack Bootle, Eliana Capitani und natürlich Teresa Watkins, für alles, was sie mir beigebracht haben, und für die vielen vergnüglichen Stunden, die sich im Lauf der Jahre ergeben haben.

Die meisten unter uns können Lehrerinnen oder Lehrer nennen, die großen Einfluss auf ihr Leben hatten, ich war gleich mit dreien gesegnet. Becky Dawson, Sarah-Jane Kelly und Sarah May – danke, dass ihr mich und meine Kreativität in den diversen Stadien meiner Ausbildung gefördert habt.

Anerkennung gebührt einigen meiner ältesten Freunde. An erster Stelle, eine weitere meiner Mentorinnen, der verstorbenen Mira Hamermesh, eine bahnbrechende Filmemacherin, Künstlerin und Autorin, der ich an der Filmhochschule assistieren durfte. Zum zweiten meiner Telefonfreundin Cilla, deren Gespräche immer sehr erfrischend sind. Und wie könnte ich die Bewohner des Whitley Retirement Village vergessen, die vor so vielen Jahren Dani und mich großzügigerweise zu sich eingeladen haben, damit wir ihre Geschichten erzählen.

Die Gründungsmitglieder der Gemeinschaft wurden Anfang 2020 der Faber Academy vorgestellt, für deren Unterstützung und Feedback ich äußerst dankbar bin. Dank an Andrew Hulse, Anna Slater, David Bullock, Frances Salter, Heather Twidle, Lauren Grest, Nicola Moyne, Philipp Williams, Rachel Ricucci, Tania Cagnoni, außerdem an meine Lockdown-Kumpelin Marija Bračkovi sowie den unverschämt talentierten Andrew Davis, der aufgrund einer höchst merkwürdigen Wendung des Schicksals das schönste Originalcover für dieses Buch gestaltet hat. Jedes Mal, wenn ich das Buch ansehe, muss ich lächeln.

Besondere Erwähnung verdienen Anstey Harris und alle Teilnehmer ihres Zoom Writing Club, insbesondere Maureen, die da war, um den Vertrag zu feiern; außerdem mein literarischer Tausendsassa Hannah Griffiths; Katy Loftus für ihr außerordentliches Coaching; und die wunderbare Jessie Burton, die mich an einem ganz wichtigen Punkt zum Weitermachen ermuntert hat. Großer Dank an meine Freunde in der London Library – meinem zweiten Zuhause – und an die brillanten Leute hinter dem London Writer's Salon, dem Writer's HQ und den Buchhändlern und Bloggern überall im Land, die so viel für Debütautoren wie mich tun. Ihr alle seid eine große Freude.

Dank an meine beste Freundin Caroline Mitchell für die Deadline-Snacks und unsere gemeinsamen Essen; an meinen Bruder Jon, der so lange an mir zu leiden hatte, und seine Freundin Shan, die mich von der Seitenlinie aus angefeuert hat; an meine ganz besondere Großmutter – May Carey –, die viel zu lang auf dieses Buch gewartet hat, und meine andere Großmutter Jeanne, die es leider nie wird lesen können, aber dennoch gewisse Teile der Geschichte beeinflusst hat; und an meinen Partner-in-Crime Thomas Carson, dessen unendliche Liebenswürdigkeit und positive Einstellung mich jeden Tag aufs Neue inspirieren. Tom, du bist eine ebenso alte Seele wie ich, und ich bin stolz, dich bei diesem neuen Abenteuer an meiner Seite zu haben.

Ich kann von Glück reden, das beste Team hinter mir zu haben. Meine Agentin Hellie Ogden, die Träume Wirklichkeit werden lässt, hat das Ganze mit großer Anmut und guter Laune gelenkt. H, danke, dass du an mich und dieses Buch von Anfang an geglaubt hast. Ich bin unendlich dankbar, dich in meiner Ecke zu haben. Großen Dank an meine Agentur WME und dem ursprünglichen Team um Janklow & Nesbit, vor allem an Nathaniel Alcaraz-Stapleton, Ellis Hazelgrove, Maimy Suleiman, Kirsty Gordon, Ma'suma Amiri und Jane Covindassamy, die dieses Buch so kompetent und mit so viel Leidenschaft in die Welt hinausgeschickt haben. Dank auch an Emily Hayward-Whitlock und Rhiannon Davies bei Artist's Partnership, die das Potenzial dieser Geschichte gesehen haben. Ich kann es kaum erwarten, bald unsere aufregende Mitteilung bekanntzugeben.

An meine brillanten Lektorinnen Charlotte Mursell bei Orion und Caitlin Landuyt bei Anchor, meine Güte, wo soll ich anfangen? Danke, dass ihr mein Potenzial erkannt, dass ihr mich gepusht und mir gesagt habt, wann ich aufhören soll. Ihr habt so viel zu dieser Geschichte beigetragen, dass deren Erfolg ebenso eurer ist wie meiner. Auch der adleräugigen Korrekturleserin Suzanne. Ich bin dir noch einen Drink schuldig.

So, bevor ich zum Ende komme, möchte ich Ihnen, den Lesern und Leserinnen danken, die Sie *Das größte Rätsel aller Zeiten* zur Hand genommen haben. Ich hoffe wirklich, die Geschichte hat Ihnen gefallen und Sie vielleicht dazu animiert, einmal darüber nachzudenken, wie Ihr fehlendes Puzzleteil aussieht. Wenn Sie eine kurze Online-Kritik verfassen, das Buch einem Freund oder einer Freundin empfehlen oder darüber in den sozialen Medien posten, bedanke ich mich schon im Voraus. Dies macht wirklich einen großen Unterschied.

Und last but not least, der letzte Dank gebührt meinen Eltern – der größte Dank, den ihr euch nur wünschen könnt. Mum, du kommst zwar »in diesem Buch« nicht vor, aber deine Herzlichkeit und deine Wärme haben Eingang in jede Seite gefunden, und Dad, Gleiches gilt für deinen Witz, deine Klugheit und auch deine Sturheit. Ihr beide habt mich in jedem Aspekt des Lebens unterstützt, dieser Roman ist daher ganz für euch beide. Danke.